21世纪高等学校规划教材

DAXUE WULI SHIYAN

大学物理实验

杨党强　吴　纲　金亚平　编
孙振武　主　审

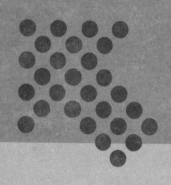

中国电力出版社
http://jc.cepp.com.cn

内 容 提 要

本书介绍了不确定度的基础知识和数据处理的基本方法，并涉及力学、热学、声学、电磁学、光学、近代物理、虚拟仪器等多方面的实验内容，其中包括综合、设计性实验；在实验内容的选择和编排上，注重突出物理实验的基本知识、基本方法、基本测量技术，反映了若干物理学的最新进展和科技发展的最新成就与技术。工科各专业的本科生可根据自身专业的特点和需求，选择适合的实验内容，学有余力的同学可以增选设计和专题实验。

本书可作为理工科非物理类专业大学物理实验课程的教材，也可供其他专业的学生和社会读者阅读、参考。

图书在版编目（CIP）数据

大学物理实验/杨党强，吴纲，金亚平编. —北京：中国电力出版社，2009
21 世纪高等学校规划教材
ISBN 978-7-5083-8165-7

Ⅰ. 大…　Ⅱ. ①杨…②吴…③金…　Ⅲ. 物理学—实验—高等学校—教材　Ⅳ. 04-33

中国版本图书馆 CIP 数据核字（2008）第 190205 号

中国电力出版社出版、发行
（北京三里河路 6 号　100044　http：//jc. cepp. com. cn）
航远印刷有限公司印刷
各地新华书店经售

*

2009 年 2 月第一版　　2009 年 2 月北京第一次印刷
787 毫米×1092 毫米　16 开本　14.5 印张　351 千字
定价 **23.20 元**

敬 告 读 者

本书封面贴有防伪标签，加热后中心图案消失

本书如有印装质量问题，我社发行部负责退换

前　言

本书为 21 世纪高等学校规划教材。

大学物理实验课程是高等理工科院校对学生进行系列科学实验基本训练的必修公共课程，也是学生接受系统实验方法与实验技能训练的开端。大学物理实验课程覆盖面广，具有丰富的实验思想、方法和手段，是培养学生科学实验能力，提高科学素质的摇篮。它在激发学生创新意识以及适应科技发展的综合应用能力等方面具有其他课程所不可替代的作用。抓好大学物理实验课程的建设对于培养国家所需的科技人才具有重要作用。

进入 21 世纪以来，大学物理实验课程发生了很大变化，概括来说，本课程必须担负起培养学生创新精神、创新意识和创新能力的任务。这就要求大学物理实验课程与时俱进，对教学体系、教学内容、教学方法和教学手段进行深入的改革。

在重新审视以往教学模式的基础上，上海电机学院大学物理实验室非常重视大学物理实验课程教学体系改革，同时以学校的实验室建设投资作为硬件环境支撑，对原有实验项目内容进行整合，并对相应实验仪器进行了更新。本教材正是在总结近几年的工作基础上写成的。

和几年前的教材相比较，本教材纳入了一些具有时代气息的实验项目，比如计算机虚拟实验、数字示波器的使用等；本教材打破了近代物理实验与大学物理实验的界限，把一批近代物理实验融入大学物理实验中，如密立根油滴实验、光电效应、夫兰克—赫兹实验等；本教材还增加了一些与生产实践和科研有密切联系的实验，如温度传感器特性研究、CCD 器件的特性及应用、霍尔传感器特性及应用等。

本教材共分 7 章，第 1 章是绪论，主要介绍物理实验课程的目的和任务，以及告诉学生本课程应注意的教学环节及介绍测量不确定度以及主要的数据处理方法，该内容为课程的重点和难点，要求学生必须掌握；第 2 章为基础性实验，第 3～5 章分别为力热学、电磁学、光学实验，根据专业的不同选择不同的实验项目，学生应完成该部分实验项目的 60%～70%；第 6 章为近代物理以及综合设计性实验，目的是巩固学生在基本实验阶段的学习成果，开阔眼界及思路，提高学生对实验方法和技术的综合运用能力；第 7 章为计算机虚拟实验。在本教材中，每个实验均对学生提出了相应的要求，并且留有思考题，以提高学生对该实验的认识。全书由杨党强、吴纲、金亚平编写，具体分工如下：

杨党强编写了绪论，第 1 章，第 2 章中的实验 1、实验 4，第 3 章中的实验 5、实验 8、实验 10，第 4 章中的实验 12 至实验 16，第 6 章中的实验 24、实验 28、实验 29、实验 32，第 7 章中的实验 33～实验 35，第 3 章和第 4 章的仪器介绍及附录；吴纲编写了第 2 章中的实验 2、实验 3，第 3 章中的实验 7、实验 9，第 4 章中的实验 11，第 5 章中的光学实验概述、实验仪介绍及实验 17 至实验 21，第 6 章中的实验 25、实验 27、实验 30；金亚平编写了第 3 章中的实验 6；第 5 章中的实验 22、实验 23；第 6 章中的实验 26、实验 31。

本教材是上海电机学院大学物理实验室教职工近几年教学改革成果的结晶。在编写过程中，得到了不少校内外同仁的帮助，特别是孙振武教授在百忙中抽出时间对全书进行了仔细审阅，提出许多宝贵意见，特此深表谢意。由于水平所限，对本教材中存在的疏漏和不妥之处，望读者和各位同仁不吝赐教。

对支持和关心本教材编写的全体同仁表示衷心感谢！

编　者

2008 年 10 月

目　录

绪　　论

人类在与自然界长期共存的过程中，积累了丰富的实践经验，其实践活动不外乎两种，一种是科学实验，另一种是生产实践。所谓科学实验，是指人们按照一定的研究目的借助特定的仪器设备，人为地模拟或控制自然现象，突出主要因素，对自然事物和现象进行反复地观察和精密测试，以探索其内部规律性的活动。

显然，科学实验的探索活动是人们认识客观世界，改造客观世界的第一步，是工程技术的基础。许多现代化的企业都建有自己的研究实验室，以利于直接将新的实验规律应用于生产中，改进和开发新产品。同时，科学实验又是科学理论的依据，一个新规律的发现将导致新理论的产生，而一个新的理论要靠实验来验证并反过来指导新实验，理论和实验的这种相互依存、相互促进的关系正是推动科学事业发展的根本动力。

可见，作为一个科技工作者，无论是从事理论研究还是工程技术研究，都必须具备相当水平的科学实验能力，也即具备能够通过观察现象或透过储量间的数值关系，提示事物内部规律的能力，只有这样，才能够突破感观的限制，将视野扩展到微观和宏观，才能够有所建树，有所创新。正因为如此，大学教育的任务，不仅仅要求学生通过理论课掌握已有知识，还要安排一系列的实践性课程，以培养学生主动研究和创新的探索能力，这是一条由已知通向未知的必经之路。

一、物理实验的地位及作用

著名物理学家丁肇中教授曾说过："实验科学是科学技术中很活跃的部分。自然科学是实验科学，任何理论与自然科学现象不符合就不能存在。它是发展自然科学的重要基础和动力。"而物理学从本质上说是一门实验科学，是一门研究和探索客观物质世界奥秘和规律的学科，其研究领域从基本粒子到浩瀚的宇宙，探究整个宇宙中物质的各种形态、现象、运动规律和相互作用，揭示宇宙中各种事物间的内在联系和本质。

物理学是新兴技术学科的源头和基础，是自然科学的核心基础学科。实验物理和理论物理是构成物理学的两大支柱。"没有实验，理论是空洞的；没有理论，实验是盲目的"，理论和实验是相辅相成的，它好比人之双足，鸟之双翼，缺一不可。物理学的基本定律都是来源于物理实验或受到物理实验的检验才得以成立的。以实验物理学方面的伟大发明或发现而获得诺贝尔物理学奖的物理学家，占总获奖（诺贝尔物理学奖）人数的 2/3 以上，这足以说明物理实验研究在物理学中所处的重要地位。

物理实验中的发现和发明已经对物理学的发展和新型学科的诞生起到巨大的推动作用，例如：电磁感应定律和无线电的发现、晶体管的发明为当今半导体、电子工程、计算机、信息科学等学科的诞生和发展奠定了坚实的基础；X 光和放射性的发现为物质结构的研究、现代医学成像、CT 断层扫描、工业无损检测等领域的发展奠定了基础；激光器的发明，不仅开辟了激光光谱学这一新的学科，而且为材料制备、光电通信和现代医疗技术等学科和高新技术奠定了基础……物理学与其他学科的"组合"、"嫁接"、"交汇"都可能产生巨大的能量，成为促进现代高科技发展和新兴学科诞生的催化剂。一个典型的例子是 DNA 双螺旋结构的发现：沃森（生物学家）克里克（物理学家）的合作与其在学术上的互补导致了《核酸的分子结构——DNA 的结构》这篇著名论文的诞生，开启了生命遗传之谜的大门，成为 20 世纪生物学上最伟大的成就之一。

物理实验是自然科学的基础，它反映了理工科实验的共性和普遍性问题。实验物理学不仅是现代新兴学科和高新科技的基础，而且对人的科学素质培养也起着极为重要的作用。物理实验课程曾经为培养 20 世纪的优秀人才作出了卓越的贡献，必将为培养 21 世纪的高科技优秀人才奠定坚实的基础。

大学学习期间有一系列的实践性课程，物理实验课就是这一系列实践性课程的开端。由于在长期的物理实验研究中，人们积累了丰富的实验方法，创造出各种精密巧妙的仪器，从而使得物理实验课有了充实的教学内容，通过物理实验课，可以学到许多基本实验方法和实验技能，观察到各种生动的自然现象，为今后的学习和工作奠定基础。

二、物理实验课的教学任务

本门课程以基本物理量的测量方法、基本物理现象的观察和分析、常用测量仪器的结构原理和使用方法为主要教学内容，对学生的基本实验能力、分析能力、表达能力和综合设计能力及创新能力等进行较全面的培养，按照教育部的《高等工业学校物理实验课教学基本要求》的规定，大学物理实验课的具体任务如下。

（1）通过对实验现象的观察、分析和对物理量的测量，学习物理实验知识，加深对物理学原理的理解。

（2）培养与提高学生的科学实验能力，其中包括：

1）能够通过自行阅读实验教材或资料、概括出实验原理和实验方法的要点，做好实验前的准备（培养阅读和运用资料的能力）。

2）能够借助于教材或仪器说明书，正确使用常用仪器（培养实际操作能力）。

3）能够运用物理学原理对实验现象进行初步分析、判断（培养分析问题、解决问题的能力）。

4）能够正确记录和处理实验数据，绘制曲线，说明实验结果，撰写合格的实验报告（培养正确论述的表达能力）。

5）能够完成简单的，具有设计性内容的实验（培养设计能力）。

（3）培养与提高学生的科学实验素质。要求学生具有理论联系实际和实事求是的科学作风，严肃认真的科学态度，主动研究的探索精神，以及遵守纪律、团结协作和爱护公共财产的优良品德。

三、物理实验课的基本程序及学习方法

物理实验课的基本程序可分为课前预习，实验操作，撰写实验报告三个阶段，各阶段要完成的任务及方法如下。

1. 课前预习

每次实验前要以实验报告册及教材上的思考题为索引，通过阅读实验教材和相关资料。弄清本次实验的目的、原理、测量方法、仪器的使用及测量内容，了解实验中特别要注意的问题（如测试条件、仪器正确使用规程及安全防护事项等），并在此基础上写出预习报告。预习报告应包括：实验名称、目的、仪器、原理简述、计算公式、电路或光路图，以及操作大致步骤，操作注意事项、数据记录表格等。

注意：此步工作是实验能否顺利进行的关键，且预习的好坏将作为课内评定成绩的一项内容，对于没有预习或预习不合格的学生，教师有权停止其本次实验，该次课内成绩为不及格。

2. 实验操作

正式测量前，应先将仪器合理摆放并安装（或连电路），熟悉仪器的操作使用，要将仪器设备调试至最佳工作状态下进行测量，操作中要明确每一步操作的意义及应出现的现象（或规律），若出现异常情况，则不能盲目操作，要分析可能的原因，找出解决办法。

注意：

1）不能把实验仅仅理解成读取几组数据的过程，实验具体测试内容只是学习某种测量方法、某种仪器使用的载体，不能本末倒置。当实验遇到问题时，要看做是一次很好的学习机会，应开动脑筋，好好把握。

2）除需记录表格中测试内容外，还应记录所用仪器的规格、型号、准确度等级，必要时，还应记录实验环境条件，如室温、气压等。

3）所测原始数据一定要真实，实验完成后，原始数据要经教师审阅签字，签字后方可将仪器拆除复原，离开实验室。否则实验数据视为无效。

3. 撰写实验报告

实验报告的内容由以下几部分组成：

（1）实验名称；

（2）实验目的；

（3）实验仪器；

（4）实验原理；

（5）实验内容、步骤与原始记录；

（6）数据处理；

（7）正确的实验结果和结论表述；

（8）思考题、小结或讨论。

报告力求文字简洁、通顺，图表制作力求规范、正确。值得强调的是，撰写实验报告一定要用自己的语言来表述所有内容，特别是对测量结果的评价与分析一项，一定要认真完成，这是一个融会贯通知识，培养自己分析问题、解决问题能力的窗口。若所得数据规律与预期相符，则可着力分析误差来源及提高测量精度的途径，若数据规律与预期不符，也未必是坏事，应分析主要原因，找出症结所在（迈克尔逊—莫雷实验"失败"，导致了新的时空观产生）。

总之，做物理实验是一项脑手并用的智力活动，要想通过有限次实验获取尽可能多的知识，就需充分做好上述三个阶段中每一环节的工作，且对待每一个实验都要像一个科学工作者那样要求自己，要细心观察实验现象，认真思考实验中出现的问题。实验的好坏和成败，实验的收获和能力增长，不能单纯从实验结果与理论相符的程度来评定。实验中要多动脑筋，举一反三，灵活地学好物理实验课，提高学习效率，收到事半功倍的效果。

当今时代是科学技术迅猛发展的时代，具备良好的科学实验素质，是这个时代科学技术人才必备的基本条件，在培养既懂理论又会动手的高科技人材的过程中，物理实验课具有独特的重要作用，应该引起高度重视。

四、实验室安全

实验室是进行科学实验研究和实践的地方，有大量的仪器设备、实验材料和特殊的实验环境。各类实验室装备不同，实验环境要求也不同，分别涉及各种电源、电磁场、水源、激光、高温、高压、低温、真空、放射源以及精密仪器等。学生进入实验室学习一定要养成良好的实验习惯，严格执行实验室给出的各项具体的操作规程和安全防护规则，确保人身安全和仪器安全。例如：做电学实验注意遇到 220V 以上的交流电和高压电时，应备加小心，切勿带电操作；切勿用手触摸带电接触点、裸露的接线片或接线柱；做高温或低温实验时，切勿用手直接触摸以免烫伤；做光学实验时，避免用眼睛直接对着强光源或激光观察，以免灼伤眼睛；调光路过程中，应在白纸或白屏上观察光斑，不能用眼睛直接对着光线观察；严禁用手触摸光学元件表面，避免污染和损坏光学元件；需要擦拭光学元件表面时，必须使用专用丝绸、镜头纸等，严禁用其他纸张或布类擦拭。用到放射源的实验要特别小心，完成实验后应将放射源封装到铅盒之中，严格遵守安全防护规则。学生完成实验后，一定要关闭电源，仪器归位，最后离开实验室的同学一定要关实验室的总电源，关闭水源和门窗，避免水灾、火灾和盗窃事故的发生，这也是培养科学工作者的基本素质之一。

第 1 章 测量误差与实验数据处理

所有描述物质运动状态和运动形式的物理量都可以从几个基本物理量中导出，而这些基本物理量只有通过测量才能定量描述。这种将待测物理量直接和间接地与作为基准的相关物理量进行比较的过程，叫做测量。在测量过程中，如何正确地记录并处理一组原始实验数据，以及如何正确地评价物理量的测量值及其接近于客观真实的程度，是每一个实验工作者必须具备的能力。本章将就这方面的知识做一简单的介绍。

1.1 测量的定义与基础知识

1.1.1 测量

测量是将待测物理量与选做计量标准的同类物理量进行比较，得出其倍数值的过程。倍数值称为待测物理量的数值，选做的计量标准称为单位。一个物理量的测量值应由数值和单位两部分组成，缺一不可。

1.1.2 物理量单位

按照中华人民共和国法定计量单位的规定，物理量单位均是以国际单位制（SI）为基础的，其中长度（m）、质量（kg）、时间（s）、电流强度（A）、热力学温度（K）、物质的量（mol）和发光强度（cd）是基本单位，其他物理量的单位可由这些基本单位导出，故称为导出单位。

1.1.3 测量的分类

根据测量方式，测量可分为直接测量和间接测量。从测量条件上，测量可分为等精度测量和不等精度测量。

1. 直接测量和间接测量

可以用测量仪器或仪表直接读出测量值的测量称为直接测量。例如用米尺测长度、用温度计测温度、用电压表测电压等都是直接测量，所得的物理量如长度、温度、电压等称为直接测量量。

有些物理量无法进行直接测量，而需依据待测物理量与若干个直接测量量的函数关系求出，这样的测量就称为间接测量。大多数的物理量都是间接测量量。例如，用单摆法测重力加速度 g 时，周期 T、摆长 L 是直接测量值，而 g 就是间接测量值。

2. 等精度测量和不等精度测量

在对某一物理量进行多次重复测量的过程中，每次测量条件都相同的一系列测量称为等精度测量。例如，由同一个人在同一仪器上采用同样的测量方法对同一待测物理量进行多次测量，每次测量的可靠程度都相同，这些测量就是等精度测量。

在对某一物理量进行多次测量时，测量条件完全不同或部分不同，各测量结果的可靠程度自然也不同的一系列测量称为不等精度测量。例如，在对某一物理量进行多次测量时，选用的仪器不同，或测量方法不同，或测量人员不同等都属于不等精度测量。

　　一般来讲，在实验中，保持测量条件完全相同的多次测量是极其困难的。但当某一条件的变化对结果影响不大时，仍可视这种测量为等精度测量。等精度测量的数据处理比较容易，绝大多数实验都采用等精度测量。除非不得已，一般情况不采用不等精度测量。在物理实验中，以学习等精度测量的数据处理为主。

1.1.4　基本测量方法

1. 直读法

使用具有相同单位分度的量具或仪表直接读取被测量值的大小的方法叫做直读法。如用安培表测量电流，用伏特计测量电压等。直读法的特点是测量方便，但受仪器示数误差和读数误差限制，测量准确度一般不很高。

2. 比较法

将被测对象直接与体现计量单位的标准器进行比较的方法叫做比较法。如用砝码和天平称质量，用单臂电桥测电阻，用电位差计测电动势，用标准信号源和示波器测频率等。当比较器选择适当时，这种方法的准确度仅取决于标准器，因而测量准确度高。但因操作较烦琐，故只在实验室中采用。

3. 放大法

所谓放大法，是在测量中，若被测量很小，无法被观察者察觉，可通过某种方法将其放大后再进行测量。如用光杠杆可将微米级伸长量放大，使之在毫米尺上得到充分的反映；用千分尺测长度，采用的是螺旋放大微小间距的原理。示波器、望远镜等都是由某种放大原理制成的仪器。

4. 转换法

所谓转换法，是当待测物理量不便或无法直接测量时，可转化为对该量所产生的某种效应进行测量。如玻璃温度计就是根据温度对液体的热胀冷缩效应，将温度量转化为长度量进行测量的。而将非电量转化成电量进行测量（如热电偶测温度、超声干涉测声速等）和将非光学量转换成光学量进行测量（如干涉仪测长度、折射法测浓度等）等，已是现代精密计量的重要组成部分。

5. 模拟法

所谓模拟法，是对有些不易测量的量，可根据相同的物理或数学模型有相似结果的特点，用模拟的测量代替对原型的测量。如静电场与稳恒电流场有相同的数学模型，可用对稳恒电流场等位线的测量，来模拟静电场等位线的测量。

6. 干涉测量法

所谓干涉测量法，是利用光波干涉条纹的分布与变化，来测量微小长度、微小角度、光洁度等量。干涉测量技术是现代精密测量的重要组成部分。

1.2　有效数字及其运算

1.2.1　有效数字的基本概念

不管哪种测量的结果，都是用数字和单位表达的。用量具或仪器测得的数由两部分构成，一部分按仪器的刻度读出，可以读到它的最小分度，这部分以刻度为依据，应视为准确的数字，称为可靠数字，而另一部分则是在最小刻度以下估读的，不同的观测者可得出不同的结论，故此位上的数字不够准确，称为可疑数字。

如图 1 - 1 所示，用米尺测量细棒的长度，可读出棒长为 4.14cm、4.15cm 或 4.16cm，前二位 4.1cm 是从米尺上整分度数读取的，是可靠数字，而第三位是测量者估读出来的，其值因人而异，为可疑数字。有效数字是指包括一位可疑数字在内的所有从仪器上直接读下来的数字。

图 1 - 1　估读

根据有效数字的定义，实验记录中的原始数据最后一位应该是估读的，所有实验工作者都应遵从这一规则来记录测量数据。用有效数字表示测量结果时，即使没有给出误差范围，也可粗略地表达测量的准确度。

一般而言，仪器的分度值是根据仪器误差所在位来划分的。由于仪器多种多样，读数规则也略有区别。正确读取有效数字的方法大致归纳如下：

（1）一般读数应读到最小分度以下，估读一位。不一定估读 1/10，可根据情况（据分度的间距、刻线、指针的粗细及分度的数值等）估读最小分度值的 1/5、1/4 或 1/2。但无论怎样估计，最小分度位总是准确位，最小分度的下一位是估计的欠准位。

（2）有时，读数的估计位就取在最小分度位。如仪器的最小分度值为 0.5，则 0.1、0.2、0.3、0.4 及 0.6、0.7、0.8、0.9 都是估计的；如仪器最小分度值为 0.2，则 0.3、0.5、0.7、0.9 都是估计的，这类情况都不必再估到下一位。

（3）若仪表的示值不是连续变化的，而是以最小步长跳跃变化的，如数字式显示仪表，则谈不上估读，只要记录全部数据即可。

（4）需要指出的是，有些仪表虽然也有指针和刻度盘，但指针跳动是以最小分格为单位的，例如，最常用的钟表有以秒为最小分度的时钟，也有以 1/10s 或 1/100s 为最小分度的秒表，因此，对此类仪表不需要估读。

（5）对于各类带有游标（或角游标）的仪器装置，是依靠判断两个刻度中哪条线对齐来进行读数的，这时一般记下对齐线的数值，不必进行更细的估读。

（6）特殊情况下，直读数据的有效数字由仪器的灵敏阈决定。例如，在测量灵敏电流计临界电阻时，调节电阻箱的“×10”Ω 挡，仪表上才刚刚有反应，所以尽管电阻箱的最小步进值为 0.1Ω，测量值也只能记录到“×10”Ω，如记为 $R=8.53×10^3\Omega$。

（7）在读取数据时，如果测量值恰好为整数，则必须补“0”，一直补到可疑位。例如，用最小刻度为 1mm 的钢板尺测量某物体的长度恰为 12mm 时，应记为 12.0mm；如果改用游标卡尺测量同一物体，读数也为整数，应记为 12.00mm；如再改用千分尺来测量，读数仍为整数，则应记为 12.000mm；切不可一律记为 12mm。

（8）有效数字中“0”的性质。数字前的“0”只起定位作用，不是有效数字，数字中间和数字后面的“0”都是有效数字，10 的方幂只表示数量级，不表示有效数字。如 0.002 030 和 $2.030×10^{-3}$ 均为 4 位有效数字。

（9）科学记数法。对一个物理量测量结果的有效数字位数，一方面与测量仪器的准确度有关，另一方面若同样用米尺去测量两个物体，一个是几米，一个是十几米，则所测数据的有效数字位数也不同。故一个正确的测量数据将反映来自被测物理量和测量工具准确度这两方面的信息，即有效数字的位数由被测量及仪表的准确度决定，一般与单位无关。所以，将有效数字变换单位时，不能改变原数据的有效位数（对非十进制单位变换有例外），如 53.0V 可写成 0.053 0kV，但不能写成 53 000mV，因为后一种表示，将原始数据十分位上的误差移至千分位上，改变了原数据的准确度。为解决这个矛盾，应该使用科学记数法，即把数据写成小数点前面只有一位，再乘以 10 的幂次来表示。如上述电压数据应写成 $5.30\times10V$、$5.30\times10^{-2}kV$ 或 5.30×10^4mV。这种记法既能表达出有效数字位数，又能表达出数字的大小，而且计算起来容易定位，所以在实验数据的书写中，应该尽量采用科学记数法。

1.2.2　有效数字的运算规则

有效数据运算的总原则：可靠数字与可靠数字（含常数）之间的运算，得可靠数字，否则运算得可疑数字。运算的最后结果保留有效数字，即数据包含所有可靠数字和一位可疑数字，其后的数字按舍入规则处理。具体方法及规律如下。

1. 加减运算

方法：先将各数的单位统一，然后列出纵式进行运算。

规律：和或差的可疑数字位置，与参与运算各量中可疑数字数量级最大的一位对齐。

【例 1-1】 加减运算（数字下面画横线的为可疑数字）。

(1)　　　　　　　　　　　　　　　　(2)

$$
\begin{array}{r}
521.\underline{3}\\
+)\ 10.0\underline{4}\\
\hline
531.3\underline{4}
\end{array}
\qquad
\begin{array}{r}
5\underline{3}\\
-)\ 21.\underline{2}\\
\hline
3\underline{1}.\underline{8}
\end{array}
$$

$521.\underline{3}+10.0\underline{4}=531.\underline{3}$　　　　$5\underline{3}-21.\underline{2}=3\underline{2}$

2. 乘除运算

规律：所得积或商的有效数字位数一般与参与运算各量中有效数字位数最少的相同。但对于乘法运算，当两首位数相乘大于 10 时（有进位），其运算结果可多保留 1 位。

【例 1-2】 乘除运算。

(1)　　　　　　　　　　(2)　　　　　　　　　　(3)

$$
\begin{array}{r}
33.1\underline{1}\\
\times)\ 2.1\underline{1}\\
\hline
33\underline{11}\\
33\underline{11}\\
66\underline{22}\\
\hline
69\underline{8621}
\end{array}
\qquad
\begin{array}{r}
321.\underline{2}\\
\times)\ 8.0\underline{1}\\
\hline
32\underline{12}\\
2569\underline{6}\\
\hline
257\underline{2812}
\end{array}
\qquad
\begin{array}{r}
20\underline{2}\\
21\sqrt{42\underline{5}}\\
\underline{42}\\
5\underline{0}\\
\underline{42}\\
\underline{8}
\end{array}
$$

$33.1\underline{1}\times2.1\underline{1}=69.\underline{9}$　　$321.\underline{2}\times8.0\underline{1}=257\underline{3}$　　$42\underline{5}\div2\underline{1}=2\underline{0}$

3. 乘方、开方运算

规律：运算结果的有效数字位数与其底的有效数字位数相同。也可按照乘除运算，用可疑数字画线的方法确定。如

$$256^2 = 6.55\times10^4$$

$$\sqrt[3]{256} = 6.35$$

4. 函数运算

对数运算规律：对数尾数（即小数点后面的数）的有效数字位数与其真数的有效数字位

数相同。如

$$\ln 21.30 = 3.058\ 7$$
$$\log 1.999 = 0.300\ 8$$
$$\log 1\ 999 = 3.300\ 8$$
$$(\log 1\ 999 = \log 1.999 + \log 10^3 = 3 + 0.300\ 8 = 3.300\ 8)$$

指数函数 e^x、10^x 的运算规律：把运算结果用科学记数法表示，小数点后面保留的位数与 x 在小数点后的位数相同（包括紧接小数点后的"0"）。如

$$e^{8.6} = 5.4 \times 10^3$$
$$e^{86} = 2 \times 10^{37}$$
$$10^{2.80} = 6.31 \times 10^2$$
$$10^{0.002\ 80} = 1.006\ 47$$

三角函数运算规律：运算结果由角度的有效位数，即以仪器的准确度来确定，若仪器能读到 $1'$，一般取 4 位有效数字。如

$$\cos 30°24' = 0.862\ 5$$
$$\text{ctg}5°21' = 1.068 \times 10^1$$

上面提到的几种函数只是一些特殊函数，一般地说，函数运算结果的有效数字位数应根据误差分析来决定。

此外，在混合运算中遇见诸如 $\frac{1}{3}$、$\sqrt{5}$、π、e 等纯数学数和常数时，有效数字位数可以认为是无限的，需要几位就取几位，一般取与各参与运算数据位数最多的相同或多取一位。

1.2.3　数字截尾的舍入规则

有了有效数字的概念，我们就知道在处理实验数据时，并不是运算结果的数字越多越准确。为了使运算结果中只含有一位可疑数字，往往要对可疑数字进行舍入，但在此我们所遵循的舍入规则与过去所说的"四舍五入"规则不尽相同。因为过去是"见五就入"，这样从 1 到 9 的 9 个数字中，入的概率大于舍的概率，从而引起舍入误差，显然不合理。故现在通用的规则：对保留数字末位以后的部分，"四舍、六入、五凑偶"，即末位是奇数则将其变为偶数（五入），末位是偶数则不变（五舍）。例如

$$435\ 550 \rightarrow 4\ 356\ (5\ \text{前面是奇数则进位})$$
$$435\ 650 \rightarrow 4\ 356\ (5\ \text{前面是偶数则不变})$$
$$435\ 054 \rightarrow 4\ 350\ (5\ \text{前面是零则不变})$$
$$435\ 549 \rightarrow 4\ 355\ (\text{进位的}\ 5\ \text{不能再进位})$$

1.3　测　量　误　差

1.3.1　测量误差的来源

在弄清测量误差来源之前，首先应明确以下几个概念。其一，真值。真值是指一个物理量在一定条件下是标准量（单位）的多少倍，它是客观存在的，实际具备的量值，不随测量而变化，用 μ 来表示。其二，测量值。这是通过实验测得的值，由于各种原因，每次测得的

值都有一定的近似性，因而真值无法测得，测量值只是对真值的近似描述，用 x 表示。其三，误差。真值与测量值之间总有或多或少的差异，这种差异在数值上的表示叫做误差，显然误差始终存在于一切科学实验和测量过程中，误差的大小反映了所得到的被测量的数值与真值之间的偏离程度。误差可分下面两种方式来表达。

绝对误差

$$\Delta x = \mid x - \mu \mid \tag{1-1}$$

相对误差

$$E = \frac{\mid x - \mu \mid}{\mu} \times 100\% \tag{1-2}$$

伴随于测量过程中的误差因素主要源于以下几个方面。

（1）原理方法误差。我们为测试对象所设计的测量方法及相应推出的计算公式，往往是在将被测量模型化、理想化的条件下得到的。如理想气体、刚体、无限广延的均匀介质、光滑表面、长直螺线管、简谐振动、平行光线、点光源等。这些模型实际上只能是近似成立，故测量结果必然带有一定误差。这种误差，需要通过改善实验条件，使其尽量满足理论要求，或修正理论公式，使之与实际情况更相符的方法来减小。

（2）仪器误差。任何量具、标准器、指示仪表等，都有一定的准确度等级限制，也即它们的标称值、分度值或指示值在体现计量单位时都有一定的误差范围。一些指零仪器，如天平、检流计、水平仪等的表观指"0"，告诉我们的信息只是某种变化量已小到它们的灵敏度以下。另外，一些仪器的设计本身也存在着固有的各种缺陷。这些因素都会给测量结果带来误差。

（3）环境条件误差。测量系统以外的各种环境因素，如温度、湿度、气压、振动、灰尘、光照、电场、磁场、电磁波等，都可以引起测量装置及被测量本身发生变化，从而造成实验误差。

（4）主观误差。主观误差是由操作者各方面素质的差异而引起的误差。如实验者的反应速度、分辨能力、心理素质、工作经验以及固有习惯等。

（5）其他误差。除上面提到的四个方面的情况会造成测量误差外，还有很多因素可以造成测量值与真值的偏离。如被测量本身的不稳定（电学测量中电流、电压的不稳定，光学测量中光源发光的不稳定等），测量仪器对被测量的扰动，以及人为误操作等。这些因素在设计实验方案和实施测量的过程中都应充分注意到。

1.3.2　误差的分类

根据误差的性质及其产生的原因，将误差分为系统误差、随机误差和粗大误差三大类。

1. 系统误差

在同一条件下多次测量同一量时，误差的大小和方向保持恒定，或在条件改变时，误差的大小和方向按一定规律变化，这种误差称为系统误差，其特点是它的确定规律性。系统误差来源于以下几方面：①由于实验原理和实验方法不完善带来的误差，例如计算公式的近似性所引起的误差；②由于仪器本身的缺陷或没有按规定条件使用仪器而造成的误差；③由于环境条件变化所引起的误差；④由于观测者生理或心理特点造成的误差等。

系统误差的确定性反映在：测量条件一经确定误差也随之确定，重复测量时误差的绝对值和符号均保持不变。因此，在相同实验条件下，多次重复测量不可能发现系统误差。对观测者来说，可能知道系统误差的规律及其产生的原因，也可能不知道。已被确切掌握了大小、规律和符号的系统误差，称为可定系统误差；大小、规律和符号不能确切掌握的系统误差称为未定系统误差。前者一般可以在测量过程中采取相应措施予以消除或在测量结果中进行修正；而后者一般难以进行修正，只能估计出它的取值范围。

2. 随机误差

随机误差是指即使在测量过程中已经减小或消除了系统误差，但在同一条件下对某一物理量进行多次测量，也总存在差异，误差时大时小，时正时负。这种误差是由于许多不可预测的偶然因素共同作用造成的，而且每个因素的作用都很微小。如测量时外界温度、湿度的微小起伏、别处产生的杂散电磁场，不规则的机械振动和电压的随机波动等，使实验过程中的物理现象和仪器的性能时刻发生随机变化，加上人们感官灵敏性的限制，致使每次测量都存在偶然性。这样的误差称为**随机误差**（或**偶然误差**）。对每一次测量来看，随机误差的大小、符号都无法预知，完全出于偶然。但是当测量次数足够大时，随机误差服从一定的统计规律，也就是正态分布（或高斯分布），其特点如下。

（1）单峰性：绝对值小的误差比绝对值大的误差出现的概率大。

（2）对称性：绝对值相等的正、负误差出现的概率相等。

（3）有界性：在一定的测量条件下随机误差的绝对值不会超过某一界限。

（4）补偿性：由于绝对值相等的正、负误差出现的概率接近相等，故当 $n \to \infty$ 时，随机误差的算术平均值将趋于零（此性质是对称性的必然结果）。

因此可以用增加测量次数的方法减小随机误差。当测量次数足够大时，测量列的随机误差趋近于零，测量列的算术平均值就趋近于真值。因此，在有限次测量中，我们应取测量列的算术平均值作为真值的估值。

3. 粗大误差

对测量结果产生明显歪曲的、数值比较大的误差称为**粗大误差**。产生粗大误差的原因多是由于人员失误或测量不符合规定的条件造成的。这类误差在处理数据过程中应依照判据加以剔除。

1.3.3　测量的精密度、准确度和精确度

精密度、准确度和精确度都是评价测量结果好坏的三个概念，但这三个词的涵义不同，使用时应加以区别。

测量的精密度高，是指测量数据比较集中，偶然误差较小，但系统误差的大小不明确。

测量的准确度高，是指测量数据的平均值偏离真值较少，测量结果的系统误差较小，但数据分散的情况，即偶然误差大小的数据不明确。

测量的精确度高，是指测量数据比较集中在真值附近，即测量的系统误差和偶然误差都比较小。精确度是对测量的偶然误差与系统误差的综合评定。

图 1-2 是用打靶时弹着点的情况为例，说明这三个词的意义。图 1-2（a）表示射击的精密度高但准确度差；图 1-2（b）表示射击的准确度高但精密度差；图 1-2（c）表示精密度和准确度均较好，即精确度高。

影响测量结果精度的主要因素有时是偶然误差，有时是系统误差。一般情况下，测量的误差是偶然误差和系统误差的总和。

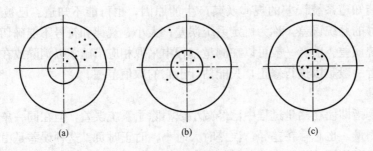

图 1 - 2　弹着点分布

1.4　误　差　处　理

1.4.1　系统误差的处理

1. 系统误差的发现

发现系统误差是消除和修正系统误差的前提，应从系统误差的来源着手分析。

（1）理论分析法。测量过程中因理论公式的近似性等原因造成的系统误差常常可以从理论上做出判断并估计其量值，如伏安法测电阻。

（2）实验对比法。对被测量值采用实验方法对比、测量方法对比、仪器对比及测量条件对比来研究其结果的变化规律，从而发现可能存在的系统误差。

（3）数据分析法。分析多次测量的数据分布规律来发现系统误差。

2. 系统误差的减小和修正

（1）通过理论公式引入修正值。

（2）消除系统误差产生的因素。

（3）改进测量原理和测量方法。

1.4.2　随机误差的概率分布规律

假设系统误差已消除，被测量本身又是稳定的（否则测量结果将显示出被测量本身的统计分布），大量的微小的干扰将使得在相同实验条件下，多次重复测量所得结果彼此互有差异，这是随机误差引起的，对这类误差的数学描述，是在多次测量的基础上，从统计的意义上得出。当测量次数 $n→∞$ 时，随机误差趋于正态分布，具有以下几点统计规律。

（1）单峰性：绝对值小的误差比绝对值大的误差出现概率大。当 $n→∞$ 时，随机误差在 0 附近有最大的概率。

（2）对称性：绝对值相等的正误差和负误差出现的概率接近相等，多次测量可部分地排除随机干扰所带来的误差。

（3）有界性：误差的绝对值不会超过某一界限，即绝对值很大的误差出现的概率为零。

（4）补偿性：由于绝对值相等的正、负误差出现的概率接近相等，故当 $n→∞$ 时，随机误差的算术平均值将趋于零（此性质是对称性的必然结果）。

随机误差的概率分布函数由数学家高斯给出，称为高斯分布函数，又称为正态分布函数，其具体形式为

$$f(\Delta x) = \frac{1}{\sqrt{2\pi}\sigma} \exp\left(-\frac{\Delta x^2}{2\sigma^2}\right)$$

$$(1 - 3)$$

式中：$\Delta x = x - \mu$，表示每次测量的随机误差。$f(\Delta x)$ 的曲线如图 1-3 所示，称为误差曲线，$f(\Delta x)$ 是单位误差的概率，称为随机误差的概率密度函数。由概率统计知识可知，误差出现在 $\Delta x \sim \Delta x + dx$ 区间的概率 P 与 dx 成正比，即

$$P = f(\Delta x)\mathrm{d}x \qquad (1-4)$$

高斯分布如图 1-3 所示。此图中阴影部分面积，若将所有可能的 $f(\Delta x)\mathrm{d}x$ 相加，则得曲线 $f(\Delta x)$ 与横轴所围的总面积，此面积必等于 1。即

$$\int_{-\infty}^{+\infty} f(\Delta x)\mathrm{d}x = 1 \qquad (1-5)$$

概率等于 1，表示事件的发生是确定的。这里的物理意义：设在一次实验中，随便测出的任一个数不管误差多大都成立，则这种实验任何人都可以有绝对把握做成功。

式 (1-3) 中：σ 对应 $f(\Delta x)$ 曲线拐点的横坐标值 [可由 $f(\Delta x)$ 函数二阶导数为零求出]，是式 (1-3) 中唯一的参量，现对 σ 的计算及用途做以下说明。

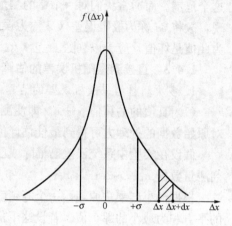

图 1-3　高斯分布

（1）σ 的具体数值是由一定条件决定的，即测量条件不同，σ 数值就不同。σ 可由下式求出

$$\sigma = \lim_{n \to \infty} \sqrt{\dfrac{\sum\limits_{i=1}^{n}(x_i - \mu)^2}{n}} \qquad (1-6)$$

该式表示 σ 值是无穷多次测量所产生的随机误差的方均根值，称做标准误差。

（2）当 $\Delta x = 0$ 时（即真值所在处），$f(0) = \dfrac{1}{\sqrt{2\pi}\sigma} \propto \dfrac{1}{\sigma}$，$f(0)$ 对应误差曲线的最高点，

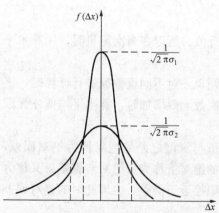

图 1-4　具有不同 σ 值的两个正态分布

σ 较小时，曲线峰值较大，又因为曲线下所围面积恒为 1，所以曲线两旁比较陡峭，见图 1-4 中曲线 1；反之，σ 值越大，曲线峰值越低，曲线两旁越变化平缓，见图 1-4 中曲线 2。故 σ 值可定性地给出误差曲线的形状。

（3）由 $-\sigma$ 到 $+\sigma$ 之间，曲线下的面积为曲线与横轴所围总面积的 68.3%，它表示随机误差值落在 $[-\sigma,\ +\sigma]$ 区间内的概率为 68.3%，且由 $|\Delta x_i| = |x_i - \mu| \leqslant \sigma$ 可知，这个概率还可以说是测量值落在区间 $[\mu-\sigma,\ \mu+\sigma]$ 内的次数占总测量次数 $n(\to \infty)$ 的 68.3%，或说当以任意一次测量值表示测量结果时，在 $[x_i \pm \sigma]$ 区间内包含真值 μ 的概率为 68.3%。

$[\pm \sigma]$ 称为置信区间，其包含真值的概率（$P = 68.3\%$）称为置信概率。因而，只要对测量结果给出置信区间 $[\pm \sigma]$ 和置信概率 P，就表达了测量结果的精密程度。置信区间越小，则测量结果的精密程度越高。

应该注意，Δx 是实在的误差值，可正可负，而 σ 并不是一个具体的测量误差值，它是

在相同条件下进行多次测量时，对随机误差变化范围的一个评定参数只具有统计意义。

（4）扩大置信区间，置信概率就会提高。如将区间扩大到 $[\pm 2\sigma]$，则 $P=95.4\%$，扩大到 $[\pm 3\sigma]$，则 $P=99.7\%$。这表明在 1 000 次的测量中，只有 3 次左右的随机误差值超过这个范围。而通常我们对一个量的测量不超过几十次，所以如此大的随机误差几乎不可能出现，故将 3σ 称为极限误差（又称为误差限或置信限）。当某测量值的误差大于 3σ 时，可认为此值是坏值，应予以剔除。

1.4.3 直接测量随机误差的估算

1. 多次测量结果随机误差的估算

（1）真值的估算值——$\bar{x}$。即使测量的次数足够多，真值也是无法直接测出的，需通过对原始数据的处理方可得到最佳估计值。

假设在实验中系统误差已消除或已减小到可以忽略的程度，通过 n 次等精度测量测得一列测量数据 x_1、x_2、$\cdots$、x_n。

根据最小二乘法原理，一个等精度测量列的最佳估计值，是能使各次测量值与该值之差的平方和为最小的那个值。若设这个值为 x_0，则最小二乘法的数学表达可写为

$$f(x_0) = \sum_{i=1}^{n} (x_1 - x_0)^2 = 最小值 \tag{1-7}$$

令 $f(x_0)$ 的一阶导数为零，则

$$\frac{\mathrm{d}f(x_0)}{\mathrm{d}x_0} = -2\sum_{i=1}^{n}(x_i - x_0) = 0$$

$$\sum_{i=1}^{n} x_i = nx_0$$

所以

$$x_0 = \frac{1}{n}\sum_{i=1}^{n} x_i = \bar{x} \tag{1-8}$$

即 n 次等精度测量数据的算术平均值就是真值的最佳估计值。所以在多次测量时，用算术平均值表示测量结果。

请注意，平均值只是真值的近似值，当测量次数不同，或对不同组数据进行计算时，平均值会稍有差别，因而平均值也是一个随机量。当测量次数无限增加时，算术平均值才无限接近真值。

（2）σ 的估算值——S_x、$S_{\bar{x}}$。前面我们曾定义测量值与真值之差的绝对值为绝对误差，当我们用算术平均值代替真值时，测量值与平均值之差的绝对值称为（绝对）偏差，又称为"残差"。由上可知，当测量次数无限增加时，偏差就无限接近于误差，也即此时的绝对误差可用绝对偏差来代替。

同理，可以证明，多次测量中标准误差 σ 值，也可通过标准偏差（简称标准差）来近似估算，标准偏差用符号 S_x 表示，计算公式为

$$S_x = \sqrt{\frac{\sum\limits_{i=1}^{n}(x_i - \bar{x})^2}{n-1}} \tag{1-9}$$

式（1-9）称为贝塞尔公式，S_x 是测量列中任何一次测得值的标准偏差，由于 S_x 是 σ 的近

似值，所以 S_x 的物理含义与 σ 相对应，也即任意一次测量值的随机误差落在 $[-S_x，+S_x]$ 区间内的概率是 68.3%（即区间 $[\pm S_x]$ 等效为一个置信区间），或说任意一次测量值落在区间 $[\bar{x}-S_x，\bar{x}+S_x]$ 内的概率为 68.3%，这也可以理解成将一组测量数据表示成 $[x_i\pm S_x]$ 时，包含真值（实为 $\bar{x}$）的概率为 68.3%。此外，测量值与算术平均值之间偏离程度超过 $3S_x$ 的概率只有约 0.3%，这在有限次测量中不可能发生，故 $3S_x$ 可代替 3σ 作为剔除实验数据中坏值的标准，称为误差限。

由于随机误差有补偿性，所以一个测量列的算术平均值的随机误差比任何一次实际测量结果的随机误差小，前面已经证明算术平均值可作为真值的估计值，但它毕竟不是真值，平均值本身也是个随机量。设想在等精度条件下进行许多列 n 次测量，则每一列测量数据可求得一个 $\bar{x}$，故可得 $\bar{x}_1，\bar{x}_2，\cdots$，这些平均值的统计分布必然会更靠近真值，所以任意一个平均值的标准偏差要比任意一次单个测量值的标准偏差小，且可推出平均值的标准偏差 $S_{\bar{x}}$ 与任一次测量值的标准偏差 S_x 间有如下的关系，即

$$S_{\bar{x}} = \frac{S_x}{\sqrt{n}} \tag{1-10}$$

将式（1-9）代入式（1-10），得算术平均值的标准偏差计算公式为

$$S_{\bar{x}} = \sqrt{\frac{\sum\limits_{i=1}^{n}(x_i-\bar{x})^2}{n(n-1)}} \tag{1-11}$$

显然 $S_{\bar{x}}$ 的含义应与 S_x 相对应，即任意一个测量列的算术平均值的随机误差落在 $[-S_{\bar{x}}，S_{\bar{x}}]$ 区间内的概率是 68.3%，即当把测量结果表示成 $[\bar{x}\pm S_{\bar{x}}]$ 时，包含真值的概率为 68.3% 左右，在此，平均值的置信区间 $[-S_{\bar{x}}，S_{\bar{x}}]$ 比任意测量值的置信区间 $[-S_x，S_x]$ 窄，所以平均值的误差曲线比任意测量值对应的误差曲线中部峰值更高，两旁下降更快，这反映了平均值的优越性。

2. 测量次数很少时随机误差的估算

当测量次数很少时，随机误差不严格遵从高斯分布，而是遵从 t 分布（又称学生分布），此分布是 1908 年由戈塞特（W. S. Gosset）首先提出的。其函数形式比较复杂，t 分布曲线与高斯分布曲线形状类似，但稍低稍宽，当测量次数 $n\to\infty$ 时，t 分布趋于高斯分布。可见，t 分布与高斯分布并不是相互独立的，在置信概率相同的情况下，两种分布之间应存在一个转换系数，此系数称置信因子 t_p，简称 t 因子，t 因子的数值随测量次数不同及置信概率不同而不同，用高斯分布算出来的标准偏差乘以相应的 t 因子，即 $S'_{\bar{x}}=t_p S_{\bar{x}}$，作为 t 分布的置信区间，则可得到相应的置信概率。例如，区间 $[\pm t_{0.683}S_{\bar{x}}]$ 的置信概率与区间 $[\pm S_{\bar{x}}]$ 相同，为 68.3%，区间 $[\pm t_{0.954}S_{\bar{x}}]$ 的置信概率与区间 $[\pm 2S_{\bar{x}}]$ 相同，为 95.4%，显然置信概率为 99.7% 时所对应的置信区间为 $[\pm t_{0.997}S_{\bar{x}}]$。表 1-1 给出了一些 t 因子常用的数值。

表 1-1　　　　　　　　t 因子常用数值表（表中 n 表示测量次数）

p ＼ n ＼ $t_p(n)$	2	3	4	5	6	7	8	9	10	11	16	∞
0.683	1.84	1.32	1.20	1.14	1.11	1.09	1.08	1.07	1.06	1.05	1.04	1.00
0.954	12.71	4.30	3.18	2.78	2.57	2.45	2.36	2.31	2.26	2.23	2.13	1.96
0.997	63.66	9.93	5.84	4.60	4.03	3.71	3.50	3.36	3.25	3.17	2.95	2.58

3. 多次测量次数的确定

式（1-11）表明，当测量次数增加时，$S_{\bar{x}}$ 会越来越小，它反映了增加测量次数可以减少随机误差。但 n 越大，$S_{\bar{x}}$ 的变化就越缓慢。图 1-5 反映了 $S_{\bar{x}}$ 随 n 变化的关系，由曲线可看出，当 $n>10$ 时，$S_{\bar{x}}$ 的减小已不明显，在做多次测量时，一般重复 6～10 次就够了。一味地增加测量次数，不仅误差的减小不明显，而且会拖长工作时间，环境条件的不变性亦难保证。

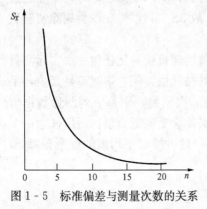

图 1-5　标准偏差与测量次数的关系

另外，测量的准确度还受到仪器准确度的制约。一般对一个被测量应至少先测 2～3 次，若各次测得值相同，则表示所用仪器准确度不高，反映不出测量的随机误差，可以按单次测量处理；若各次测量值不同，可根据数据起伏的大小来决定重复测量的次数，总共测 6～10 次即可。

1.5　测量不确定度与测量结果表示

1.5.1　不确定度概念及分类

测量误差存在于一切测量中，由于测量误差的存在而对被测量值不能确定的程度即为测量的不确定度，它给出测量结果不能确定的误差范围。一个完整的测量结果不仅要标明其量值大小，还要标出测量的不确定度，以表明该测量结果的可信赖程度。

目前世界上已普遍采用不确定度来表示测量结果的误差。我国从 1992 年 10 月开始实施的《测量误差和数据处理技术规范》中，也规定了使用不确定度评定测量结果的误差。

不确定度理论按照测量数据的性质将不确定度分为两类：符合统计规律的，称为 A 类标准不确定度，用 u_A 表示；不符合统计规律的统称为 B 类标准不确定度，用 u_B 表示。两类不确定度分量的方和根为总不确定度 u。

1. 测量列的 A 类标准不确定度 u_A

在物理实验教学中，我们约定用直接测量平均值的标准偏差作为用统计方法评定的 A 类标准不确定度

$$u_A = S_{\bar{x}} = t\sqrt{\frac{1}{n(n-1)}\sum_{i=1}^{n}(x_i - \bar{x})^2} \tag{1-12}$$

2. 测量列的 B 类标准不确定度 u_B

测量中凡是不符合统计规律的不确定度统称为 B 类不确定度。评定 B 类不确定度常用估计方法，要估计适当，需要确定分布规律，同时需要参照标准，更需要估计者的实践经验、学识水平等。因此，往往是意见纷纭，争论颇多。物理实验中 B 类不确定度通常由所取测量仪器的误差和测量的估计误差组成，当其中一个分量小于另一分量的 1/3 时，则可以忽略较小的误差分量。

本书对 B 类不确定度的估计只做简化处理。仪器不准确的程度主要用仪器误差来表示，所以 B 类不确定度为

$$u_\text{B} = \frac{\Delta_\text{仪}}{C} \tag{1-13}$$

式中：$\Delta_\text{仪}$ 是仪器说明书上所标明的"最大允差"，可由仪器技术指标或有关手册查出，也可取最小刻度的一半；C 是一个与仪器不确定度概率分布有关的常数，称为"置信因子"，本书中置信因子 C 取 $\sqrt{3}$。$\Delta_\text{仪}$ 的最大允差如表 1-2 所示。

表 1-2 物理实验教学常用仪器的最大允差 $\Delta_\text{仪}$

仪 器	最小分度值	$\Delta_\text{仪}$	备 注
米尺	1mm	0.5mm	
游标卡尺	0.02mm	0.02mm	
	0.05mm	0.05mm	
千分尺（螺旋测微计）	0.01mm	0.004mm	
物理天平	0.02g	0.02g	
电磁仪表		量程·a%	a 是仪表准确度等级
各类数字式仪表		仪器最小读数	

当测量不能在正常状态下进行时，$\Delta_\text{仪}$ 应根据测量的实际情况和仪器误差进行估计。如用米尺测量钢丝的长度时，若米尺不能紧靠钢丝，上下两端读数误差可各取 0.5mm，则在钢丝长度的测量中，仪器误差 $\Delta_\text{仪}$ 应为 1mm。

3. 合成标准不确定度和相对不确定度

在物理量的测量中，当两类不确定度各分量 u_A1、u_A2、…；u_B1、u_B2、…彼此独立时，则合成标准不确定度 u 为

$$u = \sqrt{\sum_{i=1}^{M} u_{\text{A}i}^2 + \sum_{j=1}^{Q} u_{\text{B}j}^2} \tag{1-14}$$

相对不确定度＝不确定度/测量平均值，即

$$E = \frac{u}{\bar{x}} \times 100\% \tag{1-15}$$

1.5.2 直接测量的标准不确定度及结果表示

1. 单次测量

物理实验中，经常遇到不能多次重复测量或因仪器精度较低多次测量的读数相同的情况，这时只需进行单次测量。就单次测量而言，不存在 A 类不确定度分量，所以合成不确定度就等于 B 类不确定度分量。

$$u = u_\text{B} \tag{1-16}$$

2. 多次测量

对同一物理量进行多次等精度测量时，A 类不确定度分量主要由测量列的算术平均值的标准偏差决定，B 类不确定度分量主要讨论仪器的不确定度，合成不确定度由两类不确定度的方和根求得，即

$$u = \sqrt{u_\text{A}^2 + u_\text{B}^2} \tag{1-17}$$

3. 直接测量结果的表示

直接测量结果表达式

$$x = \bar{x} \pm u \quad (p = 68.3\%)$$

$$E = \frac{u}{\bar{x}} \times 100\% \tag{1-18}$$

【例 1-3】 用物理天平（仪器误差 $\Delta_{仪} = 0.02g$）测量物体的质量 m，一共测了 $n=9$ 次，测量结果列于表 1-3 中，求该物体质量的直接测量结果。

表 1-3   用天平称物体质量所得数据

i	1	2	3	4	5	6	7	8	9
m_i/g	18.79	18.72	18.75	18.71	18.74	18.73	18.78	18.76	18.77

解 （1）算术平均值

$$\bar{m} = \frac{1}{n}\sum_{i=1}^{n} m_i = 18.749g$$

（2）测量的 A 类不确定度分量（$n=9$，查表 1-3 得 $t=1.07$）

$$u_A = S_{\bar{m}} = t\sqrt{\frac{\sum (m_i - \bar{m})^2}{n(n-1)}} = 0.009\,8g$$

（3）测量的 B 类不确定度分量

$$u_B = \frac{\Delta_{仪}}{\sqrt{3}} = 0.012g$$

（4）测量的合成不确定度

$$u = \sqrt{u_A^2 + u_B^2} = 0.016g$$

（5）相对不确定度

$$E = \frac{u}{\bar{m}} \times 100\% = \frac{0.016}{18.75} = 0.086\%$$

（6）测量结果表示为

$$m = \bar{m} \pm u = (18.749 \pm 0.016)g; \quad p = 68.3\%$$

$$E = \frac{u}{\bar{m}} \times 100\% = 0.086\%$$

1.5.3 间接测量的不确定度及结果表达式

设间接测量量 N 与各直接测量量的函数关系为

$$N = f(x, y, z, \cdots)$$

1. 间接测量量的平均值

间接测量结果是由一个或几个直接测量值经过公式计算得出。因 $\bar{x}$、$\bar{y}$、$\cdots$ 均代表各直接测量量的最佳值，于是间接测量量的最佳值就应该是

$$\bar{N} = f(\bar{x}, \bar{y}, \bar{z}, \cdots) \tag{1-19}$$

即间接测量量的最佳值由各直接测量量的最佳值代入函数表达式求得。

2. 间接测量结果的不确定度

设 U_x，U_y，U_z，$\cdots$ 分别为 x，y，z，$\cdots$ 等相互独立的直接测量量的不确定度，则间接测量量的总不确定度为

$$U_N = \sqrt{\left(\frac{\partial f}{\partial x}\right)^2 U_x^2 + \left(\frac{\partial f}{\partial y}\right)^2 U_y^2 + \left(\frac{\partial f}{\partial z}\right)^2 U_z^2 + \cdots} \tag{1-20}$$

式中：偏导数 $\dfrac{\partial f}{\partial x}, \dfrac{\partial f}{\partial y}, \dfrac{\partial f}{\partial z}, \cdots$ 称为传递系数，它的大小直接代表了各直接测量结果不确定度对间接测量结果不确定度的贡献（权重）。

间接测量量的相对不确定度可表示为

$$\frac{U_N}{N} = \sqrt{\left(\frac{\partial \ln f}{\partial x}\right)^2 U_x^2 + \left(\frac{\partial \ln f}{\partial y}\right)^2 U_y^2 + \left(\frac{\partial \ln f}{\partial z}\right)^2 U_x^2 + \cdots} \tag{1-21}$$

式中：$\ln f$ 表示对函数 f 取自然对数。

式（1 - 20）和式（1 - 21）仅仅是原理性的表达式，当落实到一个具体的间接测量量的函数关系式参与运算时其计算量不小，为了方便读者，表 1 - 4 将常用函数不确定度公式列于其中。

表 1 - 4 　　　　　　　　　　　　　　**常用函数不确定度使用说明**

间接测量结果的函数表达式	不确定度的传递公式	说　明
$N = x \pm y$	$U_N = \sqrt{U_x^2 + U_y^2}$	直接求 U_N
$N = x \cdot y$	$E_N = \dfrac{U_N}{N} = \sqrt{\left(\dfrac{U_x}{x}\right)^2 + \left(\dfrac{U_y}{y}\right)^2}$	宜先求相对不确定度 E_N
$N = \dfrac{x}{y}$	$E_N = \dfrac{U_N}{N} = \sqrt{\left(\dfrac{U_x}{x}\right)^2 + \left(\dfrac{U_y}{y}\right)^2}$	宜先求相对不确定度 E_N
$N = \dfrac{x^a \cdot y^b}{z^c}$	$E_N = \dfrac{U_N}{N} = \sqrt{a^2\left(\dfrac{U_x}{x}\right)^2 + b^2\left(\dfrac{U_y}{y}\right)^2 + c^2\left(\dfrac{U_x}{z}\right)^2}$	宜先求相对不确定度 E_N
$N = Ax$	$U_N = AU_x$；$E_N = \dfrac{U_N}{N} = \dfrac{U_x}{x}$	直接求 U_N
$N = \sqrt[n]{x}$	$E_N = \dfrac{U_N}{N} = \dfrac{1}{n}\dfrac{U_x}{x}$	宜先求相对不确定度 E_N
$N = \sin x$	$U_N = U_x \cos x$	直接求 U_N

3. 间接测量结果的表示

与直接测量相对应的间接测量结果应表示为

$$\begin{cases} N = \overline{N} \pm U & 单位(P = \quad) \\ E = \dfrac{U_N}{N} \times 100\% \end{cases} \tag{1-22}$$

在表达测量结果时需注意如下三点。

（1）若直接测量结果是最终结果，不确定度则用一位至二位数字表示，一般当首位数是 1 或 2 时，则保留两位，首位数是大于等于 3 的数，则只取一位数字。但若测量结果仅是作为间接测量的一个中间结果，不确定度最好取二位数字，多余的数按舍入规则取舍。

（2）$\overline{x}$（或 $\overline{N}$）项与 U 项要一致，此包含三层含义：①$\overline{x}$（或 $\overline{N}$）项的末位与保留的 U 项的末位一定要对齐，即要将按公式运算得到的 $\overline{x}$（或 $\overline{N}$）的末位与 U 末位比较，多舍少补（用"0"顶位）。②$\overline{x}$（或 $\overline{N}$）项与 U 项的 10 的幂次要相同。③$\overline{x}$（或 $\overline{N}$）与 U 的单位相同。

（3）相对误差，一般用一至二位的百分数表示。

4. 不确定度计算实例

【例 1 - 4】 利用流体静力称衡法则求铜块的密度，密度公式为 $\rho = \dfrac{m}{m-m_1}\rho_0$，其中 m 为空气中铜块的质量（注：空气浮力可以忽略）；m_1 为铜块浸没于纯水中的质量；ρ_0 为纯水密度。现已测得 $m=(89.08\pm0.02)\text{g}(P=95\%)$，$m_1=(79.09\pm0.02)\text{g}(P=95\%)$，纯水密度 $\rho_0=(0.999\,7\pm0.000\,3)\text{g/cm}^3(P=95\%)$，求铜块的密度测量结果。

解 铜块密度近真值

$$\bar\rho = \frac{\bar m}{\bar m-\bar m_1}\bar\rho_0 = \frac{89.08}{89.08-79.09}\times0.999\,7\text{g/cm}^3 = 8.914\,2\text{g/cm}^3$$

利用式（1 - 20）求铜块密度的合成不确定度为

$$\frac{\partial}{\partial m}\left(\frac{m}{m-m_1}\rho_0\right)U_m = \frac{-m_1}{(m-m_1)^2}\rho_0 U_m$$

$$=-\frac{79.09}{(89.08-79.09)^2}\times0.999\,7\times0.02\text{g/cm}^3 \approx -1.58\times10^{-2}\text{g/cm}^3$$

$$\frac{\partial}{\partial m_1}\left(\frac{m}{m-m_1}\rho_0\right)U_{m_1} = \frac{m}{(m-m_1)^2}\rho_0 U_{m_1}$$

$$=\frac{89.08}{(89.08-79.09)^2}\times0.999\,7\times0.02\text{g/cm}^3 \approx 1.79\times10^{-2}\text{g/cm}^3$$

$$\frac{\partial}{\partial \rho_0}\left(\frac{m}{m-m_1}\rho_0\right)U_{\rho_0} = \frac{m}{m-m_1}U_{\rho_0}$$

$$=\frac{89.08}{89.08-79.09}\times0.000\,3\text{g/cm}^3 \approx 0.27\times10^{-2}\text{g/cm}^3$$

$$U_\rho = \sqrt{\left(\frac{\partial\rho}{\partial m}U_m\right)^2 + \left(\frac{\partial\rho}{\partial m_1}U_{m_1}\right)^2 + \left(\frac{\partial\rho}{\partial\rho_0}U_{\rho_0}\right)^2}$$

$$= \sqrt{(-1.58\times10^{-2})^2 + (1.79\times10^{-2})^2 + (0.27\times10^{-2})^2}\text{g/cm}^3$$

$$= 2.4\times10^{-2}\text{g/cm}^3 \quad (P=95\%)$$

铜块密度的测量结果为

$$\rho = (8.914\pm0.024)\text{g/cm}^3,\ E_\rho = 2.7\% \ (P=95\%)$$

【例 1 - 5】 用单摆测重力加速度，$g=4\pi^2\dfrac{L}{T^2}$，已测得摆长 L 和周期 T 的测量结果为

$$L = \bar L\pm U_L = (100.011\pm0.010)\text{ cm} \ (P=95\%)$$

$$T = \bar T\pm U_T = (2.002\,0\pm0.002\,0)\text{ s} \ (P=95\%)$$

求重力加速度的测量结果。

解 重力加速度的近真值为

$$\bar g = 4\pi^2\frac{\bar L}{\bar T^2} = 4\times(3.141\,59)^2\times\frac{100.011}{2.002\,0}\text{m/s}^2$$

$$= 9.851\,0\text{m/s}^2$$

按式（1 - 21）求重力加速度的相对不确定度

$$E_g = \frac{U_g}{g} = \sqrt{\left(\frac{U_L}{L}\right)^2 + \left(\frac{-2U_T}{T}\right)^2}$$

$$= \sqrt{\left(\frac{0.010}{100.011}\right)^2 + \left(\frac{-2}{2.002\ 0} \times 0.002\ 0\right)^2}$$

$$= 0.002\ 0\ (P = 95\%)$$

重力加速度的不确定度为

$$U_g = \bar{g}E_g \approx 9.851\ 0 \times 0.002\ 0\text{m/s}^2 = 0.020\text{m/s}^2(P = 95\%)$$

重力加速度的测量结果为

$$g = (9.851 \pm 0.020)\ \text{m/s}^2(P = 95\%)$$

对于例 1-5 有兴趣的读者也可采用式（1-20）求解，但经比较你会发现，当间接测量量与直接测量量的函数关系为乘、除或幂函数关系时，用式（1-21）先求相对不确定度可以大大简化运算。因此，表 1-4 就是按此思路制成的。读者参照此表，并根据其说明栏的步骤计算可以使计算量减至最小，而且不易出错。

应当指出，无论用式（1-20）、式（1-21）或是按表 1-4 计算间接测量量的不确定度时，均应保持置信概率的统一。例如，各直接测量量的不确定度用标准不确定度（$P = 68.3\%$）表达时，它们传递的间接测量结果的不确定度也是标准不确定度（$P = 68.3\%$）。所有直接测量量都用高置信概率下的不确定度时，经传递后间接测量结果的不确定度也只能是在该高置信概率下的不确定度。

1.6　实验数据处理的基本方法

1.6.1　列表法

在记录和处理数据时，常把数据列成表格，既可以简明地表示有关物理量之间的对应关系，又便于随时检查测量结果是否合理，便于发现和分析问题。

用来处理实验数据的表格与用来记录原始数据的表格是有区别的，列表法所使用的表格需将实验数据处理过程显示出来，即将实验数据中的自变量、因变量的各个数据及计算过程、最后结果按一定的格式，有秩序地排列起来。这种处理实验数据的方法是科技工作者经常使用的方法，应该很好地掌握。列表具体要求如下。

（1）表格栏目排列的顺序要与测量的先后和计算的顺序相对应。

（2）写清表中各符号的物理意义及单位（单位注在标题栏中即可）。

（3）表中数据要正确反映测量结果的有效数字。

（4）表中要能反映出数据间的联系，还要反映出数据处理过程中的一些重要中间结果及主要的计算公式。

（5）必要问题在备注中加以说明。

列表法的特点是简单明了，形式紧凑，各数据间易于参考比较，从而便于：①随时查对所测数据是否合理，有无漏测或异常；②提高处理数据的效率，减少和避免差错；③由归纳总结找出物理量间的相互关系和变化规律，找出经验公式；④便于以后查对数据。

总之，用列表法处理数据优点很多，但也并非十全十美，它的缺点在于不能很直观地显示数据变化趋势，而这个不足，在作图法处理数据时可以得到很好地克服。

1.6.2　作图法

作图法也是一种被广泛用来处理实验数据的方法，特别是在对被测物理量的变化规律还不甚掌握，不能找出适当的函数表达式时，用作图线的方法来表示测量结果，将是一种很有效的方法。

1. 作图规则

（1）图纸选择。作图一定要用坐标纸，一般最常用的是直角坐标纸，有时也用单对数坐标纸、双对数坐标纸、极坐标纸或其他坐标纸等。坐标纸的大小以不损失实验数据的有效数字和能包括所有实验点为原则。

（2）坐标轴的选择。作图通常以横轴代表自变量，纵轴代表因变量。一个坐标轴应包括四要素，即所代表的物理量的名称（或符号）、单位、轴的方向及等间隔标定的轴的分度值。且对坐标轴比例的选取需注意以下问题：①轴上的分度要使得图纸中最小分格对应测量数据中可靠数字的最后一位，以保证不因作图而增加或减少有效数字位数；②坐标轴的比例要便于数据点的标注和不用计算就能直接读出图上各点的坐标，因此图上最小分格代表的数字应取 1、2、5；③适当选取坐标轴的比例和起点（不一定从零开始），以使图线比较对称地充满整个图纸，而不是偏于一边或一角；④纵轴与横轴的比例、标度都可以不同。

（3）图线的绘制。①根据测量数据，用削尖的铅笔，以×、＋、⊙、△等符号清楚地标出与实验数据相对应的坐标位置，若一张图上要画几条曲线，则每条曲线可采用不同的标记符号。②连线时要使用直尺或曲线板（尺）等作图工具，除校正曲线要连成折线外（相邻数据点间用直线连接），一般应根据数据点的分布趋势连成光滑直线或曲线，但这并不是说所绘制的图线一定要通过所有测量点，而是要求实验点与线的距离最为接近，且图线两侧的偏差点有较均匀的分布，在画图时，个别偏离过大的点应当舍去或重新测量、核对。

（4）图名和图注。图线画好后，要在图纸的明显位置写清图的名称，图名最好用仿宋体字，字迹要端正，同时还要注明实验条件等。

2. 图线的使用

依测量数据所绘制的图线有很多用途，最常用的有以下几种。

（1）图示法。即用所绘图线表示实验结果。如在用模拟法测绘静电场的实验中，用等势线、电力线图来表示测量结果。

（2）图解法。即利用图线来求函数表达式。如在三线摆实验中，可通过图线得出三线摆周期与转动惯量之间的经验公式。

（3）通过求所绘直线的截距或斜率得到另外一个物理量。如在测量金属导体的电阻温度系数时，利用导体电阻与温度的关系直线，可由截距求得 0℃时导体的电阻值，由直线的斜率求出金属的电阻温度系数。

（4）曲线改直。若物理量之间的关系是非线性的，则可通过适当变量代换将其转换成线性关系，即将非直线图线变换成直线，此称曲线改直。通过这种变换，可使某些未知量包含在直线斜率或截距中。如函数 $y = ax^b$，其中 a、b 均为常量，两边取对数后变换为

$$\lg y = b\lg x + \lg a$$

若以 $\lg x$ 为横轴，$\lg y$ 为纵轴，则两者之间线性关系，其直线的斜率为 b，截距为 $\lg a$，显

然问题简化了许多。

【例 1 - 6】 用伏安法测电阻所得数据见表 1 - 5。

表 1 - 5　　　　　　　　　　　　用伏安法测电阻所得数据

次数(n)	1	2	3	4	5	6	7	8	9	10
U(V)	1.00	2.00	3.00	4.00	5.00	6.00	7.00	8.00	9.00	10.00
I(mA)	2.00	4.01	6.05	7.85	9.70	11.83	13.75	16.02	17.86	19.94

试用直角坐标纸作出测量图线,并求出电阻值。

解　在直角坐标纸上作图如图 1 - 6 所示。

由图中可看出,U - I 图线为一直线,说明 U、I 成线性关系,即被测电阻为线性电阻,其阻值为直线斜率的倒数,即

$$R = \frac{1}{k} = \frac{7.50 - 5.50}{(15.00 - 11.00) \times 10^{-3}} = 500 \ (\Omega)$$

1.6.3　逐差法

如果两个物理量之间满足线性关系 $y = ax + b$,自变量 x 等间距变化时,则可以采用逐差法处理实验数据。逐差法的特点是物理内涵明确、方法简单,充分利用多次测量的实验数据,起到减小测量误差的作用。逐差法是物理实验数据处理的一种有效方法。

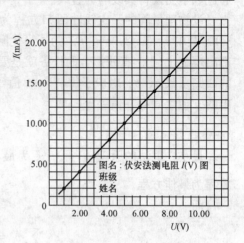

图 1 - 6　伏安法测电阻

用逐差法处理数据的程序如下。

(1) 将偶数个自变量 x_1、x_2、$\cdots$、x_{2n} 和偶数个因变量 y_1、y_2、$\cdots$、y_{2n}分别分成两组

$$y_1 、 y_2 、 \cdots 、 y_n 、 y_{n+1} 、 y_{n+2} 、 \cdots 、 y_{2n} \tag{1 - 23}$$
$$x_1 、 x_2 、 \cdots 、 x_n 、 x_{n+1} 、 x_{n+2} 、 \cdots 、 x_{2n}$$

(2) 对应项相减

$$\Delta y_1 = y_{n+1} - y_1$$
$$\Delta y_2 = y_{n+2} - y_2$$
$$\cdots\cdots$$
$$\Delta y_n = y_{n+n} - y_n$$

(3) 求平均值

$$\overline{\Delta y} = \frac{\Delta y_1 + \Delta y_2 + \cdots + \Delta y_n}{n} \tag{1 - 24}$$

$$a = \frac{\overline{\Delta y}}{x_{n+1} - x_1} \tag{1 - 25}$$

$$b = \bar{y} - a\bar{x} \tag{1 - 26}$$

在处理这类实验数据时,若采用简单的多次平均的方法,不能达到预期效果。如上所述,自变量改变时引起因变量的变化:$\Delta y_1 = y_2 - y_1$,$\Delta y_2 = y_3 - y_2$,$\cdots$,$\Delta y_{2n-1} = y_{2n} - y_{2n-1}$,根据平均值的定义,因变量的平均变化是

$$\overline{\Delta y} = \frac{\Delta y_1 + \Delta y_2 + \cdots + \Delta y_{2n-1}}{2n - 1} = \frac{y_{2n} - y_1}{2n - 1}$$

中间测量值全部抵消，其数据没有起任何作用，只有 y_{2n}、y_1 起作用，这样做就失去了多次测量的意义。采用逐差法就不会出现这类问题。

1.6.4 最小二乘法

作图法虽然可以很直观地将实验中各物理量间的关系、变化规律表示出来，但同一组实验数据画出来的实验曲线会因人而异。要由实验数据较精确地求出拟合曲线的参数，通常采用最小二乘法。这里主要介绍直线拟合问题（或称一次线性回归），对于某些曲线函数可以通过数学变换将其改写为直线。

设物理量间的一次线性回归方程为 $y=ax+b$，在实验中等精度地测得一组数据 (x_i, y_i)，其中 $i=1, 2, \cdots, n$。为了简化问题讨论，我们假设 x_i 的测量误差很小，而主要误差都出现在 y_i 上。直线拟合的任务就是要用数学分析的方法从这些测量到的数据中求出最佳的回归系数 a、b。对应于每一个 x_i 值，它所对应的测量值 y_i 和由回归方程 $y=ax+b$ 计算出的 y 值之间存在偏差 v_i，即

$$v_i = y_i - y = y_i - (ax_i + b) \quad (i = 1, 2, \cdots, n) \tag{1-27}$$

最小二乘法的原理：当 $\sum_{i=1}^{n} v_i^2$ 为最小时得到的回归系数 a、b 为最佳回归系数，对应的方程为最佳方程。

而

$$\sum_{i=1}^{n} v_i^2 = \sum_{i=1}^{n} (y_i - ax_i - b)^2 \tag{1-28}$$

极小值存在时，应有

$$\frac{\partial}{\partial a}\left[\sum_{i=1}^{n} v_i^2\right] = 0 \qquad \frac{\partial}{\partial b}\left[\sum_{i=1}^{n} v_i^2\right] = 0 \tag{1-29}$$

$$\frac{\partial^2}{\partial a^2}\left[\sum_{i=1}^{n} v_i^2\right] > 0 \qquad \frac{\partial^2}{\partial b^2}\left[\sum_{i=1}^{n} v_i^2\right] > 0$$

由此可得一元线性回归方程的两个最佳系数为

$$a = \frac{n\sum_{i=1}^{n}(x_i y_i) - \sum_{i=1}^{n} x_i \sum_{i=1}^{n} y_i}{n\sum_{i=1}^{n} x_i^2 - \left(\sum_{i=1}^{n} x_i\right)^2} \tag{1-30}$$

$$b = \bar{y} - a\bar{x}$$

$$= \frac{\sum_{i=1}^{n} x_i^2 \sum_{i=1}^{n} y_i - \sum_{i=1}^{n} x_i \sum_{i=1}^{n}(x_i y_i)}{n\sum_{i=1}^{n} x_i^2 - \left(\sum_{i=1}^{n} x_i\right)^2} \tag{1-31}$$

最佳回归系数 a、b 也存在 A 类不确定度，a、b 的 A 类不确定度分量的估算公式为

$$u_a = \sqrt{\frac{\sum_{i=1}^{n}[y_i - (ax_i + b)]^2}{n(n-2)[\overline{x^2} - (\bar{x})^2]}} \tag{1-32}$$

$$u_b = \sqrt{\overline{x^2}}\, u_a \tag{1-33}$$

必须指出，实际上只有当 x 和 y 之间存在线性关系时，拟合的直线才有意义。为了检

验拟合的直线有无意义，在数学上引入相关系数 r，定义为

$$r = \frac{\sum\limits_{i=1}^{n}(x_i - \bar{x}) \cdot (y_i - \bar{y})}{\sqrt{\sum\limits_{i=1}^{n}(x_i - \bar{x})^2}\sqrt{\sum\limits_{i=1}^{n}(y_i - \bar{y})^2}} \tag{1-34}$$

相关系数 r 的绝对值的大小表示线性拟合的相关程度的好坏。若 r 的绝对值越近于 1，则实验数据越密集于所求得的直线近旁，说明用线性函数拟合是合理的。在普通物理实验中，如果 $|r|$ 达到 0.999 就表明线性关系良好。相反，若 $r=0$ 或趋近于 0，则实验数据对求得的直线很分散，这说明 x、y，两物理量根本不存在线性关系，用线性函数拟合不妥，必须采用其他函数重新试探。

思　考　题

1. 物理实验的测量范围是什么？常用的测量方法有哪些？

2. 测量时的有效数字如何取位？

3. 有效数字的作用是什么？什么是科学记数法？直接测量结果的有效数字位数与哪些因素有关？

4. 为什么测量结果都带有误差？误差可分为几类？各应如何消除或减小？

5. 服从高斯分布的随机误差具有哪些统计规律？

6. 如何计算等精度多次测量的标准偏差和平均值的标准偏差？

7. 当测量次数较少时，如何估算随机误差？

8. 如何推导误差传递公式？

9. 单次测量结果如何表示？多次测量结果又如何表示？

10. 标准不确定度如何分类？各类不确定度分别由什么因素引起？有什么规律？

11. 仪器的基本误差限值 Δ_{ms} 如何计算？置信因子 C 如何取值？

12. 直接测量的不确定度如何估算？怎样合成？

13. 间接测量不确定度的传递公式如何推导？

14. 采用不确定度如何正确表示测量结果？

15. 不确定度的计算对实验有何指导意义？

16. 本章介绍了几种数据处理方法？各有何优缺点？如何使用？

习　　题

1. 指出下列情况的测量误差属于哪一类型。

(1) 米尺刻度不均匀。（　　　　）

(2) 米尺的实际长度小于其刻度值。（　　　　）

(3) 卡尺零点不准。（　　　　）

(4) 测质量时天平没调水平。（　　　　）

(5) 测量时对最小分度后一位的估计。（　　　　）

(6) 电表的接入误差。（　　　　　）

2. 下列说法是否正确，如不正确请改正。

(1) 有人说 0.270 60 有六位有效数字，有人说有四位。

(2) 有人说 $2.00×10^4$ 为一位有效数字，有人说是七位有效数字。

(3) 0.006g 的测量精度比 6.0g 的高。

(4) 两个长度，甲用米尺测一个，乙用千分尺测量一个，结果肯定是乙测的精度高。

(5) 电阻 $R_1=5.10kΩ$，$R_2=5.10×10^2Ω$，$R_3=51Ω$，则串联后总电阻 $R=5\ 661Ω$。

(6) 测量钠光灯黄光谱线的波长，多次测量后所得波长的平均值为 589.3nm，恰与此谱线的标准值相同，这说明此测量结果的误差为零。

3. 有人用停表测量单摆的周期，设一个周期为 1.9s，测连续 10 个周期累计时间为 19.3s，又连续 100 个周期累计时间为 192.8s。在分析误差时，他认为用的是同一只停表，又都是单次测量，因此各次测得的周期误差均为 0.2s，你的意见如何？理由是什么？

4. 下列测量记录中哪些是正确的。

(1) 用分度值为 mm 的直钢尺测物体长度，得

　　3.2cm，40cm，78.86cm，80.00cm

(2) 用分度值为 0.01mm 的千分尺测物体的长度，得

　　0.45cm，0.6cm，0.327cm，0.023 6cm

(3) 用分度值为 0.02mm 的游标卡尺测物体的长度，得

　　40mm，31.05mm，50.6mm，40.06mm

(4) 用分度值为 0.05A，量程为 5A 的 1.0 级电流表测电流强度，得

　　2.0A，1.45A，1.785A，0.610A

5. 以 mm 为单位，表示下列各值：3.48m，0.01m，5cm，30$μ$m，4.32cm。

6. 计算下列各式结果。

(1) $111×0.100+12.3×10.0=$

(2) $28.68-20.54×4.568×10^{-6}=$

(3) $\dfrac{76.000}{40.00-2.0}=$

(4) $4.257^2×π=$

(5) $\dfrac{100.0×(5.6+4.412)}{(78.00-77.0)×10.000}+110.0=$

7. 将下列各数据截取为四位有效数字。

(1) $π=3.141\ 592\ 65$；　　　　　(2) $1°=0.017\ 453\ 29$rad；

(3) 1.007 50；　　　　　　　　　(4) 0.002 000 50；

(5) 31.445 001；　　　　　　　　(6) 19.055 1。

8. 判断下列结果表达式是否正确，并改正不正确的表达式。

(1) $A=17\ 000±1\ 000$km；　　　(2) $B=1.001\ 730±0.000\ 5$m；

(3) $10.800\ 0±0.2$cm；　　　　　(4) $T=9.92×10^2±0.1$℃；

(5) $d=2.3±0.002$cm；　　　　　(6) $N=10.1×10^3±1×10^2$m；

(7) $L=14$km$+12$m；　　　　　　(8) $t=75.0±4.0$s。

9. 比较下列三个量的误差哪个大。

(1) $l_1 = 54.98 \pm 0.02 \text{cm}$;　　　　(2) $l_2 = 0.498 \pm 0.002 \text{cm}$;

(3) $l_3 = 0.009\,8 \pm 0.000\,2 \text{cm}$.

10. 某电阻的测量结果为 $R = 35.78 \pm 0.05 \Omega$，$E = 0.14\%$（置信概率 $P = 68.3\%$），则下列各种解释中哪些是正确的?

(1) 被测电阻值是 35.73Ω 或 35.83Ω;

(2) 被测电阻值在 35.73Ω 到 35.83Ω 之间;

(3) 被测电阻的真值包含在区间 $[35.73, 35.83] \Omega$ 内的概率是 68.3%;

(4) 用 35.78Ω 近似地表示被测电阻值时，测量误差的绝对值小于 0.05Ω 的概率为 68.3%。

11. 推导下列函数的不确定度传递关系。

(1) $N = 4x + y$，求 U。

(2) $N = \dfrac{x}{\sqrt{y-z}}$，求 $\left(\dfrac{U}{N}\right)$。

(3) $N = x + \dfrac{d^2}{z}$，求 U。

(4) $N = x\cos y$，求 $\left(\dfrac{U}{N}\right)$。

(5) $N = \dfrac{1}{3x}\sqrt{\dfrac{yzl}{m}}$，求 $\left(\dfrac{U}{N}\right)$。

(6) $N = \dfrac{D(L-h)}{x^2(3y-z)}$，求 $\left(\dfrac{U}{N}\right)$。

12. 用米尺测量一物体的长度，测得数值分别为 98.98mm，98.94mm，98.96mm，98.97mm，99.00mm，98.95mm，98.97mm，98.96mm。试规范地表示出测量结果。

13. 用单摆测重力加速度 g，当摆角很小时有 $T = 2\pi\sqrt{l/g}$ 的关系。式中 l 为摆长，T 为周期，它们的测量结果分别为 $l = (98.81 \pm 0.02)\text{cm}$，$T = (1.984\,2 \pm 0.000\,2)\text{s}$，求重力加速度并表示测量结果。

14. 一物体做匀速直线运动，在不同时刻 t，观察运动距离 S，结果如表 1 - 6 所示。

表 1 - 6　　　　　　　　　　　　习　题　14　表

t(s)	1.00	2.00	3.00	4.00	5.00	6.00	7.00	8.00
S(cm)	16.8	22.8	29.0	34.9	40.8	46.6	52.4	58.6

试分别用列表法、作图法、逐差法、最小二乘法求出物体运动速度。

第2章　基础实验

实验1　物体密度及长度的测量

密度是物质的基本属性之一，每种物质都具有确定的密度。密度与物质的纯度有关，工业上常通过对物质密度的测定来做成分分析和纯度鉴定。

【实验目的】

(1) 掌握游标卡尺、千分尺的读数原理。

(2) 了解电子天平的构造，掌握电子天平的调节与使用方法。

(3) 学会用游标卡尺、千分尺测量规则固体物体的密度。

(4) 学会用流体静力称衡法测量固体的密度。

(5) 理解不确定度及有效数字的基本概念，用不确定度正确表示测量结果。

【实验仪器】

游标卡尺、千分尺、电子天平、玻璃烧杯、细线、铝块、铜圆柱、铜圆管、钢球等。

【实验原理】

1. 用游标卡尺、千分尺测量规则固体物体的密度

若物体的质量为 m、体积为 V、密度为 ρ，则根据密度定义有

$$\rho = \frac{m}{V} \tag{2-1}$$

可见只要测量了物体的质量和体积，就可确定其密度。物体的质量可由天平测出，当待测物体是规则的铜圆柱体时，可分别测出直径 d 和高度 h，则体积为 $V = \pi d^2 h/4$。因此，该铜圆柱体的密度为

$$\rho = \frac{4m}{\pi d^2 h} \tag{2-2}$$

当待测物体是一圆管时，设其外径为 D、内径为 d、高度为 h、质量为 m，则其密度公式为

$$\rho = \frac{4m}{\pi(D^2 - d^2)h} \tag{2-3}$$

当待测物体是小球时，设小球直径为 D，则小球密度公式为

$$\rho = \frac{6m}{\pi D^3} \tag{2-4}$$

2. 用流体静力称衡法测量固体物体的密度

根据阿基米德定律：浸没在液体中的物体要受到向上的浮力，浮力大小等于它排开的同体积液体的重量。如果忽略空气的浮力，物体在空气中的重量 $W_1 = m_1 g$（m_1 为物体的质量），全部浸入水中的重量 $W_2 = m_2 g$（m_2 为物体在水中的表观质量），则物体在水中所受的浮力为 $W_1 - W_2 = (m_1 - m_2)g$，应等于同体积水的重量 $\rho_0 V g$，由此可得物体的体积 $V = (m_1 - m_2)/\rho_0$，所以，该物体的密度为

$$\rho = \frac{m_1}{m_1 - m_2}\rho_0 \tag{2-5}$$

【实验仪器介绍】

1. 游标卡尺

米尺的分度值 1mm 不够小，常不能满足需要。为提高测量精度，可在尺身（即米尺）上附带一根可沿其移动的游标，构成游标卡尺，如图 2-1 所示。根据游标上的分度数不同，游标卡尺大致可分为 10 分度、20 分度、50 分度三种规格。

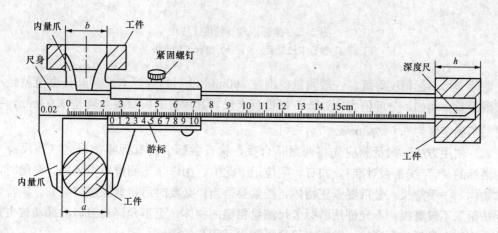

图 2-1　游标卡尺

（1）读数原理及方法。尽管 10 分度游标卡尺已不常被人们使用了，但其原理与 20 分度、50 分度游标卡尺一样，加之最简单、易懂，因此我们仍以 10 分度游标卡尺为例简述其读数原理。

当外量爪的两个测量平面（或测量刀口）紧密贴合时，游标上的 "0" 线与尺身上的 "0" 线对齐，如图 2-2（a）所示。游标上共有 10 个分格，其总长为 9mm，即每一分格长 0.9mm，比尺身上每一个分格短 0.1mm。微微移动游标，使游标的第一分格线与尺身上 1mm 分度线对齐，则游标的 "0" 刻线与尺身的 "0" 刻线离开了 0.1mm，也就是外量爪的两测量刀口张开了 0.1mm。若游标的第二条刻线与尺身的 2mm 刻线对齐，则两测量刀口张开 0.2mm，其余以此类推。与米尺不同，在本例中毫米的十分位读数不是估计读得的，而是由两个准确数值之差来求得的。游标卡尺的分度值等于尺身上 1 个分格与游标上 1 个分格的长度之差。上述游标卡尺的分度值（或精度）就是 0.1mm。设测量面之间卡入某待测物体后，游标移至如图 2-2（b）所示位置，这时，第一步在尺身上读出毫米以上的数值 14mm；第二步在游标上读出毫米以下的数值，图上游标的第五条分度线与尺身上刻线对齐，对应的数值为 0.1mm×5=0.5mm；第三步得到待测物体的长 $L = 14\text{mm} + 0.1\text{mm} \times 5 = 14.5\text{mm}$。有时游标上所有分度刻线可能都不与尺身上的某一条刻线严格对齐，此时，一般就取与尺身刻线对齐最好的那条分度线值作为游标读数值。显然，此时的测读误差小于分度值的二分之一，即测读误差不会超过游标精度的二分之一。要提高测量的精确度，必须增加游标的分度总数减小分度值。20 分度游标卡尺其分度值为 0.05mm，50 分度游标卡尺分度值为 0.02mm。它们的估读误差（小于最小分度值的二分之一）可认为在 0.01mm 这一位上。故游标卡尺的分度值越小，其误差也越小。

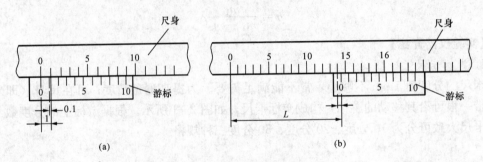

图 2-2　游标原理（精度 1/10）

(a) 游标卡尺刻度关系；(b) 游标卡尺读法

　　游标卡尺不标精度等级。一般测量范围在 300mm 以下的游标卡尺，其分度值就是示值的极限误差。例如，分度值为 0.02mm 的游标卡尺，其示值的极限误差就是 0.02mm，一次测量的不确定度为 $0.02/\sqrt{3}$mm。

　　(2) 使用方法。测量前应先将两量爪合拢，检查游标卡尺有无零值误差（即尺身"0"线和游标的"0"线是否对准），如有，则应记下此值，用以修正测量所得结果。测量时，一手拿物体，一手持尺，量爪要卡正物体，松紧要适当，必要时可将紧固螺钉旋紧。应特别注意保护量爪不被磨损，不允许用游标卡尺测量粗糙的物体，更不允许在刀口内挪动被夹紧的物体。利用内量爪和深度尺，游标卡尺还可测内径和孔的深度。

　　2. 千分尺（螺旋测微计）

　　千分尺又叫螺旋测微计，它是比游标卡尺更精密的长度测量仪器。0～25mm 量程的千分尺常用于测量较小的长度，如金属丝直径、薄板等。千分尺的外形如图 2-3 所示。刻有分度的固定套筒通过弓架与测量砧台连为一体。副尺刻在活动套筒的圆周上，活动套筒内连有精密螺杆和测量杆。活动套筒通过内部精密螺杆套在固定套筒之外。转动活动套筒，套筒边沿固定套筒尺身刻度移动，并带动测量杆移动。在尺身上有一条直线作为准线，准线上方（或下方）有毫米分度，下方（或上方）刻出半毫米的分度线，因而尺身最小分度值是 0.5mm。副尺套筒周边刻有 50 个均匀分度，旋转副尺套筒一周，测量杆将推进一个螺距（0.5mm），故副尺套筒每转动周边上一个分度，测量杆将进或退 0.5/50mm，即千分尺的最小分度值为 0.01mm。可见，利用测微螺旋装置后，使测量砧和测量杆间的长度可量准到 0.01mm，对最小分度还可进行 1/10 估计读数，读出 0.001mm 位的读数。

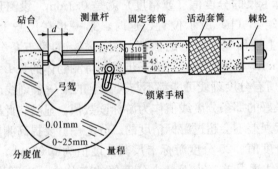

图 2-3　千分尺

　　千分尺分 0 级、1 级和 2 级三种精度级别，通常实验室使用的为 1 级，其示值误差在 0~100mm 范围内为±0.004mm，加上估读误差，则千分尺的极限误差为 0.005mm。

　　(1) 读数方法。千分尺的读数方法如下。

　　1) 旋进活动套筒，使测量砧和测量杆的两测量面轻轻吻合，此时，副尺套筒的边缘应与尺身的"0"刻线重合，而圆周上的"0"刻线也应与准线重合（对准），记为 0.000mm，这就是零位校正。若不重合，将给测量造成误差，这个误差属于系统误差中的零值误差。因此，在测量前必须读记下零读数，以便测量结束后对测量结果进行修正，即从测量结果中减去零读数，得出最后结果。在确定零读数时必须注意它的正负，如图 2-4 (a) 所示，读得 +0.026mm；如图 2-4 (b) 所示，读得 -0.013mm。

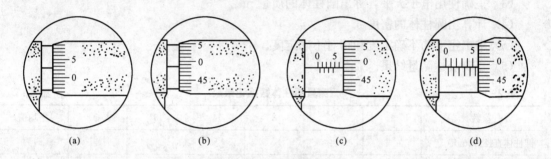

图 2-4　千分尺读数
(a) 零读数 +0.026mm；(b) 零读数 -0.013mm；
(c) (5+0.482)mm=5.482mm；(d) (5+0.982)mm=5.982mm

　　2) 后退测量杆，将待测物夹在两测量面间，并使两测量面与待测物轻轻接触。若副尺套筒的边缘在如图 2-4 (c) 所示的位置，则第一步在尺身上读出 0.5mm 以上读数 5mm；第二步在副尺上读出与准线最接近的分度数，图中可读得 0.01×48mm=0.48mm；第三步再根据准线所对某分度的位置，按 1/10 估计读数，读得估计值 0.002mm，最后结果为 5mm+0.01mm×48+0.002mm=5.482mm，记录时不应写出上述中间过程，而应直接写出最后结果。测量时常遇到副尺套筒的边缘压在尺身的某一刻线上，此时，应根据准线和副尺"0"刻线筒的相互关系来判断它是否超过尺身上某一刻线。如果副尺的"0"刻线在准线上方，则没有超过，若"0"刻线在准线的下方，则已超过。如图 2-4 (d) 所示，副尺的"0"刻线在准线的上方，没有超过尺身的 6mm 刻度线，但它的边缘已超过半毫米刻线，故读作 5.982mm，不应读作 5.482mm。

　　(2) 使用方法。左手把住弓架，先按待测物体的长度用右手转动副尺套筒，使待测物体能夹在测量杆和测量砧之间（如图 2-3 所示），当测量杆的测量面与待测物体之间还有很小距离时，再旋转棘轮带动副尺套筒一起旋转，夹住待测物。由于使用了棘轮装置，当待测物被夹住后，再旋转棘轮就不能带动副尺套筒一起旋转，而发出"嗒"、"嗒"响声。当听到二、三下"嗒"、"嗒"的响声时，表示夹紧待测物的力足够了，可以进行读数。

　　千分尺是精密仪器，使用时必须注意下列各点。

　　1) 因为螺旋是力的放大装置，不论是读取零读数或夹住测量物测量，都不准直接旋转套筒使测量杆与量砧或待测物体接触，而应旋转棘轮，否则不仅会因用力不均匀而测量不准，还会夹坏待测物或损坏千分尺的精密螺旋。

2）千分尺用毕，测量杆和测量砧之间要留有间隙才能放于盒中，以免气候变化，受热膨胀影响使两测量面相互挤压而损坏螺旋机构。

【实验内容】

1. 测量圆柱体的密度

（1）用千分尺测圆柱体的直径，在上、中、下各部分测量两次，将测量数据填入表 2-1 中；求出其平均值和不确定度。

（2）用游标卡尺测圆柱体高度，在不同方位测量 6 次，将测量数据填入表中，求出其平均值和不确定度。

（3）正确使用电子天平，称出圆柱体的质量 m。

（4）计算出圆柱体的密度 ρ。

（5）求出密度的不确定度和相对不确定度。

（6）正确表达测量结果。

表 2-1　　　　　　　　　　　　测量圆柱体数据记录表　　　　　　　　温度：℃

次数	1	2	3	4	5	6	平均值
圆柱体直径 D(mm)							
圆柱体高度 H(mm)							
圆环质量 m(g)							
密度 ρ(kg/m^3)							

$$\rho = \quad \pm \quad (kg/m^3)$$
$$E = \quad \%$$

2. 测量圆环的密度

用游标卡尺测量圆环的外径 D、内径 d 和高度 L，要在不同部位各测量 6 次，将数据填入表 2-2。用电子天平测量圆环的质量 m。求出圆环的密度，并计算不确定度，写出结果表达式。

表 2-2　　　　　　　　　　　测量圆环的密度（用游标卡尺）　　　　　温度：℃

次数	1	2	3	4	5	6	平均值
圆环外径 D_1(mm)							
圆环内径 D_2(mm)							
圆环长度 L(mm)							
圆环质量 m(g)							
密度 ρ(kg/m^3)							

$$\rho = \quad \pm \quad (kg/m^3)$$
$$E = \quad \%$$

3. 测量圆球的密度

用千分尺测圆球的直径，将测量数据填入表 2-3，求出圆球的密度，并计算不确定度。

表 2 - 3　　　　　测量圆球的密度（用螺旋测微计）　　　　　温度：℃

次数	1	2	3	4	5	6	平均值
圆球直径 D(mm)							
圆球质量 m(g)							
密度 ρ(kg/m³)							

$$\rho = \qquad \pm \qquad (\text{kg/m}^3)$$
$$E = \qquad \%$$

4. 用流体静力称衡法测量固体的密度

（1）将天平秤按清零钮清零。

（2）将样品放入上样品托盘内，秤出该物体的质量 m_1 并记录在表 2 - 4 中。

（3）测定被测样品在水中的表观质量。

1）将网状秤盘挂在天平下面的挂钩上，按清零钮清零。

2）将样品用镊子放入天平下面的网状秤盘内，秤出该物体在水中的表观质量 m_2 并记录在表中。则浮力 $F = (m_1 - m_2)g$。

3）测出实验时的水温，查附表给出该温度下水的密度 ρ_0。

4）计算出固体块的密度，并计算不确定度，写出结果表达式。

表 2 - 4　　　　　用流体静力称衡法测量固体的密度　　　　　温度：℃

m_1(g)	m_2(g)	$F = (m_1 - m_2)g$(N)	密度 ρ(kg/m³)

$$\rho = \qquad \pm \qquad (\text{kg/m}^3)$$
$$E = \qquad \%$$

5. 注意事项

（1）正确使用各种长度测量工具。

（2）用流体静力称法时固体必须完全浸没在水中，且表面不能有气泡。

（3）重复测量时应将物体表面水渍擦干。

思 考 题

1. 用此实验方法测定密度时，哪些因素会引进系统误差？

2. 液体的密度怎样测量？

3. 为什么必须记录实验时的温度？

4. 对圆柱体的直径、高度等量的测量，为什么要在不同的部位进行多次测量？

5. 用流体静力称衡法测量固体物体的密度时，若待测物体的密度小于液体的密度，应怎样测量？

实验 2 伏 - 安 法 测 电 阻

【实验目的】

(1) 掌握用伏-安法测电阻的方法；

(2) 学会使用恒流源、稳压源和数字式万用表；

(3) 用作图法处理数据。

【实验仪器】

稳压电源，恒流源，万用表。

【实验原理】

伏-安法测电阻的原理如图所示，用电表测得电阻的电压、电流后，通过欧姆定律 $R=\dfrac{U}{I}$ 即可计算出电阻值。伏-安法测电阻有两种接线方法，分别如图 2-5 和图 2-6 所示。由于电表内阻的影响，不论采用哪一种接法总存在方法误差，但经修正后都可获得正确结果。

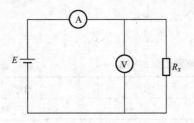
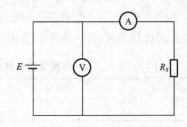

　　图 2-5　电流表外接法　　　　　图 2-6　电流表内接法

1. 电流表外接法

图 2-5 为电流表外接法。在外接法中，电压表和待测电阻 R_x 并联后再与电流表串联，故电压表指示值就是 R_x 上的电压 V_x；而电流表的指示值 I 却包含了通过电压表的电流 I_V，即

$$V = V_x \qquad I = I_x + I_V \tag{2-6}$$

若用 R_V 表示电压表的内阻，则用外接法测得电阻值为

$$R = \frac{V}{I} = \frac{V_x}{I_x + I_V} = \frac{V_x}{I_x\left(1 + \dfrac{I_V}{I_x}\right)} \tag{2-7}$$

对 $\left(1 + \dfrac{I_V}{I_x}\right)^{-1}$ 用二项式展开，当 $I_V \ll I_x$ 时，有

$$R = R_x\left(1 - \frac{R_x}{R_V}\right) \tag{2-8}$$

此方法测得电阻比实际电阻 R_x 偏小，由电压表内阻引入的误差可用下列公式修正

$$R_x = R\left(1 + \frac{R}{R_V}\right) \tag{2-9}$$

由式 (2-8) 可知当 $R_x \ll R_V$ 时，$R_x \approx R$ 即电阻阻值较小时可采用电流表外接法测量。

2. 电流表内接法

图 2-6 为电流表内接法。内接法中电流表和待测电阻 R_x 串联后与电压表并联。故电流

表指示值等于通过 R_x 的电流 I_x；而电压表的指示值 V 却包含了电流表上的电压降 V_A，即

$$I = I_x; \qquad V = V_x + V_A \qquad (2\text{-}10)$$

若 R_A 表示电流表的内阻，则用内接法测得电阻

$$R = \frac{V}{I} = \frac{V_x + V_A}{I} = R_x + R_A = R_x\left(1 + \frac{R_A}{R_x}\right) \qquad (2\text{-}11)$$

此方法测得电阻比实际电阻 R_x 偏大，由电流表内阻引入的误差可用下列公式修正

$$R_x = R\left(1 - \frac{R_A}{R}\right) \qquad (2\text{-}12)$$

由式（2-12）可知，当 $R_x \gg R_A$ 时，$R_x \approx R$，即电阻阻值较大时，可采用电流表内接法。

实际测量时常采用多次测量方法，改变测量电路中的电压和电流，得到一组电压电流值，做出元件伏安曲线。纯电阻的伏安曲线应该是一条通过原点的直线，利用作图法或者最小二乘法求出直线的斜率即可求出元件的电阻值。

【实验内容】

1. 本实验用数字万用表的电阻挡，测量三个待测电阻阻值，记录在表 2-5 中。

表 2-5   三个待测电阻阻值

电阻	R_A	R_B	R_C
阻值（Ω）			

2. 恒流源作为电源（测量电路见图 2-7），用伏-安法测量待测电阻 R_A。电流值由恒流源表头直接读出，电压值用万用表测量。将测量数据记录在表 2-6 中，同时用作图法求出该电阻的阻值。

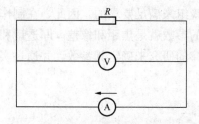

图 2-7   恒流源作为电源的测量电路

表 2-6   测 R_A 数据记录表

（电压表使用 2V 挡，电流表使用 20mA 挡）

I(mA)	1.00	2.00	3.00	4.00	5.00
U(V)					
I(mA)	6.00	7.00	8.00	9.00	10.00
U(V)					

3. 用稳压源作为电源（测量电路见图 2-8），用伏-安法测量待测电阻 R_C。电压值由稳压源表头直接读出，电流值用万用表测量。将测量数据记录在表 2-7 中，并分析测试数据，同时用作图法求出该电阻的阻值。

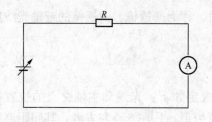

图 2-8   稳压源作为电源的测量电路

表 2-7   测 R_C 数据记录表

（电流表使用 2mA 挡，电压表使用 20V 挡）

U(V)	0.50	1.00	1.50	2.00	2.50
I(mA)					
U(V)	3.00	3.50	4.00	4.50	5.00
I(mA)					

4. 分别用恒流源和稳压电源作为电源，用伏-安法测量待测电阻 R_B，将测量数据记录在表 2-8 中，并分析测试数据，同时用作图法求出该电阻的阻值。

表 2-8　　　　　　　　　　**测 R_B 数据记录表**

（电流表使用 20mA 挡，电压表使用 20V 挡）

恒流源	$I(mA)$	1.00	2.00	3.00	4.00	5.00	稳压源	$U(V)$	0.50	1.00	1.50	2.00	2.50
	$U(V)$							$I(mA)$					
	$I(mA)$	6.00	7.00	8.00	9.00	10.00		$U(V)$	3.00	3.50	4.00	4.50	5.00
	$U(V)$							$I(mA)$					

【注意事项】

(1) 连接线路时必须将电源关闭；连接好线路后，检查线路和万用表是否连接正确；无误后，再打开电源进行测量。

(2) 本实验使用数字万用表，首先将表笔插入所要测量的插孔中，随后将表盘旋钮拨至所要测的物理量的相关挡上，即可开始测量。

(3) 万用表选择电流测量挡时，千万不能测量线路中的电压，否则将烧坏万用表。

(4) 测量时注意电流不要太大，否则将损坏元件。

(5) 每组数据测量完成后，先关闭电源，再拆除线路。

实验 3　薄透镜焦距的测量

透镜是光学仪器最基本的元件。由于光学仪器的性能和用途不同，也就需要选择不同的透镜。现代精密光学仪器，都是采用多种透镜组成透镜组来满足要求的。因此，在制作或挑选单个透镜时，就要准确测定其各项参数，而最主要的参数就是焦距和像差。厚透镜和透镜组的参数比较复杂，本实验只通过对薄透镜的成像规律的研究来确定其参数，并通过实验学习正确进行光学系统的共轴调节。

【实验目的】

(1) 了解薄透镜的成像规律；

(2) 掌握光学系统的共轴调节；

(3) 测定薄透镜的焦距。

【仪器用具】

光具座、薄透镜、光源、狭缝、观察屏、平面反射镜等。

【实验原理】

透镜的厚度相对透镜表面的曲率半径可以忽略时，称为薄透镜。薄透镜的近轴光线成像公式为

$$\frac{1}{s} + \frac{1}{s'} = \frac{1}{f'} \tag{2-13}$$

式中：s 为物距；s' 为像距；f' 为像方焦距。其符号规定如下：光线和主轴交点的位置都从薄透镜光心算起，凡在光心右方者，其间距离的数值为正，凡在光心左方者，其间距离的数值为负。

1. 凸透镜焦距的测量原理

(1) 平行光法。平行光经凸透镜会聚在焦平面上一点，测出会聚点与透镜之间的距离，

即可测得透镜的焦距 f。

(2) 自准法（平面镜法）。光源置于凸透镜焦点处，发出的光线经过凸透镜后成为平行光，若在透镜后放一块与主光轴垂直的平面镜，将此光线反射回去，反射光再经过凸透镜后仍会聚于焦点上，此关系称为自准原理。如果在凸透镜的焦平面上放一物体，如图 2 - 9 所示，其像也在该焦平面上，是大小相等的倒立实像，此时物屏至凸透镜光心的距离便是焦距。

(3) 共轭法（贝塞尔法或两次成像法）。如果物屏与像屏的距离 D 保持不变，且 $D >$ $4f$，在物屏与像屏间移动凸透镜，可两次成像。当凸透镜移至 O_1 处时，屏上得到一个倒立放大实像 A_1B_1，当凸透镜移至 O_2 处时，屏上得到一个倒立缩小实像 A_2B_2，由图 2 - 10 可知，透镜在 O_1 处时

$$\frac{1}{s_1} + \frac{1}{s_1'} = \frac{1}{f'}, \quad \frac{1}{s_1} + \frac{1}{D - s_1} = \frac{1}{f'} \tag{2 - 14}$$

透镜移至 O_2 处时

$$\frac{1}{s_2} + \frac{1}{s_2'} = \frac{1}{f'}, \quad \frac{1}{s + d} + \frac{1}{D - s_1 - d} = \frac{1}{f'} \tag{2 - 15}$$

由此可得

$$f' = \frac{D^2 - d^2}{4D} \tag{2 - 16}$$

测出 D 和 d，即可用式（2 - 16）求得焦距 f'。

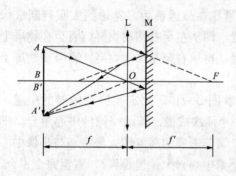

图 2 - 9　凸透镜自准法光路

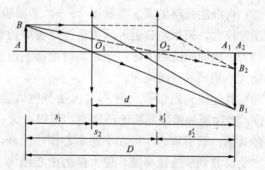

图 2 - 10　凸透镜共轭法光路

(4) 物距像距法。根据薄透镜成像 [式（2 - 13）]，测出物距 s 和像距 s'，即可算出焦距 f'。

2. 凹透镜焦距的测量原理

(1) 自准法。凹透镜是发散透镜，实物发出的光经过凹透镜后无法形成实象，必须借助凸透镜来获得平行光，然后用平面镜反射回去成像。如图 2 - 11 所示，先由凸透镜 L_1 将物屏上 A 点成像于 A' 处，然后将凹透镜 L_2 和平面镜 M 放于 L_1 和 A' 之间，如果 L_1 的光心 O_1 与 A' 的距离 $O_1A_1 > |f_2|$，移动 L_2，当 $O_2A' = |f_2|$ 时，由 A 处发出的光线经过 L_1，L_2 后，变为平行光，经 M 反射返回，又在物屏 A 处形成实像。测出 O_2 和 A' 的位置，可得凹透镜焦距。

(2) 物距像距法。如图 2 - 12 所示，先用凸透镜 L_1 使 A 成实象 A'，像 A_1 便可视为凹

透镜 L_2 的物体所在位置，然后将凹透镜 L_2 放于 L_1 和 A_1 之间，如果 $O_1A_1 < |f_2|$，则通过 L_1 的光束经 L_2 折射后，仍能形成一实像 A''。物距 $s = O_2A_1$，像距 $s' = O_2A_2$，代入式 (2-13)，可得凹透镜焦距。

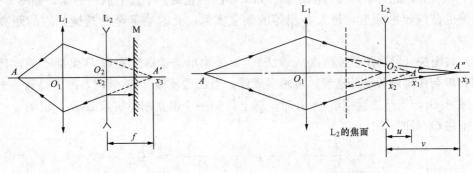

图 2-11　自准法　　　　　　　　　　　　图 2-12　物距像距法

【实验内容】

由于应用薄透镜成像公式时，需要满足近轴光线条件，因此必须使各光学元件调节到同轴，并使该轴与光具座的导轨平行，"共轴等高"调节分两步完成。

1. 光路调整

(1) 目测粗调。把光源、物屏、凸透镜和像屏依次装好，先将它们靠拢，使各元件中心大致等高在一条直线上，并使物屏、凸透镜和像屏的平面互相平行。

(2) 自准法光路细调。参看图 2-9，平面镜紧靠在凸透镜后，考虑到人眼判断成像清晰的误差较大，采用左右逼近测读法测定物屏位置，即从左至右移动物屏，直至在物屏上看到与物大小相同的清晰倒像，记录此时物屏的位置；再从右至左移动物屏，直至在物屏上看到与物大小相同的清晰倒像。

(3) 共轭法光路细调。利用共轭法调整，参看图 2-10，固定物屏和像屏的位置，使 $D > 4f$，在物屏和像屏间移动凸透镜，可得一大一小两次成像。若两个像的中心重合，即表示已经共轴；若不重合，可在小像中心作一记号，调节透镜的高度使大像中心与小像中心重合。如此反复调节透镜高度，使大像的中心趋向小像中心（大像追小像），直至完全重合。

2. 凸透镜焦距的测量

(1) 自准法。参看图 2-9，平面镜紧靠在凸透镜后，考虑到人眼判断成像清晰的误差较大，采用左右逼近测读法测定物屏位置，即从左至右移动物屏，直至在物屏上看到与物大小相同的清晰倒像，记录此时物屏的位置；再从右至左移动物屏，直至在物屏上看到与物大小相同的清晰倒像，记录此时物屏的位置。重复 3 次。记录透镜的位置，计算焦距。

(2) 共轭法。参看图 2-10，固定物屏和像屏的位置，使 $D > 4f$（可利用自准法数据），采用左右逼近测读法分别测定凸透镜在像屏上成一大一小两次像的位置，利用式 (2-16) 计算焦距。

测量 D 和 d，并记录在表 2-10 中。改变 D，再重复此步骤 6 次。

(3) 物距像距法。在物距 $s > 2f$ 和 $2f > s > f$ 的范围内，各取两个 u 值，又取 $s = 2f$，用左右逼近读数法分别测出相应的像距。按式 $f \dfrac{ss'}{s+s'}$ 算出焦距 f。测读时应同时观察像的特点（如大小、取向等）分别画出光路图。并作出说明。

取 $s<f$，观察能否用屏得到实像？应当怎样观察才能看到物像？试画出光路图并加以说明。

将以上所得数据和观察到的现象进行比较，列表说明物距 $s=\infty$、$s=2f$、$2f>s>f$、$s=f$ 和 $s<f$ 时所对应的像距 s' 和成像特征。

3. 凹透镜焦距的测量

（1）自准法。参看图 2-11 安置好光源、物屏、凸透镜和像屏，使像屏上形成缩小清晰的像（可略比光源小），用左右逼近测读法测定像屏的位置，同时固定物屏和凸透镜。

在凸透镜和像屏之间放入凹透镜和平面镜，移动凹透镜，同时观察物屏至出现一清晰倒立像。此时需用左右逼近测读法测定凹透镜的位置。

（2）物距像距法。参看图 2-12 安置好光源、物屏、凸透镜和像屏，使像屏上形成缩小清晰的像，用左右逼近测读法测定像屏的位置，同时固定物屏和凸透镜。

在凸透镜和像屏之间放入凹透镜，移动像屏，直至像屏上出现清晰的像，用左右逼近测读法测定像屏的位置，并记录凹透镜的位置，利用式（2-13）计算凹透镜的焦距。

4. 减小实验中测量误差的方法

（1）为消除透镜光心与光具座刻度平面错位而引起的误差，将透镜转动 180°再进行测量，取两次结果的平均值。

（2）人眼对成像的清晰度的分辨能力有限，因此像屏在一小范围内移动时，人眼所见的像都是清晰的。为了减小误差，可用左右逼近法确定成像位置，即将像屏或透镜自右向左移动（左逼近）确定清晰像点位置，再将像屏或透镜自左向右移动（右逼近）确定清晰像点位置，取两次位置的平均值作为像屏的位置。

【数据记录及处理】

表 2-9   自准法测凸透镜焦距

次数	透镜位置	物屏位置	f
1			
2			
3			
f平均值			

表 2-10   共轭法测凸透镜焦距

	1	2	3	4	5	6	f平均值
D(cm)							
d(cm)							
f(cm)							

$$f= \quad \pm \quad （cm）$$

其他数据表格自拟。

【注意事项】

实验过程中不能用手触摸、擦拭镜片。

思　考　题

1. 什么是透镜的光轴？为什么要对光学系统进行共轴调节？
2. 如果进行单凸透镜成像的共轴调节时，放大像和缩小像的中心在像屏上重合，是否意味着共轴？为什么？
3. 试说明什么是实像和虚像？什么是实物和虚物？如何获得虚物？
4. 如果用不同的滤光片加在光源前面，那么所测得的某一透镜的焦距是否一样？

实验 4　示 波 器 的 使 用

示波器用处广泛，它的最大特点是能把看不见的电信号变换成能直接观察的电压波形，并能测定电压信号的幅度、周期和频率等参数。双踪示波器还可测量两个信号之间的位相差，是工程技术中常用的电子仪器。

【实验目的】

(1) 了解电子示波器的基本结构和工作原理。

(2) 学习使用示波器观察各种电信号的波形，学习测量电压信号的大小及频率。

(3) 学习低频信号发生器的使用。

【实验仪器】

双踪示波器，函数信号发生器，数字万用表，接线板，整流二极管（4 个），电容三个：$C_1 = C_2 = 47\mu F$，$C = 2\,200pF$，电阻两个：$R_1 = 300\Omega$，$R_2 = 1k\Omega$，短接桥 6 个，接线等。

【实验原理】

1. 示波器简介

(1) 示波器基本结构及工作原理。电子示波器能够将被测信号的瞬变过程以曲线、图形、字符或数据参数的形式清晰地展现在荧光屏上，便于直接观察和定量分析，而且许多可以转换成电压信号的电学量（电流、电功率等）和非电学量（加速度、应力、温度、磁场、频率等）以及这些量随时间的变化过程均可通过示波器进行观测和分析。

示波器的规格和型号很多，但不管什么型号的示波器，其主要组成部分均为：示波管（CRT）、X 轴和 Y 轴电压放大器、扫描电路、电源等（有的还带标准信号源）。示波器的工作原理见图 2-13。

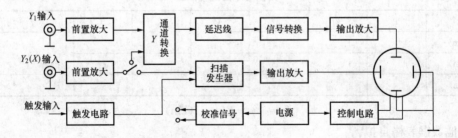

图 2-13　示波器电路原理框图

由图 2-13 可看出，被测信号电压 U 从 Y 通道输入后，经过放大器放大（如 U 信号太大，则需衰减）加到示波器的 Y 轴偏转板上；同时，从扫描电路输出的锯齿波形扫描电压加到示波管的 X 偏转板上。这样，就能在荧光屏上重复出现被观测信号电压的波形。当 X 轴也要输入信号电压时，只需将扫描电路切断即可。

（2）示波管的构造与工作原理。示波管是示波器的心脏，它由电子枪、偏转系统、荧光屏组成，所有装置密封在一个抽成高真空的玻璃管内，其构造如图 2-14 所示，各部分的工作原理分别为：

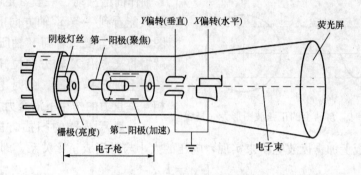

图 2-14　示波管构造示意图

电子枪：由灯丝、阴极、栅极、第一阳极和第二阳极组成。灯丝通电后加热阴极；阴极是一个表面涂有氧化物的金属圆筒，被加热后发射电子；控制栅极是一个顶端有小孔的圆筒，套在阴极的外面，它的电位比阴极低，对阴极发射出来的电子起控制作用。因此只有初动能大于某一定值（$e\Delta U$）的电子才能穿过栅极顶端的小孔进入阳极，改变栅极电位，控制每秒钟射向荧光屏的电子数（即电子流强度），从而改变荧光屏上图像的亮度。显然，控制栅极的电位越低，电子射线的强度越弱，则反映在屏幕上图像的亮度越小。阳极电位比阴极电位高很多，且第二阳极的电位高于第一阳极，第一阳极主要对电子起聚焦的作用，故又称聚焦电极，第二阳极主要对电子起加速作用，故又称加速电极。适当调节控制栅极、第一阳极和第二阳极的电位，则可使电子束在荧光屏上形成一个约零点几毫米直径的小光点。可见，电子枪是用来发射和形成一束聚焦良好的细电子束的装置。

偏转系统：由两对互相垂直放置的 Y 偏转板和 X 偏转板组成，当给偏转板上加电压时，电子束通过偏转板区域将受到电场力作用，运动方向发生偏转，且可以证明，电子束的偏转量正比于偏转板上所加电压的大小，即

$$d = KU \tag{2-17}$$

K 的物理含义为偏转板上单位电压所引起的电子束偏转量，称为偏转因子。可见，调节 Y 偏转板、X 偏转板上的电压值，可控制电子束在竖直方向和水平方向上的偏移，从而控制屏幕上的光斑位置。

荧光屏：屏上涂有荧光粉，当受控电子束轰击荧光屏时，其上的荧光粉会发出可见光，从而显示出被测信号电压的波形。不同材料的荧光粉发光的颜色不同，发光过程的持续时间（余辉时间）也不同。荧光屏前有一块透明的、带刻度的坐标板，供测定光点位置用。在性能较好的示波器中，将刻度直接刻在荧光屏玻璃内表面上，使与荧光粉紧贴在一起以消除视差，从而使光点位置可测得更准。

2. 示波器显示波形原理及测量原理

当示波器的两对偏转板上不加任何电压时，荧光屏上只出现一个光点，若在 Y 偏转板或 X 偏转板上施加某一信号电压，则电子束就沿该方向偏转。当信号频率大于 20Hz 时，由于荧光粉的余晖和人眼的视觉暂留作用，将使观察者在屏幕上看到一条发光的线。

在实际使用示波器时，往往是在 Y 偏转板上加待测信号电压，例如

$$U_Y = U_m \sin\omega t \tag{2-18}$$

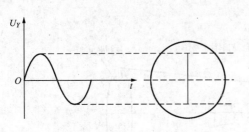

若此时 X 偏转板上不加电压，则光点将沿 Y 轴作简谐振动，一般 ω 足够大，故荧光屏上只能看到一条 Y 轴方向的稳定直线（见图 2-15），要想看到 Y 轴所加的正弦波形，就需将光点沿 X 轴方向拉开，也即在 X 偏转板上加扫描电压。此时电子束将在两个相互垂直力的作用下沿合力方向运动。

图 2-15　$U_X = 0$，屏幕上的正弦波图形为一竖线

一般示波器的扫描方式为直线扫描，也即在 X 偏转板上加锯齿波电压来实现，电压的大小与时间成正比关系，即

$$U_X = K't \tag{2-19}$$

K' 为比例系数。锯齿波扫描电压波形见图 2-16，此电压将使光点在作竖直方向简谐振动的同时，沿水平方向匀速运动。能够证明，在锯齿波的作用下，Y 偏转板上的待测电压波形可以还原地显示在荧光屏上，显示过程见图 2-17，当扫描电压一个周期结束的瞬间，光点迅速回跳到 $x=0$ 处。每个周期重复相同的扫描过程（光点沿 x 轴线性变化及反跳回原点的过程称为扫描），只要正弦波的频率足够高，前面扫出的波形图还没消失，后面的波形又重迭在上面，如果各个周期扫出的图形都一样，则屏幕上可看到一个稳定的待测电压波形图。

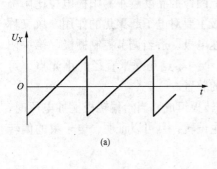

(a)

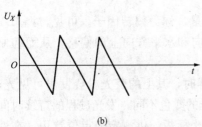

(b)

图 2-16　锯齿波扫描电压波形
　　（a）正向；（b）负向

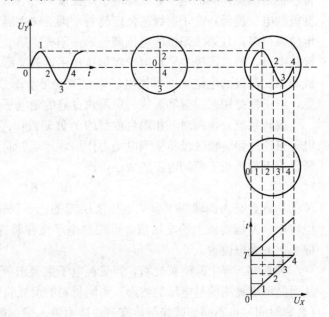

图 2-17　显示图形的原理

扫描电压的周期（或频率）可以调节，当扫描电压的周期与待测电压周期相同时，荧光屏上将出现一个周期稳定的波形图，当扫描电压的周期 T_X 是待测电压周期 T_Y 的 n 倍时（也即 $f_Y = nf_X$，$n = 1, 2, \cdots$），则荧光屏上将出现 n 个周期的待测电压稳定波形，此状态称为两偏转板上电压同步。目前多数示波器中是采用触发扫描电路来实现同步的。

在图形达到稳定的情况下，通过测量正弦波形的"振幅" Y，将振幅乘以相应的灵敏度 $S\left(= \dfrac{1}{K}\right)$，则可求出待测正弦波的幅值，即

$$U_Y = SY \tag{2-20}$$

显然，S 的含义为屏幕上电子束单位偏转所对应的偏转板上的电压值，式（2-20）就是利用示波器对未知电压进行测量的原理。

若 T_X 与 T_Y 之间不满足整数倍的关系（不同步），则屏幕上看到的将是一个移动着的不稳定的波形。图 2-18 表示的是 $T_X = \dfrac{5}{4} T_Y$ 的扫描结果，由于各次 U_X 开始扫描时对应的 U_Y 起点不同，则扫描电压每个周期扫出来的图形不同，图中，实线为锯齿波第一个周期扫描出的波形图，虚线为第三个周期扫描出的波形图，由于前一个图形还没消失，后一个图形又重迭上来，则波形好像在移动。

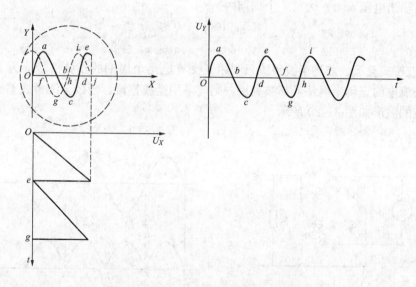

图 2-18 U_X、U_Y 不同步时显示的波形

3. 正弦交流电及整流滤波

本实验中，我们主要讨论正弦交流电。其原因在于，正弦交流电在工业中得到广泛的应用，它在生产、输送和应用上比起直流电来有不少优点，而且正弦交流电变化平滑且不易产生高次谐波，用傅里叶分析法可知各种非正弦的交流电都可由不同频率的正弦交流电叠加而成，可用正弦交流电的分析方法来分析非正弦交流电。通过交流和滤波电路，可以把交流电转换成直流电，在本实验中我们也通过实验了解整流滤波电路。

整流电路的作用是把交流电转换成直流电，严格地讲是单一方向的脉动电流，含有较大的交流分量，会影响负载电路的正常工作；例如交流分量会混入输入信号被放大电路放大。为减小电压的脉动，需通过低通滤波电路滤波，是输出电压平滑。

（1）整流原理。利用二极管的单向导电性可实现整流。

1）半波整流。图 2-19 中 D 是二极管，R_L 是负载电阻。若输入交流电为

$$u_i(t) = U_P\sin(\omega t) \tag{2-21}$$

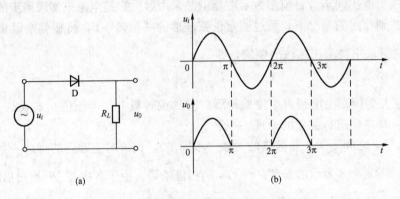

(a)　　　　　　　　　(b)

图 2-19　半波整流电路及其波形图

(a) 电路图；(b) 波形图

则经整流后输出电压 $u_0(t)$ 为（一个周期内）

$$u_0(t) = \begin{cases} U_P\sin(\omega t) & 0 \leqslant \omega t \leqslant \pi \\ 0 & \pi \leqslant \omega t \leqslant 2\pi \end{cases} \tag{2-22}$$

2）全波桥式整流。前述半波整流只利用了交流电半个周期的正弦信号。为了提高整流效率，使交流电的正负半周信号都被利用，则应采用全波整流，现以全波桥式整流为例，其电路和相应的波形如图 2-20 所示。

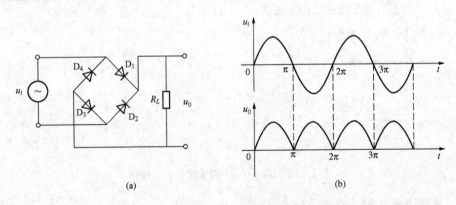

(a)　　　　　　　　　(b)

图 2-20　全波桥式整流电路和波形图

(a) 电路图；(b) 波形图

若输入交流电仍为

$$u_i(t) = U_P\sin\omega t \tag{2-23}$$

则经桥式整流后的输出电压 $u_0(t)$ 为（一个周期）

$$u_0 = \begin{cases} U_P\sin\omega t & \left\{ 0 \leqslant \omega t \leqslant \pi \right. \\ -U_P\sin\omega t & \left. \pi \leqslant \omega t \leqslant 2\pi \right. \end{cases} \tag{2-24}$$

(2) 滤波电路。经过整流后的电压（电流）仍然是有"脉冲"的直流电，为了减少波动，通常要加滤波器，常用的滤波电路有电容滤波、电感滤波等。现介绍最简单的滤波电路。

1) 电容滤波电路。电容滤波器是利用电容充电和放电来使脉动的直流电变成平稳的直流电。我们已经知道电容器的充、放电原理。图 2-21 所示为电容滤波器在带负载电阻后的工作电路。设在 $t=0$ 时刻接通电源，u_i 由 0 开始上升，对电容器进行充电。由于整流元件的正向电阻很小，可略去不计。在 $t=t_1$ 时，u_C 达到峰值为 $\sqrt{2}u_i$。此后 u_i 以正弦规律下降，电容电压通过负载电阻 R_L 放电，在 t_2 以前，二极管 D_1 和 D_3 因受反向电压而截止。当达到 u_i 负半周的 t_2 时，二极管 D_2 和 D_4 导通，再次对电容和对负载供电。到达 t_3 时，电容又充电至 $u_C=\sqrt{2}u_i$，以后每半个周期如此循环下去。负载上的波形如图 2-22 中实线所示。由于电容两端的电压不能突变的特点，达到输出波形趋于平滑的目的。

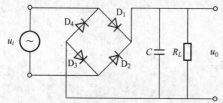

图 2-21 电容滤波电路

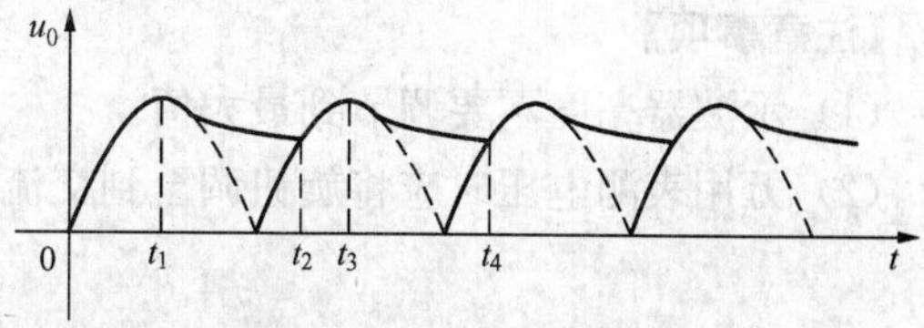

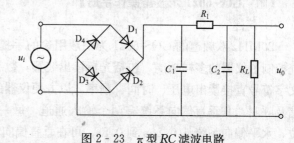

图 2-22 全波整流电容滤波电路波形图

2) π 型 RC 滤波。前述电容滤波的输出波形脉动系统仍较大，尤其是负载电阻 R_L 较小时，除非将电容容量增加（实际应用时难以实现）。在这种情况下，要想减少脉动，可利用多级滤波方法，即再加一级 RC 低通滤波电路，如图 2-23 所示，这种电路也称 π 型 RC 滤波电路。

由图 2-23 可见，π 型 RC 滤波是在电容滤波之后又加了一级 RC 滤波，使得输出电压更平滑（但输出电压平均值要减少）。

图 2-23 π 型 RC 滤波电路

【实验内容】

1. 示波器的使用

(1) 熟悉示波器和信号发生器各旋钮的作用，可参见实验室提供的仪器使用说明。

(2) 调节信号发生器，使输出波的电压大小为 5V 并记录在附表 2-11 中，频率为 1kHz（信号发生器所显示的电压值为峰值），计算其电压有效值。

(3) 调节示波器，要求能观察到稳定的交流波形，在附表 2-11 中记录最高峰与最低峰之间的电压差值，计算电压有效值。

(4) 用数字万用表测量信号发生器输出波的电压有效值并记录在表 2-11 中。

(5) 对上面三个电压有效值进行比较。

(6) 用示波器测量该信号的周期 $T=$

表 2-11 三个电压值记录表

仪器	信号发生器	示波器	万用表
测量值			
有效值			

及频率 $f=$

2. 整流波形的测量

(1) 将电路连接成半波整流电路（如图 2 - 19），保持信号发生器输出波不变（5V，1kHz），R_L 取 1kΩ；

(2) 用示波器观察半波整流 u_i 和输出信号 u_0，分别画出 u_i、u_0 的图形；

(3) 将电路连接成全波整流电路（见图 2 - 20）$R_L=1$kΩ，重复以上实验。

3. 滤波电路

(1) 实验电路图按图 2 - 21 接线，$R_L=1$kΩ，$C=2\,200$pF，调节信号发生器使输出信号为 5V，200Hz；

(2) 用示波器观察输入信号和输出信号，分别画出输入和输出波的图形；

(3) 将电路按图 2 - 23 接线，成为 π 型 RC 滤波电路，$C_1=C_2=47$uF，$R_L=1$kΩ，$R_1=300$Ω，重复以上的实验。

【注意事项】

(1) 示波器亮度不要调节到最大值。

(2) 万用表测电压时应将旋钮调至到交流电压挡。

思 考 题

(1) 峰-峰值为 1V 的正弦波，它的有效值是多少？

(2) 整流、滤波的主要目的是什么？

【附：GOS-6021 示波器操作手册】

1. 简述

20MHz 双频道的 GOS-6021 为一般用途的手提式示波器，以微处理器为核心的操作系统控制了仪器的多样功能，包括光标读出装置，数字面板设定，使用光标功能，在屏幕上的文字符号直接读出电压、时间、频率，以方便仪器的操作，有十组不同的面板设定可任意存储及呼叫。其垂直偏向系统有两个输入通道，每一通道以 1mV 到 20V，共有 14 种偏向挡位，水平偏向系统从 0.2μs 到 0.5s，可在垂直偏向系统的全屏宽下稳定触发。

2. 面板介绍

打开电源后，所有的主要面板设定都会显示在屏幕上。LED 位于前板用于辅助和指示附加资料的操作。不正确的操作或将控制钮转到底时，蜂鸣器都会发出警讯。所有的按钮、TIME/DIV 控制钮都是电子式选择，它们的功能和设定都可以被存储。

前面板可以分成四大部分：显示器控制、垂直控制、水平控制、触发控制。如图2 - 24 所示。

(1) 显示器控制：显示器控制钮调整屏幕上的波形，和提供探棒补偿的信号源，如图 2 - 25 所示。

1) POWER：电源开关。

2) TRACE ROTATION：TRACE ROTATION 是使水平轨迹与刻度线成平行的调整钮。

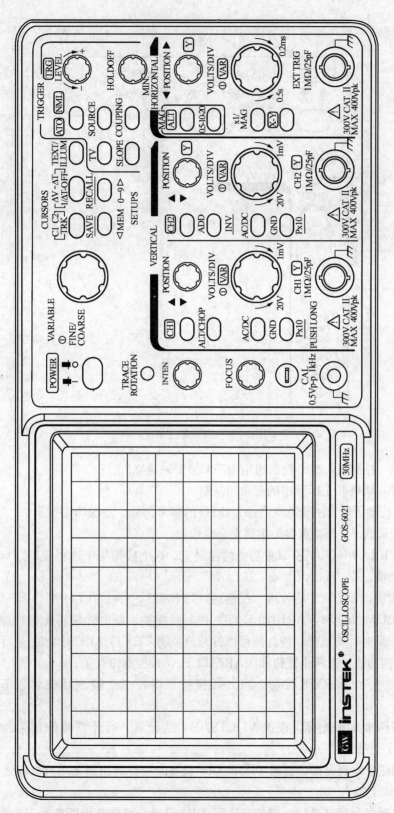

图 2 - 24 GOS-6021 前面板

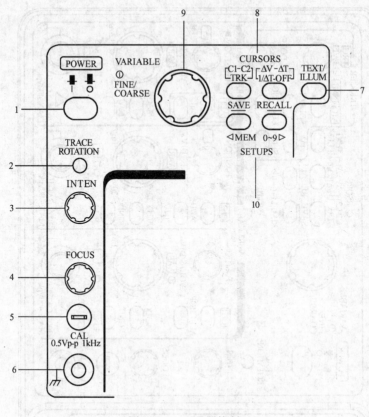

图 2-25　显示器控制

3) INTEN—控制钮：这个控制钮用于调节波形轨迹亮度。

4) FOCUS：轨迹和光标读出的聚焦控制钮。

5) CAL：此端子输出一个 0.5Vp-p、1kHz 的参考信号，给探棒使用。

6) Ground socket——香蕉接头接到安全的地线。

7) TEXT/ILLUM——具有双重功能的控制钮。这个按钮用于选择 TEXT 读值亮度功能和刻度亮度功能。以"TEXT"或"ILLUM"显示。

在读值装置中，以下次序将发生（按钮后）"TEXT" —— "ILLUM" —— "TEXT"。TEXT/ILLUM 功能和 VARIABLE（9）控制钮相关。顺时针旋转此钮增加 TEXT 亮度或刻度亮度。反时针则减低，按此钮可以打开或关闭 TEXT/ILLUM 功能。

8) 光标量测功能。有两个按钮和 VARIABLE（9）控制钮有关。

▽V—▽T—1/▽T—OFF 按钮。当此按钮按下时，三个量测功能将以下面的次序选择。

▽V：出现两个水平光标，根据 VOLTS/DIV 的设置，可计算两条光标之间的电压。▽V显示在 CRT 上部。

▽T：出现两个垂直光标，根据 TIME/DIV 设置，可计算出两条垂直光标之间的时间，▽T 显示在 CRT 上部。

1/▽T：出现两个垂直光标，根据 TIME/DIV 设置，可计算出两条垂直光标之间时间的倒数，1/▽T 显示在 CRT 上部。

C1—C2—TRK 按钮：光标 1，光标 2，轨迹可由此钮选择，按此钮将以下面次序选择光标。

C1：使光标 1 在 CRT 上移动（▼或▲符号被显示）。

C2：使光标 2 在 CRT 上移动（▼或▲符号被显示）。

TRK：同时移动光标 1 和 2，保持两个光标的间隔不变（两个符号都被显示）。

9）VIRABLE：通过旋转或按 VARIABLE 按钮，可以设定光标位置，TEXT/ILLUM 功能。

在光标模式中，按 VARIABLE 控制钮可以在 FINE（细调）和 COARSE（粗调）之间选择光标位置，如果旋转 VARIABLE，选择 FINE 调节，光标移动得慢，选择 COARSE 光标移动得快。

在 TEXT/ILLUM 模式，这个控制钮用于选择 TEXT 亮度和刻度亮度，请参考 TEXT/ILLUM（7）部分。

（2）垂直控制：垂直控制按钮选择输出信号及控制幅值，如图 2-26 所示。

1）CH1—按钮。

2）CH2—按钮：快速按下 CH1（CH2）按钮，通道 1（通道 2）处于导通状态，偏转系数将以读值方式显示。

3）CH1 POSITION—控制钮。

4）CH2 POSITION—控制钮。通道 1 和 2 的垂直波形定位可用这两个旋钮来设置。

5）ALT/CHOP：这个按钮有多种功能，只有两个通道都开启后，才有作用。

ALT—在读出装置显示交替通道的扫描方式。在仪器内部每一时基扫描后，切换至 CH1 或 CH2，反之亦然。

CHOP—切割模式的显示。

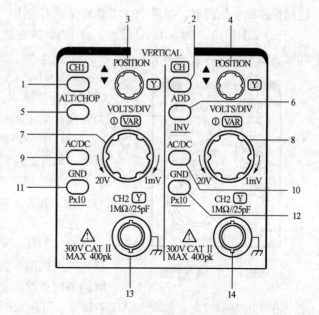

图 2-26　垂直控制

每一扫描期间，不断于 CH1 和 CH2 之间作切割扫描。

6）ADD—INV—具有双重功能的按钮。ADD—读出装置显示"＋"号表示相加模式。输入信号相加或是相减的显示由相位关系和 INV 的设定决定，两个信号将成为一个信号显示。为使测试正确，两个通道的偏向系数必须相等。

INV—按住此钮一段时间，设定 CH2 反向功能的开/关，反向状态将会于读出装置上显示"↓"号。反向功能会使 CH2 信号反向 180°显示。

7）CH1 VOLTS/DIV。

8）CH2 VOLTS/DTV—CH1/CH2 的控制钮有双重功能。顺时针方向调整旋钮，以

1-2-5顺序增加灵敏度，反时针则减小。挡位从 1mV/DIV 到 20V/DIV。如果关闭通道，此控制钮自动不动作。使用中通道的偏向系数和附加资料都显示在读出装置上。

VAR：按住此钮一段时间选择 VOLTS/DIV 作为衰减器或作为调整的功能。开启 VAR 后，以＞符号显示，反时针旋转此钮以减低信号的高度，且偏向系数成为非校正条件。

9）CH1，AC/DC。

10）CH2，AC/DC：按一下此钮，切换交流（～的符号）或直流（＝的符号）的输入耦合。此设定及偏向系数显示在读出装置上。

11）CH1 GND—Px10。

12）CH2 GND—Px10—双重功能按钮。

GND：按一下此钮，使垂直放大器的输入端接地。接地符号"〲"显示在读出装置上。

Px10：按一下此钮一段时间，取 1：1 和 10：1 之间的读出装置的通道偏向系数，10：1 的电压的探棒以符号表示在通道前（如："P10"，CH1），在进行光标电压测量时，会自动包括探棒的电压因素，如果 10：1 衰减探棒不使用，符号不起作用。

13）CH1-X—输入 BNC 插座。此 BNC 插座是作为 CH1 信号的输入，在 X-Y 模式，此输入信号是为 X 轴偏移。

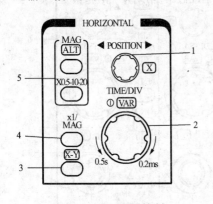

图 2-27　水平控制

14）CH2-Y—输入 BNC 插座。此 BNC 插座是作为 CH2 信号的输入。在 X-Y 模式信号是为 Y 轴的偏移，为安全起见，此端子接地端也连到电源插座。

（3）水平控制：水平控制可选择时基操作模式和调节水平刻度，位置和信号的扩展。如图 2-27 所示。

1）POSITION：此控制钮可将信号以水平方向移动，与 MAG 功能合并使用，可移动屏幕上任何信号。

在 X-Y 模式中，控制钮调整 X 轴偏转灵敏度。

2）TIME/DIV-VAR 控制旋钮。以 1-2-5 的顺序递减时间偏向系数，反方向旋转则递增其时间偏向系数。时间偏向系数会显示在读出装置上。

在主时基模式时，如果 MAG 不动作，可在 0.5S/DIV 和 0.2μS/DIV 之间选择以 1-2-5 的顺序的时间常数偏向系数。

VAR：按住此钮一段时间选择 TIME/DIV 控制钮为时基或可调功能，打开 VAR 后，时间的偏向系数是校正的，直到进一步调整，反时针方向旋转 TIME/DIV 以增加时间偏转系数（降低速度），偏向系数为非校正的，目前的设定以"＞"符号显示在读出装置中。

3）X-Y：按住此钮一段时间，仪器可作为 X-Y 示波器用。X-Y 符号将取代时间偏向系数显示在读出装置上。

在这个模式中，在 CH1 输入端加入 X（水平）信号，CH2 输入端加入 Y（垂直）信号。Y 轴偏向系数范围为少于 1mV 到 20V/DIV，带宽：500kHz。

4）×1/MAG：按下此钮，将在×1（标准）和 MAG（放大）之间选择扫描时间，信号波形将会扩展（如果用 MAG 功能），因此，只一部分信号波形将被看见，调整 H POSITION 可以看到信号中要看到的部分。

5）MAG FUNCTION（放大功能）。

x5－x10－x20 MAG：当处于放大模式时，波形向左右方向扩展，显示在屏幕中心。有三个档次的放大率 x5－x10－x20 MAG。按 MAG 钮可分别选择。

ALT MAG：按下此钮，可以同时显示原始波形和放大波形。放大扫描波形在原始波形下面 3DIV（格）距离处。

（4）触发控制：触发控制决定两个信号及双轨迹的扫描起点。如图 2-28 所示。

1）ATO/NML-按钮及指示 LED：此按钮选择自动或一般触发模式，LED 会显示实际的设定。

每按一次控制钮，触发模式依下面次序改变：ATO—NML—ATO。

ATO（AUTO，自动）：选择自动模式，如果没有触发信号，时基线会自动扫描轨迹，只有 TRIG-GER LEVEL 控制钮调整到新的电平设定时触发电平才会改变。

NML（NORMAL）：选取一般模式，当 TRIG-GER LEVEL 控制钮设定在信号峰之间的范围有足够

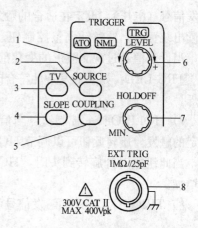

图 2-28　触发控制

的触发信号，输入信号会触发扫描，当信号未被触发，就不会显示时基线轨迹。当使同步信号变成低频信号时，使用这一模式（25Hz 或更少）。

2）SOURCE：此按钮选择触发信号源，实际的设定由直读显示（"SOURCE，Slope，coupling"）当按钮按下时，触发源以下列顺序改变 VERT—CH1—CH2—LINE—EXT—VERT。

VERT（垂直模式）：为了观察两个波形，同步信号将随着 CH1 和 CH2 上的信号轮流改变。

CH1：触发信号源，来自 CH1 的输入端。

CH2：触发信号源，来自 CH2 的输入端。

LINE：触发信号源，从交流电源取样波形获得。对显示与交流电源频率相关的波形极有帮助。

EXT：触发信号源从外部连接器输入，作为外部触发源信号。

3）TV—选择视频同步信号的按钮。

4）SLOPE—触发斜率选择按钮。按一下此按钮选择信号的触发斜率以产生时基。每按一下此钮，斜率方向会从下降缘移动到上升缘，反之亦然。

此设定在"SOURCE，SLOPE，COUPLING"状态下显示在读出装置上。如果在 TV 触发模式中，只有同步信号是负极性，才可同步。凵符号显示在读出装置上。

5）COUPLING：按下此钮选择触发耦合，实际的设定由读出显示。 （SOURCE，SLOPE，COUPLING），每次按下此钮，触发耦合以下列次序改变 AC－HFR－LFR－AC。

AC：将触发信号衰减到频率在 20Hz 以下，阻断信号中的直流部分，交流耦合对有大的直流偏移的交流波形的触发很有帮助。

HFR（High Frequency Reject）：将触发信号中 50kHz 以上的高频部分衰减，HFR 耦

合提供低频成分复合波形的稳定显示，并对除去触发信号中干扰有帮助。

LFR（Low Frequency Reject）：将触发信号中 30kHz 以下的低频部分衰减，并阻断直流成分信号。LFR 耦合提供高频成分复合波形的稳定显示，并对除去低频干扰或电源杂音干扰有帮助。

6）TRIGGER LEVEL—带有 TRG，LED 的控制钮。旋转控制钮可以输入一个不同的触发信号（电压），设定在适合的触发位置，开始波形触发扫描。触发电平的大约值会显示在读出装置上。顺时针调整控制钮，触发点向触发信号正峰值移动，反时针则向负峰值移动，当设定值超过观测波形的变化部分，稳定的扫描将停止。

TRG LED：如果触发条件符合时，TRG LED 亮，触发信号的频率决定 LED 是亮还是闪烁。

7）HOLD OFF—控制钮：当信号波形复杂，使用 TRIGGER LEVEL（35）不可获得稳定的触发，旋转此钮可以调节 HOLD－OFF 时间（禁止触发周期超过扫描周期）。

当此钮顺时针旋转到头时，HOLD－OFF 周期最小，反时针旋转时，HOLD－OFF 周期增加。

8）TRIG EXT—外部触发信号的输入端 BNC 插头。

第3章　力学、热学和声学实验

　　力学和热学实验是大学物理实验的基础，是接受物理实验基本训练的开端。本章内容包括力学基本测量仪器的使用、弹性模量、转动惯量、液体表面张力及动力黏度、物质比热容和空气中的声速等一些基本的力学和热学实验。此外还分别介绍长度、质量、时间、温度等基本物理量的常用测量器具。许多物质的性能参数与湿度、气压等有着密切的关系，所以在本章实验之前，将对监测实验室环境的最常用仪器如水银气压计、干湿球湿度计做介绍。

　　通过本章的学习除了加深理解一些物理概念和定律外，还要学习对实验仪器、装置的水平、铅直调节，零位校准等基本调整技术及复测法、放大法等基本测量方法和从实验中总结物理规律的方法。如何根据不同的测量条件和准确度要求选用不同的测量仪器以及应用列表法、作图法、逐差法等常用数据处理方法处理数据、分析测量结果的不确定度，也是本章学习的一个重点。

3.1　长 度 测 量 器 具

　　长度是基本物理量。除用图形和数字显示的仪器外，大多数测量仪器其标度都是按照一定长度（包括弧长）来划分的。我们用温度计测量温度，就是确定水银柱面在温度计标尺上的位置；测量电流或电压，就是确定指针在电流表或电压表标尺上的位置……总之，科学实验中的测量大多数可以归结为长度的测量。由此可见，长度的测量是一切测量的基础，是最基本的物理测量之一。

　　测量长度的器具，常用而又简单的有米尺（钢直尺、钢卷尺）、游标卡尺、千分尺、读数显微镜等。这些量具测量长度的范围和准确度各不相同，需视测量的对象和条件加以选用。对于更精密的长度测量，要采用更精密的长度测量仪器（如比长仪）或采用其他的方法（如光的干涉法等）来测量。

3.1.1　米尺

　　对准确度要求不高的长度测量，可以使用木制或塑料米尺。实验室一般使用比较准确的钢直尺或钢卷尺，它们的分度值为 1mm，测量时常可估读到 0.1mm。测量过程中，一般不用米尺的端边作为测量的起点，以免由于边缘磨损而引入误差，而可选择某一刻度线（例如10cm 刻线等）作为起点。测量时应使米尺的刻度面紧靠被测物体，以尽量减小由于测量者视线方向的不同（即视差）而引入的测量误差。测量时视线一定要垂直被测物体。

　　根据计量器具检定规程（JJG1—1999 和 JJG4—1999），钢直尺、钢卷尺的示值误差不得超过表 3-1 的规定。

　　实际上，在使用钢直尺和钢卷尺测量长度时，常常由于尺的刻线与被测长度的起点和终点对准条件不好，尺与被测长度倾斜以及视差等原因而引起的测量误差要比尺本身示值误差限引入的误差更大些，因而常需要根据实际情况合理估计测量结果的误差。

表 3-1　　　　　　　　　　钢直尺、钢卷尺示值误差

仪 器 名 称	规格（mm）	示值误差（mm）
钢直尺	>1～300	0.1
	>300～500	0.15
钢卷尺	1 000	0.8
	2 000	1.2
	3 500	2.0

3.1.2　读数显微镜

1. 仪器结构

读数显微镜是一种测量长度用的精密仪器，其结构如图 3-1 所示，主要分为测量架、显微镜和底座三部分。根据需要可改变三者之间的相互位置。目镜 2 插在目镜接筒 1 内，目镜止动螺钉 3 可以固定目镜于任一位置，物镜 12 用螺纹与镜筒连接。在测量架上装有显微镜筒 13 和移动镜筒的螺旋测微装置。整体的显微镜筒可由调焦手轮 4 调焦。旋转测微鼓轮 6，显微镜筒能沿导轨横向移动，测微鼓轮每旋转一周，显微镜筒移动 1mm，测微鼓轮圆周均分为 100 个刻度，所以测微鼓轮每转一格显微镜筒移动 0.01mm。支架 7 借助锁紧手轮 8 紧固在底座的适当位置。

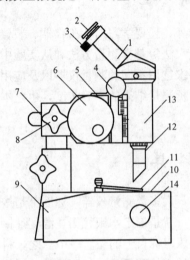

图 3-1　读数显微镜
1—目镜接筒；2—目镜；3—目镜止动螺钉；
4—调焦手轮；5—长标尺；6—测微鼓轮；
7—支架；8—锁紧手轮；9—底座；
10—工作平台；11—弹簧压片；
12—物镜；13—显微镜筒；
14—反光镜

2. 使用说明

待测物体放于玻璃工作平台 10 上，用弹簧压片 11 牢固地压紧。调整目镜 2 使分划板刻线清晰可见，并使叉丝横线与长标尺 5 平行，转动调焦手轮 4，从目镜观察使待测物成像清晰，无视差。调正待测物，使被测部位的横向与显微镜移动方向平行，即可读数。在长标尺 5 上，读取毫米整数，在测微鼓轮 6 上读取毫米小数，此二数之和即是待测读数。若被测物不够清晰，可调节底座 9 内反光镜 14 的方位，使物体清晰可见。

3. 注意事项

（1）由于螺杆和螺母之间存在间隙，测量时鼓轮只能向一个方向旋进，中途不能反向。

（2）调节聚焦时，应注意由下而上，防止物镜触及待测物体。

（3）为便于做牛顿环实验，本仪器物镜下安装了 45°反光镜。

3.2　计 时 器

时间的测量对现代科学技术的各个领域都是十分重要的，在无线电广播、计量技术、雷

达测距、卫星发射和接收、相对论的验证等方面，都需要准确的时间标准。

随着科学技术的发展，在生产、科研和教学中，对时间的测量准确度的要求越来越高。例如，在物理实验中，为了准确测定重力加速度，对时间的测量应达到 0.1ms；在现代尖端科学研究中，要求有更高准确度的时间测量仪器。实验室中的电子示波器就可以精确地测量时间。能够精确测量时间的还有晶体钟和原子钟。晶体钟的精度可达 300 年差 1s，而原子钟可达 3 000 年差 1s 以内。我国的长波授时台向世界和全国发布的标准时间和标准频率信号是用氢原子做基准的，它的频率稳定度可达每天 $1×10^{-4}$ 量级，相当于 300 万年才差 1s。

实验室常用的计时器有机械秒表、电子秒表、数字毫秒计、示波器以及火花计时器、频闪仪等。

3.3　质量测量仪器

质量是物质的基本属性，是描述物体本身固有性质的物理量。质量的测量是以物体重量的测量并通过比较而得出的。根据物体的重量 $W=mg$ 可知，当在同一地点测量时，若两个物体的重量相等，两个物体的质量 m_1 与 m_2 必然相等，从而决定了测量物体质量的基本原理是杠杆定律，即总是利用一种带有横梁的天平测量物体质量。有时也以固体形变为基础来设计测量装置，如弹簧秤或一些特殊用途的微量天平（焦里氏秤，扭力天平等）。近年来电子天平以测试准确、操作维护简单等优点在质量测量中应用越来越广泛。

3.3.1　物理天平的构造原理和使用方法

物理天平是常用的测量物体质量的仪器，其构造原理和正确的使用方法是我们应该掌握的。一般情况下，物理天平的仪器误差在教学上常规定为该天平最小分度值的一半。

1. 构造原理

物理天平的实质是一个等臂杠杆装置，TW-1 型物理天平其构造如图 3-2 所示，主要由底座、支柱和横梁三大部分组成。底座上有调节水平的调节螺母和水准仪。支柱在底座的中央，内附有升降杆，通过启动旋钮能使升降杆上的横梁上升或下降，支柱下端附有标尺。横梁上装有三个刀口，中间主刀口置于支柱顶端的玛瑙垫上，作为横梁的支点；两侧刀口各悬挂一个秤盘；横梁下端中部固定一个指针，启动旋钮右旋，升起横梁时，指针尖端将在支柱下方标尺前摆动，可以指示出左右秤盘上待测物体的质量和砝码质量间的平衡状态；启动旋钮左旋使横梁降下后，支架上有两个

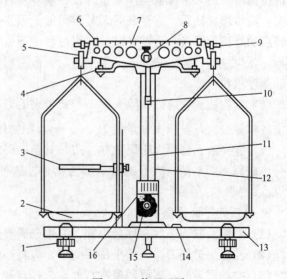

图 3-2　物理天平

1—水平螺钉；2—称盘；3—托架；4—支架；5—挂钩；
6—游码；7—游码标尺；8—刀口、刀垫；9—平衡螺母；
10—感量调节器；11—读数指示；12—主柱；13—底板；
14—水准器；15—启动旋钮；16—指针标尺

支梢托住横梁，使横梁处于制动状态，中间主刀口与玛瑙垫分离，避免刀口磨损。横梁两端有平衡螺母，用于天平空载时调节平衡。横梁上有游码，用于 2g 以下的称量。TW - 1 型天平横梁刻有 20 个分度，分度值为 0.1g。支柱左边装有托盘，用来托住不需称衡的物体（如烧杯等）。

2. 天平的主要参数

最大称量：天平的最大称量是天平允许称衡的最大质量。

分度值（感量）：天平的分度值是由天平指针偏离平衡位置一格需在秤盘上添加的砝码质量，它的单位为 mg/格。分度值的倒数称为天平的灵敏度。上下调节套在指针上的平衡螺母，可以改变天平的灵敏度。重心越高，灵敏度越高。天平的分度值及灵敏度与天平的负载状态有关。

3. 天平的调节

（1）调水平。使用前应调节水平螺钉，直至水准仪显示水平，以保证支柱铅直。

（2）调零点。在天平空载时，将游码拨到左端，与 0 刻线对齐。向左旋转启动旋钮，将横梁升起，观察天平是否平衡。天平的平衡是通过指针指在标尺的中点来判别的。为了克服静摩擦力矩的影响，实际上是在指针摆动过程中判别平衡的。当指针在刻度尺上来回摆动，左右摆幅近似相等并以刻度尺的中点为中心依次递减时，便可以认为天平达到了平衡。这种方法叫做摆动法。

如果不平衡，左旋启动旋钮，使天平止动，调节横梁两端的平衡螺母，再用摆动法判别平衡，直至达到空载平衡为止。

4. 天平的使用

（1）简易称衡。左盘放置被测物，砝码置于右盘中（复称法除外），天平调整好后，即可进行称衡。用天平称衡物体质量时，一般轻轻启动天平，注意天平向哪边倾斜，根据倾斜情况，酌情增减砝码，直至最后调节游码使天平平衡。每次增减砝码须在天平制动后进行，旋转启动旋钮须缓慢小心，在试放砝码过程中不可将横梁完全支起，只要能判断指针向哪边倾斜，就应立即将天平制动。天平平衡后，被测物体的质量等于右盘中砝码的质量总和加游码的刻度示数。

（2）复称法。它可以消除天平不等臂带来的影响，将待测物一次放左盘中，一次放在右盘中各称量一次，设两次称量值为 m_1、m_2，则物体质量 $m = \sqrt{m_1 m_2}$。

（3）置换法。将最大砝码放在一边，其余砝码放在另一边调平，然后用待测物体换下一部分小砝码再调平衡，取下的砝码即为物重。这种方法有不受不等臂影响和灵敏度不变的优点。

5. 使用天平的注意事项

（1）物体及砝码应放在秤盘中部，取用砝码要用镊子夹，请勿用手。

（2）注意保护好刀口，天平使用完毕，应将秤盘摘离刀口。

（3）空载调零时，不要调换左右秤盘、托盘和挂钩。这些零部件出厂时是对号入座的。否则无法调平衡。

3.3.2　电子天平

JA 系列电子天平（见图 3 - 3）是采用电阻应变式传感器和 MCS - 51 系列单片机构成的多功能电子天平。除一般智能化电子天平所具有的称量自动校准、灵敏度可适当选择外，该天平还有 4 种量制：克、米制、克拉、金盎司可供用户自由选择，能与微机和各种打印机相连。

1. 使用方法

（1）调节水平调节脚，使水平泡位于水平仪中心。

（2）天平接通电源，就开始通电工作（显示器未工作），通常需预热 1h 后方可开启显示器进行操作使用。

（3）键盘的操作功能。

ON 开启显示器键：只要轻按 ON 键，显示器全亮，对显示器功能进行检查，约 2s 后，显示天平的型号，然后是称量模式。

OFF 关闭显示键：轻按 OFF 键，显示器即可熄灭。若较长时间不再使用天平，应拔去电源线。

TAR 清零、去皮键：置容器与称盘上，显示出容器的质量，然后轻按 TAR 键，显示消隐，随即出现全零状态，容器质量显示值已去除，即去皮重。当拿去容器，就出现容器质量的负值。再按 TAR，显示器全为零，即天平清零。

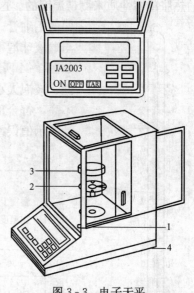

图 3-3 电子天平
1—水平仪；2—盘托；3—称盘；
4—水平调节脚

其他键分别为 UNT 量制转换键；ASD 灵敏度调整键；CAL 天平校准键；COU 点数功能键；INT 积分时间调整键；PRT 输出模式设定键。这些键在实验中不常用，若需要仔细了解，请阅读该电子天平使用说明书。

（4）称量。按 TAR 键，显示器为零后，置被测物于称盘，待数字稳定——即显示器左边的"0"标志熄灭后，该数字即为被称物的质量值。

2. 天平的维护与保养

（1）天平必须小心使用。称盘和外壳须经常用软布和牙膏轻轻擦洗。切不可用强溶解剂擦洗。

（2）本天平电源插上即通电，面板开关只对显示起作用，如天平长期不用应拔去电源插头，每天连续使用不用关断电源，关闭显示即可，插电源插头时注意 220V、110V 转换开关是否在合适位置。

3.4 温度测量仪器

温度是七个基本物理量之一，是表征物体处于热平衡系统的一个状态参量，其微观本质是分子热运动的激烈程度，是物质分子平均平动动能的量度。从宏观上来说，温度表示物体的冷热程度。或者说，互为热平衡的两个物体，其温度相等。

许多物质的特征参数与温度有着密切的关系，在科学研究和生产实践中对温度的控制和测量显得特别重要。测量温度的方法和仪器很多，实验室常用的有液体温度计、热电阻温度计、热电偶温度计等。

3.4.1 液体温度计

液体温度计的测温物质是液体，主要有水银、酒精或其他有机液体。它是利用这些液体的热胀冷缩性质来测量温度的。这种温度计下端是一个贮液球泡，内盛液体，上接一内径均匀的毛细管。当温度变化时，毛细管内液柱的高度随之变化，其高度与贮液球泡所感应的温度相对应，在刻度尺上即可读出温度的数值，如图 3-4 所示。液体温度计的示值误差与玻璃的材质、毛细管的均匀性、液泡大小、环境温度及插入被测物质的多少均有关，一般精度都不高，符合部标 JB1066—1967 规定的工业玻璃温度计和实验玻璃温度计的示值误差，见表 3-2。

图 3-4 液体温度计

（标注：膨胀室、标尺、毛细管、贮液泡）

表 3-2　　　　　　液体温度计示值误差

感温液体	温度上限所在温度间隔	分 度 值						
		0.1	0.2	0.5	1	2	5	10
		允许示值误差						
有机液体	−30～<0	±0.4	±0.6	±1	±1	—	—	—
	0～+100	—	—	±1	±1	—	—	—
水银	0～+100	±0.2	±0.3	±0.5	±1	±2	—	—
	>+100～+200	0.4	±0.5	±1	±1.5	±3	—	—
	>+200～+300	0.6	±0.7	±1	±2	±3	±5	—

注　粗线左方为精密温度计，右方为普通温度计。

使用玻璃液体温度计应注意以下事项。

（1）由于液柱在毛细管中升降有滞留现象，液柱随温度的升降有跳跃式的间隙变动，这种现象在下降过程中尤为明显。所以，如果实验本身不是要求测量下降时的温度，使用玻璃液体温度计时最好采用升温的方式。

（2）注意浸入深度。使用温度计应注意浸没标记。全浸温度计标有"全浸"字样，应将温度计全部浸入在待测温度介质中。局浸温度计在背面规定的浸没位置刻有一浸没线，测温时应使被测介质浸没到此为止。

（3）读数时注意消除视差。视线应与液柱面位于同一平面上。水银温度计以液柱凸表面之最高点为读数基准；酒精温度计以液柱凹平面之最低点为读数基准。

（4）有时对示值需按说明书的指示进行修正。如对零位变化、毛细管不均匀、浸入深度不合规定等带来的误差进行修正。

玻璃液体温度计的故障常为液柱发生中断，排除办法有以下三种。

（1）冷却法：将贮液泡插入干冰中，使毛细管中液体全部收缩到贮液泡中为止。

（2）离心法：手持温度计上端，急速甩动或旋转，直至液柱复原。

（3）加热法：将温度计贮液泡置于温水中，逐渐升高水温，直至中断的液柱全部进入安全泡为止。将温度计垂直放置数小时，待水温降低，直到感温液体逐渐回到毛细管中原来位置为止。

3.4.2 热电阻温度计

用某种导体作为测温物质，用导体的电阻随温度的变化标示温度。导体的电阻与温度的关系，不同的导体不同，同一种导体不同的温度范围也不同。例如，铜热电阻与温度的关系遵循的公式为

$$R_t = R_0[1 + \alpha t + \beta t(t - 100℃) + \gamma t^2(t - 100℃)]$$

纯铂热电阻，在 $-200\sim0℃$ 范围内，遵循的公式为

$$R_t = R_0[1 + \alpha t + \beta t^2 + \gamma(t - 100℃)t^3]$$

而在 $0\sim500℃$ 范围内，遵循的公式为

$$R_t = R_0(1 + \alpha t + \beta t^2)$$

上述各式中，R_0 为 $0℃$ 时的电阻值；R_t 为温度 t 时的电阻值；α、β、γ 为常数，由实验确定。成品热电阻在说明书中都给出了电阻值与温度关系的分度表。

近年来，用半导体材料制成的热敏电阻应用越来越广泛，半导体温度计也随之发展起来。由于热敏电阻的温度系数比金属材料大得多，所以可提高温度测量的灵敏度。同时，由于热敏电阻体积小，对被测物体温度影响很小，测量精度很高。

3.5 气压计与湿度计

物质的许多特性参数与温度、湿度、气压等环境因素有着密切关系。如蓖麻油的黏度在不同湿度测得的值差别很大；绝缘材料的绝缘性能随环境湿度增加而降低；不同的大气压强下水的沸点不同。在影响物质特性参数的诸环境因素中，居首位的当属温度，其次便是环境湿度和大气压强。因此，实验室常挂有温度计、湿度计和气压计作为环境监测仪器。

3.5.1 气压计

气压计有多种式样，但就测量的准确度来看，以水银气压计为最好。下面我们介绍一种常用的水银气压计——福廷式气压计。

该仪器是根据托里拆利原理做成的，其结构如图 3-5 所示。一根长约 80cm 的一端封闭、一端开口的璃璃管装满水银，用拇指按住开口端，然后倒插入水银杯内。于是，管内水银在重力（因管封闭端与下降的水银面之间为真空，无其他力作用）作用下，从管的开口端流入水银杯内，直到管内水银柱高度所产生的压强与大气压强平衡为止。气压变化，水银柱的高度就变化。通过测量这一段水银柱的高度就能确定大气压强的值。

玻璃管安装在金属保护套管内，在保护套管上、下方开有两个长方形窗口，便于观察管内和杯内的水银液面。上窗口旁装有带游标的标度尺，用来测量玻璃管内水银柱的高度。标度尺的下端连接一象牙针，是高度的零点。保护套上装有水银温度计，以供测量气压时先确定观察时的温度。水银杯的底部是用皮囊做成的，皮囊底部有一块滑动铁板，调节水银面调节钮可使皮囊挺起或下垂，从而

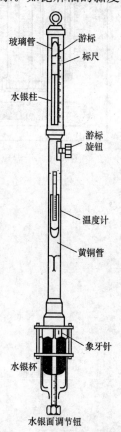

图 3-5 福廷式气压计

控制杯内水银面的高度。

气压计的使用方法如下。

（1）调节水银气压计的玻璃管，使其处于铅直位置，记录室温。

（2）旋转下方的水银面调节钮，使杯内水银表面与象牙针刚好接触。如果水银面足够清洁，这时能看到象牙针和它刚好相接。

（3）调节游标旋钮，使游标的零线从上向下与水银凸面正好相切，利用游标读出水银柱的高度（注意：由于玻璃与水银有黏附作用，玻璃管内水银的凸面在水银上升或下降时稍有不同，上升时格外凸出。为使凸面有正常形状，可用手指轻轻敲保护金属管，水银受振后，凸面就会自由形成）。

（4）若需更精确测量，还要进行温度、重力加速度、毛细管和零点修正。

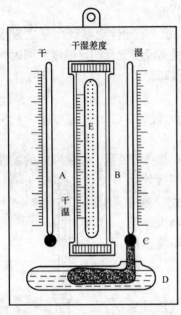

图 3-6　干湿球湿度计

在国际单位制（SI）中，压强的单位为帕斯卡，简称帕（Pa）。过去的文献和旧仪表中常使用压强的单位有：标准大气压（atm）、毫米汞柱（mmHg）、托（Torr）等。其换算关系为

$$1\text{atm} = 101\ 325\text{Pa} \approx 0.1\text{MPa} = 760\text{mmHg}$$
$$1\text{mmHg} = 1\text{Torr} = 133.322\text{Pa}$$

3.5.2　干湿球湿度计

利用干湿球湿度计可以测出环境的相对湿度。干湿球湿度计由两支相同的温度计 A 和 B 组成。如图 3-6 所示。B 的感温泡上包以湿布，布的下端浸在水槽 D 内。A 直接指示室温。由于水蒸发时要从周围吸收热量，所以，B 的示值较 A 的示值要低一些，其温差由水的蒸发速度，即大气中现存水蒸气的多少而定，因此，从两温度计的示值可求出当时的湿度。各温度下的温度差对应的相对湿度可从标尺筒 E 上读出。

实验 5　用拉伸法测量金属弹性模量

机械结构中零构件的强度是工程设计人员必须解决的重要问题，为了取得强度设计的依据，必须掌握材料的力学性能，即材料在外力作用下的力学行为，如强度、塑性、弹性、韧性等。杨氏模量是固体材料的重要力学性质，反映了固体材料抵抗外力产生拉伸（或压缩）形变的能力，是选择机械构件材料的依据之一。固体材料的杨氏模量是材料在弹性形变范围内正应力与相应正应变的比值，其数值大小与材料的结构、化学成分和加工制造方法有关。它的测量方法有静力学拉伸法和动力学共振法两种。本实验采用静力学拉伸法来测定金属丝的杨氏模量，同时介绍一种测量微小长度变化的方法——光杠杆法。

【实验目的】

（1）了解杨氏模量的物理意义及静力学拉伸法。

（2）掌握用光杠杆法测量微小长度的原理。

（3）学会用逐差法处理实验数据。

（4）学习从诸多直接测量量中分析实验结果的主要误差来源。

【实验仪器】

杨氏模量仪、螺旋测微器、游标尺、钢卷尺和米尺、望远镜（附标尺）。

【实验原理】

1. 杨氏弹性模量

固体材料在外力作用下产生各部分间相对位置的变化，称之为形变。如果外力较小时，一旦外力停止作用，形变将随之消失，这种形变称为弹性形变；如果外力足够大，当停止作用时，形变却不能完全消失，称为塑性形变。当塑性形变开始出现时，就表明材料达到了弹性限度。在许多种不同的形变中，伸长（或缩短）形变是最简单、最普通的形变之一。本实验是针对连续、均匀、各向同性的材料做成的丝，进行拉伸实验。设细丝的原长为 L，横截面积为 S，在外加力 F 的作用下，伸长了 ΔL 的长度，单位长度的伸长量 $\Delta L/L$ 称为应变，单位横截面积所受的力 F/S 则称为应力。根据虎克定律，在弹性限度内，应变与应力成正比关系，即

$$\frac{F}{S} = E\frac{\Delta L}{L} \tag{3-1}$$

$$E = \frac{FL}{S\Delta L} \tag{3-2}$$

式中：比例常数 E 称为杨氏弹性模量。若实验测出在外加 F 作用下细丝的伸长量 ΔL，则就能算出钢丝的杨氏弹性模量。SI 制中 E 的常用单位为 N/m^2 或 Pa。

实验证明，弹性模量与外力 F、物体的长度 L 和横截面积 S 的大小无关，它只取决于材料的性质，本实验是测定某一种型号钢丝的杨氏弹性模量，其中 F 可以由所挂的砝码的重量求出，截面积 S 可以通过螺旋测微计测量金属丝的直径计算得出，L 可用米尺等常规的测量器具测量，但 ΔL 由于其值非常微小，用常规的测量方法很难精确测量。本实验将用放大法——"光杠杆镜"来测定这一微小的长度改变量 ΔL，图 3-7 是光杠杆镜的实物及原理示意图。

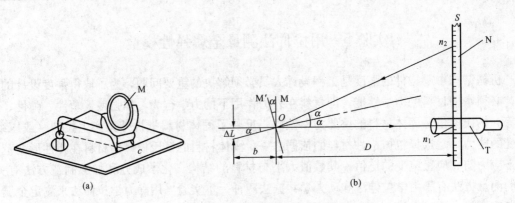

图 3 - 7　光杠杆镜原理
(a) 光杠杆平面镜；(b) 光杠杆成像

　　光杠杆系统包括光杠杆平面镜 M，水平放置的望远镜 T 和竖直标尺 N，光杠杆平面镜如图 3 - 7 (a) 所示；光杠杆平面镜垂直于它的底座，底座下有三个尖足。前两足放在弹性模量仪的平台 C 的沟槽内，后足尖置于待测钢丝下卡头的上端面上。前两尖足连线到后足的距离为 b。当待测钢丝受力作用而伸长 ΔL 时，后足尖就随之下降 ΔL，从而平面镜 M 也随之倾斜 α 角。在与平面镜相距 D 处（约 1～2m）放置标尺望远镜和竖直标尺。假定开始时平面镜 M 的法线在水平位置，则标尺 N 上的标度线 n_1 发出的光通过平面镜 M 反射后进入望远镜，在望远镜中能观察到 n_1 的像。当金属丝受外力而伸长后，光杠杆的后尖脚随金属丝下降 ΔL，平面镜转过一角度 α，根据光的反射定律，反射线将转过 2α 角，这时在望远镜中观察到 n_2 的像。如图 3 - 7 (b) 所示。

　　这样，钢丝的微小伸长量 ΔL，对应光杠杆镜的角度变化量 α，而对应的光杠杆镜中标尺读数变化则为 $\Delta n = n_1 - n_2$。由光路可逆可以得知，Δn 对光杠杆镜的张角应为 2α。从图 3 - 7 中用几何方法可以得出

$$\text{tg}\alpha = \frac{\Delta L}{b} \tag{3 - 3}$$

$$\text{tg}2\alpha = \frac{|n_2 - n_1|}{D} = \frac{\Delta n}{D} \tag{3 - 4}$$

当角度很小时，近似地有 $\text{tg}2\alpha = 2\alpha$，$\text{tg}\alpha = \alpha$，所以

$$\alpha = \frac{\Delta L}{b} \tag{3 - 5}$$

$$2\alpha = \frac{\Delta n}{D} \tag{3 - 6}$$

将式 (3 - 5) 和式 (3 - 6) 联列后得

$$\Delta L = \frac{b}{2D} \Delta n \tag{3 - 7}$$

　　其中的 $\frac{2D}{b}$ 叫做光杠杆镜的放大倍数，由于 $D \gg b$，所以 $\Delta n \gg \Delta L$，从而获得对微小量的线性放大，提高了 ΔL 的测量精度。

　　这就是光杠杆测量长度微小伸长量的原理，这种测量方法被称为放大法。由于该方法具有性能稳定、精度高，而且是线性放大等优点，所以在设计各类测试仪器中有着广泛的应用。

设金属丝的直径为 d，金属丝的截面积为

$$S = \frac{1}{4}\pi d^2 \tag{3-8}$$

将式（3-7）和式（3-8）代入式（3-2），则

$$E = \frac{8FLD}{\pi d^2 b\Delta n} \tag{3-9}$$

由上式可见，只要测量 F、L、D、d、b、Δn 就可计算出待测金属丝的弹性模量。

2. 用逐差法处理数据

实验中每次在金属丝下端加一个砝码（1kg），记录望远镜中的标尺读数 $n_i(i=1$, 2, …, 8)，然后再每次减去一个砝码，记录 n_i' 读数，取其平均值 $\bar{n}_i$。再用逐差法求 Δn 的平均值，即先将数据分成两组：一组是 $\bar{n}_1$, $\bar{n}_2$, $\bar{n}_3$, $\bar{n}_4$；另一组是 $\bar{n}_5$, $\bar{n}_6$, $\bar{n}_7$, $\bar{n}_8$。然后求各对应项的差值 $(\bar{n}_8 - \bar{n}_4)$, $(\bar{n}_7 - \bar{n}_3)$, $(\bar{n}_6 - \bar{n}_2)$, $(\bar{n}_5 - \bar{n}_1)$，并计算各差值的平均值。

$$\Delta n = \frac{1}{4}\big[(\bar{n}_8 - \bar{n}_4) + (\bar{n}_7 - \bar{n}_3) + (\bar{n}_6 - \bar{n}_2) + (\bar{n}_5 - \bar{n}_1)\big]$$

这样得到的 Δn 相当于每次增加 4 个砝码的伸长量，可见，用逐差法既充分利用了测量数据，又保持了多次测量的优点，减小了测量误差。如果简单地计算每增加 1 个砝码标尺读数变化的平均值为

$$\Delta n' = \frac{1}{7}\big[(\bar{n}_8 - \bar{n}_7) + (\bar{n}_7 - \bar{n}_5) + \cdots + (\bar{n}_2 - \bar{n}_1)\big] = \frac{1}{7}(\bar{n}_8 - \bar{n}_1)$$

结果只有头尾两个数据有用，中间数据则相互抵消。这样处理数据与一次加 7 个砝码的单次测量是一样的。

【实验装置】

杨氏弹性模量测量仪如图 3-8 所示。三脚底座上装有两根立柱和调整螺钉，调节调整螺钉可以使立柱铅直，并由底座上的水平仪来判断。金属丝的上端被夹紧在横梁上的夹具 A 中。立柱的中部有一个可以沿立柱上下移动的平台 C，用于支承光杠杆。平台上有一孔，孔中有一个可上下自由滑动的夹具 B，金属丝的下端由夹具 B 夹紧。夹具 B 下挂有一个砝码托盘，用于放置拉伸金属丝所用的砝码。

【实验内容】

弹性模量测定方法如下。

（1）检查钢丝是否被上下夹头夹紧，然后挂上砝码钩，加一砝码将钢丝预紧。调节杨氏模量仪底盘下面的 3 个底脚螺丝，同时观察放在平台上的水准尺，直至中间平台处于水平状态为止。

（2）调节光杠杆镜位置。将光杆镜放在平台上，两前脚放在平台横槽内，后脚放在固定钢丝下端圆柱形套管上（注意一定要放在金属套管的

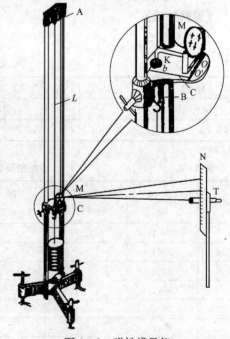

图 3-8　弹性模量仪

A—夹具；B—夹具；C—平台；K—套筒；
L—钢丝长度；M—平面反射镜

边上，不能放在缺口的位置），并使光杠杆镜面基本垂直或稍有俯角。

（3）在距离光杠杆镜面前方约 2m 处放置标尺望远镜，并调整望远镜筒处于水平位置，使它与光杠杆镜面的中心部分等高。然后从望远镜筒处沿着望远镜筒方向观察光杠杆镜面，应看到镜面中有标尺的像。若没有，可移动望远镜尺组，使来自标尺的入射光线经过光杠杆镜面反射，其反射光能射入望远镜内。

（4）调节标尺望远镜目镜，使十字叉丝清晰。然后缓慢旋转调焦手轮使物镜在镜筒内伸缩，直到清晰地看到标尺刻度的像。这时从望远镜内观察，既能看清标尺，又能看清十字叉丝。这一步，对初学者来说比较困难，往往会出现：①十字叉丝看不见或者很模糊，这是因为目镜没有调好；②在望远镜中只看到光杠杆镜面而看不到标尺的像，这是物镜焦距没有调好或光杠杆镜面反射的标尺入射光线没有射入望远镜内；③当人眼上下移动时，物像与十字叉丝有相对移动，产生视差。这是因为目标成像不在十字叉丝平面上，只要微微调节调焦手轮，即能消除视差。

（5）逐一增加砝码，记录从望远镜中观察到的各相应的标尺读数（共 8 个砝码），这样依次可以得到 n_1，n_2，n_3，n_4，n_5，n_6，n_7，n_8 这是钢丝拉伸过程中的读数变化，加一砝码，不计数（保证加减砝码时的读数 n_i 和 n'_i 对应于同一 F_i 值）；逐次移去所加的砝码，读取一次数据，依次得到 n'_8，n'_7，n'_6，n'_5，n'_4，n'_3，n'_2，n'_1，这是钢丝收缩过程中的读数变化。将对应于同一 F_i 值的 n_i 和 n'_i 求平均，记为 n_i（加、减砝码时动作要轻，不要使砝码钩摆动或上下振动）。

（6）用钢卷尺测量平面镜 M 到标尺 N 之间的垂直距离 D 和待测钢丝的原长 L。将光杠杆放在一张平纸上，压出三个足痕后，测量后足尖到两个前足尖连线的垂直距离 b。

（7）用螺旋测微计测量钢丝不同位置直径，测 10 次。

【数据处理】

1. 数据记录

表 3 - 3　　　　　　　　　　　钢 丝 直 径 d

测 量 次 数	1	2	3	4	5	6	7	8	9	10	平均
$d/(\times 10^{-3} \text{m})$											
$\Delta d/(\times 10^{-3} \text{m})$											

表 3 - 4　　　　　　　　　　增减砝码时，记录相应标尺读数

次 数	荷 重 kg	增重读数 $n(\times 10^{-2}\text{m})$	减重读数 $n(\times 10^{-2}\text{m})$	两次读数平均 $\bar{n}(\times 10^{-2}\text{m})$	$\Delta n = \bar{n}_{i+4} - \bar{n}_i$ $(\times 10^{-2}\text{m})$	$\Delta(\Delta n)$ $(\times 10^{-2}\text{m})$
1	1×1			$\bar{n}_1 =$	$\Delta n_1 = \bar{n}_5 - \bar{n}_1$	
2	2×1			$\bar{n}_2 =$	$=$	
3	3×1			$\bar{n}_3 =$	$\Delta n_2 = \bar{n}_6 - \bar{n}_2$	
4	4×1			$\bar{n}_4 =$		
5	5×1			$\bar{n}_5 =$	$\Delta n_3 = \bar{n}_7 - \bar{n}_3$	
6	6×1			$\bar{n}_6 =$		
7	7×1			$\bar{n}_7 =$	$\Delta n_4 = \bar{n}_8 - \bar{n}_4$	
8	8×1			$\bar{n}_8 =$		

续表

次 数	荷 重 kg	增重读数 $n(\times10^{-2}\text{m})$	减重读数 $n(\times10^{-2}\text{m})$	两次读数平均 $\bar{n}(\times10^{-2}\text{m})$	$\Delta n=\bar{n}_{i+4}-\bar{n}_i$ $(\times10^{-2}\text{m})$	$\Delta(\Delta n)$ $(\times10^{-2}\text{m})$
平均值				每 4 个砝码	$\Delta\bar{n}=$	$\Delta(\Delta\bar{n})=$
				每 1 个砝码	$\frac{1}{4}\Delta\bar{n}=$	$\Delta(\Delta\bar{n})=$

表 3 - 5 　　　　　　　　其 他 量 测 结 果

$L(10^{-2}\text{m})$	$D(10^{-2}\text{m})$	$b(10^{-2}\text{m})$

2. 实验数据计算

根据所测得的数据，由式 3 - 9 计算出

$$\overline{E}=\frac{8mgLD}{\pi d^2 b\Delta\bar{n}}=$$

相对不确定度　$\dfrac{U_E}{E}=\sqrt{\left(\dfrac{U_m}{m}\right)^2+\left(\dfrac{U_L}{L}\right)^2+\left(\dfrac{U_D}{D}\right)^2+\left(2\dfrac{U_d}{d}\right)^2+\left(\dfrac{U_b}{b}\right)^2+\left(\dfrac{U_{\Delta n}}{\Delta n}\right)^2}$

不确定度　　　　　　　　　　　　$U_E=\dfrac{U_E}{E}\overline{E}$

结果表示　　　　　　　　　　　　$E=E\pm U_E$

【注意事项】

（1）光杠杆的平面镜和望远镜尺组所构成的光学系统一经调好，实验过程中就不能再有任何移动，否则所测数据无效，实验就要从头做起。特别在加减砝码时要非常小心，轻拿轻放待系统稳定后再读数。

（2）调节望远镜时，先进行目镜调焦，后进行物镜调焦，次序不能颠倒，一定要做到无视差。

（3）测量金属丝的直径时，应在金属丝的上、中、下三个部位测量，并且每处的测量都要在相互垂直的方向上各测一次。

（4）望远镜有一定的调焦范围，不能过分用力拧动调焦旋钮。

思 考 题

（1）本实验中分别用了米尺、游标卡尺、螺旋测微计以及光杠杆望远镜尺组系统 4 种测长仪器，试用不确定度理论说明选择这些测量仪器的标准。

（2）定量分析各被测量中哪一个量的不确定度对结果影响最大。

（3）做本实验时，为什么要求在正式读数前先加砝码把金属丝拉直？这样做会不会影响测量结果？

【附：尺读望远镜的使用 （JCW—I 型）】

1. 结构

仪器外形如图 3 - 9 所示。仪器由底座 9、内调焦望远镜 5、可调毫米钢直尺 7 等部分组成。内调焦望远镜结构如图 3 - 10 所示。望远镜由物镜和目镜组成，为便于调节和测量，在

物镜和目镜之间有叉丝分划板和内调焦透镜。叉丝分划板固定在 B 筒上，内调焦透镜由微调手轮带动齿条，使其在 A 筒中沿轴线前后移动。目镜则装在 B 筒内，可沿筒前后移动以改变目镜与叉丝分划板间的距离。

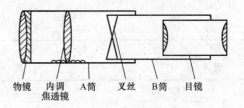

图 3 - 10   内调焦望远镜结构图

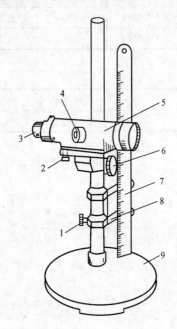

图 3 - 9   JCW—Ⅰ型标尺望远镜

1—标尺支架锁紧旋钮；2—仰角微调螺钉；

3—目镜旋钮；4—内调焦手轮；5—望远镜；

6—望远镜锁紧手柄；7—毫米钢直尺；

8—毫米尺支架；9—底座

2. 使用方法

（1）将光杠杆反射镜的法线调到大致水平，在望远镜旁观察，寻找反射镜中标尺的像，由于人眼对动目标捕获能力强，所以可用手在标尺前上下移动，观察手及标尺在镜中的像。若寻找不到或手的位置偏高或偏低，则调节反射镜面的方位，移动标尺望远镜底座（使观察到手的位置处于标尺中部）。松开锁紧手柄 6，上下移动望远镜使望远镜筒与光杠杆镜面的中心部位等高，左右转动望远镜和调节仰角微调螺钉 2，使沿镜筒外的 V 形缺口和准星的视线在反射镜中能看到标尺的像，固定锁紧手柄。

（2）调节目镜旋钮 3 使分划板叉丝清晰，且处于水平垂直状态。转动调焦手轮 4 进行调焦。若从望远镜中只看到杨氏模量仪的平台、立柱或钢丝等部分，则要细调望远镜的上下、左右位置。若调焦时只能看到反射镜的玻璃面，而继续旋转内调焦手轮仍找不到标尺的像，则要细心微调反射镜法线的方位，或平移标尺望远镜底座，直到从望远镜中观察，可从反射镜中清晰看到标尺中间处的像与水平叉丝平行为止。若标尺像上下有一部分不清晰，则微调仰角螺钉；若左右有一部分不清晰，则微微左右转动望远镜。

3. 用视距常数测量光杠杆镜面到望远镜标尺之间的垂直距离 D

如图 3 - 11 所示，分划板上、下视距丝是测距的基准。D 与 ΔL 有如下关系

$$2D = \alpha \Delta L$$

式中：α 为视距常数，JCW—Ⅰ型标尺望远镜的 $\alpha = 100$，所以

$$D = \alpha / 2\Delta L = 100 / 2\Delta L = 50(X_上 - X_下)$$

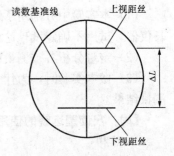

图 3 - 11   用视距常数测 D

实验 6　液体表面张力系数的测定

液体表面层（厚度为分子作用半径，约 10^{-8} cm）由于液面上方气相层的分子数很少，表面层内每个分子受到的向上的力比向下的力要小，合力垂直于液面并指向液体内部，所以液体表面层具有尽量缩小其表面的趋势，这种沿着表面的、收缩液面的力称为表面张力。液体表面单位长度上的表面张力称为表面张力系数。

测定表面张力系数常用的方法有：拉脱法、毛细管升高法和液滴测重法等。本实验仅介绍拉脱法测液体表面张力系数。

【实验目的】

(1) 学习用焦利氏秤测量微小力的原理和方法。

(2) 测定液体表面张力系数并了解杂质对液体表面张力的影响。

【实验仪器与用具】

焦利氏秤、金属丝框、砝码、玻璃皿、温度计、卡尺等。

【实验原理】

如果设想在液面上做一长为 l 的分界线段 MN，那么表面张力的作用就表现在线段两边的液体以一定的力 F' 相互作用，且作用力的方向与 MN 垂直。见图 3 - 12 (a)。力的大小与线段长成正比，即

$$F' = \alpha l \tag{3 - 10}$$

式中：比例系数 α 称为液体的表面张力系数，它表示单位长线段两侧液体的相互作用力，其单位为 N·m^{-1}。

假如我们在液体中竖直浸入一金属丝框，则其附近的液面将呈现如图 3 - 12 (b) 所示

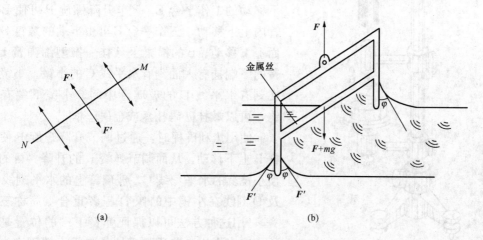

图 3 - 12　表面张力

(a) 假想液面受力；(b) 浸入金属丝框受力

的形状。由于液面收缩而产生沿着切线方向的表面张力 F'，角 φ 称为湿润角（或接触角）。当缓缓提金属丝框时，湿润角 φ 逐渐减小而趋向于零。至此，表面张力的方向垂直向下。

当金属丝框浸入液体中还没有提拉时，金属丝框所受到的力为

$$F_0 = P_0 - P' \tag{3-11}$$

式中：F_0 为向上的拉力；P_0 为金属丝框所受的重力；P' 为金属丝框所受的浮力。

当金属丝框由液面下缓缓提拉到液面以上时，一层液膜也被带起来，设膜宽为 b，膜高为 h，液体密度为 ρ，当地重力加速度为 g，在液膜将被拉断的瞬间，金属丝框所受到的力为

$$F = P_0 - P' + F' + lbh\rho g \tag{3-12}$$

这里表面张力 F' 与接触面的周界长度 $2(l+d)$ 成正比

$$F' = 2\alpha(l+d) \tag{3-13}$$

式中：l 为金属丝的长度；d 为金属丝的直径；α 为表面张力系数。由于 $d \ll l$，故可忽略不计。$(lbh\rho g)$ 为液膜的重量，因液膜的重量很小，也可忽略。于是由式（3-12）减去式（3-11），并将式（3-13）代入，整理后可得

$$\alpha = \frac{F - F_0}{2l} \tag{3-14}$$

本实验用焦利氏秤测量 $F-F_0$ 之值，再测出 l 之后由式（3-14）计算出 α 值。

表面张力系数与液体的性质、纯度、温度及其上方的气体性质都有关。液体的温度越高，所含杂质越多，表面张力系数就越小。因此，在测量 α 值时必须注意保持液体的纯度，测量工具（如金属丝框、盛液器皿等）应不沾污渍。

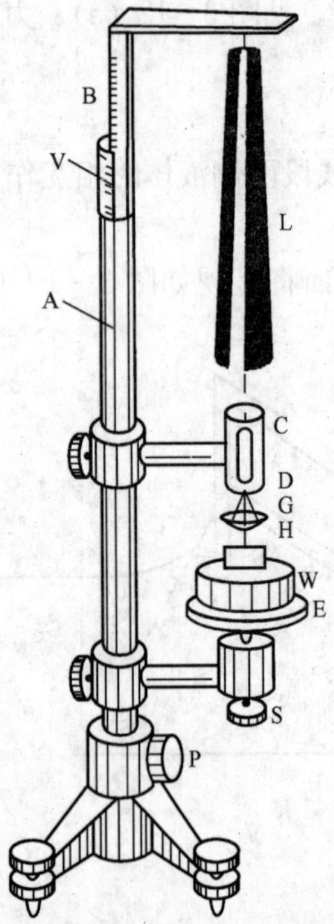

【装置介绍】

焦利氏秤是一种精密弹簧秤，常用来测量微小的力，其结构如图 3-13 所示，带米尺刻度的金属杆 B 套在金属管 A 内，A 管上附有游标 V 和可上下移动的工作平台 E。调节升降螺旋 P 可使 B 在 A 管内上下移动，工作平台 E 可由下端的螺钉 S 调节而上下移动。B 的横梁上悬挂一锥型细弹簧 L，弹簧的下端挂有一面刻有水平线 C 的小镜。小镜悬挂在刻有水平线 D 的玻璃管中间。小镜下端有一挂钩，可以悬挂砝码托盘或金属丝框。

图 3-13　焦利氏秤
A—立管；B—圆柱；V—游标；C—镜面标线；
D—玻璃管刻线；L—弹簧；P—升降螺旋；
E—平台；S—平台升降螺钉；G—砝码盘；
H—金属丝框；W—玻璃皿

使用焦利氏秤时，通过调节升降螺旋 P 使金属杆 B 上下移动，从而调节弹簧 L 的升降，目的在于使小镜上的水平刻线 C、玻璃管上的水平刻线 D 以及 D 刻线在小镜中的像 D′ 三者重合（简称三线对齐），用这种方法可以保证弹簧下端的位置是不变的。应当指出，普通弹簧秤是弹簧上端固定，加负载后向下伸长，而焦利氏秤是保证弹簧的下端的位置不变，则弹簧加负载后的伸长量 Δx 与弹簧上端点向上的移动量相等，它可由金属杆 B 上的尺身和套管 A 上的游标来测量。由胡克定律可知，在弹性限度内

$$F = k\Delta x$$

在已知弹簧的劲度系数 k 的条件下，可求出力 F 的值。

【实验内容】

1. 测量弹簧的劲度系数

(1) 挂好弹簧、小镜和砝码盘，使小镜穿过玻璃管并恰好在其中。并使 A 管处于铅直状态。

(2) 调节旋钮 P，使三线对齐，从游标上读出未加砝码时的位置坐标 x_0。

(3) 在砝码盘内逐次添加相同的小砝码 Δm（如取 $\Delta m = 0.50$g），每增添一只砝码，都要调节升降旋钮 P，使焦利氏秤重新达到"三线对齐"，再分别读出其位置坐标 x_i。

(4) 用逐差法处理所测数据，求出弹簧的劲度系数 $\bar{k}$。

2. 测量水的表面张力系数

(1) 把金属丝框、玻璃皿和镊子清洗干净，并用蒸馏水冲洗，用镊子将金属丝框挂在小镜下端的挂钩上，同时把装入适量蒸馏水的玻璃皿置于平台上。

(2) 调节平台升降螺钉 S，使金属丝框刚浸入水中，再调节升降螺旋 P，使焦利氏秤达到"三线对齐"，记下游标所示的位置坐标 x_0。

(3) 调节升降螺旋 P，使金属丝框缓缓上升，同时调节 S 使液面逐渐下降，并保持"三线对齐"。当水膜刚被拉脱时，记下游标所示的位置坐标 x。

(4) 重复上述步骤 6 次，求出弹簧的伸长量 $x - x_0$ 和平均伸长量 $\overline{x - x_0}$，于是 $F - F_0 = \bar{k}\,\overline{x - x_0}$。

(5) 记录室温，并用游标卡尺测量金属丝框的宽度 6 次。

(6) 根据式（3 - 14）算出液体的表面张力系数的平均值 $\bar{\alpha}$，并计算出其标准误差 $\sigma_{\bar{\alpha}}$，写出测量结果。

3. 测量肥皂水的表面张力系数

方法同 2。

【注意事项】

(1) 不要使锥型弹簧的负载超过规定值（由实验室给出），以免弹簧变形损坏。

(2) 提升金属丝一定要缓慢适度，尤其是水膜破裂时，更应注意。

【数据记录及处理】

表 3 - 6　　　　　　　　测量弹簧的劲度系数　　　　　　　$\Delta m =$ _____ g

i	m_i(g)	x_i(cm)	i	m_i(g)	x_i(cm)	$(x_{i+5} - x_i)$(cm)	$(x_{i+5} - x_i)$(cm)
0			5				————
1			6				
2			7				
3			8				
4			9				

$\bar{k} =$ _____ N · m^{-1}。

表 3 - 7　　　　　　　　　　　测量水的表面张力系数　　　　　　　　　　$t=$＿＿＿＿＿℃

次数	x_0(cm)	x(cm)	$(x-x_0)$ (cm)	$\overline{x-x_0}$(cm)	L(cm)	$\overline{L}$(cm)
1						
2						
3						
4						
5						
6						

$\overline{\alpha}=$＿＿＿＿＿ N・m^{-1}; $S_{\overline{\alpha}}=$＿＿＿＿＿ N・m^{-1}; $\alpha=\overline{\alpha}\pm S_{\overline{\alpha}}=$＿＿＿＿＿ N・$\mathrm{m}^{-1}$。

思 考 题

（1）测金属丝框的宽度 L 时，应测它的内宽还是外宽？为什么？

（2）在此实验中为什么直接测 $(F-F_0)$，而不是分别测 F 和 F_0。

实验 7　落球法测定液体的黏滞系数

当液体流动时，液体质点之间存在着相对运动，这时质点之间会产生内摩擦力反抗它们之间的相对运动，液体的这种性质称为黏滞性，这种质点之间的内摩擦力也称为黏滞力。黏滞系数是液体的重要性质之一，它反映液体流动行为的特征。黏滞系数与液体的性质，温度和流速有关，因此黏滞系数的测量在工程技术方面有着广泛的使用价值。如机械的润滑、石油在管道中的传输、油脂涂料、医疗和药物等方面，都需测定黏滞系数。

测量液体黏滞系数方法有多种，如落球法、转筒法、毛细管法等，其中落球法是最基本的一种，它可用于测量黏度较大的透明或半透明液体，如蓖麻油、变压器油、甘油等。

【实验目的】

（1）学习和掌握一些基本物理量的测量。

（2）学会落球法测定液体的黏滞系数。

（3）了解斯托克斯公式的修正方法。

【实验仪器】

黏滞系数测定仪、秒表、螺旋测微器、游标尺、钢卷尺或米尺。

【实验原理】

流动中的液体，在平行于流动方向的各流层之间的速度是不同的，在相邻两层流体之间因相对运动而产生摩擦力，这一摩擦力称为内摩擦力或黏滞力，其方向与其速度相反。液体的这一性质称为黏滞性，各种液体都具有不同程度的黏滞性。

实验表明，黏滞力的大小与两层流体之间的接触面积及该处的速度梯度成正比，其比例系数称为黏滞系数，常用字母 η 表示。η 与液体的温度有关，当温度升高时，η 下降。当金属小球在黏滞性液体中下落时，将受到与运动方向相反的摩擦阻力的作用。这种阻力即为黏滞力，其中黏滞力是黏附在小球表面的液体与邻近液层的摩擦力产生的，不是小球与液体之间的摩擦。如果液体是无限广阔的，小球的半径 r 和下落速度 v 均较小，且运动过程中不产生漩涡，则根据斯托克斯定律，小球受到的黏滞力为

$$F_1 = 6\pi \cdot \eta \cdot v \cdot r$$

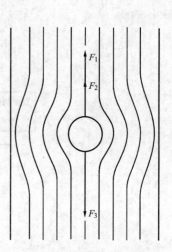

本实验的研究对象是在蓖麻油中运动的小球，其受力示意图见图 3 - 14。小球在下落过程中，在铅直方向上受到三个力的作用：重力（即为小球的质量）、液体对小球的浮力和黏滞力（其方向与小球的运动方向相反）。

黏滞力为

$$F_1 = 6\pi\eta vr \qquad (3 - 15)$$

浮力为

$$F_2 = \frac{4\pi}{3}r^3\rho_1 g \qquad (3 - 16)$$

重力为

$$F_3 = \frac{4\pi}{3}r^3\rho_2 g \qquad (3 - 17)$$

其中，浮力和重力均为不变量，而黏滞力是与下落速度成正比的。因此，当小球由静止开始加速下落，速度达

图 3 - 14　小球受力示意图

到一定值（收尾速度 v）时，上述三种力将达到平衡，即

$$F_1 + F_2 = F_3 \qquad (3 - 18)$$

此时小球将以匀速 v 运动，通过上列各式可确定液体的黏滞系数

$$\eta = \frac{2}{9}r^2 \cdot \frac{(\rho_2 - \rho_1)g}{v} \qquad (3 - 19)$$

这里 v 可以从小球下落某一距离 s 所用时间 t 得到，同时用直径 d 代替 r 得

$$\eta = \frac{1}{18}d^2 \cdot \frac{(\rho_2 - \rho_1)g \cdot t}{s} \qquad (3 - 20)$$

由于实际实验时液体不是无限广阔的，而是装在直径为 D 的量筒内，因而要考虑容器内壁对结果的影响。因此式（3 - 15）需要考虑这些因数做必要的修正。

对于在无限长，直径为 D 的圆柱形液体轴线上下落的球体，修正后的黏滞力为

$$F_1 = 6\pi\eta vr\left(1 + 2.4 \cdot \frac{d}{D}\right) \qquad (3 - 21)$$

这样式（3 - 20）变为

$$\eta = \frac{1}{18}d^2 \cdot \frac{(\rho_2 - \rho_1)g \cdot t}{s} \cdot \frac{1}{1 + 2.4 \cdot \frac{d}{D}} \qquad (3 - 22)$$

所以，在小球的密度、液体的密度和重力加速度 g 已知的情况下，只要测出小球的直径、圆筒的内径和小球的速度，就可以算出液体的黏滞系数。

【实验内容】

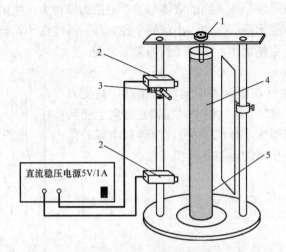

图 3-15　落球法黏滞系数测定仪示意图
1—钢球导管；2—半导体激光器；3—三维调节支架；
4—蓖麻油；5—量筒

（1）调整黏滞系数测定仪，调整底盘水平，在底盘横梁上放重锤部件，调节底盘旋钮，使重锤对准底盘的中心圆点。将实验架上的上，下二个激光器接通电源，可看见其发出红光。调节上、下二个激光器，使其红色激光束平行，并对准锤线。收回重锤部件，将盛有被测液体的量筒放置到实验架底盘中央，并在实验中保持位置不变。在实验架上放上钢球导管，钢球导管插入液体。放小球入钢球导管，看其是否能挡阻光线，若不能，则适当调整激光器位置。

（2）用螺旋测微器测量 6 个钢球直径。

（3）测量下落小球的匀速运动速度。放小球入钢球导管，当小球落下，阻挡上面的红色激光束时，光线受阻，此时用秒表开始计时，到小球下落到阻挡下面的红色激光束时，计时停止，读出下落时间，重复测量 6 次以上，并记录数据。

（4）用游标尺测量容器内径。

（5）用钢卷尺或米尺测量下落距离。

（6）记下室内温度，小球的密度和液体的密度由实验室给定。计算黏滞系数及分析不确定度。η 的单位为 Pa·s。填入表 3-8 中。

表 3-8　　　　　　　　　　　数 据 记 录 表

次数	1	2	3	4	5	6	平均值
钢球直径（mm）							
下落时间（s）							
下落距离（mm）							
容器内径（mm）							

$\rho_2 = 7.874 \times 10^3 \, \text{kg/m}^3$，　$\rho_1 = 0.957 \times 10^3 \, \text{kg/m}^3$，　$g = 9.794 \, \text{m/s}^2$

【注意事项】

(1) 实验时动作要仔细，不要让油洒在实验台上。

(2) 使用千分尺时操作要正确，否则会导致测量值偏小。

(3) 调节激光平行的时候，光挡板没有垂直底面。

(4) 油品的黏滞系数与温度有较大关系。一定要记录下实验时的室内温度。见表 3 - 9。

表 3 - 9　　　　　　　　　　蓖麻油在一定温度时的黏滞系数

温度 T（℃）	黏滞系数 η（Pa·s）	温度 T（℃）	黏滞系数 η（Pa·s）
5.0	3.76	25.0	0.62
10.0	2.42	30.0	0.45
15.0	1.52	35.0	0.31
20.0	0.95		

(5) 小球在圆筒中下落时，应尽量使其沿筒的中心轴线下落。

(6) 实验中使用的温度计、装重锤和钢球导管的小烧杯，特别是盛蓖麻油的大量筒是玻璃器皿，在实验中一定小心使用，以免打碎。

思　考　题

(1) 本实验是如何满足无限广延条件的？

(2) 观察小球通过红色激光束时，应如何避免误差？

(3) 小球下落时液体应是静止的，在实验过程中要保持静止状态，应采取什么措施？

(4) 除管子不铅直，小球不在管子中心下落和液体中有气泡等外，还有哪些因素会给实验造成误差？如何克服这些因素来减小误差？

(5) 根据相对不确定度公式，由各测量数据分析造成结果不确定度的主要原因，为了尽量减小不确定度，实验时应采取哪些措施改进？

(6) 如何判断小球已进入匀速运动状态？如何用实验方法测定？

实验 8　转动惯量的测量

转动惯量是刚体在转动中惯性大小的量度。它取决于刚体的总质量、质量分布和转轴的位置。它是研究、设计、控制转动物体运动规律的重要参数。对于形状简单而又规则的刚体，可以通过数学方法算出它绕特定轴的转动惯量。但是，对于形状较复杂的刚体，用数学方法计算它的转动惯量非常困难，故大都用实验方法测定。

测定转动惯量的方法较多，本实验介绍用三线扭摆测定转动惯量的方法。

【实验目的】

(1) 学习用三线扭摆法测量刚体的转动惯量。

(2) 研究刚体的转动惯量与其质量、形状和转轴的关系。

【实验仪器与用具】

三线扭摆、物理天平、水准仪、秒表、卡尺、钢卷尺、待测刚体。

【实验原理】

　　三线摆如图 3-16（a）所示，它由上、下两个圆盘用三条等长的弦线连接而成。将上盘吊起，二圆盘面被调节成水平，二圆心在同一垂直线 $O_1 O_2$ 上，下盘 P 可绕中心线 $O_1 O_2$ 扭转，其扭转周期 T 和下盘 P 的质量分布有关，当改变下盘的质量分布时，扭转周期将发生变化。三线摆就是通过测量扭转周期求出任一质量已知物体的转动惯量。

　　设下圆盘 P 的质量为 m_0，当它绕 O_1，O_2' 扭转角度不大（$<5°$）时，下圆盘的位置升高 h，它的势能增加为 E_p，则

$$E_p = m_0 g h \qquad (3-23)$$

这时圆盘的角速度为 $\dfrac{\mathrm{d}\theta}{\mathrm{d}t}$，它具有的动能 E_k 为

$$E_k = \frac{1}{2} J_0 \left(\frac{\mathrm{d}\theta}{\mathrm{d}t} \right)^2 \qquad (3-24)$$

J_0 为圆盘对 $O_1 O_2'$ 轴的转动惯量，若略去摩擦力，则在重力场中圆盘的机械能守恒，即

$$\frac{1}{2} J_0 \left(\frac{\mathrm{d}\theta}{\mathrm{d}t} \right)^2 + m_0 g h = 常量 \qquad (3-25)$$

设悬线长为 l，上圆盘悬线距圆心为 r，下圆盘悬线距圆心为 R。当下圆盘转一角 θ 时，从上圆盘 B 点作下圆盘垂线，与升高 h 为前、后的下圆盘分别交于 C 和 C' 如图 3-16（b）所示。则

$$h = BC - BC' = \frac{(BC)^2 - (BC')^2}{BC + BC'} \qquad (3-26)$$

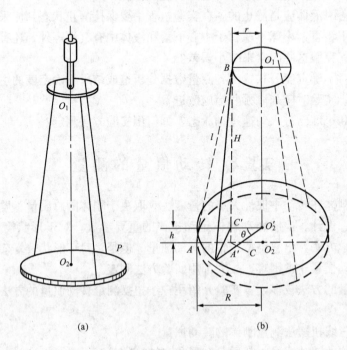

(a)　　　　　　　(b)

图 3-16　三线摆

（a）简图；（b）转角 θ 后图

因为

$$(BC)^2 = (AB)^2 - (AC)^2 = l^2 - (R-r)^2$$

$$(BC')^2 = (A'B)^2 - (A'C')^2 = l^2 - (R^2 + r^2 - 2Rr\cos\theta)$$

所以

$$h = \frac{2Rr(1-\cos\theta)}{BC + BC'} = \frac{4Rr\sin^2\dfrac{\theta}{2}}{BC + BC'} \tag{3-27}$$

在扭转角较小时，$\sin\dfrac{\theta}{2}$ 近似等于 $\dfrac{\theta}{2}$，而 $(BC+BC')$ 近似为两盘间距离 H 的两倍，则

$$h = \frac{Rr\theta^2}{2H} \tag{3-28}$$

将此式代入式（3-25），并对 t 微分，可得

$$J_0\,\frac{\mathrm{d}\theta}{\mathrm{d}t}\frac{\mathrm{d}^2\theta}{\mathrm{d}t^2} + m_0 g\,\frac{Rr}{H}\theta\,\frac{\mathrm{d}\theta}{\mathrm{d}t} = 0$$

即

$$\frac{\mathrm{d}^2\theta}{\mathrm{d}t^2} = -\frac{m_0 gRr}{J_0 H}\theta = -\omega^2\theta \tag{3-29}$$

这是一个简谐振动方程，该振动的圆频率 ω 的平方应等于

$$\omega^2 = \frac{m_0 gRr}{J_0 H}$$

而振动周期 T_0 等于 $\dfrac{2\pi}{\omega}$，所以

$$T_0^2 = \frac{4\pi^2 J_0 H}{m_0 gRr} \tag{3-30}$$

由此得出

$$J_0 = \frac{m_0 gRr}{4\pi^2 H}T_0^2 \tag{3-31}$$

实验时，测出 m_0、R、r、H 及 T_0，就可从上式求出圆盘的转动惯量 J_0。如在下盘上放另一个质量为 m、转动惯量为 J_1（对 $O_1 O_2$ 轴）的物体时，测出周期为 T，则有

$$J_0' = \frac{m_0 gRr}{4\pi^2 H}T_0^2 \tag{3-32}$$

从上式减去式（3-31），得出被测物体的转动惯量等于

$$J_1 = \frac{gRr}{4\pi^2 H}[(m+m_0)T^2 - m_0 T_0^2] \tag{3-33}$$

【实验内容】

1. 测量下圆盘的转动惯量

（1）用天平测出下圆盘质量 m_0。

（2）调节仪器的三个底脚螺钉和三弦线之长度，使上、下圆盘处于水平。

（3）用游标卡尺分别测出上、下圆盘中每两悬点之间的距离 $a_i b_i(i=1,2,3)$，并算出平均值 $\bar{a}$、$\bar{b}$，由此求出上、下圆盘的悬点到转轴 OO' 的距离 $r = \dfrac{\sqrt{3}}{3}\bar{a}$，$R = \dfrac{\sqrt{3}}{3}\bar{b}$。

（4）用钢卷尺测出上、下圆盘间的距离 H_0。

（5）轻轻转动上圆盘，使下圆盘做扭转振动（$\theta < 5°$），用秒表测出振动 100 次所需要的时间 t_0，重复测量三次，求其平均值，算出振动周期 $\overline{T}_0$。

（6）按式（3-31）计算下圆盘绕 OO' 轴的转动惯量 J_0。

（7）用游标卡尺测出下圆盘的直径 D_0；由 $J_{0理} = \frac{1}{8} m_0$ 计算下圆盘绕 OO' 轴的转动惯量的理论值，将测量值与理论值比较，分析误差的大小。

2. 测量圆环对几何轴的转动惯量

（1）用天平测出圆环的质量 m_1。

（2）将圆环放在下圆盘上，使圆环的几何轴与 OO' 轴重合，重复上述（5），算出振动周期 T_0，据式（3-32）和式（3-33），算出总转动惯量 J 和圆环对几何轴的转动惯量 J_1。

（3）用游标卡尺测出圆环的内、外直径 D_1 和 D_2，由 $J_{1理} = \frac{1}{8} m_1 (D_1^2 + D_2^2)$ 算出圆环对几何轴的转动惯量、将测量值与理论值比较，分析误差的大小。

【数据处理】

表 3-10　　　　　　　　　　测量下圆盘的转动惯量

$m_0 =$		(kg)		$D_0 =$		(cm)		$H_0 =$		(cm)
次　数	a(cm)	b(cm)	t_0(s)		$\overline{r} =$		(cm)		$\overline{J}_0 =$	(kg·m²)
					$\overline{R} =$		(cm)			
					$\overline{T}_G =$		(s)		$J_{0理} =$	(kg·m²)

$$E_{r0} = \frac{|\overline{J}_0 - J_{0理}|}{J_{0理}} \times 100\% =$$

表 3-11　　　　　　　　　　测量下圆环的转动惯量

次　数	t(s)	$m_1 =$	(kg)	$J =$	(kg·m²)
		$D_1 =$	(kg)	$J_1 =$	(kg·m²)
		$D_2 =$	(kg)		
		$T =$	(s)	$J_{1理} =$	(kg·m²)

$$E_{r1} = \frac{|\overline{J}_1 - J_{1理}|}{J_{1理}} \times 100\% =$$

思 考 题

（1）公式 $J_0 = \frac{m_0 g R r}{4\pi^2 H} T_0^2$ 是根据什么条件导出的，在实验时应如何保证满足这些条件？

（2）测量周期时，若以下圆盘转至最高点开始计时，是否可以？为什么？

实验 9　冰 的 溶 解 热 测 定

混合法是热学实验中的一种常用方法，其基本原理可用热平衡方程式来描述，即在一个孤立系统中，一部分物体所吸收的热量等于该系统中其他物体所放出的热量。单位质量的固体物质在熔点，从固态全部变成液态所需的热量，称为该物质的熔解热。本实验用混合法测冰的溶解热，关键是必须保证系统为孤立系统（即系统与外界环境没有热交换）。

【实验目的】

（1）掌握用混合法测定冰的溶解热的方法。

（2）学习散热修正的一种方法。

【实验器材】

量热器、物理天平、温度计、水、冰块、秒表、取冰夹子等。

【实验原理】

1. 用混合法测定冰的溶解热

将质量为 m_0、温度为 0℃（以 θ_0 表示）的冰放入质量为 m、温度为 θ 的温水中（温水盛在量热器的内筒里），通过搅拌待冰全部溶解后，其平衡温度为 θ_1。在此交换过程中，冰先吸收热量 λm_0（λ 为冰的溶解热）而溶解为 0℃ 的水，再从 0℃ 升温到 θ_1，又吸收热量 $c_0 m_0(\theta_1 - \theta_0)$，$c_0$ 为水的比热容。量热器系统（内筒、搅拌器、温度计）与原来的温水放出的热量可表示为 $(c_0 m + c_1 m_1 + c_2 m_2 + c_0 m_3)(\theta - \theta_1)$。其中 c_1、m_1 分别为铝的比热容和内筒的质量，c_2、m_2 分别为铜的比热容和搅拌器的质量，$c_0 m_3$ 为温度计温度降低 1℃ 所放出的热量，它相当于质量为 m_3 的水温度降低 1℃ 所放出的热量，m_3 的值由实验室给出（习惯上 m_3 称为温度计的水当量）。根据平衡原理有

$$\lambda m_0 + c_0 m_0(\theta_1 - \theta_0) = (c_0 m + c_1 m_1 + c_2 m_2 + c_0 m_3)(\theta - \theta_1) \tag{3-34}$$

即

$$\lambda = \frac{(c_0 m + c_1 m_1 + c_2 m_2 + c_0 m_3)(\theta - \theta_1) - c_0 m_0(\theta_1 - \theta_0)}{m_0} \tag{3-35}$$

式中：c_0、c_1、c_2 的值分别为 $c_0 = 4.173\text{J} \cdot \text{g}^{-1} \cdot \text{K}^{-1}$、$c_1 = 0.904\text{J} \cdot \text{g}^{-1} \cdot \text{K}^{-1}$、$c_2 = 0.385\text{J} \cdot \text{g}^{-1} \cdot \text{K}^{-1}$（它们随温度的变化可忽略不计）。

可以看出，本实验的关键是必须保持系统为孤立系统，即系统与外界环境没有热交换。热传递有三种方式：①热传导；②热对流；③热辐射。实验中考虑了整个"热学系统"的吸热与放热，"热学系统"主要由量热器的内筒、搅拌器、温度计以及水和冰块组成。量热器在结构上有效地减小了热传递的影响。

量热器的结构如图 3-17 所示，为防止热传递，内筒放在外筒内的绝热支架上可防止热传导，外筒用绝热盖盖住，因此可防止空气与外界对流，而且空气是热的不良导体，所以内、

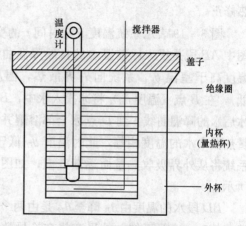

图 3-17　量热器结构示意图

外筒间因对流传递的热量可减至很小。内筒的外壁及外筒的内壁都电镀得十分光亮,使得它们发射或吸收辐射热的本领变得很小,因此可以减小(本实验的热学系统和环境之间)因辐射而产生的热量传递。这样的量热器可以使实验的热学系统粗略地接近于一个绝热的孤立系统。

2. 散热修正

保持实验系统为孤立系统是混合法测定冰的溶解热的必要条件。但是,把冰块投入量热器的温水中,冰块不可能立即溶解,在整个实验过程中,系统必然要与外界交换热量。换言之,系统不是一个严格的孤立系统,这就破坏了式(3-35)的成立条件。所以按式(3-35)计算出来的溶解热必然存在相当大的误差,为此必须对热量损失进行修正。

根据"牛顿冷却定律",在系统温度 θ 与室温 θ_r 相差不大时,系统与环境之间的传热速率 dQ/dt 与温差 $(\theta-\theta_r)$ 成正比,即

$$dQ/dt = K(\theta-\theta_r) \tag{3-36}$$

$$\int dQ = \int K\theta dt - \int K\theta_r dt \tag{3-37}$$

式中,K 是常量,系统温度 θ 是时间 t 的函数,室温 θ_r 认为是基本不变的。如果我们以横轴代表时间 t,以纵轴代表温度 θ,作出 θ-t 图,则 θ-t 曲线与等温线 θ_r 所包围的面积可代表传热量 Q(相差一个比例常数 K),如图 3-18 所示。图中 t_1 为投入冰块的时刻,t_2 为温度最低的时刻。曲边三角形 BFC' 的面积可代表系统向外界散发的热量,曲边三角形 $C'DG$ 可代表系统从外界吸收的热量。

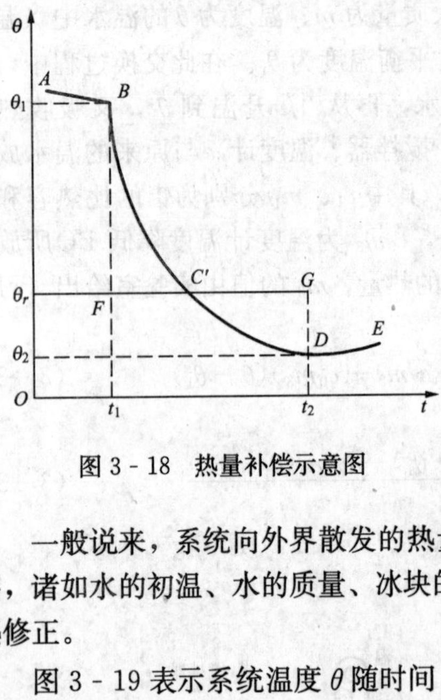

把水的初温预热到室温以上,而使冰溶解后系统的末温在室温以下。以室温为界,把整个过程分为放热和吸热两个阶段,这样,就能使在第一阶段和第二阶段不免要发生的热量交换得到一定的补偿。

图 3-18 热量补偿示意图

一般说来,系统向外界散发的热量不会等于它从外界吸收的热量,因为涉及的因素很多,诸如水的初温、水的质量、冰块的质量等。为了获得更准确的测量结果,还必须进行散热修正。

图 3-19 表示系统温度 θ 随时间 t 的变化曲线,图中 AB 段是投入冰前温水的自然降温曲线(由于温度高于室温 θ_r,系统向外界散热,温度逐渐降低),在 B 点(温度 θ_B)将冰投入水中,BD 段是投冰后水的降温曲线,到 D 点冰全部溶解并升温至与量热器中水的温度相等,此时温度 θ_D 低于室温 θ_r,系统将从外界吸收热量而逐渐升温,如图中 DE 段所示。

BD 段水的温度由 θ_B 降至 θ_D 是由两个因素共同造成的,一个是系统与外界有热交换导致水温变化

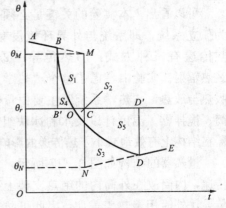

图 3-19 散热修正示意图

［其中系统向外界散发的热量可用面积 S_4 表示，从外界吸收的热量可用面积 (S_2+S_5) 表示，系统从外界吸收的净热量表示为 $(S_2+S_5-S_4)$，图中 O 是 BD 与 θ_r 等温线的交点］。另一个是冰的吸热引起水温下降。因此，只是因为冰的吸热引起的水温下降并不等于 $(\theta_B-\theta_D)$，用 θ_B 和 θ_D 分别代替式（3-35）中的 θ 和 θ_1 显然是不妥当的。

下面我们设计一个与实际过程 BD 等价的过程，即图 3-19 中的 $BMND$ 过程（M 点为理想投冰点），来将上述两个因素分开，将系统与外界的热交换引起的温度变化限制在 BM 段和 ND 段，所交换的热量与 BD 段系统与外界实际交换的热量相等。为此，我们在曲线 BD 上找一点 C，过 C 点作时间 t 轴的垂线，交 AB 的延长线于 M，交 DE 的反向延长线于 N，使曲边三角形 BMC 的面积 (S_1+S_2) 与曲边三角形 DNC 的面积 S_3 相等，即 $S_3-S_1=S_2$，那么，过程 $BMCND$ 从外界吸收的净热量为 $S_3+S_5-(S_1+S_4)=S_2+S_5-S_4$，这与实际过程从外界吸收的净热量相等。

在过程 $BMCDA$ 中，设想冰从 M 点投入，在 N 点全部溶解且升温至系统温度最低点，MN 是瞬间进行的"冰的吸热"过程，没有与外界进行热量交换，这样，过程 $BMCDA$ 就把上述两个因素分别用过程 $BM+ND$ 和过程 MN 表示了。因此，投冰时水的初温是 θ_M，末温是 θ_N。$(\theta_M-\theta_N)$ 单纯由于冰吸收热量引起，用它们分别代替式（3-35）中的 θ 和 θ_1 即可得到较为准确的测量结果，即式（3-35）可写为

$$\lambda=\frac{[c_0(m+m_3)+c_1m_1+c_2m_2](\theta_M-\theta_N)-c_0m_0(\theta_N-\theta_0)}{m_0} \tag{3-38}$$

【实验内容】

(1) 测出量热器内筒的质量和搅拌器的质量。

(2) 测出室温 θ_r。

(3) 配制温水，水温高于室温 10℃ 左右。

(4) 测出温水的质量，其水位约为内筒高度的 2/3。

(5) 当水温高于室温 8℃ 左右时测自然降温曲线（AB）段 5mim，每 30s 记录一次温度值。

(6) 尽快投冰，用搅拌器不断轻轻搅拌，每 15s 记录一次温度值，直到温度不再下降。

(7) 测自然升温曲线（DE 段）5min，每 30s 记录一次温度值。

(8) 测出冰块的质量。

(9) 自己拟定数据记录表格，记录测量数据。

(10) 用坐标纸作图，用查小方格个数的方法确定面积，求出 θ_M、θ_N，求出冰的溶解热 λ，并与标准值 334.4J/g 比较，求出相对误差，并进行误差分析。

【注意事项】

(1) 整个测量过程应盖好盖子，还要不停地用搅拌器轻轻地搅拌内筒中的水，以保证热学系统的温度均匀，同时防止内筒中的水搅出内筒外，以保持内筒中水的质量不减小。

(2) 冰的质量应在测出末温 θ_N 后再称量。

(3) 热学系统的末温 θ_N 不能选得太低，以免内筒外壁出现凝结水而改变其散热系数。

(4) 时间连续计量，秒表不能停止。

思　考　题

(1) 根据本实验装置以及操作的具体情况，分析误差产生的主要因素有哪些？

（2）冰块投入量热器内筒时，若冰块外面附有水，将对实验结果有何影响（只需定性说明）？

（3）整个实验过程中为什么要不停地轻轻搅拌？分别说明投冰前后搅拌的作用。

（4）试分析若系统从外界吸收的热量大于向外界散失的热量，结果将偏大还是偏小？

实验 10　声 速 的 测 定

声波是机械振动在弹性媒质中激起，并能在固体、液体、气体等弹性媒质中传播的一种纵机械波。频率介于 20Hz～20kHz 的声波称为可闻声波；频率低于 20Hz 的声波称为次声波；频率高于 20kHz 的声波称为超声波。波长、强度、传播速度等是声波的重要参数。测量声速的方法之一是利用声速与振动频率 f 和波长 λ 之间的关系（即 $v=\lambda f$）求出，也可以利用 $v=L/t$ 求出，其中 L 为声波传播的路程，t 为声波传播的时间。超声波的频率为 20kHz～500MHz 之间，它具有波长短、易于定向传播等优点。在同一媒质中，超声波的传播速度就是声波的传播速度，而在超声波段进行传播速度的测量比较方便，更何况在实际应用中，对于超声波测距、定位、成像、测液体流速、测材料弹性模量、测量气体温度瞬间变化，以及高强度超声波通过会聚用做医学手术刀等方面，超声波传播速度都有其重要意义。

【实验目的】

（1）了解超声振动的产生，超声波的发射、传播和接收。

（2）通过实验了解作为传感器的压电陶瓷的功能。

（3）用共振干涉法、相位比较法和时差法测量声速，并加深有关共振、振动合成、波的干涉等理论知识的理解。

（4）进一步掌握示波器、低频信号发生器和数字频率计的使用。

【实验仪器与用具】

信号发生器、示波器、声速测量装置等。

【实验原理】

1. 声波与压电陶瓷换能器

频率介于 20Hz～20kHz 的机械波振动在弹性介质中的传播就形成声波，介于 20kHz～500MHz 的称为超声波，超声波的传播速度就是声波的传播速度，而超声波具有波长短，易于定向发射和会聚等优点，声速实验所采用的声波频率一般都为 20～60kHz。在此频率范围内，采用压电陶瓷换能器作为声波的发射器、接收器，效果最佳。

声波是一种在弹性媒质中传播的机械波，其振动状态的传播是通过媒质各点间的弹性力来实现的，因此波速决定于媒质的状态和性质（密度和弹性模量）。液体和固体的弹性模量与密度的比值一般比气体大，因而其中的声速也较大。由于在波动传播过程中波速 V、波长 λ 与频率 f 之间存在着 $V=\lambda f$ 的关系，若能同时测定媒质中声波传播的频率及波长，即可求得此种媒质中声波的传播速度 V。通过测量也可了解被测媒质特性或状态的变化，这在工业生产及科学实验上有广泛的实用意义。

压电片是由一种多晶结构的压电材料（如石英、锆钛酸铅陶瓷等）做成的。它在应力作用下两极产生异号电荷，两极间产生电位差（称正压电换能器）；而当压电材料两端间加上外加电压时又能产生应变（称逆压电效应）。利用上述可逆效应可将压电材料制成压电换能器，以实现声能与电能的相互转换。压电换能器可以把电能转换为声能作为声波发生器，也可把声能转换为电能作为声波接收器之用。

压电陶瓷换能器根据它的工作方式，可分为纵向（振动）换能器、径向（振动）换能器及弯曲振动换能器。图 3 - 20 为纵向换能器的结构简图。

2. 共振干涉（驻波）法测声速

实验装置接线如图 3 - 21 所示，图中 S1 和 S2 为压电陶瓷超声换能器。S1 作为超声源（发射头），低频信号发生器输出的正弦交变电压信号接到换能器 S1 上，使 S1 发出一平面波。S2 作为超声波接收头，把接收到的声压转换成交变的正弦电压信号后输入示波器观察。S2 在接收超声波的同

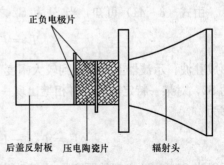

图 3 - 20　纵向换能器结构简图

时还反射一部分超声波。这样，由 S1 发出的超声波和由 S2 反射的超声波在 S1 和 S2 之间产生定域干涉，而形成驻波。由理论知，当入射波振幅 A_1 与反射波振幅 A_2 相等，即 $A_1 = A_2 = A$ 时，某一位置 x 处的合振动方程为

$$Y = Y_1 + Y_2 = \left(2A\cos 2\pi \frac{x}{\lambda}\right)\cos\omega t \tag{3 - 39}$$

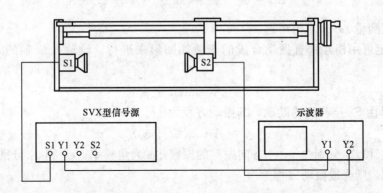

图 3 - 21　驻波法、相位法连线图

由式（3 - 39）可知，当

$$2\pi \frac{x}{\lambda} = (2k+1)\frac{\pi}{2}; k = 0,1,2,3\cdots \tag{3 - 40}$$

即 $x = (2k+1)\dfrac{\lambda}{4}$；$k=0$，1，2，3…时，这些点的振幅始终为零，即为波节。

当

$$2\pi \frac{x}{\lambda} = k\pi \quad k = 0,1,2,3\cdots \tag{3 - 41}$$

即 $x = k\dfrac{\lambda}{2}$；$k=0$，1，2，3…时，这些点的振幅最大，等于 $2A$，即为波腹。

故知，相邻波腹（或波节）的距离为 $\lambda/2$。

对一个振动系统来说，当振动激励频率与系统固有频率相近时，系统将发生能量积聚产

生共振，此时振幅最大。当信号发生器的激励频率等于系统固有频率时，产生共振，声波波腹处的振幅达到相对最大值。当激励频率偏离系统固有频率时，驻波的形状不稳定，且声波波腹的振幅比最大值小得多。

由式（3-41）可知，当 S1 和 S2 之间的距离 L 恰好等于半波长的整数倍时，即

$$L = k\frac{\lambda}{2}; k = 0,1,2,3\cdots$$

形成驻波，示波器上可观察到较大幅度的信号，不满足条件时，观察到的信号幅度较小。移动 S2，对某一特定波长，将相继出现一系列共振态，任意两个相邻的共振态之间，S2 的位移为

$$\Delta L = L_{k+1} - L_k = (k+1)\frac{\lambda}{2} - k\frac{\lambda}{2} = \frac{\lambda}{2} \tag{3-42}$$

所以当 S1 和 S2 之间的距离 L 连续改变时，示波器上的信号幅度每一次周期性变化，相当于 S1 和 S2 之间的距离改变了 $\frac{\lambda}{2}$。此距离 $\frac{\lambda}{2}$ 可由游标卡尺测得，频率 f 由信号发生器读得，由 $V = \lambda \cdot f$ 即可求得声速。

3. 相位比较法

实验装置接线仍如图 3-21 所示，置示波器功能于 X-Y 方式。当 S1 发出的平面超声波通过媒质到达接收器 S2，在发射波和接受波之间产生位相差

$$\Delta\varphi = \varphi_1 - \varphi_2 = 2\pi\frac{L}{\lambda} = 2\pi f\frac{L}{V} \tag{3-43}$$

因此可以通过测量 $\Delta\varphi$ 来求得声速。

$\Delta\varphi$ 的测定可用相互垂直振动合成的李萨如图形来进行。设输入 x 轴的入射波振动方程为

$$x = A_1\cos(\omega t + \varphi_1) \tag{3-44}$$

输入 Y 轴的是由 S2 接收到的波动，其振动方程为

$$y = A_2\cos(\omega t + \varphi_2) \tag{3-45}$$

上两式中：A_1 和 A_2 分别为 x、y 方向振动的振幅；ω 为角频率；φ_1 和 φ_2 分别为 x、y 方向振动的初位相，则合成振动方程为

$$\frac{x^2}{A_1^2} + \frac{y^2}{A_2^2} - \frac{2xy}{A_1 A_2}\cos(\varphi_2 - \varphi_1) = \sin^2(\varphi_2 - \varphi_1) \tag{3-46}$$

此方程轨迹为椭圆，椭圆长、短轴和方位由相位差 $\Delta\varphi = \varphi_1 - \varphi_2$ 决定。当 $\Delta\varphi = 0$ 时，由式得 $y = \frac{A_2}{A_1}x$，即轨迹为处于第一和第三象限的一条直线，显然直线的斜率为 $\frac{A_2}{A_1}$，如图 3-22 所示；$\Delta\varphi = \pi$ 时，得 $y = -\frac{A_2}{A_1}x$，则轨迹为处于第二和第四象限的一条直线如图 3-22 所示。

改变 S1 和 S2 之间的距离 L，相当于改变了发射波和接受波之间的位相差，荧光屏上的图形也随 L 不断变化。显然，当 S1、S2 之间距离改变半个波长 $\Delta L = \lambda/2$，则 $\Delta\varphi = \pi$。随着振动的位相差从 $0 \sim \pi$ 的变化，李萨如图形从斜率为正的直线变为椭圆，再变到斜率为负的直线。因此，每移动半个波长，就会重复出现斜率符号相反的直线，测得了波长 λ 和频率 f，根据式 $v = \lambda f$ 可计算出室温下声音在媒质中传播的速度。

图形调整：由于接收距离的变化，造成接收信号的强度变化，出现李萨如图形偏离示波

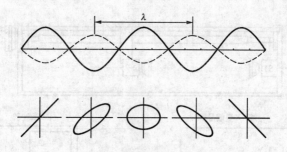

图 3 - 22　利用李萨如图观察相位变化

屏中心或图形不对称的情况时，可调节示波器输入衰减旋钮、X 轴或 Y 轴，使得图形变的更直观。

4. 时差法

设以脉冲调制信号激励发射换能器，产生的声波在介质中传播，经过 t 时间后，到达 L 距离处的接收换能器。可以用下式求出声波在介质中传播的速度

$$速度\ v = 距离\ L\ /\ 时间\ t$$

作为接收器的压电陶瓷换能器，当接收到来自发射换能器的波列的过程中，能量不断积聚，电压变化波形曲线振幅不断增大，当波列过后，接收换能器两极上的电荷运动呈阻尼振荡，电压变化波形曲线如图 3 - 23 所示。信号源显示了波列从发射换能器发射，经过 L 距离后到达接收换能器的时间 t。

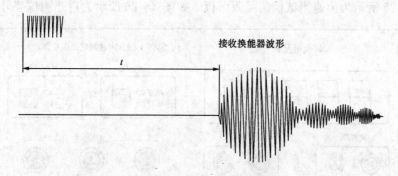

接收换能器波形

图 3 - 23　电压变化波形曲线

按图 3 - 24 所示进行接线。将测试方法设置到脉冲波方式，并选择相应的测试介质。将 S1 和 S2 之间的距离调到一定距离（$\geqslant 50\text{mm}$），再调节接收增益，使显示的时间差值读数稳定，此时仪器内置的计时器工作在最佳状态。然后记录此时的距离值和信号源计时器显示的时间值 L_{i-1}、t_{i-1}。移动 S2，如果计时器读数有跳字，则微调（距离增大时，顺时针调节；距离减小时，逆时针调节）接收增益，使计时器读数连续准确变化。记录下这时的距离值和显示的时间值 L_i、t_i。则声速 $C_i = (L_i - L_{i-1})/(t_i - t_{i-1})$。

当使用液体为介质测试声速时，先在测试槽中注入液体，直至把换能器完全浸没，但不能超过液面线。然后将信号源面板上的介质选择键切换至"液体"，即可进行测试，步骤相同。

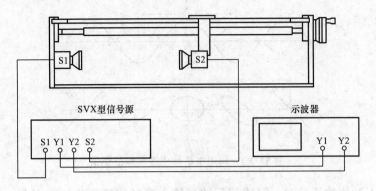

图 3 - 24　时差法测量声速接线图

【仪器装置介绍】

　　SV-DH 系列声速测试仪是由声速测试仪（测试架）和声速测试仪信号源二个部分组成。下列声速测试仪都可增加固体声速测量装置，用于固体声速的测量。实验中使用的 SV-DH-5A 型声速测定仪为数显容栅尺读数；频率范围 20～45kHz，带时差法测量脉冲信号源；调节旋钮的作用如下。

　　信号频率：用于调节输出信号的频率。

　　发射强度：用于调节输出信号电功率（输出电压）。

　　接收增益：用于调节仪器内部的接收增益。

　　如图 3 - 25 所示为声速测试仪信号源面板。如图 3 - 26 所示为声速测试架外形示意图。

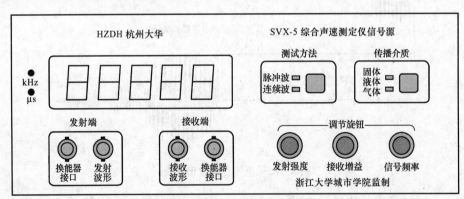

图 3 - 25　SVX - 5 声速测试仪信号源面板

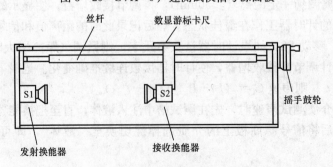

图 3 - 26　声速测试架外形示意图

【实验内容及步骤】

1. 声速测试仪系统的连接与调试

在接通电后，信号源自动工作在连续波方式，选择的介质为空气的初始状态，预热 15min。声速测试仪和声速测试仪信号源及双踪示波器之间的连接如图 3 - 21 所示。

(1) 测试架上的换能器与声速测试仪信号源之间的连接。信号源面板上的发射端换能器接口 (S1)，用于输出相应频率的功率信号，接至测试架左边的发射换能器 (S1)；仪器面板上的接收端的换能器接口 (S2)，请连接测试架右边的接收换能器 (S2)。

(2) 示波器与声速测试仪信号源之间的连接。信号源面板上的发射端的发射波形 (Y1)，接至双踪示波器的 CH1，用于观察发射波形；信号源面板上的接收端的接收波形 (Y2)，接至双踪示波器的 CH2，用于观察接收波形。

2. 测定压电陶瓷换能器系统的最佳工作点

只有当换能器 S1 和 S2 发射面与接收面保持平行时才有较好的接收效果。为了得到较清晰的接收波形，应将外加的驱动信号频率调节到发射换能器 S1 谐振频率点时，才能较好地进行声能与电能的相互转换，提高测量精度，以得到较好的实验效果。按照调节到压电陶瓷换能器谐振点处的信号频率，估计示波器的扫描时基 t/div 并进行调节，使在示波器上获得稳定波形。

超声换能器工作状态的调节方法如下：各仪器都正常工作以后，首先调节声速测试仪信号源输出电压 (100～500mV)，调节信号频率 (25～45kHz)，观察频率调整时接收波的电压幅度变化，在某一频率点处 (34.5～37.5kHz) 电压幅度最大，同时声速测试仪信号源的信号指示灯亮，此频率即是压电换能器 S1、S2 相匹配的频率点，记录频率 f_N，改变 S1 和 S2 之间的距离，适当选择位置 (直至示波器屏上呈现出最大电压波形幅度时的位置)，再微调信号频率，如此重复调整，再次测定工作频率，共测 5 次，取平均值 $\bar{f}$。

3. 共振干涉法 (驻波法) 测量波长

实验连线如图 3 - 21 所示。将测试方法设置到连续波方式。设定最佳工作频率，观察示波器，找到接收波形的最大值。然后，转动距离调节鼓轮，这时波形的幅度会发生变化 (注意此时在示波器上可以观察到来自接收换能器的振动曲线波形发生位移)，记录幅度为最大时的距离 L_i，距离由数显尺上直接读出或在机械刻度上读出，再向前或者向后 (必须是一个方向) 移动。距离，当接收波形幅度由大变小，再由小变大，且达到最大时，记录此时的 L_{i+1}。即：波长 $\lambda = 2|L_{i+1} - L_i|$，多次测定用逐差法处理数据。根据 $v = \lambda f$ 求出声速。

4. 相位比较法 (李萨如图形) 测量波长

实验连线如图 3 - 21 所示。将测试方法设置到连续波方式。设定最佳工作频率，开始时仍置示波器于双踪显示功能，观察发射和接收信号波形，转动距离调节鼓轮，置接收信号幅度达最大值时的位置。调节示波器 CH1、CH2 衰减灵敏度旋钮、信号源发射强度、接收增益，令两波形幅度几乎相等，观察两波形曲线间的关系。置示波器至 X-Y 功能方式，这时观察到的李萨如图形为一斜线，否则可微调调节鼓轮实施之，记录下此时的位置 L_i，由数显尺上直接读出或在机械刻度上读出。再置示波器于双踪显示方式，继续单向转动调节鼓轮，改变换能器间的距离，观察来自接收换能器的电压变化的波形曲线的幅度变化和波形的移动，并观察两波形曲线的相位关系。当移动一个波长时，接收波形电压幅度再达最大值

时，调节示波器衰减灵敏度旋钮，再令两波形幅度几乎相等，再置 X-Y 功能方式，观察到的波形又回到前面所说的特定角度的斜线，这时来自接收换能器 S2 的振动波形发生了 2π 相移，记录此时的距离 L_{i+1}。即波长 $\lambda = |L_{i+1} - L_i|$，多次测定用逐差法处理数据。根据 $v = \lambda f$ 求出声速。

5. 时差法测量声速

实验连线如图 3-21 所示。将测试方法设置到脉冲波方式。将 S1 和 S2 之间的距离调到一定距离（≥50mm）。再调节接收增益，使示波器上显示的接收波信号幅度为 $300\sim400\text{mV}$（峰—峰值），定时器工作在最佳状态。然后记录此时的距离和显示的时间值 L_i、t_i（时间由声速测试仪信号源时间显示窗口直接读出）。移动 S2，同时调节接收增益使接收波信号幅度始终保持一致。记录下这时的距离值和显示的时间值 L_{i+1}、t_{i+1}。则声速 $v_i = (L_{i+1} - L_i) / (t_{i+1} - t_i)$。

当使用媒质为液体测试声速时，必须把换能器完全浸没，但不能超过液面线。然后将信号源面板上的媒质选择键切换至"液体"，即可进行测试，步骤相同。

注意：

(1) 在测试槽内注入液体时请用液体进出通道。

(2) 在液体作为传播媒质测量时，严禁将液体滴到数显杆和数显表头，如果不慎将液体滴到数显尺杆和数显表头请用面巾纸将其吸干，必要时可用 70℃ 以下的温度将其烘干，即可使用。

(3) 应避免液体接触到其他金属件，以免金属物件被腐蚀。

【数据记录与处理】

1. 压电陶瓷换能器系统最佳工作频率

表 3-12　　　　　　　　　　压电陶瓷换能器系统最佳工作频率　　　　　　　室温 t：　℃

n	1	2	3	4	5	平均值
$f(\text{kHz})$						$\bar{f}=$

2. 共振干涉法测量波长

表 3-13　　　　　　　　　　　　共振干涉法测量波长　　　　　　　　　室温 t：　℃

I	1	2	3	4	5	6
$L_i(\text{cm})$						

$$\bar{\lambda} = 2 \times \frac{1}{3^2} \sum_{i=1}^{3} (L_{i+3} - L_i)$$
$$v = \bar{\lambda} \cdot \bar{f}$$

3. 相位比较法测量波长

表 3-14　　　　　　　　　　　　相位比较法测量波长　　　　　　　　室温 t：　℃

i	1	2	3	4	5	6
$L_i(\text{cm})$						

$$\bar{\lambda} = \frac{1}{3^2} \sum_{i=1}^{3} (L_{i+3} - L_i)$$
$$v = \bar{\lambda} \cdot \bar{f}$$

4. 时差法测量声速

表 3 - 15　　　　　　　　　　　时 差 法 测 量 声 速　　　　　　　　　室温 t：　℃

i	1	2	3	4	5	6
L_i(cm)						
t_i(10^{-6}s)						

(1)
$$v = \frac{1}{3} \sum_{i=1}^{3} \left[(L_{i+3} - L_i)/(t_{i+3} - t_i) \right]$$

(2) 用毫米方格纸作 $L \sim t$ 拟合直线，从直线斜率求声速：$v = \Delta L / \Delta t$。

5. 实验测得的声速值与公认值比较写出其百分差值

思　考　题

(1) 声速测量中共振干涉法、相位法、时差法有何异同？

(2) 为什么要在谐振频率条件下进行声速测量？如何调节和判断测量系统是否处于谐振状态？

(3) 为什么发射换能器的发射面与接收换能器的接收面要保持互相平行？

(4) 声音在不同介质中传播有何区别？声速为什么会不同？

【附：声速测量值与公认值比较】

(1) 已知声速在标准大气压下与传播介质空气的温度关系为
$$v = (331.45 + 0.59t)\text{m/s}$$

(2) 液体中的声速

表 3 - 16　　　　　　　　　　液 体 中 的 声 速

液　　体	t_0(℃)	v(m/s)
海水	17	1510～1550
普通水	25	1497
菜子油	30.8	1450
变压器油	32.5	1425

第4章 电 磁 学

4.1 电磁学实验基本知识

电磁学实验离不开电源和各种电测仪表，因而必须了解电磁学实验常用基本仪器的性能和基本操作规程，掌握仪器布置和连接线路的要领。下面对一些常用的基本仪器及接线要领作一简单介绍，希望同学们熟练掌握。

4.1.1 电磁学实验基本规则

在电磁学实验中，为了防止元器件、仪器、仪表的损坏和人身触电事故，确保实验顺利进行，必须注意以下几点。

（1）使用元器件、仪器和仪表前，必须结合说明书（或实验指导书）了解该器件、仪器和仪表的面板结构和使用方法，了解各开关、插口、旋钮、按钮和接线柱的位置和功能，切不可在不了解（或不甚了解）仪器性能和操作规程的情况下，抱着试试看的心态，随意使用和操作。

（2）根据实验线路和具体设备，在接线前，首先估计电路中可能出现的电流和电压的大小，初步判断所用电表和其他实验器件的规格是否适当。在判断不很准确的情况下，应尽可能先用大量程，最后根据实际情况改用适当量程。

（3）接线前，应根据方便操作和读数的原则合理放置仪器，尽可能使连线距离短捷，方便检查。如条件可能，可选用不同颜色的连接导线。

（4）接线时按电路图用回路接线法依次连接线路。在电磁学实验中，常遇到按电路图接线问题。一张电路图可分解为若干个闭合回路，接线时，由回路Ⅰ的始点（往往为高电势点或低电势点）出发，依次首尾相连，最后仍回到始点，再依次连接回路Ⅱ、回路Ⅲ…这种接线方法即为回路接线法。按此法接线和查线，可确保电路连接正确。

（5）接好电路，自己检查无误后，再请教师检查，确认正确后，方可接通电源，进行实验。检查时要特别注意连线是否有误，开关是否断开，电源的输出调节旋钮是否处于使电压输出为实验要求值，电源、电表正负极性是否接对，电表量程是否恰当，电阻箱阻值是否正确（切不可为零），作分压或变流用的滑线变阻器是否处于安全位置等。

（6）通电合闸前，要事先想好通电瞬间各仪器的正常反应是怎样的。合闸时要密切注意仪器、仪表的反应是否正常，若出现异常，随即拉闸断电，并报告老师。

（7）实验过程中需要暂停（如更改线路某一部分或改变电表量程等），都必须断开电源。

（8）注意安全。不管电路有无高压，要养成避免用手或身体直接接触电路中导体的习惯。

（9）实验完毕，应将电路中的仪器拨到安全位置，断开电源开关，经教师检查实验数据后再拆线。拆线时应先拆去电源，并整理好仪器。

4.1.2　电磁学实验常用仪器及元件

1. 电源

电源是把其他形式的能量转换为电能的装置。电源分为直流电源和交流电源两类。

(1) 直流电源。常用的直流电源有干电池、晶体管直流稳压电源等。直流稳压电源的型号繁多、外形各异，但结构上都是由变压器、晶体管、电阻和电容等电子元件按一定的线路组装而成的。它的电压稳定性好，内阻小，功率较大，使用方便。只要接到 220V 交流电源上，就能输出稳定的直流电压。有些电源输出的电压连续可调，有些电源输出一固定电压，其输出电压大小可由仪器面板上的电表读出。输出电压端的"红接线柱"为电源正极，"黑接线柱"为电源负极。使用时要注意电源允许输出最大电压和电流，切不可超过。如 SS1712 双路稳压电源最大允许输出电流 3A，最大输出电压 30V。其面板图如图 4-1 所示，要改变输出电压大小，只需调节"粗调"和"细调"旋钮即可。干电池是使用方便的直流电源，用在功率小、稳定度要求不高的场合。干电池使用一段时间后电动势下降，内阻增大。

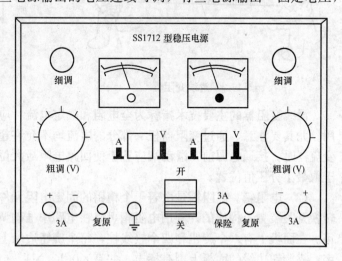

图 4-1　SS1712 双路电源

(2) 交流电源。我国常用的电源为单相 220V 和三相 380V 50Hz 交流电。如果需要不同电压的交流电，可通过变压器或用调压器调压。使用交流电时，应注意人身安全，防止触电。

不管使用的是交流电源或直流电源，都应特别注意不能使电源短路。实验时应将电源输出电压调为实验需要的值。

2. 电阻

电阻分为固定和可变两类，无论是固定电阻还是可变电阻，使用时除注意其阻值的大小外，还应注意其额定功率，即允许通过的电流$\left(I=\sqrt{\dfrac{P}{R}}\right)$。在额定功率下，固定电阻接入电路比较简单，但可变电阻接法不同，其功用也不一样。下面着重介绍两种可变电阻——滑线变阻器和旋转式电阻箱的结构和用法。

(1) 滑线变阻器。滑线变阻器是控制电路中连续改变电阻的仪器。采用不同的接法，它在电路中可作变流器或分压器。图 4-2 是滑线变阻器的实物图，其主要部分为密绕在瓷管上涂有绝缘漆的电阻丝。电阻丝两端与固定接线柱相连，并有一滑动触头通过瓷管上方的金属导杆与接线柱相接。

在图 4-3 中，滑线变阻器作变流器用，即将滑线变阻器中的任一个固定端与滑动端串联在电路中。当滑动端移动时，回路中的电阻大小变化，从而使电路中电流发生变化。

在图 4-4 中，滑线变阻器作分压器用，即滑线变阻器两个固定端分别与电源两极相连，由滑动端和任一固定端将电压引出来。由于电流通过变阻器的全部电阻丝，因而固定端内任意两点都有电位差。当滑动头移动时，负载上分得的电压可在 $0 \sim E$ 之间变化。

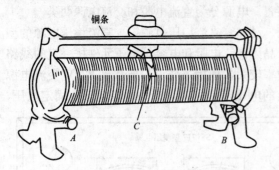

图 4-2　滑线变阻器

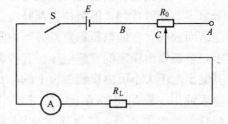

图 4-3　滑线变阻器用作限流器

　　滑线变阻器的主要技术指标为全电阻和额定电流，应根据外接负载的大小和调节要求选用。尤其要注意，通过变阻器任一部分的电流均不允许超过其额定电流。滑线变阻器在用作变流器时，接通电源前，滑动端应置于使回路电阻最大位置；在用作分压器时，滑动端应置于取最小分压值位置。

　　(2) 电阻箱。电阻箱是由若干个精密的固定电阻元件，按照一定的组合方式接在特殊的转换开关装置上构成的。利用电阻箱可以在电路中准确调节电阻值。图 4-5 为 ZX21 型电阻箱。在面板上有六个旋钮和四个接线柱，每个旋钮边缘上都标有 0，1，2，3，…，9 十个数字，靠旋钮边缘的面板上刻有标志，并有 ×0.1、×1、…、×10 000 等字样，这些数字称为倍率。当某个旋钮上的数字旋到对准其所示的倍率时，用倍率乘上旋钮上的数字，即为所对应的电阻。四个接线柱标有 0Ω、0.9Ω、9.9Ω、99 999.9Ω 等字样，表示 0 与 0.9Ω 两接线柱的阻值调整范围为 $0.1 \sim 9 \times 0.1\Omega$；0 与 9.9Ω 两接线柱的阻值调整范围为 $0.1 \sim 9 \ (0.1 + 1) \ \Omega$；0 与 99 999.9Ω 两接线柱的阻值调整范围为 $0.1 \sim 9 \ (0.1 + 1 + 10 + 100 + 1\ 000 + 10\ 000) \ \Omega$。使用时，如只需要 $0.1 \sim 0.9\Omega$ 以内或 9.9Ω 以内的阻值，则将导线接到 "0" 和 "0.9Ω" 或 "9.9Ω" 两接线柱。这种接法，可以避免电阻箱其余部分的接触电阻和导线电阻对低阻值带来的不可忽略的误差。

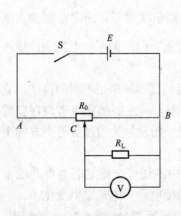

图 4-4　滑线变阻器用作分压器

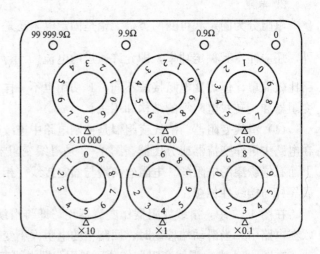

图 4-5　旋转式电阻箱

使用电阻箱不许超过其额定电流。若电阻箱只标明了额定功率，额定电流可利用公式 $I=\sqrt{\dfrac{P}{R}}$ 算出。注意，电阻箱各挡的额定电流是不同的。以 ZX21 型电阻箱为例，其额定电流见表 4-1。

电阻箱根据电阻示值相对极限误差的大小分为若干个准确度等级。一般分为 0.02、0.05、0.1、0.2 和 0.5 五个等级，它表示电阻箱相对误差的百分数，据此可计算出示值的允许基本误差，并确定示值有效数字位数。例如，ZX21 型电阻箱的等级为 0.1 级，当电阻示值为 360Ω 时，其示值误差大小为 $360\Omega\times\dfrac{0.1}{100}\approx0.4\Omega$。

表 4-1 ZX21电阻箱额定电流

步进电阻（旋钮倍率）（Ω）	0.1	1	10	100	1 000	10 000
额定电流（A）	1.5	0.5	0.15	0.05	0.015	0.005

3. 直流电表

电表的种类很多，按工作原理分，有磁电式、电动式和静电式等。随着集成元件成本的降低、数字式电表的应用也愈来愈广泛。实验室常用的直流电表大多为磁电式电表。这种仪器只适用于直流，具有灵敏度高、刻度均匀、便于读数、稳定性好等优点。图 4-6（a）为这种表的结构简图。图中圆筒状极掌之间铁心的作用是加强极掌和铁心间磁场，并使气隙间磁力线呈均匀辐射状，如图 4-6（b）所示。这样，通电线圈不论转到什么位置，磁力线方向总是和线圈平面的正法线方向垂直。当线圈中通过电流时，线圈受到磁力矩的作用而偏转，磁力矩的方向取决于电流的方向，磁力矩 M_I 的大小始终为

$$M_I = NISB$$

式中：I 为通过线圈的电流；N 为线圈匝数；S 为线圈的面积；B 为间隙中的磁感应强度。

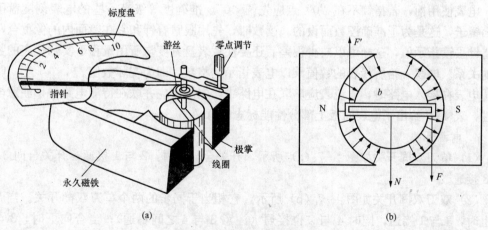

图 4-6 磁电式电表结构

（a）结构简图；（b）辐射状磁力线

在电磁力矩作用下，线圈转动，而游丝产生一个相反方向的扭转力矩 M_D 阻止线圈转动，设线圈转动 θ 角达到平衡，则有

$$M_D = D\theta$$

即

$$BNSI = D\theta$$

或写成

$$I = \left(\frac{D}{BSN}\right)\theta$$

式中：D 为游丝的扭转力矩系数，数值为转过单位角度产生的扭转力矩。

对一确定的测量机构，$\frac{D}{BNS}$ 为一常数，可见电流与线圈转角 θ 成正比，所以标尺上的刻度是均匀的。因此，可将线圈转角（即指针的偏转角度）标度成待测电流值。给通电线圈再串联或并联不同电阻，就可构成不同量程的伏特计、安培计。要做到正确选择和使用电表，必须了解电表的主要规格、电表接入电路的方法和正确的读数方法。

电表的主要技术指标有量程、内阻和准确度等级等。量程是指电表可测最大电压值或电流值。电流表内阻一般由说明书给出或由实验测出。对于伏特计，内阻可由下式算出

$$内阻 = 量程 \times \Omega/V$$

Ω/V 标在表盘上，准确度等级一般也标在表盘上。国家标准规定，电表的准确度等级分为 0.1、0.2、0.5、1.0、1.5、2.5、5.0 七个级别。若用 k 表示电表的准确度等级，A 表示量程，则该电表在测量时仪器误差限为

$$\Delta_{仪} = Ak\%$$

在使用电表时，根据待测电压或电流的大小，选择合适的量程。选用量程太小，会使指针损坏甚至烧毁电表；量程太大，指针偏转太小，读数不够准确。一般来说，指针应偏转大于 2/3 满刻度。使用时应先估计待测量的大小，选择稍大于待测量的量程，试测一下，如不合适，再选用更合适的量程。在选用电表时，我们还应考虑电表的精度等级，只有合理选用不同规格型号和准确度等级的电表，才能使测量结果的误差不超过要求的范围。如果仪器选择不当，虽然电表准确度很高，但可能使测量结果的误差超出要求的误差范围。

电表使用前，若指针不在"0"点应先调"0"。准确度等级高一些的电表刻度盘下面有一面镜子，这是为了准确读数而设的。读数时，先用眼睛看针和它在镜面内的像重合，再根据指针去读指示值，这样可以减少视差。还要注意表盘刻度与所用量程下实际代表的数值之间的关系。电表一格所代表的数值乘以电表指示的格数，即为实际数值。

电表在接入电路时，电流表应串联在电路中，电压表应并联在待测电路中，注意电表的极性，表 4-2 给出了电表面板上部分性能标志的意义。

4. 电源开关

(1) 单刀双掷开关如图 4-7 (a) 所示，开关合向 1 时，2 与 1 接通；开关合向 3 时，2 与 3 接通。

(2) 双刀双掷开关如图 4-7 (b) 所示，它相当于同步的两个单刀双掷开关。当开关合向上时，3 与 1 接通，同时 4 与 2 也接通（注意 3 与 4 之间不通）；当合向下时，3 与 5 接通，同时 4 与 6 接通。

表 4-2　　　　　　　　　　　　　　电表面板上的性能标志

一或 DC	直流	$\angle 60°$	成 60°角放置
～或 AC	交流	☆	绝缘试验电压 1kV
≃	直流和交流	⊥	竖直放置

Ⅱ	防磁级别，分Ⅰ、Ⅱ、Ⅲ、Ⅳ四级	—	磁电系仪表
2kV	击穿电压	+、—	电表的正、负极性
△	防潮湿级，分为 A、B、C 三级	⓪.5	电表级别表示误差为示值的 0.5%
⌐	水平放置	0.5	电表级别表示误差为量程的 0.5%

　　(3) 换向开关如图 4-7 (c) 所示，它是在双刀双掷开关的 1、6 对角和 2、5 对角分别接上一段互相绝缘的导线构成。当开关合上时，3 与 1 接通，同时 4 与 2 接通；当开关合向下时，3 与 2 (通过 5) 接通，同时 4 与 1 (通过 6) 接通。这样，开关由上合向下或由下合向上时，1、2 之间的电路中的电流方向相对于 3、4 所连接的主电路要发生变化，从而起到了改变电流方向的作用。

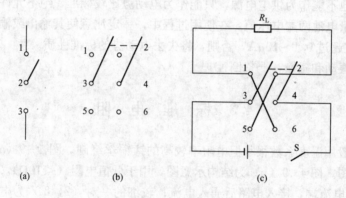

(a)　　　　　(b)　　　　　(c)

图 4-7　开关

(a) 单刀双掷开关；(b) 双刀双掷开关；(c) 换向开关

4.2　标　准　电　池

　　标准电池是一种汞镉电池，常用的有 H 型封闭玻璃管式和单管式两种。前者只允许直立放置，切忌翻倾。图 4-8 为 H 型结构饱和式标准电池。

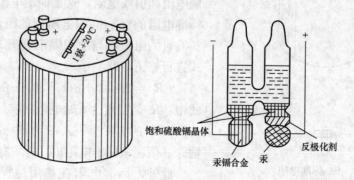

饱和硫酸镉晶体

汞镉合金　　汞　　反极化剂

图 4-8　标准电池

标准电池是用汞作电池正极，汞镉合金作为负极，电解液为硫酸镉溶液。各种化学物质密封在玻璃管内，两电极由铂导线引出，然后装入金属筒内。

按电解液的浓度标准电池分为饱和式和不饱和式两种。饱和式标准电池只要温度稳定，其电动势也就恒定，但温度变化时电动势变化较大；而不饱和式标准电池的电动势随温度的变化较小，但长期稳定性比饱和式差。

饱和式标准电池，必须在恒温条件下使用。在偏离 20℃ 条件下使用时，对电动势值要进行温度修正，其温度修正公式为

$$E_t = E_{20} - [39.9 \times (t-20) \times 10^{-6} + 0.94 \times (t-20)^2 \times 10^{-6} + 0.009 \times (t-20)^3 \times 10^{-6}] V$$

式中：E_{20} 应根据所用的标准电池型号来确定。各种型号和稳定度等级的标准电池，E_{20} 的实际值稍有不同，但均在 1.018 50～1.018 70V 之间。若对 E_{20} 的实际值未进行检验，一般取 $E_{20}=1.018\ 60V$。

使用标准电池必须注意以下几点。

(1) 标准电池不能作为供电电源，只能作为电动势比较标准，绝不允许电池短路，也不允许用电压表测量电池两端电压值。在使用过程中，一定注意使其输出或输入的最大瞬时电流在 1min 内不宜超过 0.1～10μA，否则，将失去电动势的标准性质。

(2) 要防止振动和碰撞，严禁倒置。

4.3 标 准 电 阻

标准电阻一般用温度系数很小但电阻率较高的锰铜丝绕制。图 4-9 (a) 为四端式标准电阻的外形结构图。图 4-9 (b) 为结构示意图，用于低值电阻（<10Ω）。四端式中较粗的一对（1，1'）为电流端，接入电路后通入电流；较细的一对（2，2'）为电压端，用以测量电阻两端的电压。标准电阻在线路中使用时电压端、电流端都要接入电路，这种接法的电阻 R 等于从 2-2'两端接出的电压 $U_{22'}$ 除以 1-1'两端流过的电流 $I_{11'}$，即 $R=\dfrac{U_{22'}}{I_{11'}}$。1-1'两接点的接触电阻和引线电阻都未计入 $U_{22'}$ 中，因此，R 中不包含接触电阻和引线电阻，这是四端电阻最突出的优点。标准电阻的标准值即电压端的阻值，又是温度为 20℃ 时的阻值，当使用温度偏离 20℃ 时，可由下式进行修正，即

$$R_t = R_{20}[1 + \alpha(t-20) + \beta(t-20)^2]$$

式中：R_t 是温度为 t 时电阻的实际值；R_{20} 是温度为 20℃ 时的实际值；α、β 为该标准电阻的温度系数，其值在该标准电阻出厂时均有说明。

此外，标准电阻在使用过程中应避免过载，并且若长期在额定功率下使用，将导致电阻误差增大。

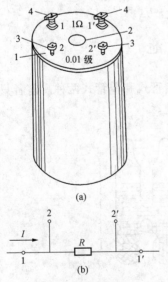

图 4-9　标准电阻
(a) 外形结构图；(b) 结构示意图
1—绝缘上盖；2—温度计插孔；
3—电压端钮；4—电流端钮

4.4 指针式检流计

实验室常用的 AC5 型指针式检流计灵敏度很高，因为它采用了张丝或悬丝代替轴和轴承结构，去掉了机械摩擦力。张丝不但是支承转动线圈和指针的元件，也是导流和产生反力矩的元件。由于这种结构特点，所以在使用时不宜激烈转动或振动。其面板图如图 4-10 所示。锁定装置是短路阻尼开关，不用时将它拨至红点位置，表示检流计被短路，搬动时线圈不致产生激烈转动，保护张丝不致被震断。"短路"及"电计"两按钮开关是常开开关。

图 4-10 指针式检流计面板

4.4.1 主要技术参数，见表 4-3

表 4-3　　　　　AC5 型检流计主要技术参数

参数 \ 型号	AC5/1	AC5/2	AC5/3	AC5/4
内阻（Ω）	<20	<50	<250	<1 200
外临界电阻（Ω）	<150	<500	<3 000	<14 000
分度值（A/div）	$<5×10^{-6}$	$<2×10^{-6}$	$<7×10^{-7}$	$<4×10^{-7}$
临界阻尼时间（s）	2.5			

4.4.2 使用与维护

(1) 把锁扣扳向"白点"，调"零位调节"旋钮，使指针指零，然后可接入电路使用。

(2) 电流计在线路中处于断开状态，只有按下"电计"按钮开关时，电流计才与电路接通。如果需要长时间接通，可将"电计"按钮开关按下，并转一角度，"电计"按钮会锁住。当指针摆动剧烈时，按下"短路"按钮开关，能使指针摆动停止。

(3) 使用完毕，将"电计"和"短路"按钮开关松开。将锁扣倒向"红点"。

4.4.3 注意事项

(1) 禁止"锁定开关"锁住指针时，调节零点。

(2) 测量时应使用跳跃接触方式，测量时间不宜过长。

(3) "短路"按钮按下时，不能进行测量。

(4) 实验后或搬动时，一定要锁住指针，把锁扣扳向"红点"。

实验 11　电学元件伏安特性的测量

【实验目的】

(1) 掌握电学元件伏安特性测量的基本方法。

(2) 通过对二极管伏安特性的测试，掌握二极管的非线性特点。

(3) 通过本实验了解钨丝灯电阻随施加电压增加而增加，并了解钨丝灯的使用。

(4) 练习作图法处理实验数据。

【实验仪器】

稳压电源、恒流源、万用表、伏安特性实验仪等。

【实验原理】

1. 线性电阻伏安特性的测量及未知电阻的测定

在电阻器两端施加一直流电压，在电阻器内就有电流通过。根据欧姆定律，电阻器电阻值为

$$R = \frac{U}{I} \tag{4-1}$$

以 U 为自变量，I 为函数，作出电压电流关系曲线，称为该元件的伏安特性曲线（见图4-11）。

对于线绕电阻、金属膜电阻等电阻器，其电阻值比较稳定不变，其伏安特性曲线是一条通过原点的直线，这种电阻器也称为线性电阻器。求出该直线的斜率，即可求出未知电阻。

2. 非线性电阻伏安特性的测量二极管伏安特性描述

前面介绍满足欧姆定律 $U=RI$ 的电阻，若加在其两端的电压 U 与通过电阻的电流 I 成线性关系，这种电阻叫线性电阻。但是很多器件的电压与电流不满足线性关系，这种电阻叫非线性电阻。非线性元件的阻值用微分电阻表示，定义为

$$R = \frac{\mathrm{d}U}{\mathrm{d}I} \tag{4-2}$$

它表示电压随电流的变化率，又叫动态电阻或特性电阻。这个定义是电阻的普遍定义。

要测量各非线性元件的伏安特性曲线，一定要了解各非线性元件的特性，才能选择正确的实验方法，合适的监测电路，得出正确的实验结论。常用的非线性元件有：检波二极管、整流二极管、稳压二极管和发光二极管，这些二极管都具有单向导电作用，但工作方式方法是不一样的，整个伏安特性曲线如图4-12所示。

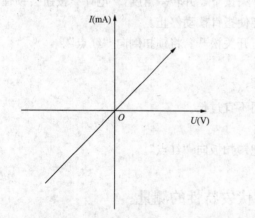

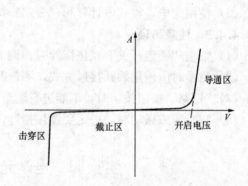

图4-11 线性元件伏安特性　　　　　图4-12 二极管伏安特性曲线

（1）二极管伏安特性曲线。对二极管施加正向偏置电压时，则二极管中就有正向电流通过（多数载流子导电），随着正向偏置电压的增加，开始时，电流随电压变化很缓慢，而当正向偏置电压增至接近二极管导通电压时（锗管为 0.2V 左右，硅管为 0.7V 左右），电流急剧增加，二极管导通后，电压的少许变化，电流的变化都很大。

对上述两种器件施加反向偏置电压时，二极管处于截止状态，其反向电压增加至该二极管的击穿电压时，电流猛增，二极管被击穿，在二极管使用中应竭力避免出现击穿观察，这很容易造成二极管的永久性损坏。所以在做二极管反向特性时，应串入限流电阻，以防因反向电流过大而损坏二极管。二极管伏安特性如图 4 - 13（a）和图 4 - 13（b）所示。

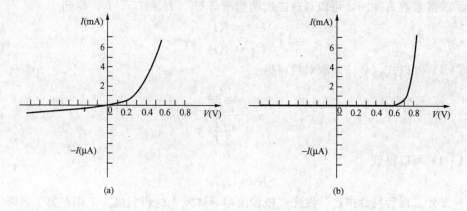

图 4 - 13　二极管伏安特性

(a) 锗二极管伏安特性示意图；(b) 硅二极管伏安特性示意图

(2) 稳压二极管伏安特性描述。2CW56 属硅半导体稳压二极管，其正向伏安特性类似于 IN4007 型二极管，其反向特性变化甚大。当 2CW56 二端电压反向偏置，其电阻值很大，反向电流极小，据手册资料称其值≤0.5μA。随着反向偏置电压的进一步增加，大约到 7～8.8V 时，出现了反向击穿（有意掺杂而成），产生雪崩效应，其电流迅速增加，电压稍许变化，将引起电流巨大变化。只要在线路中，对"雪崩"产生的电流进行有效的限流措施，其电流有少许一些变化，二极管二端电压仍然是稳定的（变化很小）。这就是稳压二极管的使用基础，其应用电路见图 4 - 14。

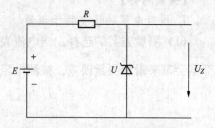

图 4 - 14　稳压二极管应用电路

图中，E 为供电电源，如果二极管稳压值为 7～8.8V，则要求 E 为 10V 左右；R 为限流电阻，2CW56，工作电流选择 8mA，考虑负载电流 2mA，通过 R 的电流为 10mA，计算 R 值为

$$R = \frac{E - U_z}{I} = \frac{10 - 8}{0.01} = 200(\Omega)$$

式中：U_z 为稳压输出电压。

(3) 钨丝灯特性描述。实验仪用灯泡中钨丝和家用白炽灯泡中钨丝同属一种材料，但丝的粗细和长短不同，就做成了不同规格的灯泡。

本实验仪用钨丝灯泡规格为 12V 0.1A。只要控制好两端电压，使用就是安全的，金属钨的电阻温度系数为 48×10^{-4}/℃，系正温度系数，当灯泡两端施加电压后，钨丝上就有电流流过，产生功耗，灯丝温度上升，致使灯泡电阻增加。灯泡不加电时电阻称为冷态电阻。加额定电压时测得的电阻称为热态电阻。由于正温度系数的关系，冷态电阻小于热态电阻。

在一定的电流范围内，电压和电流的关系为

$$U = KI^n \qquad (4-3)$$

式中：U 为灯泡二端电压；I 为灯泡流过的电流；K 为与灯泡有关的常数；n 为与灯泡有关的常数。

为了求得常数 K 和 n，可以通过二次测量所得 U_1、I_1 和 U_2、I_2，得到

$$U_1 = KI_1^n \qquad (4-4)$$

$$U_2 \doteq KI_2^n \qquad (4-5)$$

将式（4-4）除以式（4-5）取对数可得

$$n = \frac{\lg \dfrac{U_1}{U_2}}{\lg \dfrac{I_1}{I_2}} \qquad (4-6)$$

由式（4-4）可以得到

$$K = U_1 I_1^{-n} \qquad (4-7)$$

（4）发光二极管特性描述。发光二极管由半导体发光材料制成，工作在第 1 象限。要发的光的波长与材料的禁带宽度 E 对应。根据量子力学原理 $E = eV = h\nu$ 可知，对于可见光，开启电压 V 在 2～3V。当加在发光二极管两端的电压小于开启电压时，发光二极管不会发光，也没有电流流过。电压一旦超过开启电压，电流急剧上升，二极管处于导通状态并发光，此时电流与电压呈线性关系，直线与电压坐标的交点可以认为是开启电压。

【实验内容】

1. 线性电阻的伏安特性测量

（1）测量方案的选择。当电流表内电阻为 0，电压表内阻无穷大时，下述两种测试电路都不会带来附加测量误差。被测电阻 $R = \dfrac{U}{I}$。

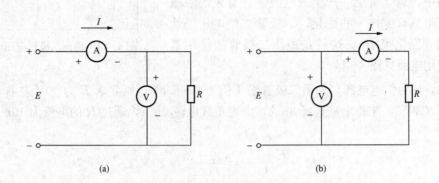

图 4-15 两种测量电路

(a) 电流表外接测量电路；(b) 电流表内接测量电路

实际的电流表具有一定的内阻，记为 R_I；电压表也具有一定的内阻，记为 R_V 因为 R_I 和 R_U 的存在，如果简单地用 $R = \dfrac{U}{I}$ 公式计算电阻器电阻值，必然带来附加测量误差。为了减少这种附加误差，测量电路可以粗略地按下述办法选择。

1）当 $R_V \gg R$，R_I 和 R 相差不大时，宜选用电流表外接电路，此时 R 为估计值。

2）当 $R \gg R_I$，R_V 和 R 相差不大时，宜选用电流表内接电路。

3）当 $R \gg R_I$，$R_V \gg R$ 时，必须选用电流表内接和外接电路作测试而定。

方法如下：先按电流表外接电路接好测试电路，调节直流稳压电源电压，使数字表显示较大的数字，保持电源电压不变，记下两表值为 U_1，I_1；将电路改成电流表内接式测量电路，记下两表值为 U_2，I_2。

将 U_1，U_2 和 I_1，I_2 比较，如果电压值变化不大，而 I_2 较 I_1 有显著的减少，说明 R 是高值电阻。此时选择电流表内接式测试电路为好；反之电流值变化不大，而 U_2 较 U_1 有显著的减少，说明 R 为低值电阻，此时选择电流表外接测试电路为好。

当电压值和电流值均变化不大，此时两种测试电路均可选择（思考：什么情况下会出现如此情况）。

（2）实验电路。被测电阻器选择 1kΩ 电阻器，线路见图 4 - 16。

（3）实验内容。

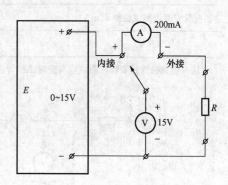

图 4 - 16　实验电路接线图

表 4 - 4　　　　　　　　　　　**1kΩ 电阻器伏安曲线测试数据表**

电流表内接测试				电流表外接测试			
U (V)	I (A)	U (V)	I (A)	U (V)	I (A)	U (V)	I (A)
1		11		1		11	
2		12		2		12	
3		13		3		13	
4		14		4		14	
5		15		5		15	
6				6			
7				7			
8				8			
9				9			
10				10			

（4）电流表内、外接分别做电阻伏安特性曲线，求斜率求出电阻值，填入表 4 - 4 中。

2. 二极管的伏安特性测量

（1）反向特性测试电路。二极管的反向电阻值很大，采用电流表内接测试电路可以减少测量误差。测试电路如图 4 - 17 所示，变阻器设置为 700Ω。

（2）正向特性测试电路。二极管在正向导道时，呈现的电阻值较小，拟采用电流表外接测试电路。电源电压在 0～10V 内调节，变阻器开始设置 700Ω（见图 4 - 18），调节电源电压，以得到所需电流值。

（3）数据记录格式见表 4 - 5。

表 4 - 5　　　　　　　　　　　　**反向伏安曲线测试数据表**

U(V)								
$I(\mu A)$								

表 4 - 6　　　　　　　　　　　　**正向伏安曲线测试数据表**

正向伏安曲线测试数据 I(mA)								
U(V)								

注　做二极管伏安特性曲线，实验时二极管正向电流不得超过 20mA。

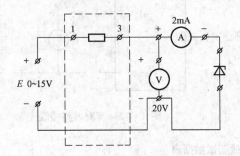

图 4 - 17　二极管反向特性测试电路

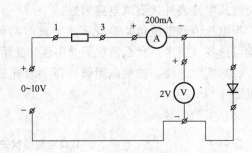

图 4 - 18　二极管正向特性测试电路

3. 稳压二极管反向伏安特性

2CW56 反向偏置 0～7V 时阻抗很大，拟采用电流表内接测试电路为宜；反向偏置电压进入击穿段，稳压二极管内阻较小（估计为 $R = \dfrac{8}{0.008} = 1k\Omega$），这时拟采用电流表外接测试电路。测试电路图见图 4 - 19。

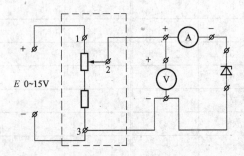

图 4 - 19　稳压二极管反向伏安特性测试电路

电源电压调至零，按图 4 - 19 接线，开始按电流表内接法，将电压表＋端接于电流表＋端；变阻器旋到 1 100Ω 后，慢慢地增加电源电压，记下电压表对应数据。

当观察到电流开始增加，并有迅速加快表现时，说明 2CW56 已开始进入反向击穿过程，这时将电流表改为外接式，按表继续慢慢地将电源电压增加至 10V。为了继续增加 2CW56 工作电流，可以逐步地减少变阻器 1、2 端电阻，为了得到整数电流值，可以辅助微调电源电压。

表 4 - 7　　　　　　　　　**2CW56 硅稳压二极管反向伏安特性测试数据表**

电流表接法		数			据				
内接式	U(V)								
	$I(\mu A)$								
外接式	I(mA)								
	U(V)								

将表4-7数据在坐标纸上画出2CW56伏安曲线，有条件时，利用计算机作图。

4. 钨丝灯伏安特性的测试

灯泡电阻在端电压12V范围内，大约为几欧到一百多欧姆，电压表在20V档内阻为1MΩ，远大于灯泡电阻，而电流表在200mA档时内阻为100Ω，和灯泡电阻相比，小的不多，宜采用电流表外接法测量，电路图见4-20。变阻器置100Ω，按表规定的过程，逐步增加电源电压，记下相应的电流表数据（见表4-8）。

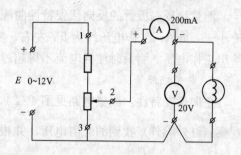

图4-20 钨丝灯泡伏安特性测试电路

表4-8 钨丝灯泡伏安特性测试数据表

灯泡电压 U(V)	1	2	3	4	5	6	7	8	9	10
灯泡电流 I(mA)										
灯泡电阻计算值（Ω）										

由实验数据在坐标纸上画出钨丝灯泡的伏安特性曲线，并将电阻值也标注在坐标图上。

选择二对数据（如 $U_1=2V$，$U_2=8V$，及相应的 I_1、I_2），按式（4-6）和式（4-7）计算出 K、n 两系数值。由此写出式（4-3），并进行多点验证。

5. 发光二极管特性测试

发光二极管特性测试与二极管正向伏安特性测试方法一致。

思 考 题

（1）在测试稳压二极管反向伏安特性时，为什么会分二段分别采用电流表内接电路和外接电路？

（2）稳压二极管的限流电阻值如何确定（提示：根据要求的稳压二极管动态内阻确定工作电流，由工作电流再计算限流电阻大小）？

（3）选择工作电流为8mA，供电电压10V时，限流电阻大小是多少？供电电压为12V时，限流电阻有多大？

（4）试从钨丝灯泡的伏安特性曲线解释为什么在开灯的时候容易烧坏？

（5）试总结各非线性元件的伏安特性。

【附：多种仪器测电学元件伏安特性（选做）】

1. 检波和整流二极管（选一种二极管）

（1）检波二极管。正向伏安特性：测量电路见图4-21，最大正向电流 $I \leqslant 20mA$，二极管两端电压 $V \leqslant 1.2V$，实验点不少于20个。

反向伏安特性：测量电路见图4-22，反向电压 $V \leqslant 20V$，实验点不少于10个。

（2）整流二极管。正向伏安特性：测量电路见图4-21，最大正向电流 $I \leqslant 20mA$，二极管两端电压 $V \leqslant 1V$，实验点不少于20个。

反向伏安特性：测量电路见图 4-22，反向电压 $V \leqslant 20V$，实验点不少于 10 个。

2. 稳压二极管

测量稳压二极管的反向伏安特性曲线。测量电路见图 4-23，稳压二极管的最大反向电流小于 30mA，工作电压约为 5V 左右。实验点不得少于 20 个。并解释稳压管的工作原理，给出工作电压。测量时注意电流不得超过 30mA。

3. 发光二极管

正向伏安特性：测量电路见图 4-24，此时采用恒流源。根据伏安特性曲线和实验中的观察（红外除外）找到的开启电压，并根据公式 $eU = h\dfrac{c}{\lambda}$ 计算 4 个发光二极管发出光的波长。其中 h 为普朗克常数，c 为光速，λ 为光的波长。发光二极管最大正向电流 $I \leqslant 20mA$，二极管两端电压 $V \leqslant 3V$，实验点不少于 15 个。数据表格自拟。

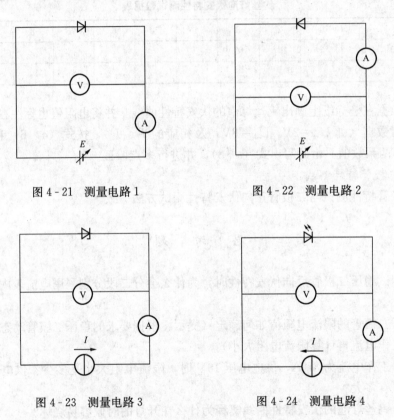

图 4-21　测量电路 1　　　　　　　　图 4-22　测量电路 2

图 4-23　测量电路 3　　　　　　　　图 4-24　测量电路 4

实验 12　直流电桥与电阻测量

利用桥式电路制成的各种电桥是用比较法进行测量的仪器，具有测试灵敏、准确度高、使用方便等特点。电桥分为直流电桥和交流电桥两大类，直流电桥又分为单臂电桥（惠斯登电桥）和双臂电桥（开尔文电桥），它们不仅可以测量电阻，不同的电桥还可以测量电容、电感、压力、真空度等许多物理量，桥式电路已被广泛地应用于电工技术、非电量测量以及自动控制等许多领域中。

【实验目的】

（1）掌握用电桥测电阻的原理及方法。

（2）了解电桥的测量误差及灵敏度。

（3）掌握四端法测量电阻的原理和方法。

（4）学习用作图法处理实验数据。

【实验仪器】

（1）电阻：

1）精密电阻：100Ω、200Ω、1kΩ、10kΩ 各 2 个；

2）可变电阻箱；

3）待测电阻：R_A、R_B、R_C，S-1（镍铬合金丝）、S-2（镍铝合金丝）、S-3（不锈钢丝）。

（2）稳压源、恒流源和万用表。

（3）实验接线板、导线、短接桥和开关等。

【实验原理】

电阻的阻值范围一般很大，可以分为三大类型进行测量。惠斯登电桥法是测量中值电阻（$10\sim10^6\,\Omega$）的常用方法之一。它通过在平衡条件下，将待测电阻与标准电阻进行比较以确定其数值。对于低值电阻（10Ω 以下），不能应用通常的惠斯登电桥测量，其主要矛盾是在接触处存在接触电阻（大小在 $10^{-2}\,\Omega$ 的数量级）。当等测电阻值在 $10^{-1}\,\Omega$ 甚至 $10^{-1}\,\Omega$ 以下时，显然接触电阻和引线电阻将使测量完全推翻其正确性。因此，对于低值电阻，须采用可消除接触电阻和引线电阻的测量方法——四端法进行测量（也可采用开尔文电桥法进行测量）。四端法是国际上通用的测量低值电阻的标准方法之一。它是通过测量待测电阻两端电压和流经的电流来确定其数值的。四端法具有直接，且克服触点电阻和引线电阻等特点，适用于各类电阻的测量，尤其是低值电阻的测量。而对于高值电阻（$>10^7\,\Omega$）的测量，一般可用兆欧表和数字万用表。

1. 惠斯登电桥的工作原理

惠斯登电桥的原理如图 4-25 所示，它是由电阻 R_1、R_2、R 和待测电阻R_x 以及用导线连成的封闭四边形 ABCDA 组成，在对角线 AC 两端接电源，在对角线 BD 两端接电压表 V。接入电压表的对角线称为"桥"，4 个电阻 R_1、R_2、R 和 R_x 就称为"桥臂"。在一般情况下，电压表上有电压显示。若适当调节 R_1、R_2 和 R 阻值，能使电压表的显示电压 V 恰好为零，这时叫做"电桥平衡"。电桥平衡时（$V=0$），表明 B、D 两点的电势相等，由此得到

$$U_{AB} = U_{AD}\,;U_{BC} = U_{DC}$$

亦即

$$I_1 R_1 = I_2 R_2 \quad I_x R_x = I_R R \qquad (4-8)$$

同时有

$$I_1 = I_x \quad I_2 = I_R \qquad (4-9)$$

由式（4-8）和式（4-9）得到 $\quad R_x = \dfrac{R_1}{R_2} \cdot R \quad (4-10)$

由式（4-10）可看出，当知道 R_1/R_2 的比值及电阻R 的数

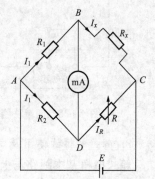

图 4-25 惠斯登电桥原理图

值后，就可算出 R_x。

本实验中，R、R_1、R_2 都可能存在误差，故由式（4 - 10）测得的 R_x 必然会存在系统误差，为消除这种误差，实际测量中要将 R 和 R_x 位置对调再测一次（称为复测法），则

第一次测量时

$$R_x = \frac{R_1}{R_2} \cdot R$$

第二次测量时

$$R'_x = \frac{R_2}{R_1} \cdot R'$$

R_x 平均值为

$$R_x = \sqrt{RR'} \tag{4 - 11}$$

由式（4 - 11）可看出，R_x 与 R_1、R_2 无关，这就消除了由于接触电阻不同或电路存在的不对称所引入的系统误差。这种将测量中的某些条件相互交换，便系统误差在测量结果中被抵消的方法，是处理系统误差的基本方法之一。

2. 四端法的工作原理

图 4 - 26 为四端法原理图，图中 R_x 是待测低值电阻，R_n 是标准电阻。四端法基本原理是：如果已知流过待测电阻的电流 I（可通过测量标准电阻 R_n 上的电压获得），当测量得到了待测电阻 R_x 上的电压 U_x，则待测电阻 R_x 的值为

$$R_x = \frac{U_x}{I} \tag{4 - 12}$$

四端法基本特点是恒流源通过两个电流引线极将电流供给待测低值电阻，而数字电压表则通过两个电压引线极来测量由恒流源所供电流而在待测低值电阻上所形成的电位差 U_x。由于两个电流引线极在两个电压引线极之外，因此可排除电流引线极接触电阻和引线电阻对测量的影响；又由于数字电压表的输入阻抗很高，电压引线极接触电阻和引线电阻对测量的影响可忽略不计。四端法测量电路接线图如图 4 - 27 所示。

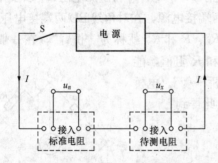

图 4 - 26　四端法测量电路原理图

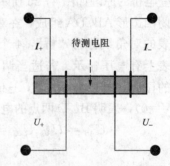

图 4 - 27　四端法测量电路接线图

3. 箱式电桥的使用及电桥灵敏度（选做）

箱式电桥基本线路与上述相同，它只是把整个仪器都装在箱内，便于携带。QJ$_{23}$型电桥面板外形如图 4 - 28 所示。

为了便于测量，箱式电桥中使 R_1/R_2 的值为十进制固定值（共分 0.001、0.01、0.1、

1、10、100、1 000 七挡），由一个转柄（称为比例臂）调节。电阻 R_0 仍为一个四挡电阻箱。测量时，应根据待测电阻数值选取比例臂，务使 R_0 能有四位读数。例如，待测电阻为几十欧姆，则比例臂应选为 0.01。

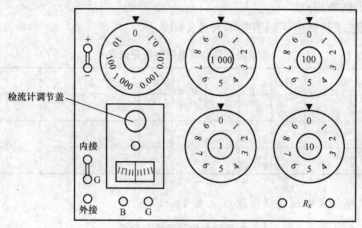

图 4 - 28 箱式电桥面板图

电桥是否平衡实验中是看检流计指针有无偏转来判断，检流计的灵敏度总是有限的，我们实验中所用的张丝式检流计，指针偏转 1 格所对应的电流大约为 10^{-6} A。当通过它的电流比 10^{-7} A 还要小时，指针的偏转小于 0.1 格，我们就很难觉察出来。假设电桥在 $R_1/R_2 = 1$ 时调到了平衡，则有 $R_x = R$，这时若把 R 改变一个微小量 ΔR（一般改变电阻箱的最小位），电桥就应失去平衡，从而有电流 I_g 流过检流计。但如果 I_g 小到使检流计觉察不出来，那我们就会认为电桥还是平衡的，因而得出 $R_x = R + \Delta R$ 就是由于检流计灵敏度不够而带来的测量误差 ΔR_x。对此，我们引入电桥灵敏度 S 的概念，它定义为

$$S = \frac{\Delta n}{\dfrac{\Delta R_x}{R_x}}$$

(4 - 13)

式中：ΔR_x 是在电桥平衡后 R_x 的微小改变量（实际上待测电阻 R_x 是不能变的，改变的是标准电阻 R）；而 Δn 是由于电桥偏离平衡而引起的电流计偏转格数（一般只允许偏转 1 格左右）。它越大，说明电桥越灵敏，带来的误差也就越小。

【实验内容】

1. 利用惠斯登电桥测量待测电阻

（1）参照图 4 - 25，自搭电桥测量装置，用复测法分别测 R_A、R_B、R_C，并填入表 4 - 9 中。

（2）如何适当选用 R_1/R_2 的比值，以保证待测电阻得到要求的有效位数。

（3）利用误差传递公式以及给定的精密电阻和可变电阻箱允差，计算待测电阻的相对不确定度。

表 4 - 9　　　　　　　　惠斯登电桥测量待测电阻数据记录表格

R_x	R_1	R_2	R	R'	R_x 平均
R_A					
R_B					
R_C					

2. 利用四端法测量低值电阻

(1) 参照图 4-27，自搭实验装置。

(2) 改变电源的输出值，测量待测电阻 R_x 及标准电阻 R_0 上电压值，每个电阻测量都应选取 15 个以上的数据点。

(3) 用作图法求待测电阻阻值并填入表 4-10 中。

表 4-10   四端法测量低值电阻数据记录表格

次数	1	2	3	4	5	6	7	8	9	10	11	12	13	14	15
U_n															
U_x															
I_x															

3. 利用箱式电桥测电阻及灵敏度（见表 4-11）

表 4-11   电桥测电阻及灵敏度表格

待测电阻	倍率	R/Ω	R_x/Ω	电桥灵敏度	
R_x	R_1/R_2			ΔR	S
R_A					
R_B					
R_C					

【注意事项】

(1) 测量时，必须由粗到细地调节和测量。

1）调节测定臂（即可变电阻箱 R）时应该由高位到低位依次进行（低位值应先置零），当大阻值的旋钮转过一格，且电压表显示电压变向时（说明电桥平衡就在这一档数值内），再调节下一档小阻值的旋钮。

2）调节测定臂 R 使电桥达到平衡时，电压表必须按一定程序使用，如电压表的量程档位必须由高向低逐步切换，直至用最低量程档。

3）平衡状态是指电压表在最低量程位显示为零，所以测量时，应该用电压表在最低量程位显示是否为零来判断。

4）在正式测量前，首先观察改变测定臂时（增大阻值或减小阻值）电压表读数变化规律（向"＋"方向或向"－"方向趋于零），这样在正式测量操作时能减少盲目性。

5）在测量过程中，如果有效位读数的旋钮都旋到最小仍不能使电桥平衡，则应增大比率臂后再进行测量；如果只用后几个有效位旋钮达到了平衡，则应减小比率臂后再进行测量（为什么?）。

(2) 恒流源的供给电流不大于 20mA。

(3) 恒流源应预热十分钟后，方可进行测量。

(4) 实验结束时，应关闭电源开关，整理实验仪器。

【预习题】

1. 什么是比较法？电桥测量中用哪两个物理量进行比较？此时的条件是什么？

2. 什么叫电桥达到平衡？在实验中如何判断电桥达到平衡？

3. 写出正确使用自搭电桥的测量步骤。

思 考 题

（1）如何适当选择 R_1 和 R_2 的比值？

（2）在自搭电桥测量电阻时，如何提高测量精度？

（3）用自搭电桥测量电阻时，测量的最多有效数字取决于什么？阻值的数值特性在什么范围，可以多一位有效数字？

（4）通过实验现象，分析说明为什么数字电压表的高输入阻抗，可消除电压引线极接触电阻和引线电阻对测量的影响？

【附录】

1. 可变电阻箱（ZX21 型）

可变电阻箱总的误差为各十进电阻盘的数值乘以相应的相对误差之和再加上残余电阻 R_0。$R_0 = 20\text{m}\Omega$。各十进电阻盘的相对误差见表 4 - 12。

表 4 - 12 　　　　　　　　　　　十进电阻盘的相对误差

十进电阻盘	×10 000	×1 000	×100	×10	×1	×0.1
相对误差	0.1%	0.1%	0.1%	0.1%	1%	5%

例如，若电阻箱输出的电阻值是 12 345.6Ω，则电阻箱的误差为

$$10\ 000 \times 0.1\% + 2\ 000 \times 0.1\% + 300 \times 0.1\% + 40 \times 0.1\% +$$
$$5 \times 1\% + 0.6 \times 5\% + 0.02 = 12.44(\Omega)$$

2. 精密电阻

精密电阻的误差取标称值的千分之一。

实验 13　直流电位差计的使用

电位差计是利用电压补偿原理精确测量直流电压和电动势的仪器。如果配用标准电阻，还可以精确测量电流和电阻，它也常用于非电学参量（如压力、位移等）的电测量中，是电磁测量中常用仪器之一。本实验用电位差计测量电流表的内阻和校准电流表。

【实验目的】

（1）了解电位差计的工作原理和结构特点，掌握其使用方法。

（2）用电位差计测电流表的内阻。

（3）用电位差计校准电流表。

【实验器材】

UJ36 型携带式直流电位差计、毫安表、微安表、工作电源、滑线变阻器、标准电阻 2 个（10Ω、100Ω）、双刀双掷开关等。

【实验原理】

1. 电位差计的工作原理

如果要测未知电动势 E_x，原则上可按图 4 - 29 安排电路。其中 E_0 是可调电压的电源。调节 E_0 使检流计指零，则表示在这个回路中电动势 E_x 和 E_0 必然大小相等，即

$$E_x = E_0 \qquad\qquad (4 - 14)$$

这时，我们称电路达到补偿。在补偿条件下，如果 E_0 的数值已知，则 E_x 即可求出。根据此原理制成的测量电动势或电位差的仪器称为电位差计。

我们可以用分压电路来获得可调的电压，如图 4 - 30 所示，其中电源 E、限流电阻 R_P、分压电阻 R 和标准电阻 R_N 连成一个回路，称为辅助回路。分压电阻的滑动端 c 和固定端 b 与待测电源 E_x、电流计连成另一回路，称为补偿回路。

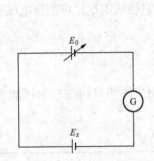

图 4 - 29　电位差计的补偿原理

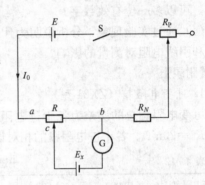

图 4 - 30　电位差计的基本电路

调节滑动端 c，当电流计中无电流通过时，设辅助回路中的电流强度为 I_0，cb 段的电阻值为 R_x，则 cb 段的电压 $U_{cb} = I_0 R_x$ 与 E_x 相等，即

$$E_x = I_0 R_x \qquad\qquad (4 - 15)$$

在实际的电位差计中，I_0 是一个规定值，为了使辅助回路中的电流正好等于该规定值，采用了标准电池，其电动势 E_N 是已知的（由实验室给出），电路如图 4 - 31 所示。

使用电位差计测量电动势（或电位差），要分两步进行。

(1) 校准：为了使 R 中流过的电流是标准电流 I_0，将图 4 - 31 中 S_2 倒向 E_N 端。调节 R_P，改变辅助回路中的电流，使检流计指零，则 $E_N = I_0 R_N$。由于 E_N 和 R_N 都很准确地已知，这时辅助回路中的电流就被精确地校准到所需要的值。此后的实验中 R_P 不得再变。

(2) 测量：把开关 S_2 倒向 E_x 一边，只要 $E_x \leqslant I_0 R_{cb}$，总可以改变 c 的位置使检流计再度指零，这时 cb 间的电压降恰好和待测电动势 E_x 相等，即

$$E_x = I_0 R_x$$

由于设计电位差计时，已经根据 R 的大小将电阻的数值转换成电压刻度，故可在仪器上直接读出被测电动势 E_x 的大小。如果要测任一电路两点间的电位差，只需将待测两点接入补偿回路代替 E_x 即可。

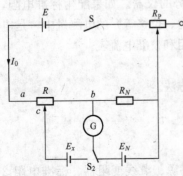

图 4 - 31　电位差计电路图

2. 用电位差计校正电流表

校正电流表的电路如图 4 - 32 所示，图中毫安表为被

校准电流表，R 为限流器，R_S 为标准电阻，有 4 个接头，上面两个是电流接头，接电流表，下面两个是电压接头，接电位差计。

电位差计可测出 R_S 上的电压 U_S，则流过 R_S 中电流的实际值为

$$I_0 = U_S/R_S$$

在毫安表上读出电流指示值 I，与 I_0 进行比较，其差值 $\Delta I = I - I_0$ 称为电流表指示值的绝对误差。找出所测值中的最大绝对误差 ΔI_m，按式（4-16）确定电流表级别，即

$$a = \frac{\Delta I_m}{量限} \times 100\% \tag{4-16}$$

为了使被校准电流表校准后有较高的准确度，电位差计与标准电阻的准确度等级必须比被校电表的级别高得多。

3. 用电位差计测电流表的内阻

电路如图 4-33 所示，S_1 是双刀双掷开关，R_S 是标准电阻，R_g 是待测电流表内阻。由于 R_g 两端的电压 $U_g = I_0 R_g$，R_S 两端的电压 $U_S = I_0 R_S$，所以有

$$R_g = \frac{U_g}{U_S} R_S \tag{4-17}$$

用电位差计分别测出电压 U_g 与 U_S，由式（4-17）可求出 R_g。

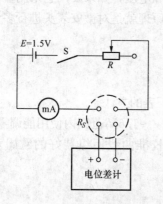

图 4-32 电位差计校正电流表电路

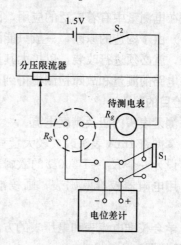

图 4-33 电位差计测电流表内阻电路

【实验内容】

1. 校正电流表

（1）按图 4-32 连接线路。

（2）对被校毫安表各刻度示值（1、2、3、4、5mA）逐一进行校准（注意在选择标准电阻时，应使电位差计上读取尽量多的有效数字）。

2. 测电流表的内阻

（1）按图 4-33 连接线路。

（2）测电流表（0~5mA）的内阻。标准电阻 R_S 取 10Ω，读出 U_g 与 U_S。

（3）测微安表的内阻，标准电阻 R_S，取 100Ω。读出 U_g 与 U_S。为了减小误差，每组数据分别测 2 次，求其平均值。

【数据处理】

（1）算出电流表的标准值 I_0 与指示值 I 的差值，即为修正值。用坐标纸作修正值 ΔI 与 I 的校正曲线（修正值 ΔI 为纵坐标，I 为横坐标）。

（2）找出标准值与指示值之间的最大差值（用绝对值表示），求出被校准的电表的级别 a。

（3）利用式（4 - 17）求出电流表和微安表的内阻 R_g。

思 考 题

（1）能否用伏特计测量电池的电动势？如果认为可能，画出电路图并写出主要的测量步骤。

（2）在使用电位差计的过程中，如果发现检流计指针总往一边偏，无法调到平衡，试分析可能有哪些原因？

（3）能否用 UJ36 型电位差计校正电压表？提出你的测量线路和测量的主要步骤。

实 验 14 电 表 改 装 与 校 准

电表在电测量中有着广泛的应用，因此如何了解电表和使用电表就显得十分重要。电流计（表头）由于构造的原因，一般只能测量较小的电流和电压，如果要用它来测量较大的电流或电压，就必须进行改装，以扩大其量程。万用表的原理就是对微安表头进行多量程改装而来，在电路的测量和故障检测中得到了广泛的应用。

【实验目的】

（1）测量表头内阻及满度电流。

（2）掌握将 1mA 表头改成较大量程的电流表和电压表的方法。

（3）设计一个 $R_中 = 1\,500\Omega$ 的欧姆表，要求 E 在 1.3～1.6V 范围内使用能调零。

（4）用电阻器校准欧姆表，画校准曲线，并根据校准曲线用组装好的欧姆表测未知电阻。

（5）学会校准电流表和电压表的方法。

【实验仪器】

DH4508 型电表改装与校准实验仪 1 台，ZX21 电阻箱（可选用）1 台。

【实验原理】

常见的磁电式电流计主要由放在永久磁场中的由细漆包线绕制的可以转动的线圈、用来产生机械反力矩的游丝、指示用的指针和永久磁铁所组成。当电流通过线圈时，载流线圈在磁场中就产生一磁力矩 $M_磁$，使线圈转动，从而带动指针偏转。线圈偏转角度的大小与通过的电流大小成正比，所以可由指针的偏转直接指示出电流值。

1. 电流计允许通过的最大电流称为电流计的量程，用 I_g 表示，电流计的线圈有一定内阻，用 R_g 表示，I_g 与 R_g 是两个表示电流计特性的重要参数

测量内阻 R_g 常用方法如下。

（1）半电流法也称中值法。测量原理图见图 4 - 34。当被测电流计接在电路中时，使电流计满偏，再用十进位电阻箱与电流计并联作为分流电阻，改变电阻值即改变分流程度，当

电流计指针指示到中间值，且标准表读数（总电流强度）仍保持不变，可通过调电源电压和 R_W 来实现，显然这时分流电阻值就等于电流计的内阻。

（2）替代法。测量原理图见图 4 - 35。当被测电流计接在电路中时，用十进位电阻箱替代它，且改变电阻值，当电路中的电压不变时，且电路中的电流（标准表读数）亦保持不变，则电阻箱的电阻值即为被测电流计内阻。

替代法是一种运用很广的测量方法，具有较高的测量准确度。

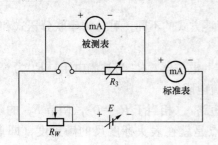

图 4 - 34　半电流法原理图

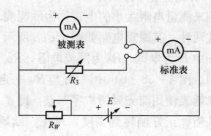

图 4 - 35　替代法原理图

2. 改装为大量程电流表

根据电阻并联规律可知，如果在表头两端并联上一个阻值适当的电阻 R_2，如图 4 - 36 所示，可使表头不能承受的那部分电流从 R_2 上分流通过。这种由表头和并联电阻 R_2 组成的整体（图中虚线框住的部分）就是改装后的电流表。如需将量程扩大 n 倍，则不难得出

$$I_g R_g = (I - I_g) R_2 \tag{4 - 18}$$

$$R_2 = \left(\frac{I_g}{I - I_g} \right) R_g \tag{4 - 19}$$

$$R_2 = R_g / (n - 1) \tag{4 - 20}$$

图 4 - 36 为扩流后的电流表原理图。用电流表测量电流时，电流表应串联在被测电路中，所以要求电流表应有较小的内阻。另外，在表头上并联阻值不同的分流电阻，便可制成多量程的电流表。

3. 改装为电压表

一般表头能承受的电压很小，不能用来测量较大的电压。为了测量较大的电压，可以给表头串联一个阻值适当的电阻 R_3，如图 4 - 37 所示，使表头上不能承受的那部分电压降落在电阻 R_3 上。这种由表头和串联电阻 R_3 组成的整体就是电压表，串联的电阻 R_3 叫做扩程电阻。选取不同大小的 R_3，就可以得到不同量程的电压表。由图 4 - 37 可求得扩程电阻值为

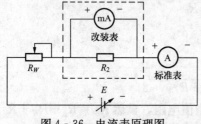

图 4 - 36　电流表原理图

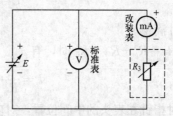

图 4 - 37　电压表原理图

$$U = I_g(R_g + R_3) \tag{4-21}$$

$$R_3 = \frac{U}{I_g} - R_g \tag{4-22}$$

实际的扩展量程后的电压表原理见图4-37。

用电压表测电压时，电压表总是并联在被测电路上，为了不因并联电压表而改变电路中的工作状态，要求电压表应有较高的内阻。

4. 改装毫安表为欧姆表

用来测量电阻大小的电表称为欧姆表。根据调零方式的不同，可分为串联分压式和并联分流式两种。其原理电路如图4-38所示。

图中 E 为电源，R_0 为限流电阻，R_W 为调"零"电位器，R_x 为被测电阻，R_g 为等效表头内阻。图4-38（b）中，R_G 与 R_W 一起组成分流电阻。

欧姆表使用前先要调"零"点，即 a、b 两点短路，（相当于 $R_x = 0$），调节 R_W 的阻值，使表头指针正好偏转到满度。可见，欧姆表的零点是就在表头标度尺的满刻度（即量限）处，与电流表和电压表的零点正好相反。

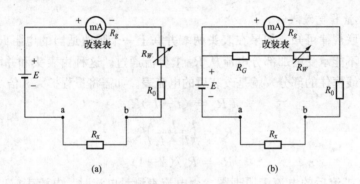

图4-38　欧姆表原理图
(a) 串联分压式；(b) 并联分流式

在图4-38（a）中，当 a、b 端接入被测电阻 R_x 后，电路中的电流为

$$I = \frac{E}{R_g + R_W + R_0 + R_x} \tag{4-23}$$

对于给定的表头和线路来说，R_g、R_W、R_3 都是常量。由此可见，当电源端电压 E 保持不变时，被测电阻和电流值有一一对应的关系。即接入不同的电阻，表头就会有不同的偏转读数，R_x 越大，电流 I 越小。短路 a、b 两端，即 $R_x = 0$ 时，有

$$I = \frac{E}{R_g + R_W + R_0} = I_g \tag{4-24}$$

这时指针满偏。

当 $R_x = R_g + R_W + R_0$ 时，有

$$I = \frac{E}{R_g + R_W + R_0 + R_x} = \frac{1}{2} I_g \tag{4-25}$$

这时指针在表头的中间位置，对应的阻值为中值电阻，显然 $R_中 = R_g + R_W + R_0$。

当 $R_X = \infty$（相当于 a、b 开路）时，$I = 0$，即指针在表头的机械零位。

所以欧姆表的标度尺为反向刻度，且刻度是不均匀的，电阻 R 越大，刻度间隔愈密。如果表头的标度尺预先按已知电阻值刻度，就可以用电流表来直接测量电阻了。

并联分流式欧姆表利用对表头分流来进行调零的，具体参数可自行设计。

欧姆表在使用过程中电池的端电压会有所改变，而表头的内阻 R_g 及限流电阻 R_3 为常量，故要求 R_W 要跟着 E 的变化而改变，以满足调"零"的要求，设计时用可调电源模拟电池电压的变化，范围取 1.3～1.6V 即可。

【实验内容】

仪器在进行实验前应对毫安表进行机械调零。

1. 用中值法或替代法测出表头的内阻

按图 4 - 34 或图 4 - 35 接线。$R_g =$ _____ Ω。

2. 将一个量程为 1mA 的表头改装成 5mA 量程的电流表

（1）根据式（4 - 19）计算出分流电阻值，先将电源调到最小，R_W 调到中间位置，再按图 4 - 36 接线。

（2）慢慢调节电源，升高电压，使改装表指到满量程（可配合调节 R_W 变阻器），此时，标准表读数应为预先设计的量程，但由于表头本身的量程以及表头内阻存在误差，导致的并联分流电阻理论值与实际要求不符，这就需要对分流电阻进行调节，使改装量的满量程读数与标准表读数相同（此步称为校准量程），记录下调节后的分流电阻。注意 R_W 作为限流电阻，阻值不要调至最小值。

（3）然后调小电源电压，使改装表每隔 1mA（满量程的 1/5）逐步减小读数直至零点；（将标准电流表选择开关打在 20mA 档量程）再调节电源电压按原间隔逐步增大改装表读数到满量程，每次记下标准表相应的读数于表 4 - 13 中（此步称为校准刻度）。

表 4 - 13   **标 准 表 读 数 1**

改装表读数（mA）	标准表读数（mA）			示值误差 ΔI(mA)
	减小时	增大时	平均值	
1				
2				
3				
4				
5				

（4）以改装表读数为横坐标，标准表由大到小及由小到大调节时两次读数的平均值与改装表读数之差为纵坐标，在坐标纸上作出改装电流表的校正曲线，并根据两表最大误差的数值定出改装表的准确度级别。

（5）重复以上步骤，将 1mA 表头改装成 10mA 表头，可按每隔 2mA 测量一次（可选做）。

（6）将面板上的 R_G 和表头串联，作为一个新的表头，重新测量一组数据，并比较扩流电阻有何异同（可选做）。

3. 将一个量程为 1mA 的表头改装成 1.0V 量程的电压表

（1）根据式（4 - 20）计算扩程电阻 R_3 的阻值，可用 R_1、R_2 进行实验。

（2）按图 4 - 37 连接校准电路。用量程为 2V 的数显电压表作为标准表来校准改装的电压表。

（3）调节电源电压，使改装表指针指到满量程（1.0V），此时，标准表读数应与改装表读数相同，若不同改变串联分压电阻使两者相同，此步为校准量程，记下此时的串联分压电阻。

（4）调节电源电压，使改装表指针指到满量程（1.0V），记下标准表读数。然后每隔0.2V逐步减小改装读数直至零点，再按原间隔逐步增大到满量程，每次记下标准表相应的读数于表4-14。

（5）以改装表读数为横坐标，标准表由大到小及由小到大调节时两次读数的平均值与改装表读数之差为纵坐标，在坐标纸上作出电压表的校正曲线，并根据两表最大误差的数值定出改装表的准确度级别。

表 4 - 14　　　　　　　　　　**标 准 表 读 数 2**

改装表读数（V）	标准表读数（V）			示值误差 ΔU(V)
	减小时	增大时	平均值	
0.2				
0.4				
0.6				
0.8				
1.0				

（6）重复以上步骤，将1mA表头改成5V表头，可按每隔1V测量一次（可选做）。

4. 改装欧姆表及标定表面刻度

（1）根据表头参数 I_g 和 R_g 以及电源电压 E，选择 R_W 为470Ω，R_0 为1kΩ，也可自行设计确定。

（2）按图4-38（a）进行连线。将 R_4 电阻箱（这时作为被测电阻 R_X）接于欧姆表的a、b端。

（3）调节电源 $E=1.5$V，调 R_W 使改装表头指示为零欧（此时调节 $R_4=0$Ω，$R_{中}=1\ 500$Ω）。

（4）取电阻箱的电阻为一组特定的数值 R_{Xi}，读出相应的偏转格数 d_i。利用所得读数 R_{Xi}、d_i 绘制出改装欧姆表的标度盘。如表4-15所示。

表 4 - 15　　　　　　　　**偏转格数 $E=$_____ V, $R_{中}=$_____ Ω**

R_{X1}(Ω)	$\frac{1}{5}R_{中}$	$\frac{1}{4}R_{中}$	$\frac{1}{3}R_{中}$	$\frac{1}{2}R_{中}$	$R_{中}$	$2R_{中}$	$3R_{中}$	$4R_{中}$	$5R_{中}$
偏转格数 d_i									

（5）按图4-38（b）进行连线，设计一个并联分流式欧姆表。试与串联分压式欧姆表比较，有何异同（可选做）。

思 考 题

（1）是否还有别的办法来测定电流计内阻？能否用欧姆定律来进行测定？能否用电桥来进行测定而又保证通过电流计的电流不超过 I_g？

（2）设计 $R_{中}=1\,500\,\Omega$ 的欧姆表，现有两块量程 1mA 的电流表，其内阻分别为 250Ω 和 100Ω，你认为选哪块较好？

实验 15 集成霍耳传感器的特性研究及应用

在工业、国防、科研中都需要对磁场进行测量，测量磁场的方法很多，如冲击电流计法、霍尔效应法、核磁共振法、电磁感应法等，本实验介绍霍尔效应法测磁场的方法，它具有测量原理简单，测量方法简便及测试灵敏度较高等优点。

【实验目的】

（1）了解霍耳效应原理和集成霍耳传感器的工作原理。

（2）通过测量螺线管励磁电流与集成霍耳传感器输出电压的关系，证明霍耳电势差与磁感应强度成正比。

（3）测量螺线管内磁感应强度沿螺线管中轴线的分布，并与相应的理论曲线比较。

（4）了解载流圆线圈的径向磁场分布情况。

（5）测量载流圆线圈和亥姆霍兹线圈的轴线上的磁场分布。

【实验仪器】

集成霍耳传感器实验仪器一套、霍尔法亥姆霍兹线圈磁场实验仪。

（一）用集成霍耳传感器测螺线管磁场

【实验原理】

1. 利用霍尔效应测磁场的原理

将一导电体（金属或半导体）薄片放在磁场中，并使薄片平面垂直于磁场方向（见图 4-39）。当薄片纵向端面有电流 I 流过时，在与电流 I 和磁场 B 垂直的薄片横向端面 a、b 间就会产生一电势差，这种现象称为霍耳效应（Hall effect），所产生的电势差叫做霍耳电势差或霍耳电压，用 U_H 表示。

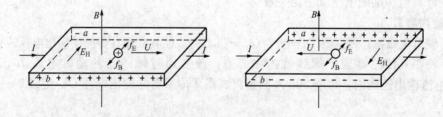

图 4-39 霍耳效应原理

霍耳效应是由运动电荷（载流子）在磁场中受到洛伦兹力的作用引起的。洛伦兹力使载流子发生偏转，在薄片横向端面上聚积电荷形成不断增大的横向电场（称为霍耳电场），从而使载流子又受到一个与洛伦兹力反向电场力，直到两力相等，载流子不再发生偏转，在 a、b 间形成一个稳定的霍耳电场。这时，两横向端面 a、b 间的霍耳电压就达到一个稳定值。端面 a、b 间霍耳电压的正负与载流子电荷的符号有关。因此，通过测量霍耳电压的正负，即可判断半导体材料的导电类型。

实验表明，在外磁场不太强时，霍耳电压与工作电流和磁感应强度成正比，与薄片厚度

成反比，即

$$U_H = R_H \cdot \frac{I \cdot B}{d} = K_H \cdot I \cdot B \qquad (4\text{-}26)$$

式中：比例系数 R_H 和 $K_H = (R_H/d)$ 分别为霍耳系数和霍耳元件的灵敏度。用霍耳效应测量磁场是在霍耳元件的灵敏度和工作电流已知的情况下，通过测量霍耳电压，再由式（4 - 26）求出磁感应强度。

2. 集成霍耳传感器

SS95A 型集成霍耳传感器（线性测量范围 $0\sim67\text{mT}$，灵敏度 31.25V/T）由霍耳元件、放大器和薄膜电阻剩余电压补偿器组成。测量时输出信号大，不必考虑剩余电压的影响。工作电压 $V_s = 5\text{V}$，在磁感应强度为零时，输出电压为 $U_0 = 2.5\text{V}$，它的输出电压 U 与磁感应强度 B 呈线性关系。该关系可用式（4 - 27）表示

$$B = (U - U_0)/K \qquad (4\text{-}27)$$

式中：U 为集成霍耳传感器输出电压；K 为该传感器的灵敏度。

3. 螺线管内磁场分布

单层螺线管内磁感应强度沿螺线管中轴线的分布可由式（4 - 28）计算

$$B(x) = \mu_0 \frac{N}{L} I_M \left\{ \frac{(L + 2x)}{2[D^2 + (L + 2x)^2]^{1/2}} + \frac{(L - 2x)}{2[D^2 + (L - 2x)^2]^{1/2}} \right\}$$

$$= C(x) I_M \qquad (4\text{-}28)$$

式中：N 为线圈匝数；L 为螺线管长度；I_M 为励磁电流；D 为线圈直径；x 为以螺线管中心作为坐标原点时的位置；$\mu_0 = 4\pi \times 10^{-7} \text{H/m}$ 为真空磁导率。

实验中所用的螺线管是由 10 层绕线组成。根据每层绕线的实际位置，用式（4 - 28）可以计算每层绕线的 $B(x)$ 值，将 10 层绕线的 $B(x)$ 值求和，即可得到螺线管内的磁场分布。表 4 - 17 给出了励磁电流 $I_M = 0.1\text{A}$（100mA）时螺线管内磁感应强度的理论计算值。由它可以得到不同励磁电流时螺线管内磁感应强度的理论计算值［对于同一点 x 来说，$C(x)$ 是相同的，也就是说 $B = C I_M$，即 B 和 I_M 成正比关系，即螺线管内任意一固定点的磁场的理论计算值和励磁电流成正比关系］。

【实验内容】

（1）调节集成霍耳传感器工作电压（4.5~5.5V），使集成霍耳传感器输出电压 $U_0 = 2.5\text{V}$。

（2）将霍耳传感器置于螺线管内中心点，改变通过螺线管的励磁电流 I_M，在 0 至 500mA 电流输出范围内，每隔 50mA 测量集成霍耳传感器的输出电压 U，记录 $U\sim I_M$ 关系数据。

（3）在励磁电流为 $I_M = 250\text{mA}$ 时的霍耳传感器在管内不同位置处的霍耳电压 U。

【数据处理】（灵敏度 $K = 31.25\text{V/T}$）

（1）螺线管内中心点励磁电流 I_M 与集成霍耳传感器输出电压 U 的关系数据。

表 4 - 16　　　　　　　　励磁电流 I_M 和磁感应电压 U 的关系

I_M(mA)	50	100	150	200	250	300	350	400	450	500
U(V)										
B(T)										

描绘出励磁电流 I_M 与磁感应强度 B 的关系曲线。

（2）根据内容3，计算出磁感应强度 $B（x）$ 随位置 x 的关系，并描绘出实验曲线和理论曲线。

表 4 - 17　　　　　励磁电流 $I_M＝0.1A$ 时螺线管内磁感应强度的理论计算值

x(cm)	B(mT)	x(cm)	B(mT)
0	1.436 6	±8.0	1.405 7
±1.0	1.436 3	±9.0	1.385 6
±2.0	1.435 6	±10.0	1.347 8
±3.0	1.434 3	±11.0	1.268 5
±4.0	1.432 3	±11.5	1.196 3
±5.0	1.429 2	±12.0	1.086 3
±6.0	1.424 5	±12.5	0.926 1
±7.0	1.417 3	±13.0	0.723 3

表 4 - 18　　　　　　　　　实验数据记录表

x(cm)	U(V)	B(T)	x(cm)	U(V)	B(T)
1.0			16.0		
2.0			17.0		
3.0			18.0		
4.0			19.0		
5.0			20.0		
6.0			21.0		
7.0			22.0		
8.0			23.0		
9.0			24.0		
10.0			25.0		
11.0			26.0		
12.0			27.0		
13.0			28.0		
14.0			29.0		
15.0			30.0		

（二）亥姆霍兹线圈的磁场研究

【实验原理】

1. 载流圆线圈与亥姆霍兹线圈的磁场

（1）载流圆线圈磁场。

一半径为 R，通以直流电流 I 的圆线圈，其轴线上离圆线圈中心距离为 X 米处的磁感应强度的表达式为

$$B = \frac{\mu_0 \cdot N_0 \cdot I \cdot R^2}{2 \cdot (R^2 + X^2)^{3/2}} \tag{4-29}$$

式中：N_0 为圆线圈的匝数；X 为轴上某一点到圆心 O' 的距离；$\mu_0 = 4\pi \times 10^{-7}$ H/m，磁场的分布图如图 4-40 所示，是一条单峰的关于 Y 轴对称的曲线。

本实验取 $N_0 = 400$ 匝，$I = 0.400$A，$R = 0.100$m，在圆心 O' 处 $X = 0$，可算得磁感应强度为 $B = 1.005\ 3 \times 10^{-3}$T。

（2）亥姆霍兹线圈。

两个完全相同的圆线圈彼此平行且共轴，通以同方向电流 I，线圈间距等于线圈半径 R 时，从磁感应强度分布曲线可以看出（理论计算也可以证明）：两线圈合磁场在中心轴线上（两线圈圆心连线）附近较大范围内是均匀的，这样的一对线圈称为亥姆霍兹线圈，如图 4-41 所示。从分布曲线可以看出，在两线圈中心连线一段，出现一个平台，这说明该处是匀强磁场，这种匀强磁场在科学实验中应用十分广泛。比如，大家熟悉的显像管中的行偏转线圈和场偏转线圈就是根据实际情况经过适当变形的亥姆霍兹线圈。

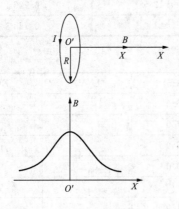

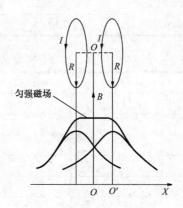

图 4-40　载流圆线圈磁场分布　　　　　　图 4-41　亥姆霍兹线圈磁场分布

【实验内容】

1. 测量载流圆线圈轴线上磁场的分布

（1）按载流圆线圈的要求，把 FB511 型霍尔法亥姆霍兹线圈磁场实验仪与测试架正确连接（由于每只集成霍尔传感器的参数不可能完全一样，所以每套仪器的集成霍尔传感器探头与微特斯拉计对应编号的，出厂时已配对调好切不可互换，否则会造成磁场测量结果不准确）。集成霍尔传感器探头固定在测试架移动平台上。出厂时霍尔片平面已调到与线圈轴线垂直，调节 FB511 型霍尔法亥姆霍兹线圈磁场实验仪的电流调节，使励磁电流 $I = 0.000$A，在线圈磁场强度等于零的条件下，把微特斯拉计调零（目的是消除地磁场和其他环境杂散干扰磁场以及不平衡电热的影响），这样微特斯拉计就校准好了（注意：如果测量过程中改变了测试架方向，需重复调零步骤）。

（2）FB511 型磁场实验仪测试架左边的线圈为固定线圈，固定在刻度尺零点（即 0cm 处），把右边的可动线圈移动到合适的位置（中心作为坐标原点），方法是：先松开固定线圈用的两个滚花螺栓，把线圈平行移动，使线圈位于测试平台水平刻度尺为 5cm 处（即 $1/2R$ 外）并固定可动线圈。

（3）使励磁电流 $I = 0.400$A，以圆电流线圈中心为坐标原点，每隔 1.0cm 测一个 B 值，测量过程中注意保持励磁电流值不变。

（4）把测试数据记录到表 4 - 19 中。在方格纸上画出 $B\sim X$ 曲线。

2. 测量亥姆霍兹线圈轴线上磁场的分布

（1）参照上面步骤，移动右线圈到刻度尺读数为 10cm 处（即 R 处），使二线圈间距 $d=R$，这时两个圆线圈中心连线的几何中心在测试平台水平刻度尺 5cm 处。

（2）把两个圆电流线圈串联起来（注意极性不要接反），接到磁场测试仪的输出端钮。调节电流输出，使励磁电流 $I=0.400$A。以两个圆线圈中心连线上的中点为坐标原点，每隔 1.0cm 测一个 B 值。

（3）把测试数据记录到表 4 - 20 中。在方格纸上画出 $B\sim X$ 曲线。

【数据与结果】

（1）载流圆线圈轴线上磁场分布的测量数据记录（设载流圆线圈中心为坐标原点。要求列表记录，表格中包括测试点位置，数字式微特斯拉计读数 B 值，并在表格中表示出各测试点对应的理论值），在同一坐标纸上画出实验曲线与理论曲线。

表 4 - 19 载流圆线圈（右）轴线上磁场分布的数据记录（坐标原点设在刻度尺 5cm 处）

刻度尺读数 $(10^{-2}$m$)$	−7.0	−6.0	−5.0	−4.0	−3.0	−2.0	−1.0
轴向距离 $X(10^{-2}$m$)$	−12.0	−11.0	−10.0	−9.0	−8.0	−7.0	−6.0
磁感应强度 B(mT)							
$B=\dfrac{\mu_0 \cdot N_0 \cdot I \cdot R^2}{2\ (R^2+X^2)^{3/2}}$(T)							
相对误差%							
刻度尺读数 $(10^{-2}$m$)$	0.0	1.0	2.0	3.0	4.0	5.0	6.0
轴向距离 $X(10^{-2}$m$)$	−5.0	−4.0	−3.0	−2.0	−1.0	0.0	1.0
磁感应强度 B(mT)							
磁感应强度 B(mT)							
相对误差%							
刻度尺读数 $(10^{-2}$m$)$	7.0	8.0	9.0	10.0	11.0	12.0	13.0
轴向距离 $X(10^{-2}$m$)$	2.0	3.0	4.0	5.0	6.0	7.0	8.0
磁感应强度 B(mT)							
$B=\dfrac{\mu_0 \cdot N_0 \cdot I \cdot R^2}{2\ (R^2+X^2)^{3/2}}$(T)							
相对误差%							
刻度尺读数 $(10^{-2}$m$)$	14.0	15.0	16.0	17.0			
轴向距离 $X(10^{-2}$m$)$	9.0	10.0	11.0	12.0			
磁感应强度 B(mT)							
$B=\dfrac{\mu_0 \cdot N_0 \cdot I \cdot R^2}{2\ (R^2+X^2)^{3/2}}$(T)							
相对误差（%）							

（2）亥姆霍兹线圈轴线上的磁场分布的测量数据记录（设两线圈圆心连线中心为坐标原点），在方格坐标纸上画出 $B\sim X$ 实验曲线。

表 4-20   亥姆霍兹线圈轴线上磁场分布的数据记录（坐标原点设在刻度尺 5cm 处）

刻度尺读数（10^{-2}m）	-7.0	-6.0	-5.0	-4.0	-3.0	-2.0	-1.0	0.0	1.0
轴向距离 X（10^{-2}m）	-12.0	-11.0	-10.0	-9.0	-8.0	-7.0	-6.0	-5.0	-4.0
磁感应强度 B(mT)									
刻度尺读数（10^{-2}m）	2.0	3.0	4.0	5.0	6.0	7.0	8.0	9.0	10.0
轴向距离 X（10^{-2}m）	-3.0	-2.0	-1.0	0.0	1.0	2.0	3.0	4.0	5.0
磁感应强度 B(mT)									
刻度尺读数（10^{-2}m）	11.0	12.0	13.0	14.0	15.0	16.0	17.0		
轴向距离 X（10^{-2}m）	6.0	7.0	8.0	9.0	10.0	11.0	12.0		
磁感应强度 B(mT)									

思 考 题

（1）为什么在测量直流磁场时，必须考虑地球磁场对被测磁场的影响。

（2）载流圆线圈轴线上磁场的分布规律如何？

（3）亥姆霍兹线圈是怎样组成的？其基本条件有哪些？它的磁场分布特点又怎样？改变两圆线圈间距后，线圈轴线上的磁场分布情况如何？

（4）霍尔元件放入磁场时，不同方向上特斯拉计指示值不同，哪个方向最大？

（5）试分析载流圆线圈磁场分布的理论值与实验值的误差产生的原因？

【注意事项】

本实验仪实物照片如图 4-42 所示。本实验的器件很容易损坏，有如下两点需要特别注意。

（1）接好线路需要老师检查后放可通电，这主要是为了避免 V＋和 V－接反而烧毁霍耳元件。

（2）电压源、电流源状态转换（包括开、关、量程切换）时，一定要将旋钮逆时针旋转到底，也就是把它们的输出调为零，这主要是为了避免电压或者电流的突变。

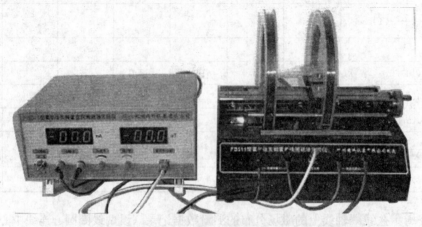

图 4-42　FB511 型霍尔法亥姆霍兹线圈磁场实验仪实物照片

实验 16 用电流场模拟静电场

带电体的周围产生静电场，场的分布是由电荷分布、带电体的几何形状及周围介质所决定的。由于带电体的形状复杂，大多数情况无法求出电场分布的解析解，因此只能靠数值解法求出或用实验方法测出电场分布。直接用电压表去测量静电场的电位分布往往很困难，因为静电场中没有电流，磁电式电表不会偏转；而且与仪器相接的探测头本身总是导体或电介质，若将它放入静电场，探测头上会产生感应电荷或束缚电荷，这些电荷又产生电场，与被测静电场迭加起来，使被测电场产生显著的畸变。因此，实验时一般采用一种间接的测量方法（即模拟法）来解决。

【实验目的】

（1）学习用模拟方法来测绘具有相同数学形式的物理场。

（2）描绘出分布曲线及场量的分布特点。

（3）加深对各物理场概念的理解。

（4）初步学会用模拟法测量和研究二维静电场。

【实验仪器】

GVZ—3 型导电微晶静电场描绘仪。

【实验原理】

模拟法本质上是用一种易于实现、便于测量的物理状态或过程来模拟不易实现、不便测量的状态和过程，但是要求这两种状态或过程有一一对应的两组物理量，且满足相似的数学形式及边界条件。

一般情况，模拟可分为物理模拟和数学模拟。物理模拟就是保持同一物理本质的模拟，对一些物理场的研究主要采用物理模拟，如用光测弹性模拟工件内部应力的分布等。数学模拟也是一种研究物理场的方法，它是把不同本质的物理现象或过程，用同一数学方程来描绘。对于一个稳定的物理场，微分方程和边界条件一旦确定，其解唯一。如果描述两个不同本质的物理场的微分方程和边界条件相同，则它们的解的数学表达式是一样的。只要对其中一种易于测量的场进行测绘，并得到结果，那么与它对应的另一个物理场的结果也就知道了。模拟法在工程设计中有着广泛的应用。

例如，稳恒电流场与静电场是两种不同性质的场，但是两者在一定条件下具有相似的空间分布，即两种场遵守的规律在形式上相似，都可以引入电位 U，电场强度 $E = -\nabla U$，都遵守高斯定律。

对于静电场，电场强度在无源区域内满足以下积分关系

$$\oint_S \vec{E} \cdot \mathrm{d}\vec{s} = 0 \qquad\qquad \oint_C \vec{E} \cdot \mathrm{d}\vec{l} = 0$$

对于稳恒电流场，电流密度矢量 $\vec{j}$ 在无源区域内也满足类似的积分关系

$$\oint_S \vec{j} \cdot \mathrm{d}\vec{s} = 0 \qquad\qquad \oint_l \vec{j} \cdot \mathrm{d}\vec{l} = 0$$

由此可见 $\vec{E}$ 和 $\vec{j}$ 在各自区域中满足同样的数学规律。在相同边界条件下，具有相同的解析解。因此，我们可以用稳恒电流场来模拟静电场。

在模拟的条件上，要保证电极形状一定，电极电位不变，空间介质均匀，在任何一个考察点，均应有 $U_{稳恒}=U_{静电}$ 或 $E_{稳恒}=E_{静电}$。下面具体本实验来讨论这种等效性。

1. 同轴电缆及其静电场分布

如图 4 - 43（a）所示，在真空中有一个半径为 r_a 的长圆柱形导体 A 和一内半径为 r_b 的长圆筒形导体 B，它们同轴放置，分别带等量异号电荷。由高斯定理知，在垂直于轴线的任一截面 S 内，都有均匀分布的辐射状电场线，这是一个与坐标 z 无关的二维场。在二维场中，电场强度 E 平行于 xy 平面，其等位面为一族同轴圆柱面。因此只要研究 S 面上的电场分布即可。

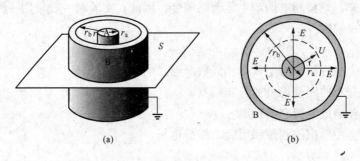

图 4 - 43　同轴电缆及其静电场分布

(a) 同轴电缆；(b) 静电场分布

由静电场中的高斯定理可知，距轴线的距离为 r 处［见图 4 - 43（b）］各点电场强度为

$$E = \frac{\lambda}{2\pi\varepsilon_0 r}$$

式中：λ 为柱面每单位长度的电荷量，其电位为

$$U_r = U_a - \int_{r_a}^{r} \vec{E} \cdot d\vec{r} = U_a - \frac{\lambda}{2\pi\varepsilon_0} \ln \frac{r}{r_a} \tag{4 - 30}$$

设 $r = r_b$ 时，$U_b = 0$，则有

$$\frac{\lambda}{2\pi\varepsilon_0} = \frac{U_a}{\ln \frac{r_b}{r_a}} \tag{4 - 31}$$

代入式（4 - 31），得

$$U_r = U_a \frac{\ln \frac{r_b}{r}}{\ln \frac{r_b}{r_a}} \tag{4 - 32}$$

从上式可以看出 U_r 与 $\ln \frac{r_b}{r}$ 呈线性关系

$$E_r = -\frac{dU_r}{dr} = \frac{U_a}{\ln \frac{r_b}{r_a}} \cdot \frac{1}{r} \tag{4 - 33}$$

2. 同柱圆柱面电极间的电流分布

若上述圆柱形导体 A 与圆筒形导体 B 之间充满了电导率为 σ 的不良导体，A、B 与电流电源正负极相连接（见图 4 - 44），A、B 间将形成径向电流，建立稳恒电流场 E_r'，可以证明

在均匀的导体中的电场强度 E_r' 与原真空中的静电场 E_r 的分布规律是相似的。

取厚度为 t 的圆轴形同轴不良导体片为研究对象，设材料电阻率为 $\rho(\rho=1/\sigma)$，则任意半径 r 到 $r+\mathrm{d}r$ 的圆周间的电阻是

$$\mathrm{d}R = \rho \cdot \frac{\mathrm{d}r}{s} = \rho \cdot \frac{\mathrm{d}r}{2\pi rt} = \frac{\rho}{2\pi t} \cdot \frac{\mathrm{d}r}{r} \tag{4-34}$$

则半径为 r 到 r_b 之间的圆柱片的电阻为

$$R_{r_b} = \frac{\rho}{2\pi t}\int_r^{r_b}\frac{\mathrm{d}r}{r} = \frac{\rho}{2\pi t}\ln\frac{r_b}{r} \tag{4-35}$$

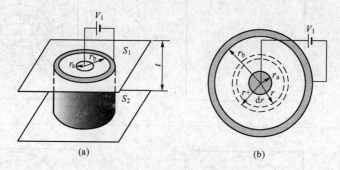

图 4-44　同轴电缆的模拟模型

（a）同轴电缆；（b）静电场分布

总电阻为（半径 r_a 到 r_b 之间圆柱片的电阻）

$$R_{r_a r_b} = \frac{\rho}{2\pi t}\ln\frac{r_b}{r_a} \tag{4-36}$$

设 $U_b=0$，则两圆柱面间所加电压为 U_a，径向电流为

$$I = \frac{U_a}{R_{r_a r_b}} = \frac{2\pi t U_a}{\rho\ln\dfrac{r_b}{r_a}} \tag{4-37}$$

距轴线 r 处的电位为

$$U_r' = I R_{r_b} = U_a\frac{\ln\dfrac{r_b}{r}}{\ln\dfrac{r_b}{r_a}} \tag{4-38}$$

则 E_r' 为

$$E_r' = -\frac{\mathrm{d}U_r'}{\mathrm{d}r} = \frac{U_a}{\ln\dfrac{r_b}{r_a}}\cdot\frac{1}{r} \tag{4-39}$$

由以上分析可见，U_r 与 U_r'，E_r 与 E_r' 的分布函数完全相同。为什么这两种场的分布相同呢？我们可以从电荷产生场的观点加以分析。在导电质中没有电流通过的，其中任一体积元（宏观小、微观大、其内仍包含大量原子）内正负电荷数量相等，没有净电荷，呈电中性。当有电流通过时，单位时间内流入和流出该体积元内的正或负电荷数量相等，净电荷为零，仍然呈电中性。因而，整个导电质内有电场通过时也不存在净电荷。这就是说，真空中的静电场和有稳恒电流通过时导电质中的场都是由电极上的电荷产生的。事实上，真空中电

极上的电荷是不动的，在有电流通过的导电质中，电极上的电荷一边流失，一边由电源补充，在动态平衡下保持电荷的数量不变。所以，在这两种情况下电场分布是相同的。表4-21给出了几种典型静电场的模拟电极形状及相应的电场分布。

表 4 - 21　　　　　　　　几种典型静电场的模拟电极形状及相应的电场分布

极型	模拟板型式	等位线、电力线理论图形
长平行导线（输电线）		
长同轴圆筒（同轴电缆）		
劈尖型电极		
模拟聚焦电极		

【实验仪器介绍】

HLD—DZ—Ⅳ 型静电场描绘实验仪（包括导电微晶、双层固定支架、同步探针等），支架采用双层式结构，上层放记录纸，下层放导电微晶。电极已直接制作在导电微晶上，并将电极引线接出到外接线柱上，电极间制作有导电率远小于电极且各向均匀的导电介质。接通直流电源（10V）就可以进行实验。在导电微晶和记录纸上方各有一探针，通过金属探针臂把两探针固定在同一手柄座上，两探针始终保持在同一铅垂线上。移动手柄座时，可保证两探针的运动轨迹是一样的。由导电微晶上方的探针找到待测点后，按一下记录纸上方的探针，在记录纸上留下一个对应的标记。移动同步探针在导电微晶上找出若干电位相同的点，即可描绘出等位线。

【实验内容】

场强 E 在数值上等于电位梯度，方向指向电位降落的方向。考虑到 E 是矢量，而电位 U 是标量，从实验测量来讲，测定电位比测定场强容易实现，所以可先测绘等位线，然后根据电场线与等位线正交的原理，画出电场线。这样就可由等位线的间距确定电场线的疏密和指向，将抽象的电场形象的反映出来。

1. 描绘同轴电缆的静电场分布

（1）利用图 4 - 42（b）所示的模拟模型，将导电微晶上内外两电极分别与直流稳压电源的正负极相连接，电压表正负极分别与同步探针及电源负极相连接，电源电压调到 10V，将记录纸铺在上层平板上。

（2）从 2V 开始，平移同步探针，用导电微晶上方的探针找到等位点后，按一下记录纸上方的探针，测出一系列等位点，共测 7 条等位线，每条等势线上找 10 个以上的点（见表 4 - 22）。

（3）以每条等位线上各点到原点的平均距离 $\bar{r}$ 为半径画出等位线的同心圆簇。然后根据电场线与等位线正交原理，再画出电场线，并指出电场强度方向，得到一张完整的电场分布图。

表 4 - 22　　　　　　　　　　　同轴电缆内静电场分布各等位线半径

半径　电压	r_1	r_2	r_3	r_4	r_5	r_6	r_7	r_8	r_9	r_{10}	r 平均
8.00V											
7.00V											
6.00V											
5.00V											
4.00V											
3.00V											
2.00V											

（4）计算不同等位线处的 $\ln\dfrac{r_b}{r}$，填入表 4-23，在坐标纸上作出 U_r 与 $\ln\dfrac{r_b}{r}$ 关系曲线。

表 4-23　　　　　　　　　　　　U_r **与** $\ln\dfrac{r_b}{r}$ **关系曲线数据**

U_r	8.00V	7.00V	6.00V	5.00V	4.00V	3.00V	2.00V
$\ln\dfrac{r_b}{r}$							

2. 描绘一个劈尖电极和一个条形电极形成的静电场分布（见图 4-45）

将电源电压调到 10V，将记录纸铺在上层平板上，从 2V 开始，平移同步探针，用导电微晶上方的探针找到等位点后，按一下记录纸上方的探针，测出一系列等位点，共测 7 条等位线，每条等势线上找 10 个以上的点，在电极端点附近应多找几个等位点。画出等位线，再作出电场线，做电场线时要注意：电场线与等位线正交，导体表面是等位面，电场线垂直于导体表面，电场线发自正电荷而中止于负电荷，疏密要表示出场强的大小，根据电极正、负画出电场线方向。

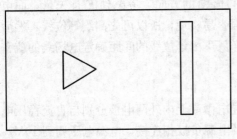

图 4-45　劈尖形电极

3. 描绘模拟聚焦电极和长平行导线间的电场分布图

方法与上面类似，略。

思 考 题

（1）根据测绘所得等位线和电力线分布，分析哪些地方场强较强，哪些地方场强较弱？

（2）从实验结果能否说明电极的电导率远大于导电介质的电导率？如不满足这条件会出现什么现象？

（3）在描绘同轴电缆的等位线簇时，如何正确确定圆形等位线簇的圆心，如何正确描绘圆形等位线？

（4）由导电微晶与记录纸的同步测量记录，能否模拟出点电荷激发的电场或同心圆球壳型带电体激发的电场？为什么？

（5）能否用稳恒电流场模拟稳定的温度场？为什么？

【附：实验仪器使用说明】

1. 仪器简介

本仪器采用各向均匀导电的微晶导电板，在其上面安置一些不同的金属电极。当有直流电流经两个电极在导电板上通过时，由于微晶导电板相对于金属导体电导率低得多，故在两个电极间沿电流线会存在不同的电势，这种不同的电势可用数字电压表直接测出来。分析各测量点电势的变化规律，就可间接地得知相似的静电场中的电势分布规律。

2. 使用方法

（1）接线：静电场专用稳压电源输出＋（红）接线柱用红色电线连接描绘架（红）、－（黑）接线柱用黑色电线连接描绘架（黑）接线柱。专用稳压电源探针输入＋（红色）接线柱用红色电线连接探针架连接线柱。将探针架好，并使探针下探头置于导电微晶电极上，启动开关，先校正，后测量。

（2）测量：开启测量开关，如数字显字为 0V，则移动探针架至另一电极上，数字显示 10V，一般常用 10V，便于运算。然后纵横移动探针架，则电源电压表头显示读数随着运动而变化。如要测 0～10V 间的任何一条等势（位）线，一般可选 0～10V 间某一电压数据相同的 8～10 个点，再将这些点连成光滑的曲线即可得到此等势（位）线。

（3）记录：实验报告都需要记录，以备学生计算或验证，对模拟法作深刻研究，则需在描绘架上铺平白纸，用橡胶磁条吸住，当表头显示读数认为需要记录时，轻轻按一下，即能清晰记下小点，一般所需记录电压请参阅讲义或由任课教师定夺，为实验清晰快捷，每等位线 8～10 点，然后连接即可。

第5章 光学实验

5.1 概 述

　　光学是物理学中最古老的一门学科，也是当前科学领域中最活跃的前沿阵地之一，具有强大的生命力和不可估量的发展前途。光的本质是电磁波，具有波粒二象性。若不涉及光的发射和吸收等与物质相互作用过程有关的微观机制，传统上把光学分为两大部分：撇开光的波动本性，而仅以光的直线传播性质为基础，研究光在透明介质中的传播问题的光学称为几何光学，其理论基础是光的直线传播、独立传播和反射、折射定律；研究光的波动性（如干涉、衍射、偏振）的学科，称为物理光学（也称波动光学）。虽然近代光学（即物理光学）的发展起步较晚，但近 100 年来物理光学的发展，对科学技术和人类社会做出了很大贡献，特别是 20 世纪 60 年代激光的问世，不但使古老的光学获得新生，发生了深刻的变化，同时，它和原子能、半导体、计算机被人们誉为 20 世纪最重要的发明。随着激光技术与相关学科相结合，导致了光全息技术、光信息技术、光纤技术等的飞速发展。把人类社会迅速推向光电子时代、信息时代。我国光学界著名院士王大珩曾说："'光子学'或'光电子学'的含义是信息技术，不应单纯是电子的天地，光子的地位正在升格。光子和电子携起手来，这在信息科学技术上绝不是简单的加法，而是在携手开辟更加广阔得多的天地。展望今后，光电技术的多样化，日新月异的发展，将可以与过去几十年来电子学的发展相媲美。"在信息时代，无论是信息的采集、信息的传输、信息的接收、处理和存储都离不开光学。光学、电子、机械和计算机技术之间的联系比以往任何时候都更加密切，给人类生活和生产活动带来一系列的变革，在各个领域都得到广泛的应用，光学是一门生机勃勃的学科，是一门前途无量的学科。光学的发展不仅为生产技术提供了许多精密、快速、生动的实验手段，而且光学测量技术本身也不断得到发展、完善。为扩大人眼的观察能力，根据几何光学原理，人们发明了许多光学仪器。如利用透镜校正人眼的视力，不同透镜组成的望远镜的出现促进了天文学和航海事业的发展，望远镜仍然是今天天文学观察中的主要工具。光学显微镜的发明使人们得以对工件表面、生物细胞等微细结构进行研究。随着精密制造工艺的改善，人们对微观世界的观察水平也大大提高。照相机的出现使人们能把生活中的美好瞬间留住，同时也可使瞬间即逝的科学现象"静止"，供科学家进一步观察、分析、研究。除此之外，大量其他光学仪器正在工业、国防、科研等各个领域发挥重大的作用。随着科学技术的进步，物理光学也越来越显示出它的威力，例如，目前光的干涉现象仍是精密测量中无可替代的手段，衍射光栅则是重要的分光仪器，光谱在人类认识物质的微观结构（如原子结构、分子结构等）方面曾起了关键性的作用，现在它不仅是化学分析中的先进方法，还为天文学家提供了星体的化学成分、温度、磁场、速度等大量信息。总之，光学测量技术在人类认识世界的过程中有着重要的作用。

　　科学技术的发展，也直接促进了教学内容的更新。激光的优异性能使常规的干涉法、衍射法、偏振法、莫尔法和光谱法等再现异彩。另外，全息技术、散斑技术、光信息处理、光纤传感器技术、光调制技术、光学多普勒技术等的蓬勃发展，光电子技术的发展，光电器件和光电技术在各个领域应用的日益广泛，也大大丰富了实验内容。根据上述科学技术发展的特点，结合面向 21 世纪教学改革的需要和全方位地从"知识、素质、能力和创新"四个方面培养学生的目标，在必做实验部分，现代光学实验内容比例稍低，其目的是通过必做实验使学生受到规范化的训练，加强基本知识、基本技能和基本方法的学习和锻炼，打好基础。而在后面的选做实验部分，则以反映现代光学技术内容为主，且突出创新能力的培养，内容较为广泛，以利不同专业各取所需。

在光学发展过程中，光学理论的发展和光学的科学实验关系甚为密切。与此相似，在物理教学中，被典型化的光学实验和物理课中的光学内容也密切相关，可见做好光学实验不但有其自身的需要，同时，对加深理解比较抽象的光学理论也很有好处。

5.2　光学实验的特点和注意事项

光学的研究对象和方法不同于力学、热学和电学，光学实验的特点也不同于力学实验和电学实验。光学实验的主要特点如下。

（1）在基本技能的训练上，着重于光学仪器的调节技术和光路的调整技术。

（2）通常要先对实验中的光学现象进行认真的观察、比较、思考和判断，然后才能进行定性分析或定量测量。

（3）实验中使用的光学仪器一般较为精密和贵重，光学元件大都为玻璃制品，较易损坏。

（4）实验常在较暗环境或暗室中进行。为此特规定以下注意事项。

1）实验前必须做好预习了解各种仪器的正确使用方法不得违章操作。

2）实验中，手指或其他物体不得触及各种光学元件的光学表面或镀膜表面。拿取时，手指应拿住磨砂面或边缘。

3）对光学表面、镀膜表面要注意防止水汽、灰尘的沾污，也不能对着这些表面讲话。如要进行表面清洁处理，应在有关人员指导下用吹气球或擦镜纸、清洁剂进行。

4）转动或调节仪器各个部件时，要缓慢、均匀，并注意有关锁紧螺钉的配合使用。

5）实验数据经检查后，方能拆除光路，整理仪器。

6）实验室内要保持整洁，不得乱丢纸屑、吐痰，实验结束后，要整理好仪器、用具。

7）在暗室做实验时，首先要熟悉有关仪器、用具的安放位置，做好各种准备，拿取或放回各种物件时一定要小心谨慎，以免损坏东西。另外，一定要注意人身安全、防止触电。

5.3　常用光源、光学元件和仪器

本单元主要是对光学实验中要用到的，或平时生活中易接触到的一些光源、光学元件和仪器做一简要介绍。了解它们的主要性能、特点和使用方法，这对实验是必须的，实验前应仔细阅读。

一、常用光源

光学实验离不开光源，光源的正确选择对实验的成败和结果的准确性至关重要。现简要介绍一些实验中常用的光源。

1. 白炽灯

白炽灯是一种热辐射光源。常用的白炽灯灯丝通电加热后，呈白炽状态发光。灯丝常用钨丝，它熔点高、蒸发率低、在可见光范围内能量辐射多、机械强度大。在功率大的灯泡中，往往充以氩、氮或两者的混合气体，以抑制钨丝在高温工作时的蒸发，使白炽灯有较高的发光效率，又有较长的使用寿命。

普通白炽灯可作为白光光源和照明用，交流或直流供电均可。使用寿命约为 1 000h。如需要较大的亮度时（如投影仪或幻灯机中的光源），一般采用卤钨灯。卤钨灯通常做成长管形、圆柱形或球形，其中灯丝通常是线状、排丝状或点状。排丝状灯泡可当做较均匀的面光源使用；点状灯丝可用做点光源用。卤钨灯灯壳内除充入惰性气体外，还放入卤族元素。在适当的温度条件下，从灯丝蒸发山的钨原子在管壁区域与卤素原子化合而成卤化钨，挥发性的卤化钨气体扩散到温度较高的灯丝周围发生分解，钨原子沉积在灯丝上，卤素原子又扩散到温度较低的管壁附近与蒸发出来的钨原子重新化合，这种循环往复过程，使灯丝温度大为提高，达到高光效、而寿命不缩短的目的。卤钨灯的工作电流大，管壁温度高，要注意散热。通常使用投影仪时，必须同时开启散热用风扇。

2. 气体放电灯

利用灯内气体在两电极间放电发光的原理制成的灯称为气体放电灯。其基本原理：被两电极间电场加速的电子与管内气体原子发生非弹性碰撞，使气体原子激发，受激态原子返回基态时，把多余的能量以光辐射的形式释放出来。

气体放电灯有两类：一类是照明用，如高压汞灯和高压钠灯；另一类是实验室中用做单色光源的低压放电光谱灯，在可见光谱区，它们各自发出较强的特征光谱线。

3. 实验室常用光源

（1）低压钠灯。钠光灯是钠蒸气放电灯。灯内在高真空条件下放入金属钠，并充入适量的惰性气体，泡壳由耐钠腐蚀的特种玻璃制成。灯丝通电后，惰性气体电离放电，灯管温度逐渐升高，金属钠逐渐气化，然后产生钠蒸气弧光放电，发出较强的钠黄光。钠黄光光谱含有 589.0nm 和 589.6nm 两条特征光谱线，钠黄光波长取平均值 589.3nm。

弧光放电有负阻现象。为防止钠光灯发光后电流急剧增加而烧坏灯管，在钠光灯供电电路中需串入相应的限流器。GP20Na 低压钠光灯，其额定功率为 20W，额定工作电压为 15V，工作电流为 1.2A。由于钠是一种难熔金属，一般通电后要过十余分钟钠蒸气才能达到正常的工作气压而稳定发光。要注意，气体放电光源关断后，不要马上重新开启，以免烧断熔断丝，并影响灯管寿命。

（2）氦氖激光器（He—Ne 激光器）。氦氖激光器是一种单色性好、方向性强、亮度高、相干性好的常用光源。发出的波长为 632.8nm。激光管内充有按一定配比的氦气和氖气，在管端两极上加以直流高压才能激发出光。就腔长 250mm 激光管而言，其工作电压大于 1 600V，激发电压就更高，使用中注意人身安全。最佳工作电流约 5mA，此时输出功率最大，使用寿命也长。使用时要注意激光管的正、负电极，不能把高压电源的正极接激光管的负极，否则会造成阴极溅射，污染激光管两端反射镜，影响激光器正常工作。激光器关闭后，也不能马上触及两个电极，否则电源内的电容器高压会放电伤人。另外，激光束光强度大，不能让光束直接射入眼内，以免损害视力。

（3）低压汞灯。低压汞灯灯管内充有汞及惰性气体氖或氩，工作原理和钠光灯相似。它发出绿白色光，在可见光范围内的主要特征谱线：519.1nm，511.0nm，546.1nm，435.8nm 和 404.7nm。546.1nm 和 435.8nm 两条谱线较强。

二、常用光学元件和仪器

1. 透镜

透镜是组成光学仪器的重要元件，它用透明材料（如玻璃、塑料、水晶等）做成。光线通过透镜折射后可以成像。根据透镜的形状和作用的不同，可分成不同种类，对常用的薄透镜按其对光的会聚或发散，分为凸透镜和凹透镜两大类。

2. 分光元件和滤光元件

（1）分光元件常用的有分光镜、棱镜和光栅。分光镜可把入射光按一定比例部分反射，部分透射。它通常是在基板玻璃上，按一定要求，交替蒸镀若干层硫化锌和氟化镁介质制成，也称介质膜片。在迈克尔逊干涉仪和全息照相中要用到。

棱镜的分光作用是基于棱镜材料对不同波长光波的折射率不同，使入射的复色光在出射时，按波长大小沿不同方向传播，形成光谱。通常它是单色仪和摄谱仪中的核心元件。

光栅是一种重要的分光元件，它使入射的复色光按衍射规律，在不同方向得到不同波长的光。由于制造方法或用途不同，种类很多，有刻画光栅和全息光栅之分；有线光栅和圆光栅之分；有透射光栅和反射光栅之分等。它们是单色仪、摄谱仪、光谱仪中常用的分光元件；在光纤通信、光计算机中作为分光和耦合元件；在激光器中可作选频元件；在光信息处理系统中，可作为调制器和编码器。用途相当广泛。

（2）滤光元件主要分两类：干涉滤光器和吸收滤光器。干涉滤光器是利用光的干涉原理制成的滤光器。当复色光照射到滤光器时，光在多层介质膜或两层金属膜的介质层内多次反射并发生干涉，只有一些很窄的波长范围内的光才能通过。一般干涉滤光器的透光率为20%～90%，而通过的波长范围一般为几纳米。

吸收滤光器常用的是有色玻璃和染色胶片，它们对光的不同波段具有选择吸收性能，有的是用于可见光波段，有的可用于非可见光波段。可见光范围的滤光器通常是带有不同颜色的滤光器，它们对与本身颜色相同或相近的色光通过量大。在摄影中常起校色作用。滤色器在彩色印刷、舞台艺术、保护视力、校正色温及一些测量仪器中都有广泛应用。

3. 显微镜

最简单的显微镜是由两块凸透镜组成的，它们分别称为物镜和目镜。

物镜是显微镜的主要元件，它的焦距很短，其作用是对被观察的微小物体进行第一次放大，以便在目镜焦点附近（目镜一侧）形成一放大实像（为此，物体应放在何处）。

目镜的作用同放大镜。通过它观察放大实像时，实像又再一次被放大，使视角增加，结果在目镜前的明视距离（25cm）处，形成一个放大的虚像。因此，只有当物体、物镜、目镜满足上述成像条件时，才能清晰地看到放大的物体像。一般把为满足上述条件而进行的调节过程称为调焦。

4. 望远镜

常用的望远镜分伽利略望远镜和开普勒望远镜两种。

伽利略望远镜的物镜是会聚透镜，目镜是发散透镜。远物经过物镜形成的实像在目镜的后方（靠近人眼一侧）焦点上，这像对目镜是一个虚物，经目镜折射后成一正立的虚像。伽利略望远镜的放大率等于物镜焦距和目镜焦距的比值。其优点是镜筒短、成正像，但视野小，放大倍数也较小。把两个伽利略望远镜并列在一起，中间装一旋钮用以调节成像清晰程度，这就是常用的"观剧镜"。

开普勒望远镜的物镜和目镜均是会聚透镜。远物经过物镜成像，实成像在物镜的后方焦点上，此焦点和目镜的前方（物方）焦点重合，经目镜成倒立的像，放大率为负值，大小仍为物镜焦距与目镜焦距之比值。该望远镜的镜筒较长、视场较大，且可在物镜后方焦点处放置叉丝或刻度尺，便于观察和测量。

5. CCD 摄像头

电荷耦合器件（Charge-Coupled Device）简称 CCD，其基本组成是 MOS（即金属—氧化物—半导体）光敏元列阵和移位寄存器，是一种利用大规模集成电路工艺制作的新型光电器件，具有集成度高、分辨率高、固体化、低功耗及自动扫描等优点。

电荷耦合器件有线列和面阵两种，线列能传感一维图像，面阵则可以传感二维的平面图像，它们各具有不同的用途。

6. 电子相机

随着电子技术的高度发展，大规模集成电路芯片的出现，照相机已成为光、机、电、计算机密切结合的高科技产品。电子相机的主要自动化功能是自动曝光、自动对焦、自动闪光。自动曝光就是利用相机中的测光系统对被照物的受光强弱进行自动测定，然后合理控制光圈和快门速度，以保证达到底片所需的曝光量。常用的三种自动曝光模式：光圈优先式，即光圈手动，快门自动；快门优先式，即快门手动调节，光圈自动调节；程序控制式，一般是光圈和快门均自动调节。自动聚焦：将相机取景屏中央有一称为"自动聚焦目标区"的小区域对准被摄物主体，即能自动聚焦，保证拍出清晰的照片。自动闪光：当拍摄物光照不足时，闪光灯会自动补光。

常用的傻瓜机即便携式小型电子相机，它集自动曝光、自动对焦、自动闪光、自动进片等于一身，为拍摄带来很大的方便，主要不足之处是，受镜头质量影响，照片清晰度相对稍差，特别是拍摄过近或较远处的景物时。

7. 数码相机

数码相机近几年发展迅速，已逐步进入民用领域。其工作原理：通过镜头把景物成像在固体图像传感器上，图像传感器把接收到的光信号转变为相应的电信号，经电子线路处理变成数字图像信号，输入内置的存储卡寄存。此图像信号可在相机的液晶显示屏上直接显示，也可输入计算机进行处理显示，并由打印机打印输出。其最主要特点：不用胶卷；不用进行烦琐的显影、定影处理；图像信息用电子信息方式传输，远程传输速度很快；图像信息在计算机中可用图像处理软件进行各种技术处理，为摄影技术开辟了新天地，也可在计算机中编入音乐，存入光盘，在 VCD 中欣赏有声画面。由于数码相机可发展成微机的外围设备。各国都在竞相研究，它的色彩和分辨率将会越来越好，存储容量会更大，使用会更方便，价格也会更便宜。

实验17 分光计及其应用

分光计是一种精确测定光线偏转角度（如反射角、折射角、衍射角、偏向角等）的光学仪器。通过角度的测量，可以确定很多物理量（如光波的波长、材料的折射率、色散率等）。此外，分光计的结构与单色仪、摄谱仪等光学仪器的结构有许多相似之处，掌握分光计的调整方法也可为今后使用精密光学仪器打下基础。

【实验目的】

（1）掌握分光计的结构及各项调节要求。

（2）用分光计测量光波波长的原理和方法。

（3）测量钠光光波波长。

【实验原理】

1. 用光栅测量钠光光波波长

光栅是一种常用的光学色散元件，实际上，光栅就是一组数目极多的等宽、等间距并平行排列的狭缝，是具有空间周期性的衍射屏。应用透射光工作的称为透射光栅，应用反射光工作的称为反射光栅。本实验用的是平面透射光栅。如图5-1所示，S 为细长狭缝光源，它处于透镜 L_1 的焦平面上，L_1 的主轴正好通过狭缝的中心线并相互平行，则狭缝光源通过 L_1 后输出平行光。G 为光栅，光栅上相邻两狭缝的间距 d 称为光栅常数。自 L_1 出射的平行光垂直照射到光栅 G 上。透镜 L_2 将与光栅法线方向成 θ_k 角的衍射光汇聚于 L_2 焦平面上的 p_θ 点，在 p_θ 处产生亮条纹的条件是

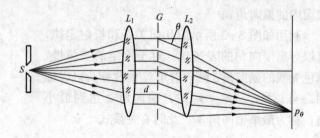

图 5-1 透射光栅示意图

$$d\sin\theta_k = k\lambda \qquad (5-1)$$

这就是光栅方程。式中 θ_k 是衍射角，λ 是所用光源的波长，k 是光谱的级次，$k=0$，±1，$\pm2\cdots$。衍射角 $\theta=0$ 时，$k=0$ 级次，任何波长都满足在该处产生亮条纹的条件，所以，$\theta=0$ 处出现中央亮条纹。对于 k 的其他数值，符号"$\pm$"表示两组光谱，对称地分布在中央亮条纹的两侧。当已知所用光源的波长为 λ 时，测出与某一级次 k 值对应的 θ_k 角后，就可由光栅方程求出光栅常数 d。同样，已知 d，测出 k 级的衍射角 θ_k 后，也可求出相应的波长 λ。

由此可见，对不同波长的入射光（如白光照射），光栅具有将入射光分解为按波长排列的光谱的功能，所以它是一种分光元件，用它可以做成光栅光谱仪或摄谱仪。此外，光栅衍射条纹与单缝衍射条纹相比，其主要特点：明条纹很细，各级明纹之间有较暗的背景，因此，光栅具有更高的分辨率，且光栅常数越小，角分辨率越高。

2. 三棱镜折射顶角的测定（选作）

测定三棱镜顶角的方法有反射法和自准法（法线法）两种。反射法测量顶角的光路如图 5-2 所示。将三棱镜放在载物台上，使顶角 α 对准平行光管（注意：顶角 α 应放在靠近载物

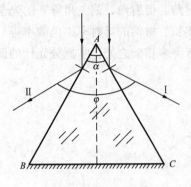

图 5-2　反射法测量顶角

台中心处，否则反射光线 Ⅰ、Ⅱ 不能进入望远镜），使平行光照射在三棱镜两个反射面上，转动望远镜筒的方位，可分别观察到从 AC 和 AB 面反射的平行光线 Ⅰ 和 Ⅱ，测出两束光 Ⅰ 和 Ⅱ 之间的夹角 φ 即可求得三棱镜的顶角 $\alpha = \dfrac{\varphi}{2}$。注意测量时，利用望远镜转动微调螺钉使分划板上的竖叉丝与狭缝像对准。

自准法测量顶角时，不需要使用平行光管，其测量方法自行考虑。

3. 棱镜材料折射率的测定（选作）

棱镜是由透明介质（如玻璃）制成的棱柱体，横截面呈三角形的棱镜为三棱镜，三棱镜的主要作用是使光线的行进方向发生偏折，所以偏向角 δ 是它的主要特征量。图 5-3 是光线在三棱镜主截面内的折射光路，其中，IE 为入射光，FR 为出射光，两光线的夹角即为光线在棱镜主截面内的偏向角 δ。

利用如图 5-3 所示的几何关系和折射定律，可以导出偏向角的表达式。对于给定的三棱镜，单色光线的偏向角 δ 随入射角 i_1 而改变，可以证明，当 $i_1 = i_2$、$\gamma_1 = \gamma_2$ 时，偏向角 δ 达到最小值，称为最小偏向角 δ_0。此时有关系式

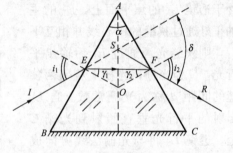

图 5-3　偏向角

$$i_1 = i_2 = \frac{\alpha + \delta_0}{2}; \quad \gamma_1 = \gamma_2 = \frac{\alpha}{2}$$

式中：α 为三棱镜的顶角。再利用折射定律，得到棱镜材料的折射率为

$$n = \frac{\sin i}{\sin \gamma} = \frac{\sin \dfrac{\alpha + \delta_0}{2}}{\sin \dfrac{\alpha}{2}} \tag{5-2}$$

可见，通过测定三棱镜顶角 α 和某种波长光线在三棱镜中的最小偏向角 δ_0，利用式（5-2）可以测得棱镜材料对该波长的光的折射率 n。

【实验仪器】

1. 分光计的构造

分光计主要由底座、平行光管、望远镜、载物平台和刻度圆盘五大部分构成。JJY 型分光计的结构如图 5-4 所示。

（1）底座。分光计的底座位于分光计的最下部，起着支撑整台仪器的作用。在底座的中央固定着中心轴，刻度盘和游标内盘套在中心轴上，并可以绕中心轴旋转。

（2）平行光管。平行光管固定在底座的立柱上，它的作用是产生平行光。平行光管的一

端装有会聚透镜，另一端为装有狭缝的套管，狭缝的宽度可通过调节手轮 28 进行调节，其调节范围为 0.02～2mm。

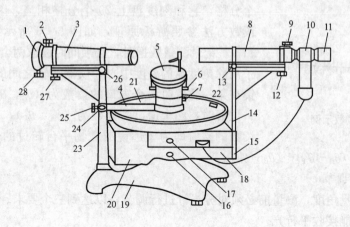

图 5-4   JJY 型分光计结构图

1—狭缝装置；2—狭缝装置锁紧螺钉；3—平行光管；4—制动架（1）；5—载物台；6—载物台调平螺钉；
7—载物台锁紧螺钉；8—望远镜；9—望远镜锁紧螺钉；10—阿贝式自准直目镜；11—目镜调焦；
12—望远镜光轴高低调节螺钉；13—望远镜光轴水平调节螺钉；14—支臂；
15—望远镜微调螺钉；16—望远镜止动螺钉；17—转轴与度盘止动螺钉；
18—制动架（2）；19—底座；20—转座；21—度盘；22—游标盘；
23—立柱；24—游标盘微调螺钉；25—游标盘止动螺钉；
26—平行光管光轴水平调节螺钉；27—平行光管
光轴高低调节螺钉；28—狭缝宽度调节螺钉

（3）望远镜。望远镜安装在支臂上，支臂与转座固定在一起，套在主刻度盘上，它是用来观察目标和确定光线进行方向的。它由物镜、目镜和分划板（或叉丝）组成。常用的自准直目镜有高斯目镜和阿贝式目镜两种，JJY型分光计的望远镜是阿贝式目镜。其结构和目镜中的视场如图 5-5 所示。望远镜筒下面的螺钉 12、13 是用来调节望远镜的光轴位置的。16 为望远镜止动螺钉，放松时，望远镜可绕轴自由转动，旋紧时，望远镜被固定。螺钉 17 用来控制转轴与度盘的相对转动，17 和 16 放松时，望远镜可独自绕轴转动；16 放松而 17 旋紧，刻度盘可随望远镜一起旋转。若 16 和 17 均旋紧，调节微调螺钉 15 可使望远镜旋转一个微小角度。

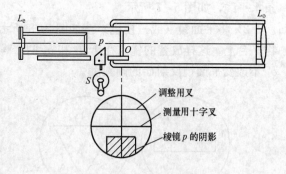

图 5-5   阿贝式自准直望远镜

（4）载物平台。载物平台用来放置待测物体，它套在转轴上并与读数圆盘上的游标盘相连，并由止动螺钉 25 控制其与转轴的连接，松开 25，游标盘连同载物平台可绕转轴旋转。24 为微调螺钉，当旋紧 17 和 25 时，借助微调螺钉 24 可对载物平台的旋转角度进行微调。松开螺钉 7，载物平台可单独绕转轴旋转或沿转轴升降。调平螺钉 6 共有 3 个，用来调节台面的倾斜度。此 3 螺钉的中心形成一个正三角形。

（5）刻度圆盘。刻度圆盘用来指示望远镜或载物台旋转的角度。刻度圆盘分为360°，分度值为 0.5°。为了提高角度测量精密度，在内盘上相隔180°处设有两个游标，游标上有 30

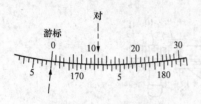

图5-6 读数示例

个分格，它和刻度盘上 29 个分格相当，因此分度值为 $1'$。读数方法参照游标原理，如图 5-6 所示读数应为（167° 11′）。记录测量数据时，必须同时读取两个游标的读数（为了消除刻度盘的刻度中心和仪器转轴之间的偏心差）。望远镜在某一位置时两个窗口的读数为（θ_A，θ_B），望远镜在另一位置时，两个窗口的读数为（θ_A'，θ_B'），同一个窗口两次读数的差值即为望远镜或载物平台转过的角度，然后再求平均。即 $\theta = 1/2[(\theta_A - \theta_A') + (\theta_B - \theta_B')]$。

2. 分光计的调节

为了精确测量角度，测量前必须对分光计进行调节，以达到三个要求。

（1）望远镜能接收平行光。

（2）平行光管出射平行光。

（3）望远镜光轴、平行光管光轴垂直于仪器的中心转轴。一般情况下，还要求载物平台垂直于仪器的中心转轴。

具体调节步骤如下。

（1）对照实物熟悉分光计各部分的具体结构和作用。

（2）对分光计进行粗调：用眼睛估测，调节望远镜、平行光管、载物平台大致垂直于仪器的中心转轴。

（3）用自准法调节望远镜，使望远镜能接收平行光。

1）首先接上望远镜中的照明小灯电源，然后调节目镜视度调节手轮 11，看清分划板上一条竖直准线和与其相交的两条水平线，如图 5-7 所示。

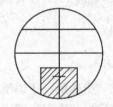

图5-7 望远镜观察的图像

2）将平面镜（或三棱镜）按如图 5-8 所示的位置放于载物平台上。这样放置的优点在于 b_1 和 b_2 两个螺钉控制平面镜反射面的倾斜度，第三个螺钉 b_3 不改变平面镜反射面的倾斜度。

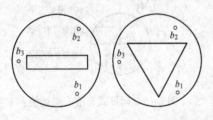

图5-8 平面镜（三棱镜）放于载物平台上的位置

3）将望远镜对准平面镜的一个反射面，慢慢左右转动载物台或望远镜，如果粗调认真，一般可在望远镜中看到"小十字透光窗"的反射像，如图 5-9（a）所示。

如果找不到反射像时，可稍许调节控制平面镜反射面的两个螺钉 b_1 或 b_2，也可适当调节控制望远镜倾斜度的螺钉 12，直到在望远镜中看到"小十字透光窗"的反射像。

看到"小十字透光窗"的反射像后，松开螺钉 9，伸缩目镜筒，使小十字透光窗反射像清晰且和测量用十字叉丝间无视差。此时望远镜已能接收平行光，旋紧螺钉 9。此后目镜筒不能再前后移动。

（4）用逐次逼近法将望远镜光轴与中心转轴调垂直。将望远镜对准平面镜的一个反射面，使小十字透光窗的像在分划板竖线上，这时观察小十字的像与调整用叉丝是否重合。一般情况下，它们不重合，如图 5-9（b）所示。此时调节载物台下面控制平面镜反射面的螺钉 b_1 或 b_2，使高度差 h 减小一半，如图 5-9（c）所示。再调节控制望远镜光轴倾斜度的螺钉 12，使高度差消除，即小十字透光窗的像和调整用叉丝中心重合，如图 5-9（d）所示。这种调节方法称为二分之一调节法。

把载物平台旋转 180°，使平面镜的另一反射面对准望远镜，同样用二分之一调节法进行调节，使此时看到的小十字透光窗的反射像和调整用叉丝中心重合。

然后再把载物平台旋转 180°，会发现这一侧小十字和调整用叉丝中心已不重合，需要重复上面的步骤，反复进行以上的调节，直到不论平面镜的哪一个反射面对着望远镜，小十字透光窗的反射像均能和调整用叉丝中心重合，则望远镜光轴与中心转轴已严格垂直。

（5）调节平行光管使其产生平行光，并使其光轴与望远镜的光轴重合。

① 从侧面和俯视两个方向用目测法调节平行光管光轴与望远镜的光轴大致相一致。

② 移去平面镜，关闭目镜筒小灯，点亮钠光灯，使其照亮狭缝，调节螺钉 28 使狭缝宽约为 1mm。

③ 将望远镜对准平行光管，松开螺钉 2，前后移动狭缝，使从望远镜中看到清晰的狭缝像，并且狭缝像和分划板上的两十字叉丝线之间无视差，说明平行光管已发出平行光，这时旋紧螺钉 2，同时旋转狭缝使狭缝像和分划板上的竖线平行。

④ 调节控制平行光管倾斜的螺钉 27，使狭缝像的中心位于测量用十字叉丝的中点上。

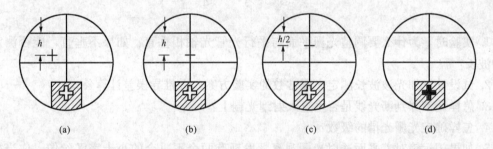

图 5-9 二分之一调节法
（a）步骤一；（b）步骤二；（c）步骤三；（d）步骤四

【实验内容】

（1）按分光计的调整步骤调节分光计使其处于正常使用状态。这时，分光计的望远镜和平行光管光轴垂直于仪器转轴，并使平行光管出射平行光。

（2）测量钠光谱线的衍射角，把光栅放置在载物台上，先转动望远镜观察衍射光谱，注意中央零级条纹的位置和两侧所能观察到的谱线。使望远镜从左侧向右侧转动，分别测量 $k=-2，-1，+1，+2$ 级各谱线的角位置，对每一谱线的角位置，记录左、右两侧游标读数，分别记为 θ_{-2A}，θ_{-2B}，θ_{-1A}，θ_{-1B}，θ_{+1A}，θ_{+1B}，θ_{+2A}，θ_{+2B}。同一游标读数相减，$\theta_{-1A}-\theta_{+1A}=2\theta_{+1A}$，$\theta_{-1B}-\theta_{+1B}=2\theta_{1B}$，$\theta_{-2A}-\theta_{+2A}=2\theta_{2A}$，$\theta_{-2B}-\theta_{+2B}=2\theta_{2B}$。由于分光计偏心差的存在，左右两侧游标读数 θ_A 和 θ_B 有差异，一个偏大，一个偏小，求其平均值就可以消除偏心差。所以，第一级、第二级明纹主极大谱线的衍射角分别为

$$\theta_1 = (\mid \theta_{-1A} - \theta_{+1A} \mid + \mid \theta_{-1B} - \theta_{+1B} \mid)/4 \tag{5-3}$$

$$\theta_2 = (\mid \theta_{-2A} - \theta_{+2A} \mid + \mid \theta_{-2B} - \theta_{+2B} \mid)/4 \tag{5-4}$$

表 5 - 1　　　　　　　　　　**数 据 记 录 表 格**

条纹级别	$K>0$		$K<0$		θ_k
	A 游标	B 游标	A 游标	B 游标	
1					
2					

将表 5 - 1 中数据代入式 (5 - 2) 知，所测光波波长为

$$\lambda = \frac{d\left(\dfrac{\sin\theta_1}{1} + \dfrac{\sin\theta_2}{2}\right)}{2} \tag{5-5}$$

(3) 测定三棱镜折射顶角 A（选作）。用两种方法（反射法和自准法）测定三棱镜折射顶角 A，并进行多次测量，求平均值。

(4) 用最小偏向角法测定棱镜材料的折射率（选作）。

1) 观察钠光入射角改变时所观察到的现象。

2) 根据最小偏向角的概念，测量钠光的最小偏向角 δ_0。

思 考 题

1. 实验时，为什么要调整光栅平面与平行光管光轴相垂直？如果不垂直，能否测定谱线的波长？

2. 试设计已知光波波长测定光栅常数的实验方案，并推导误差计算公式。

3. 怎样调节并判断光线是否垂直入射到光栅上？

4. 怎样确定光栅光谱的级数？

5. 如果望远镜对着平面透射光栅观察，发现有两个不重合的小十字叉丝像，你当如何解释？此时应如何调节光栅至测量状态？

注：望远镜转过的角度是同一游标两次方位角读数之差，故必须注意望远镜转动过程中是否越过了刻度的零点。

实验 18　测量显微镜及其应用

测量显微镜又称读数显微镜或工具显微镜，常用来测量微小长度或微小长度的变化，其优点是可以实现非接触性测量，如测量干涉条纹的宽度、虚像距、虚物距等。此实验的目的是学会测量显微镜的使用方法，并用测量显微镜测量薄膜厚度和曲面的曲率半径。

【实验目的】

(1) 熟悉测量显微镜的构造、原理和调节方法。

（2）学会用薄膜干涉、劈尖干涉测量薄膜厚度的方法。

（3）学会用测量显微镜测量曲面的曲率半径的方法。牛顿环和劈尖干涉是分振幅法产生的等厚干涉现象，其特点是同一条干涉条纹所对应的两反射面间的厚度相等，利用牛顿环和劈尖干涉现象，可用来测量光波波长、薄膜厚度、微小角度、曲面的曲率半径以及检验光学器件的表面质量（如球面度、平整度和光洁度等），还可以测微小长度的变化，因此等 厚干涉现象在科学研究和工程技术中有着广泛的应用。

【实验原理】

1. 用薄膜干涉测量法测量薄膜厚度

如图 5-10 所示，从光源 S 发出的光线射到厚度为 h 的薄膜 MN 上 A 点，在 A 点分为二束光，一束由 M 面 A 点反射，即图示 a 光；另一束折射进入薄膜后经 N 面 B 点反射后，再经过 M 面 C 点折射出来，即图示 b 光。因为 a、b 两束光线发自同一点光源 S，又有恒定的光程差，满足相干条件，所以 a、b 两束光会产生相干现象。a、b 两束光的光程差为 Δ

$$\Delta = n_2(\overline{AB} + \overline{BC}) - n_1\overline{AD} \tag{5-6}$$

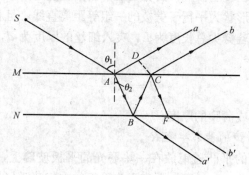

图 5-10　薄膜干涉示意图

式中：n_1 和 n_2 分别为空气和薄膜的折射率；膜厚为 h；θ_1 和 θ_2 分别为光线的入射角和折射角。

则

$$\overline{AB} = \overline{BC} = \frac{h}{\cos\theta_2}$$

$$\overline{AD} = \overline{AC}\sin\theta_1 = 2h\tan\theta_2\sin\theta_1$$

$$n_1\sin\theta_1 = n_2\sin\theta_2$$

所以有

$$\Delta = 2n_2h\cos\theta_2 \qquad 或 \qquad \Delta = 2h\sqrt{n_2^2 - (n_1\sin\theta_1)^2} \tag{5-7}$$

但此式还不完整，因为两束光都在薄膜表面反射，而薄膜折射率与空气折射率不同。当光在 A 点反射时，有相位跃变；而在 B 点反射时，没有相位跃变。所以必须考虑光在薄膜表面反射时的"半波损失"所产生的附加程差。所以式（5-7）应修改为

$$\Delta = 2n_2h\cos\theta_2 + \frac{\lambda}{2} \qquad 或 \qquad \Delta = 2h\sqrt{n_2^2 - (n_1\sin\theta_1)^2} + \frac{\lambda}{2} \tag{5-8}$$

当 $\theta_1 = 0$ 时，$\theta_2 = 0$，则有

$$\Delta = 2n_2 h + \frac{\lambda}{2} \tag{5-9}$$

于是，干涉条纹为明条纹的干涉条件为

$$\Delta = 2n_2 h + \frac{\lambda}{2} = k\lambda ; \quad k = 1,2,3,\cdots \tag{5-10}$$

干涉条纹为暗条纹的干涉条件为

$$\Delta = 2n_2 h = k\lambda ; \quad k = 1,2,3,\cdots \tag{5-11}$$

则有膜厚 h 为

$$h = x \frac{\lambda}{4n_2} ; \quad k = 1,2,3,\cdots \tag{5-12}$$

式中：$x = 2k$，即 x 为明、暗条纹的总数目。

2. 用劈尖干涉法测量微小厚度

将两块平玻璃板叠在一起，一端夹入细丝或薄片，则玻璃板之间形成一空气劈尖。以波长为 λ 的单色光垂直照射在玻璃板上，由劈尖上下表面反射的两束光在空气劈尖表面附近相遇发生等厚干涉，其条纹形状为平行于劈棱的一组等距离直线，且相邻两条纹中间对应的空气隙厚度差为半个波长，若劈尖总长度为 L，夹入细丝的厚度为 d，单位长度中所含的干涉条纹数为 n，则

$$d = nL \frac{\lambda}{2} \tag{5-13}$$

据此，可测得细丝的直径或薄膜的厚度。

3. 用牛顿环法测定透镜的曲率半径 R

将一块曲率半径很大的平凸透镜放在一块磨光的平板玻璃上，即构成一个上表面为球面，下表面为平面的空气薄膜（见图 5-11），若用波长为 λ 的单色平行光垂直射入透镜平面时，由空气薄膜上下两表面反射的两束光在透镜凸表面附近相遇发生等厚干涉，其干涉图样是以接触点 O 为中心的一系列明暗交替的同心圆环（中心处是一个暗斑），且同一圆环的薄膜厚度相等，此圆形干涉条纹是牛顿当年在制作天文望远镜时，偶然将一个望远镜物镜放在平板玻璃上发现的，故称为牛顿环。

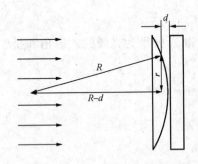

图 5-11　产生牛顿环的结构图

设透镜的曲率半径为 R，形成 k 级干涉暗纹的牛顿环半径为 r_k，则有

$$r_k = \sqrt{kR\lambda} \qquad (k = 0,1,2,\cdots) \tag{5-14}$$

上式表明，当波长 λ 已知时，测出 r_k 即可算出 R。但是，由于玻璃的弹性形变以及接触处难免有尘埃等微粒，使得玻璃中心接触处并非一个几何点，而是一个较大的暗斑（或明斑，为什么？），所以牛顿环的圆心难以定位，而且绝对干涉级次无法确定。实验中将采用以下方法来测定曲率半径 R。

分别测量两个暗环的直径 D_m^2 和 D_n^2，由式（5-14）可得

$$D_m^2 = 4(m+j)R\lambda \tag{5-15}$$

$$D_n^2 = 4(n+j)R\lambda \tag{5-16}$$

式中：j 为由于中心暗斑的影响而引入的干涉级数的修正值；m 和 n 为实际观察到的圆环序数。式（5-15）减式（5-16）得

$$R = \frac{D_m^2 - D_n^2}{4(m-n)\lambda} \tag{5-17}$$

可见上式中 R 只与牛顿环的级次差（$m-n$）有关，这样就回避了对绝对干涉级次 k 的确定和牛顿环半径 r_k 直接测量的问题。

【显微镜的使用】

1. 测量显微镜结构

测量显微镜的型号和规格很多，但基本结构相同，它们均由显微镜和机械调节部分组成。JXD 型测量显微镜如图 5-12 所示。

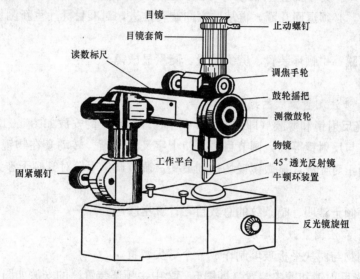

图 5-12　JXD 型测量显微镜

2. 测量显微镜使用简介

测量显微镜又称读数显微镜或工具显微镜，常用来测量微小长度或微小长度的变化，其优点是可以实现非接触性测量，如测量千涉条纹的宽度、虚像距、虚物距等。

显微镜的光学系统由物镜、目镜和分划板（安置在目镜套筒内）组成，位于物镜焦平面前的物体经物镜成放大倒立实像于目镜焦平面附近，并与分划板的刻线在同一平面上。目镜的作用如同放大镜，人眼通过它观察放大后的虚像分划板上刻有十字叉丝，供对准被测物体用。工作平台下面的反光镜可用于提高显微镜筒内的视场亮度。

测量前先调节目镜，使十字叉丝聚焦清晰后，再调节调焦手轮，对被测物进行聚焦，使被测物成像清晰无视差（所谓视差是指当两个物体静止不动时，观察者改变位置感觉到两个物体之间有相对移动的现象。在光学仪器中，视差是指当人的眼睛移动时，目镜中的虚像相对于十字叉丝有明显的移动。视差现象可用来作为对正在调焦的仪器的一种检验方法，当判定没有视差时，说明像与十字叉丝在同一平面上，仪器聚焦良好）。

显微镜镜筒是与套在测微丝杆上的螺母套管相固定的，旋转测微鼓轮（相当于螺旋测微

计的微分套筒）可带动显微镜镜筒左右移动测微丝杆的螺距为 1mm，测微鼓轮的圆周上刻有 100 个等分格，因此，测量显微镜的分度值为 0.01mm。

使用测量显微镜时应注意以下几点。

（1）当眼睛注视目镜，用调焦旋钮对被测物体进行聚焦前，应该先使物镜接近被测物体，然后使镜筒慢慢向上移动，这样可避免两者相碰。

（2）目镜中的十字叉丝，其中一条应和被测物体相切，另一条与镜筒移动方向平行。

（3）避免空程差。

分划板的移动是靠测微丝杆的推动，但丝杆与螺母套管之间不可能完全密合，存在间隙。如果螺旋转动方向发生改变，则必须待转过这个间隙后，分划板的叉丝才能重新跟着螺旋移动。因此，当显微镜沿相反方向对准同一测量目标时，两次读数将不同，由此产生的测量误差称为空程差。为了防止空程差，每次测量时，螺旋应沿同一方向旋转，不得中途反向；若旋转过头，必须退回几圈，再从原方向旋转推进，对准目标斤重新测量。

【实验仪器】

钠光源、薄膜、牛顿环装置、劈尖装置、测量显微镜。

【实验内容】

1. 用等倾干涉法测量薄膜的厚度

（1）45°透光反射镜和薄膜（即图 5 - 12 中牛顿环装置）的安放如图 5 - 12 所示。钠光源放在反射镜前方与反射镜等高，调节目镜，使十字叉丝清晰。转动套在物镜头上的 45°透光反射镜，使镜面正对光源，显微镜视场达到最亮。调节调焦手轮对等倾干涉条纹聚焦，使条纹清晰。

（2）测定等倾干涉明、暗条纹的总数目，计算出膜厚。

2. 用劈尖干涉法测量微小厚度

（1）将待测物与两块平板玻璃制作成一个劈尖装置。

（2）45°透光反射镜和劈尖装置（即图 5 - 12 中牛顿环装置）的安放如图 5 - 12 所示。钠光源放在反射镜前方与反射镜等高，调节目镜，使十字叉丝清晰。转动套在物镜头上的 45°透光反射镜，使镜面正对光源，显微镜视场达到最亮。调节调焦手轮对等倾干涉条纹聚焦，使条纹清晰。

（3）测量出单位长度中所含的干涉条纹数 n 轴劈尖总长度 L。

（4）计算出待测物的厚度 d。

3. 用牛顿环法测定透镜的曲率半径

（1）目测。借助室内灯光，用眼睛直接观察牛顿环装置，看干涉条纹是否为圆环形，干涉条纹是否位于透镜的中心，必要时可重新调整牛顿环装置的三个螺钉，但注意勿使螺钉旋得过紧。

（2）观察测量显微镜中的牛顿环。牛顿环装置和 45°透光反射镜的安放如图 5 - 12 所示。单色光源放在反射镜前方与反射镜等高，移动牛顿环装置，使牛顿环落在显微镜筒的正下方调节目镜，使十字叉丝清晰。转动套在物镜头上的 45°透光反射镜，使镜面正对光源，显微镜视场达到最亮。调节调焦手轮对牛顿环聚焦，使环纹清晰，并适当移动牛顿环装置，使牛顿环圆心处在视场正中央。

(3) 测定牛顿环直径，计算透镜的曲率半径 R。为了有效地利用测量数据并保证测量结果的准确性，建议采集从牛顿环第 5 圈到第 20 圈范围内的各暗环的直径数据（靠近牛顿环中心的几圈因形变较大，不予采集），用逐差法处理数据，计算出 R。

为了避免显微镜的空程差给实验数据带来影响，你应如何进行以上数据的采集？

【注意事项】

牛顿环装置安放的位置与测量显微镜的第一次读数位置如不事先配合好，有可能测量了一部分数据后，由于环纹超出量程以外，无法继续测量。因此在正式测量前，应该先作定性观察和调整，然后再作定量测量，这是实验技术中一条很重要的原则。

【观察思考】

(1) 在牛顿环实验中，注意观察以下现象并加以解释。

1) 牛顿环的各环纹是否等宽？环的密度是否均匀？

2) 观察到的牛顿环是否发生畸变？原因是什么？

3) 牛顿环中心是亮斑还是暗斑？何原因引起？对测量 R 有无影响？

4) 用白光照射牛顿环是何现象？为什么？

(2) 实验中为什么测牛顿环直径而不测半径？若十字叉丝中心并没有通过牛顿环的圆心，则以叉丝中心对准暗环中央所测的并不是牛顿环的直径，而是弦长。如此测量，如何计算 R？与式（5-17）作对比。

(3) 式（5-14）的结果推导中做了哪些近似？实验中这些近似条件满足了吗？

实验 19　迈克尔逊干涉仪的调整及其应用

迈克尔逊曾用迈克耳逊干涉仪做了三个闻名于世的实验：迈克耳逊——莫雷以太零漂移、推断光谱精细结构和用光波波长标定标准米尺实验。迈克耳逊在精密仪器以及用这些仪器进行的光谱学和计量学方面的研究工作上做出了重大贡献，荣获 1907 年诺贝尔物理奖。迈克耳逊干涉仪设计精巧、用途广泛，是许多现代干涉仪的原型，它不仅可用于精密测量长度，还可应用于测量介质的折射率，测定光谱的精细结构等。通过这一实验，学会迈克耳逊干涉仪的调节方法，了解各种干涉图像的特点，并用迈克耳逊干涉仪测量光波波长。

【实验目的】

(1) 掌握迈克尔逊干涉仪的结构及调节方法。

(2) 观察各种干涉图样，比较它们各自不同的特点。

(3) 测定 Ne—Ne 激光波长。

【实验原理】

1. 非定域干涉

当用两单色点光源时，干涉条纹可在两束光相遇空间的任意地方形成，不固定在某处，条纹的形状随观察面的不同方位而变化。这种干涉称为非定域干涉。

如图 5-13 所示，单色点光源发出的光被分光板分为光强基本相同两束光，相当于 S_1 和 S_2 两个虚点光源发出

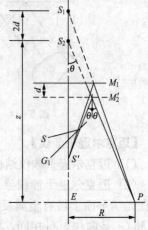

图 5-13　非定域干涉光路图

的两束相干光，在相遇区间将产生非定域干涉，当观察屏垂直于 S_1 和 S_2 连线，则是同心圆条纹。当 S_1 和 S_2 的光程差满足亮纹干涉条件时，有 $\Delta = 2d = k\lambda$。调节 M_1 镜每移动 $\frac{\lambda}{2}$ 距离，视场中心就冒出一个环纹或缩进一个环纹。则有 $\lambda = \frac{2\Delta d}{\Delta k}$。测量 Δd 的距离和改变的条纹级数 Δk，则可求出光源波长 λ。

2. 定域干涉

当使用面光源时，只能获得定域干涉。

(1) 等倾干涉。如图 5-14 所示，当 M_1 和 M_2' 互相平行时，得到的是相当于平行平板的等倾干涉条纹，但是，其干涉条纹图样定位于无穷远。如果再放置一会聚透镜，并在其焦平面上放一屏，则在屏上可观察到一组明暗相间的同心圆。对于入射角 θ 相同的各光束，其光程差均为

$$\Delta = 2d\cos\theta$$

由于 d 是恒定的，干涉条纹是倾角 θ 为常数的轨迹，故被称为等倾干涉。

对于第 k 级亮条纹显然满足公式

$$\Delta = 2d\cos\theta = k\lambda$$

在同心圆的圆心处 $\theta = 0$，干涉条纹的级数最高，此时有

$$\Delta = 2d = k\lambda$$

调节 M_1 镜第移动 $\frac{\lambda}{2}$ 距离，视场中心就冒出一个环纹或缩进一个环纹。则有 $\lambda = \frac{2\Delta d}{\Delta k}$。测量 Δd 的距离和改变的条纹级数 Δk，则可求出光源波长 λ。

(2) 等厚干涉。如图 5-15，M_1 和 M_2' 不平行而有一个很小的夹角时，就形成一个楔形空气层，此时从面光源上任意一点发出的光经 M_1 和 M_2' 反射后形成的两束相干光相交于 M_1 和 M_2' 的附近，若把像屏放在像平面附近，就可看到干涉条纹，由于 M_1 和 M_2' 的夹角较大，而 α 角变化不大，则条纹基本是厚度 d 为常数的轨迹，因而称为等厚干涉。

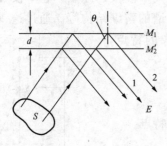

图 5-14　等倾干涉

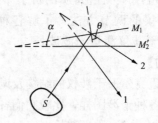

图 5-15　等厚干涉

【迈克尔逊干涉仪】

(1) 迈克尔逊干涉仪结构图。结构图如图 5-16 所示。

(2) 迈克尔逊干涉仪原理简介。S 为光源，M_1 和 M_2 是两块精细磨光的平面反射镜，且在光学平面上镀有金属反射膜，M_2 是固定的，M_1 安装在拖板 11 上可沿导轨 12 移动。G_1 和 G_2 是两块材料相同、厚薄均匀相等的玻璃片。G_1 的一个表面上镀有半反射膜，称为分光板，平行于 G_2 作为补偿光程用，称为补偿板。G_1 和 G_2 与平面镜 M_1、M_2 成

45°角。

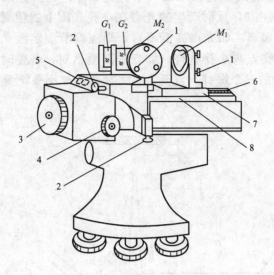

图 5-16 迈克尔逊干涉仪结构图

G_1—分光板；G_2—补偿板；M_2—定反射镜；M_1—动反射镜；1—镜面调节螺丝；

2—M_2 的镜面微调螺丝（2 只）；3—粗动手轮；4—微动手轮；

5—（粗动手轮）读数窗口；6—精密丝杆；7—拖板；

8—导轨

由光源 S 发出的光束，射入 G_1 被其后表面的半反射膜分成光强近似相等的光束 1 和光束 2，光束 1 近于垂直地入射到 M_1，经反射沿原路返回，透过 G_1 而到达 E 处。光束 2 在透过 G_2 后，近于垂直地入射到平面镜 M_2 上，经反射沿原路返回，在 G_1 后表面反射，在 E 处与光束 1 相遇而发生干涉。G_2 的作用在于使光束 2 在玻璃中的光程与光束 1 相同。M_1 和 M_2 镜面的方位可以通过其背面的调节螺丝 1 调节，M_2 镜面方位细调还可以通过水平和垂直拉簧螺丝 2（镜面微调螺丝）来实现。M_1 的位置和移动的距离可以从导轨旁的标尺、读数窗口 5 和微动手轮 4 上的分度值读出。粗动手轮 3 和微动手轮 4 均为 100 等分，微动手轮旋转一周，驱动粗动手轮移动一分格；粗动手轮旋转一周，驱动 M_1 移动 1mm，所以干涉仪的分度值为 10^{-4}mm。

图 5-17 中 M_2' 是 M_2 由 G_1 的半反射膜形成的虚像。观察者从 E 处去看，光束 2 好像是从 M_2' 射来的。因此干涉仪所产生的干涉条纹可以看成是由 M_1、M_2' 之间的空气薄膜所产生的薄膜干涉条纹。因为 M_2' 不是实物，所以可方便地改变 M_1 和 M_2' 的距离（即薄膜的厚度），可以重叠或相交，在某一镜面前还可放置其他被研究的物体，这为干涉仪的广泛应用提供了方便。

【实验仪器】

迈克尔逊干涉仪、He—Ne 激光器及电源、小孔光阑、扩束镜（短焦距会聚镜）、毛玻璃屏。

【实验内容】

1. 非定域干涉条纹的调节和激光波长的测量

移动迈克尔逊干涉仪或激光器，使激光投射在分光镜 P_1 和全反镜 M_1，M_2 的中部，

激光束初步和 M_2 垂直。靠近激光器处放一小孔光阑 F，让激光束穿过小孔，用纸片在 M_2 前挡住激光束，观察由 M_1 反射产生的光点在小孔光阑上的位置，如光点横向偏离小孔，则应轻轻转动仪器底座；如光点高低不对，则应调节固定激光管的圆环上的固定螺钉，使三个光点中的最亮点与小孔重合，如光阑高度不对，必要时也要升降。然后用纸片挡住 M_1，调节 M_2 后的三个螺钉，直至 M_2 反射亮点与小孔 F 重合。这时，M_1 和 M_2 大致垂直。

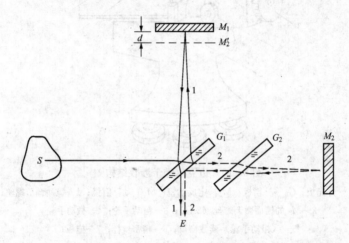

图 5-17　迈克尔逊干涉仪光路图

在光阑后放一扩束镜使光束汇聚，形成点光源，并使其发出的球面波照射到 P_1 上，再在 E 处放置一毛玻璃屏 H，这时在屏上就可看到干涉条纹。此时再调节 M_2 的两个微调螺钉，使 M_1 和 M_2 严格平行，在屏上就可看到非定域的同心圆条纹，且圆心位于光场的中间。

转动手柄使 M_1 前后移动，观察中心条纹冒出或缩进，判断 M_1 和 M_2 之间的距离是增大还是减小？观察间隔 d 自较大的值逐渐变小至零，然后又由零逐渐往反向变大时，干涉条纹的粗细与密度变化，并解释之。

锁紧刻度盘止动螺钉，转动微量读数鼓轮，使 M_1 移动，数出在圆心处冒出或缩进干涉条纹的个数 ΔK，并记录 M_1 对应的移动距离 Δd，便可由公式 $\lambda = 2\dfrac{\Delta d}{\Delta K}$ 求出激光的波长。实验要求取 $\Delta K = 30$，连续重复 10 次，即总共数 300 次变化数，计算测量结果的不确定度，并写出结果表达式。

将波长平均值与标准值 $\lambda = 632.8\text{mn}$ 比较，求百分差。

2. 等倾条纹的调节和观察

非定域干涉测波长做好后，调节毛玻璃屏上的同心圆条纹最大，且圆心在亮斑中心。在扩束镜和分光板 P_1 之间放一毛玻璃，使激光束经透镜发出的球面波漫射成为扩展的面光源。眼睛在 E 处（见图 5-14）通过 P_1 向 M_1 方向看，便可直接看到等倾条纹。进一步调节 M_2 微调螺钉，使上下左右移动眼睛时，各圆的大小不变，而仅仅是圆心随眼睛移动而移动，并且干涉条纹反差大，此时 M_1 和 M_2 完全平行。我们看到的就是严格的等倾条纹。

移动 M_1 镜，观察条纹粗细和间距随光程差增加的变化规律，在报告上给予说明讨论。

3. 等厚条纹的调节和观察

在实验内容 2 的基础上，微微转动 M_2 的微调螺钉，此时 M_1 和 M_2 不再平行，等倾圆被破坏。放松刻度轮的止动螺钉，转动刻度轮，使 M_1 前后移动，观察干涉条纹的变化规律，即条纹的形状、粗细、疏密如何随 M_1 的位置而变，并简要分析之。

【注意事项】

(1) 不可触及激光器两端的高压电极。不要让激光射入眼内。

(2) 调节固定激光管圆环上的固定螺钉时，要轻，要上下两个螺丝配合调节，否则会损坏激光管。

(3) 实验结束后，应把 M_2 的各调节螺丝都放松，以免弹簧长期形变，失去弹性。

思　考　题

(1) 当 d 增加时，非定域干涉同心圆条纹的粗细和间距如何变化？请证明之。

(2) 当 d 增加时，等倾干涉同心圆条纹是"冒出"，还是"缩进"？为什么？

(3) 试从形成条纹的条件、条纹特点，条纹出现的位置和测量光波波长的公式来比较牛顿环和等倾干涉同心圆条纹的异同。

实验 20　用 CCD 成像系统观测牛顿环

牛顿环是分振幅法产生的等厚干涉现象，其特点是同一条干涉条纹所对应的两反射面间的厚度相等。利用牛顿环干涉现象，可用来测量光波波长、曲面的曲率半径以及检验光学器件的表面质量（如球面度、平整度和光洁度等），还可以测微小长度的变化，因此等厚干涉现象在科学研究和工程技术中有着广泛的应用。本实验是应用牛顿环测量平凸透镜的曲率半径。

【实验目的】

(1) 在进一步熟悉光路调整的基础上，用透射光观察等厚干涉现象——牛顿环。

(2) 学习利用干涉现象测量平凸透镜的曲率半径。

【实验原理】

牛顿环是由一块曲率半径较大的平凸透镜放在光学平玻璃上构成，如图 5 - 18 所示，平玻璃表面与凸透镜球面之间形成一楔形的空气间隙。当用平行光照射牛顿环时，在球面与平玻璃接触点周围就形成了同心圆干涉环——牛顿环。我们可以用透射光来观察这些干涉环，由于空气隙的边界表面是弯曲的，干涉环之间的间距是不等的。

在图 5 - 19 中，一束光 L 从左面照在距离为 d 的空气楔处。部分光 T_1 在气楔的左面边界反射回去；部分光 T_2 通过气楔。在气楔的右面边界有部分光 T_3 反射回来，由于此处是从折射率大的平玻璃面反射，所以包含一个相位变化。部分光 T_4 先从气楔右边界反射回来，然后又从气楔的左面边界反射回来，每一次反射均有一个相位变化（即半波损失）。图 5 - 19 表示两束光 T_2 和 T_4 形成透射干涉的原理。T_2 和 T_4 的光程差 Δ 为

$$\Delta = 2d + 2\lambda/2 \tag{5 - 18}$$

形成亮纹的条件为

$$\Delta = n\lambda(n = 1,2,3,\cdots \text{表示干涉条纹的级数})$$

即

$$d = (n-1)\lambda/2 \tag{5-19}$$

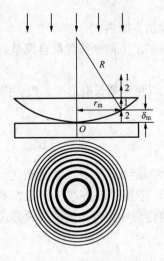

图 5-18　投射式牛顿环原理图

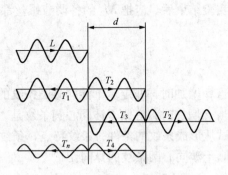

图 5-19　光通过空气楔干涉图

当二块玻璃相接触时 $d=0$，中心形成亮纹。

对于由平凸透镜和平玻璃所形成的气楔，气楔的厚度取决于离平凸透镜与平玻璃接触点的距离。换言之，取决于凸透镜的弯曲半径。图 5-20 说明了这样的关系。

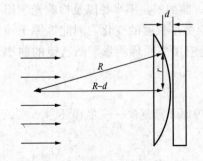

图 5-20　平凸透镜与平玻璃之间气楔图

$$R^2 = r^2 + (R-d)^2$$
$$d = r^2/2R(d \ll R) \tag{5-20}$$

对于小的厚度 d，干涉环即牛顿环的半径可以用式（5-21）来计算

$$r_n^2 = (n-1)R\lambda(n = 1,2,3,\cdots) \tag{5-21}$$

当平凸透镜与平玻璃的接触点受到轻压时，我们必须相应修正式（5-20），近似公式为

$$d = r^2/2R - d_0; r \geqslant \sqrt{2Rd_0} \tag{5-22}$$

对于亮环 r_n 的关系如下

$$r_n^2 = (n-1)R\lambda - 2Rd_0(n = 2,3,4,\cdots) \tag{5-23}$$

【实验仪器】

钠灯（中心波长 589.3nm）、牛顿环、透镜（$f=85$mm）、光屏、定标狭缝板、CCD 摄像头（35 万像素）和计算机系统等。

【实验内容】

1. 调整光路，观察透射式牛顿环

（1）按图 5-21 布置各元件及装置。

（2）按同轴等高调整各光学元件。将各元件靠拢，调整各元件中心等高在一条直线上，并使各元件光学平面互相平行。

（3）调整钠灯的位置，使之处于透镜的焦点上，并用光屏观察透镜后的光斑，直至移动光屏，光斑大小不再变化，此时从透镜出射的平行光均匀照亮牛顿环。

（4）调整透镜，使牛顿环处于透镜的两倍焦距以外，移动 CCD 摄像头的位置，直至在显示器上呈现大小适中，清晰的牛顿环，此时中央环是亮斑。

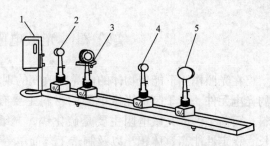

图 5 - 21　结构示意图

1—钠光灯；2—透镜一（聚光镜）；3—牛顿环；

4—透镜二（成像透镜）；5—罗技 CCD

2. 用钠灯来测量平凸透镜的曲率半径 R

（1）用计算机读取牛顿环亮环从第 2 环至 11 环的数据（具体操作参阅实验室提供的参考资料）。

（2）记录牛顿环、透镜与摄像头在导轨上的位置。

3. 定标

计算机屏上显示的 r_n' 是 CCD 摄像头中牛顿环像的半径，它是以像元为单位，必须将 r_n' 换算成以 mm 单位。因此，须通过定标求出 1mm 所对应的像元数。

（1）将图 5 - 21 中的牛顿环换成定标狭缝板，调节透镜与 CCD 的位置，直至在显示器上呈现清晰的狭缝像。

（2）用计算机读取狭缝像宽度所对应的像元数 x（具体操作参见实验室提供的参考资料）。根据成像放大率公式，狭缝像的宽度 $L' = (v/u) L \text{(mm)}$ 式中 u 为狭缝的物距，v 为狭缝的像距，L 为狭缝的宽度。因此，1mm 所对应的像元数为 x/L'。如上所述，读取三组数据，计算 1mm 所对应的像元数的平均值。

【数据处理】

通过定标求出的 1mm 所对应的像元数，将 r_n' 换算成 mm 单位，根据透镜成像公式，由已知像的半径分别算出牛顿环对应的半径 r_n。

利用所得数据作 r_n^2 与 n 关系图，并求斜率 α（用最小二乘法验证）、平凸透镜的曲率半径 R 和 d_0。

思 考 题

（1）对于同一牛顿环装置，反射式干涉环与透射式干涉环有什么异同之处？

（2）公式 $d = r^2/2R - d_0$ 中 d_0 表示什么意义？

（3）当用白光照射时，牛顿环的反射条纹与单色光照射时有何不同？

附：CCD（Charge-Coupled Device，电荷耦合器件）在图像传感和非接触测量领域发展迅速。用 CCD 观测牛顿环，具有直观、精确度高、图像可保存等优点。

实验 21　光敏电阻基本特性的测量

在光照作用下能使物体的电导率改变的现象称为内光电效应。光敏电阻就是内光电效应的光电元件。用于制造光敏电阻的材料主要有金属的硫化物、硒化物和锑化物等半导体材料。目前生产的光敏电阻主要是硫化镉。光敏电阻具有灵敏度高、光谱特性好、使用寿命长、稳定性能高、体积小以及制造工艺简单等特点，被广泛地用于自动化技术中。本实验是通过对光敏电阻的基本特性的测量，达到对光敏电阻的伏-安特性和光照特性的了解。

【实验目的】

（1）熟练简单光路的调整原则和方法。

（2）测量在一定照度下，测量光敏电阻的电压与光电流的关系。

（3）测量在一定电压下，测量光敏电阻的照度与光电流的关系。

【实验原理】

1. 光敏电阻的工作原理

在光照作用下能使物体的电导率改变的现象称为内光电效应。本实验所用的光敏电阻就是基于内光电效应的光电元件。当内光电效应发生时，固体材料吸收的能量使部分价带电子迁移到导带，同时在价带中留下空穴。这样由于材料中载流子个数增加，使材料的电导率增加，电导率的改变量为

$$\Delta\sigma = \Delta p e\mu_p + \Delta n e\mu_n \tag{5-24}$$

式中：e 为电荷电量；Δp 为空穴浓度的改变量；Δn 为电子浓度的改变量；μ_p 为空穴的迁移率；μ_n 为电子的迁移率。

当光敏电阻两端加上电压 U 后，光电流为

$$I_{ph} = A/d\Delta\sigma U \tag{5-25}$$

式中：A 为与电流垂直的截面积；d 为电极间的距离。

用于制造光敏电阻的材料主要有金属的硫化物、硒化物和锑化物等半导体材料。目前生产的光敏电阻主要是硫化镉。光敏电阻具有灵敏度高、光谱特性好、使用寿命长、稳定性能高、体积小以及制造工艺简单等特点，被广泛地用于自动化技术中。

本实验光敏电阻得到的光照 ϕ 由一对偏振片来控制。当两偏振片之间的夹角为 α 时，光照 ϕ 为

$$\phi = \phi_0 D\cos 2\alpha \tag{5-26}$$

式中：ϕ_0 为不加偏振片时的光照；D 为当两偏振片平行时的透明度。

2. 光敏电阻的基本特性

光敏电阻的基本特性包括伏-安特性、光照特性、光电灵敏度、光谱特性、频率特性和温度特性等。本实验主要研究光敏电阻的伏-安特性和光照特性。

【实验仪器】

凸透镜、光源、偏振器、光敏电阻、接收器、万用表。

【实验内容】

1. 按实验装置图（见图 5-22），连接电路，并将透镜 1、2，光源，偏振器，光敏电阻放置在导轨上调节各元件共轴等高

（1）粗调：将光源、透镜、偏振器、光敏电阻靠拢放置，目测调节各元件中心大致等

高，并处于同一轴线上。

（2）细调：根据共轭法成像特点和光路调节（具体步骤参照"薄透镜焦距的测量"实验）。

2. 光敏电阻基本参数测量

（1）转动可调偏振片，观察出射光光强的变化。

（2）放置光敏电阻，调节两透镜位置使出射光能均匀照射光敏电阻并使光电流输出最大，电压与光电流用万用电表测量。

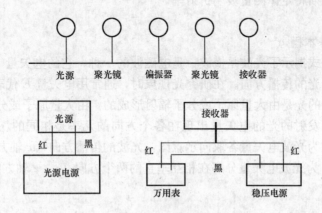

图 5 - 22　光敏电阻实验接线图

（3）在一定照度下，测量光敏电阻的电压与光电流的关系。

1）将照度设定为 $\alpha=0°$，取 U 值分别为 0，1，2，$\cdots$，12V，测量光电流 I_{ph} 值，并记录测量数据，绘出 $U \sim I_{ph}$ 曲线。

2）将照度分别设定为 $\alpha=30°$，$60°$，$90°$，重复上一步骤。

（4）在一定工作电压下，测量光敏电阻的照度与光电流的关系：

1）将光敏电阻的工作电压设定为 $U=1V$，取 α 值分别为 $0°$，$10°$，$20°$，$\cdots$，$90°$，测量光电流 I_{ph} 值，并记录测量数据，绘出 $\alpha \sim I_{ph}$ 曲线；

2）光敏电阻的工作电压 U 分别设定为 4，8，12V 时，重复上一步骤。

思 考 题

（1）请简述光路调整的要点。

（2）在用万用电表作为测量仪器时，是否需要考虑万用电表内阻，为什么？

（3）根据测量结果，总结光敏电阻的伏安特性和光照特性。

实验 22　激 光 偏 振 实 验

【实验目的】

（1）了解偏振光实验仪的结构原理和使用方法。

（2）了解产生偏振光的原理和方法，加深对光偏振基本规律的认识。

（3）观察光的偏振现象，理解马吕斯定律。

（4）利用布儒斯特定律测量玻璃折射率。

【实验原理】

1. 偏振光的基本概念

麦克斯韦方程式揭示了光波是横波，是电磁波的一种，它的电矢量 E 和磁矢量 H 相互垂直，且均垂直于光的传播方向。在研究光现象时，通常用电矢量 E 代表光的振动方向。

普通光源发出的光是由大量原子或分子辐射形成的，由大量原子或分子的热运动和辐射的随机性，它们所发射的光的电矢量出现在各个方向的几率是相同的，这样的光称为自然光。图 5-23（a）为光波电矢量各取向示意图，光波的传播方向（x 轴方向）为垂直进入纸面；图 5-23（b）为光波电矢量分解在相互垂直的两个方向（y，z 轴方向）上的示意图。

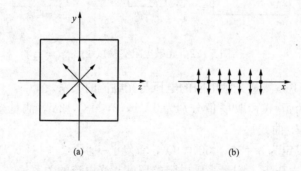

图 5-23　自然光电矢量取向示意图

（a）各取向概率相等；（b）分解为相互垂直的两个方向

如果光波电矢量固定在某一平面内振动，这样的光称为平面偏振光（也称线偏振光、全偏振光），光波电矢量的振动方向和光的传播方向所构成的平面称为该偏振光的振动面，如图 5-24（a）所示。

如果光波电矢量在某一确定方向上最强，或者说，有更多的电矢量取向该方向，这样的光称为部分偏振光，它介于自然光和平面偏振光之间，如图 5-24（b）所示。

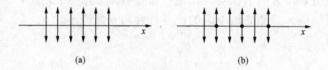

图 5-24　偏振光电矢量取向示意图

（a）平面偏振光；（b）部分偏振光

2. 马吕斯定律

如图 5-25 所示，自然光射到偏振片 P_1 上时，振动方向与偏振化方向垂直的光被吸收，振动方向与偏振化方向平行的光能透过，从而获得振动方向与偏振化方向平行的偏振光。

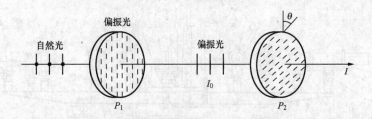

图 5-25　用偏振片产生偏振光原理图

若在偏振片 P_1（称为起偏器）后再放一偏振片 P_2，P_2 就可以作为检验通过 P_1 后的光是否为偏振光的检偏器。当起偏器 P_1 的偏振化方向与检偏器 P_2 的偏振化方向形成一夹角 θ 时，假设通过 P_1 后的偏振光强度为 I_0，则通过检偏器 P_2 后的偏振光强度 I 满足马吕斯定律

$$I = I_0 \cos^2\theta \tag{5-27}$$

当 $\theta=0$ 时，$I=I_0$；当 $\theta=\pi/2$ 时，$I=0$。即当起偏器 P_1 的偏振化方向与检偏器 P_2 的偏振化方向平行时，通过检偏器 P_2 后的偏振光强度最大；当起偏器 P_1 的偏振化方向与检偏器 P_2 的偏振化方向垂直时，通过检偏器 P_2 后的偏振光完成消失。

3. 布儒斯特定律

自然光在两种媒质 n_1、n_2 的分界面 MM' 上反射和折射时，反射光和折射光就能成为部分偏振光或完全偏振光。部分偏振光是指光波电振动矢量只在某一确定的方向上占相对优势，如图 5-26（a）所示。在反射光中，垂直于入射面的光振动较强，在折射光中，平行于入射面的光振动较强。布儒斯特指出，反射光偏振化程度决定于入射角 i，当 $i=i_0$ 时，反射光成为完全偏振光，图中的 i_0 角称为布儒斯特角，它满足布儒斯特定律

$$\tan i_0 = n_2/n_1 \tag{5-28}$$

理论上可以证明：当入射角为布儒斯特角时，反射光和折射光传播方向相互垂直。反射光为只有垂直于入射面振动的完全偏振光，而折射光为部分偏振光（平行于入射面的振动占主要部分）。如图 5-26（b）所示。

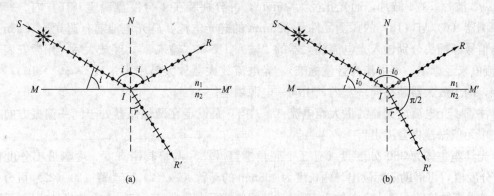

图 5-26　反射产生偏振光的原理图

（a）自然光反射和折射后产生的部分偏振光；（b）产生反射完全偏振光的条件

【实验仪器介绍】

1. 偏振光实验仪的结构

偏振光实验仪结构如图 5-27 所示。

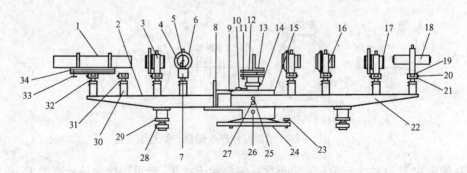

图 5-27 偏振光实验仪结构

1—激光器；2—动臂（1）；3—支架；4—分束板座；5—分束板；6—光电探测器（1）；7—分束板支架；8—对准板 1；
9—度盘指针；10—游标锁定螺钉；11—样品台调节螺钉；12—样品台；13—样品座；14—样品台锁定
螺钉；15—分度盘及游标；16—4°分度度盘镜座；17—360°分度盘镜座；18—光电探测器（2）；
19—燕尾板；20—燕尾板锁定螺钉；21—燕尾槽；22—动臂（2）；23—分度盘底脚螺钉；
24—分度盘底座；25—分度盘锁定螺钉；26—动臂 1 锁定螺钉；27—动臂（3）
锁定螺钉；28—动臂支撑调节螺钉；29—锁紧螺母；30—支杆套；
31—限位环及锁定螺钉；32—支杆；33—激光器仰俯调
节螺钉；34—激光器支架

偏振光实验仪由激光器、起偏器、检偏器、波片、光电探测器、光电流放大器及光具座等构成。

光源（1）是波长为 632.8nm 的激光器，功率 1.5mW。安装在支架（34）上，激光束的方向可以通过调整支架的上下、左右及托板下方的螺钉（33）来改变。在实验时应调整激光束，使之与分度盘（15）平行。

起偏器、检偏器均为格兰偏振棱镜，棱镜装在镜座内，其通光孔径为 ϕ6mm。偏振棱镜镜座可以装在 360°分度盘镜座（17）内。偏振棱镜的前表面已调整成与镜座轴线垂直，切勿随意改变。

$\lambda/2$ 波片、$\lambda/4$ 波片，通光孔径为 ϕ6mm，可分别装在 4°分度盘镜座（16）内。一对光电探测器（6）与（18）的探测元件是 ϕ25mm 的硅光电池，硅光电池前有遮光孔（ϕ8mm），光电信号经插头分别输入光电流放大器的"输入 1"和"输入 2"，经放大后，用微安表表示（电流值未经标定，不可作为计量标准）。光电流放大器放大倍率为 ×1、×5、×10、×100 四挡，两个放大器装在同一盒内，由同一电源供电。

注意：光电流放大器的最大光电流（×1 挡）是设定在两偏振器处于同一偏振方向，若光路中无偏振器将会溢出！

光具座主体为 360°分度盘，有 3 个底角螺钉（23）调整其铅直度。度盘最小分度值为 0.5°分度值，可借助游标读出。两长度为 495mm 的动臂（1）（2）和动臂（2）（22）可分别绕分度盘垂直轴旋转，最小夹角约为 10°。动臂的角度可由分度盘（15）上方的指针或游标读出。动臂上各有 7 个孔供固定光学支杆套（30），可根据实验的要求选定安装位置。仪器配有

360°分度盘镜座（17）和 4 分度盘镜座（16），镜座内层均可绕轴线旋转，旋转角度可由度盘读出。分度盘中心平台（12），也称样品台，供放置样品。调节平台下 3 个螺钉（11），可使样品平面与光束垂直。

可用动臂 1 锁定螺钉（26），将动臂 1 锁定在底座（24）上，同样，可用动臂 2 锁定螺钉（27），将动臂 2 锁定在底座上。分度盘锁定螺钉（25）将使分度盘与动臂 2 锁定。样品台（12）可沿铅直轴上下移动。锁定螺钉（10）将锁定分度盘游标。当螺钉松开时，样品台与游标同时绕轴线旋转。

分束板（5）将激光束分成两束，一束用于监测光强变化，另一束用于测量，分束板支架（7）固定后，调整分束板座（4），使光束能进入光电探测器 1。

样品为有机玻璃，贴在样品座（13）有刻线的一方。请注意保护前表面。

2. 偏振光实验仪的调节要求及步骤

根据实验内容，选择好应装在光具座上的光学支架，调节步骤如下。

（1）调整光具座分度盘垂直度及动臂下的支撑调节螺钉（26），并用锁紧螺母（29）锁定，保证动臂转动时分度盘不会晃动。

（2）将对准板 1（8）插在动臂 1（2）上，置两动臂于同一直线上。

（3）调整激光器支架的高度，左右移动支架及激光器的仰俯来改变激光束的方向，使之通过对准板长缝及对准板之中心。

（4）旋转动臂 2，使之与激光束平行。

（5）调整其余光学元件的位置，使激光束通过其中心，可旋转的光学元件端面应与激光束垂直。

【实验内容】

一、鉴别自然光和偏振光

（1）调整偏振光实验仪。

（2）起偏和检偏：鉴别自然光和偏振光。

1）以单色平行光垂直照射到偏振片 P_1 上，转动 P_1 一周，用光电探测器观察并记录视场中光强的变化情况。

2）在 P_1 后加入偏振片 P_2，固定 P_1 转动 P_2 一周，观察并记录视场中光强的变化情况。

3）分析上述实验现象。

二、观察平面偏振光经过 $\lambda/2$、$\lambda/4$ 波片的情形

1. 观察平面偏振光经过 $\lambda/4$ 波片的情形

（1）将 P_1、P_2 调整至偏振轴互相正交，在 P_1 和 P_2 之间插入一块 $\lambda/4$ 波片，转动波片至消光，然后转动 P_2 一周，观察到什么现象？说明此时经过 $\lambda/4$ 波片后光的偏振状态。

（2）再将波片从消光位置分别转 30°、45°、60°、75°和 90°，将 P_2 转一周观察实验现象，并分析此时经过 $\lambda/4$ 波片后光的偏振状态。

2. 观察平面偏振光经过 $\lambda/2$ 波片的情形

（1）将 P_1、P_2 调整至偏振轴互相正交，在 P_1 和 P_2 之间插入一块 $\lambda/2$ 波片，转动波片一周观察实验现象并解释。

（2）转动波片至消光，再将 $\lambda/2$ 波片分别转 30°、45°和 90°，转动 P_2 至消光，记录 P_2 转动的角度，实验光路如图 5-28 所示。

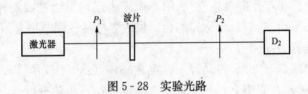

图 5-28 实验光路

三、根据布鲁斯特定律测定介质材料的折射率

利用布鲁斯特定律时，只有在入射光为振动方向平行于入射面的偏振光即 P-分量时，才能得到反射率为零的布鲁斯特角，故本实验应分为两步进行。

1. 确定起偏器的方位

在此方位时，使入射到样品表面的入射光（即起偏后的偏振光）的偏振方向恰好为 P-分量。实验方法如下。

（1）当 P_1 在某一方位时，转动样品面，使反射光的反射角在 $50°\sim60°$ 之间变化，仔细观察屏上反射光点的强弱变化。选定反射光点最暗的某一位置做下一步调整。

（2）然后再旋转 P_1 的角度，观察屏上反射光点的亮暗变化，找到一个光点最暗的 P_1 方位角。

（3）再依次重复（1）和（2）的步骤，直到反射光强度近于零，此时 P_1 的方位角恰好使出射平面偏振光与入射平面相重合，即为 P-分量，如图 5-29 所示。

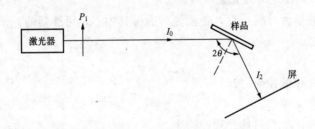

图 5-29 确定起偏器的方位

2. 根据布鲁斯特定律测定介质材料的折射率

实验光路如图 5-30 所示。

（1）反射光点最暗的对应的入射角 θ 即为布鲁斯特角。

（2）由布鲁斯特定律计算样品折射率。

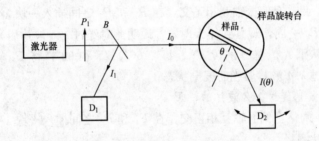

图 5-30 测定介质的折射率

思 考 题

（1）如何利用光偏振现象解释光波是横波？

（2）如何利用反射光法确定偏振片的偏振化方向？

（3）用什么方法可以知道两偏振片的偏振化方向的夹角？

【偏振光技术简介】

随着现代科学技术的发展，激光技术的应用也越来越广泛，例如：光纤通信、光弹技术、全息技术、光电传感技术、光学检验技术、光调制技术、光开关等。这些新技术的应用，在很多环节上需要利用光偏振技术来处理，因此，近年来利用光的偏振特性开发了各种偏振光元件、偏振光仪器和偏振光技术，光偏振技术在现代科学技术中发挥了极为重要的作用。

1. 双折射产生偏振光

在某些晶体内光的传播速度与光矢量的振动方向有关，当自然光入射时会产生双折射现象。自然界存在的方解石（一种 $CaCO_3$ 的天然晶体）、石英等都是双折射晶体。

一束自然光进入方解石后，产生两束折射光线，其中一束遵循通常的折射定律，称为寻常光，简称 o 光；另一束不遵循折射定律，其折射光线可以不在入射面内，并且入射角的正弦和折射角的正弦的比值不是常数，随入射角而变，这束光线称为非常光线，也称为 e 光。方解石中有一个固定方向，它是与通过 3 个钝角面会合的顶点并和这 3 个面成等角的一直线相平行的方向，沿此方向不发生双折射，这个方向为晶体的光轴。在晶体内，o 光与光轴所成的平面称 o 光主平面，e 光与光轴所成的平面为 e 光主平面。o 光的振动方向垂直于自己的主平面，而 e 光的振动方向平行于自己的主平面。在一般情况下，o、e 两光的主平面是不重合的，但夹角不大，因而用检偏器检测出 e 光和 o 光振动方向是接近垂直的。当把晶体磨成表面平行于光轴的晶片，且自然光垂直表面入射时，晶体内的 e 光与 o 光沿同一方向传播，它们的振动方向严格垂直，并且传播速度相差最大。这种情况下晶体对 o 光和 e 光的折射率 n_o 和 n_e 规定为双折射晶体的折射率。对于方解石 $n_o=1.658$，$n_e=1.486$，e 光行进速度比 o 光快，称为负晶体。而石英的 $n_o=1.544$，$n_e=1.522$ 是正晶体。利用方解石可制成尼科耳棱镜以获得单一的线偏振光。

2. 利用二向色性获得偏振光

有些晶体材料对于自然光在其内部产生的偏振分量具有选择吸收作用，即对一种振动方向的线偏振光吸收强烈，而对于这一振动方向垂直的线偏振光吸收较少，这种现象称作二向色性。例如铝硼硅酸盐（电气石天然晶体），仅需约 1mm 的厚度，就能将寻常光完全吸收，只透过非寻常光，从而获得线偏振光。

偏振片是人工制造的具有二向色性的膜片。现代 H 型偏振片被广泛使用。在长链聚合物的被拉伸薄膜内，有碘附着在碳氢链上。由于大量含碘的长链分子的平行排列，构成了间隙小于光波波长的栅格。因碘原子具有高传导性，平行于长链分子的电场分量容易被吸收，而与它垂直的分量可以通过，所以能够产生和检验偏振光。偏振片上的最易透过电场分量的方向称为偏振化方向，在金属框的度盘上常用 $0°$（$180°$）表示。

实验 23　单缝衍射的光强分布

【实验目的】

（1）观察单缝的夫琅和费衍射，分析夫琅和费衍射明暗条纹的位置及特征。

（2）用光电法测量单缝夫琅和费衍射的光强分布。

（3）利用单缝衍射的分布规律计算缝的宽度。

【实验仪器与用具】

He-Ne 激光器，可调单缝，光电器件（硅光电池），接收屏，测量装置等。

【实验原理】

光的衍射分夫琅和费衍射和菲涅尔衍射两大类，前者要求光源和接受屏都距衍射屏（如单缝）为光学无限远，后者要求光源和接受屏（或两者之一）距衍射屏为光学有限远，可见，夫琅和费衍射的入射光和衍射光都是平行光，即将平行光的衍射称为夫琅和费衍射。

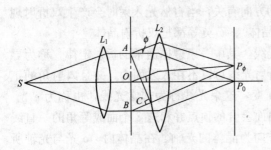

图 5-31　夫琅和费衍射图

如图 5-31 所示，从光源 S 出发经透镜 L_1 形成的平行光束垂直照射到狭缝 AB，根据惠更斯-菲涅尔原理，狭缝上各点可以看成是新的光源。新波源向各方向发出球面次波，次波在透镜 L_2 的后焦面叠加形成一组明暗相间的条纹。和狭缝平面垂直的衍射光束会聚于屏上 P_0 处，是中央亮纹的中心，其光强度设为 I_0 与 OP_0 成 ϕ 角的衍射光束会聚于屏上 P_ϕ 处，该处的光强可根据惠更斯-菲涅尔原理计算得到。

1. 单缝夫琅和费衍射基本规律

由惠更斯—菲涅尔原理可以得到单缝夫琅和费衍射的光强分布为

$$I = I_0 \frac{\sin^2 u}{u^2} \qquad (5-29)$$

式中：I_0 为衍射条纹中心处的光强；$u = \pi a \sin\phi / \lambda$，其中 a 是单狭缝宽度。当 $\phi = 0$ 时，$I = I_0$，光强具有最大值，称为中央主极大，衍射的相对光强分布如图 5-32 所示。

在式（5-29）中，令 $I = 0$ 可求暗纹位置。$I = 0$ 时，$\sin u = 0$，即 $u = k\pi$ 或 $\frac{\pi a}{\lambda}\sin\phi = k\pi$，于是得到

$$a\sin\phi = k\lambda ; k = \pm 1, \pm 2, \cdots$$

由于实际 ϕ 上往往是很小的，可以近似地认为

$$\sin\phi = \phi = \tan\phi = \frac{x_k}{D} ; \phi = \frac{k\lambda}{a} = \frac{x_k}{D}$$

由此可得：

（1）衍射角 ϕ 与缝宽 a 呈反比关系，对于同级暗条纹（k 相同），狭缝加宽时，衍射角减小，各级条纹向中央收缩，条纹越密；反之，各级条纹向两侧发散，条纹越疏，衍射效应越显著；当缝宽 a 足够大时（$a \gg \lambda$），衍射现象不明显，可将光看成直线传播。

(2) 中央明纹的宽度由 $k=\pm 1$ 的两个暗纹的衍射角所确定，中央明纹的角宽度为 $\Delta\phi=\dfrac{2\lambda}{a}$。

(3) 暗条纹是关于中央明纹左右对称等间距分布的，两相邻暗条纹的衍射角的差值 $\Delta\phi=\dfrac{\lambda}{a}$。

(4) 各级明条纹的宽度是中央明条纹宽度的一半，其光强极大值称为次极大，它们的位置是

$$\phi=\sin\phi=\pm 1.43\frac{\lambda}{a},\pm 2.46\frac{\lambda}{a},\pm 3.47\frac{\lambda}{a},\cdots$$

它们的相对光强为

$$I/I_0=0.047,0.017,0.008,\cdots$$

单缝的宽度可由式（5-30）确定

$$a=\frac{k\lambda D}{x} \qquad (5-30)$$

式中：D 是单缝主接收屏之间的距离；x 是第 k 级暗纹至中央明纹中心的距离。

平行光的概念是理想化的概念。实际上，不论采用什么仪器和方法，例如把太阳光看做平行光，采用激光光源产生平行光，用透镜产生平行光等，都不能获得绝对的平行光。也就是说，光束总有一定的发射角。同样地，屏上接受的也不会是绝对的平行光束，两者都只能做到一定程度的近似。那么，在本实验中，用什么样的仪器和方法才能满足产生和接受平行光这一要求呢？

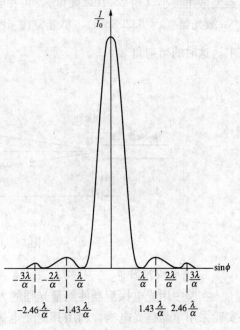

图 5-32 衍射的相对光强分布

2. 产生夫琅和费衍射的两种方式

用下面两种方法可以实现夫琅和费衍射所要求的实验条件。

(1) "焦面接收" 装置。如图 5-33 所示，把光源 S 置于凸透镜 L_1 的前焦面上，接收屏 P 置于凸透镜 L_2 的后焦面上。由几何光学可知，光源 S 和接收屏 P 距单缝均为光学无限远。在接收屏中央附近，衍射角 $\phi=\dfrac{x}{D}$。

(2) "远场接收" 装置。如图 5-34 所示，当实验装置满足下列两个条件时，在单狭缝的前后可以不用透镜 L_1 和 L_2，而获得夫琅和费衍射。

1) 光源离单缝很远，满足 $\dfrac{2\pi a^2}{8l\lambda}\ll 1$，式中 l 是光源 S 至单缝之间的距离，此条件表明缝宽 a 相对于 l 很小。

2) 接收屏离单缝足够远，满足 $\dfrac{2\pi a^2}{8D\lambda}\ll 1$，$D$ 为单缝至接收屏的距离，这样缝宽 a 相对于

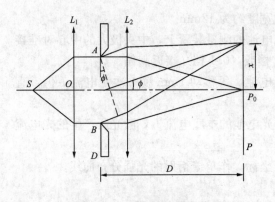

图 5-33 "焦面接收" 装置

D 也很小。

上述两个条件称夫琅和费衍射的"远场"条件。在实验中，用激光器作光源，由于激光器发散角很小（约 2×10^{-3} 弧度），可作为近似平行光直接照射在单缝上。对一般较小的 He-Ne 激光器（$\lambda = 632.8$ nm），单缝宽度 $a = 0.1$ mm 时，使 $l = 0.4$ m，$D > 1.3$ m，即可满足要求，这时的衍射角 $\phi = \dfrac{x}{D}$。

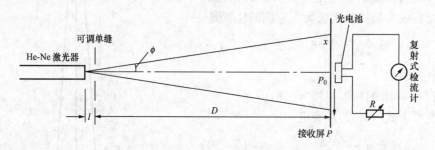

图 5-34　"远场接收"装置

3. 光电探测器件

实验中用光电探测器件测量光强的大小，即把光信号变成电信号，再接入测量电路。本实验采用单晶硅光电池，利用其内光电效应实现光电转换。硅光电波的响应时间为 $10^{-3} \sim 10^{-4}$ s，它的光谱响应范围为 $0.4 \sim 1.1 \mu$m，与人眼的灵敏范围相近。通常光电池在没有光照射的情况下，由于热激发也会产生光电子，所形成的电流称为暗电流。光电池的光电流与入射光照度在负载很小的情况下呈线性关系。此外，杂散光产生的光电流称为本底电流，在实验中尽可能把杂散光减小到最低限度。

【实验内容】

1. 布置光路，观察衍射图样

采用"远场接收"方法，按图 5-34 布置光路，激光束垂直照射在单缝平面上，接收屏放置单缝后大于 1m 的位置，微调单缝的左右位置和方位，使衍射图样清晰、左右对称。将接收屏缓慢后移，观察衍射图样的变化。调节单缝宽度，观察衍射图样的变化。

2. 测量衍射图样的相对光强分布

（1）按图连接测量电路。

（2）调节单缝宽度，使接受屏上中央明纹的宽度约为 12mm。

（3）移开接受屏，使衍射光直接照射在硅光电池的测量装置上，中央极大的中心对准接受缝。调节电阻箱 R，使检流计光标（用 $\times 0.01$ 档或 $\times 0.1$ 档）接近满偏。

（4）从左侧第 3 个暗点开始，横向移动硅光电池，每移动 1mm 读一次光电流 I' 值，直测到右侧第 3 个暗点为止。

（5）测量完光强分布，关掉激光器，测出硅光电池的本底电流 I_b，激光所产生的光电流 I 为所测值 I' 减去本底电流值，即 $I = I' - I_b$。

（6）以相对光强 I 及其对应的位置 x 为纵横坐标，作单缝衍射的光强分布曲线。

3. 单缝宽度的测量

（1）用米尺测出单缝到硅光电池之间的距离 D。

（2）将单缝放在读数显微镜的载物台上，测量 3 次单缝的宽度 a，取平均 $\bar{a}$。

（3）从分布曲线可以确定对应 $k=\pm1$、±2、±3 的暗纹位置 x_k，将 x_k 与 D 值代入式（5-30），计算相应的单缝宽度 a，求其平均值并与直接测量结果比较。

思 考 题

（1）对比单缝衍射规律的理论曲线与实验曲线，归纳单缝衍射图像的光强分布规律。

（2）如果测出的衍射图样对中央极大左右分布不对称是什么原因造成的？怎样调节实验装置才能纠正？

【单缝衍射简介】

光的衍射是光的波动性的又一重要特征。只有在障碍物的线度和波长可以比拟时，衍射现象才明显地表现出来。研究光的衍射，不仅有助于进一步加深对光的波动性地理解，同时还有助于进一步学习近代光学实验技术。如光谱分析、晶体结构分析、全息照相、光学信息处理等。夫琅和费衍射在理论上处理较简单，利用激光可使夫琅和费衍射比较容易实现。利用光电器件（如硅光电池）测量光强的相对分布是常用的一种光强测量方法。该实验原理在测量微小尺寸方面也有许多应用。

第6章　近代物理与综合设计性实验

实验 24　用密立根油滴仪测量电子电量

美国著名实验物理学家密立根花了 7 年功夫（1909～1917）所做的测量微小油滴上所带电荷的工作在近代物理学发展中具有重要意义，该实验设计巧妙，简单方便地证明了所有电荷都是基本电荷 e 的整数倍，明确了电荷的不连续性。现在公认的基本电荷为

$$e = (1.602 \pm 0.002) \times 10^{-19} \text{C}$$

正是由于这一实验的成就，密立根荣获了 1923 年诺贝尔物理学奖。由于实验中喷出的油滴是非常微小的，难于捕捉、控制和测量，因此做本实验时，特别要有严谨的科学态度，严格的实验操作，准确的数据处理，才能得到比较好的实验结果。

【实验目的】

（1）测定电子电量 e，验证电荷的不连续性。

（2）学习密立根油滴实验的设计思想、实验方法及实验技巧。

（3）了解 CCD 图像传感器的原理与应用、学习电视显微测量方法；培养学生进行科学实验时的坚韧精神和严谨的科学态度。

【实验仪器】

OM99CCD 密立根油滴仪、钟表油、喷雾器。

【实验原理】

一、平衡测量法

用喷雾器将质量为 m、带电量为 q 的油滴（油滴在喷射时由于摩擦，一般都是带电的）喷入两块相距为 d 的水平放置的平行极板之间，如图 6-1 所示。若两极板加的电压为 U，

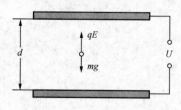

图 6-1　电场中的电荷

根据力学和电学原理，在平行极板间运动的油滴将受到两个力的作用，一个是重力 mg，一个是静电力 $qE = qU/d$。如果油滴所受的空气浮力不计，改变两极板间的电压 U，使油滴在极板间某处静止不动，这时两力相互抵消而达到平衡，即

$$mg = q\frac{U}{d} \tag{6-1}$$

从式（6-1）可知，为了测出油滴所带的电量 q，只要测出 U、d、m 即可。由于油滴直径很小（约为 10^{-6}m），其质量 m 无法直接测得，需用如下特殊的方法来测定。

当两平行板间未加电压时，油滴在重力的作用下加速下降，下降过程中同时受到向上的空气黏滞阻力的作用。由于空气对油滴运动的黏滞阻力与油滴运动速度成正比，当油滴运动达到某一速度 v 后，阻力与重力平衡（空气浮力忽略不计），油滴将匀速下降，由斯托克斯定律知

$$f_r = 6\pi r \eta v = mg \tag{6-2}$$

式中：η 为空气的黏度系数；r 是油滴的半径（由于表面张力的原因，油滴总是呈小球状）。

设油滴密度为 ρ，则油滴的质量 m 为

$$m = \frac{4}{3}\pi r^3 \rho \tag{6-3}$$

由式（6-2）和式（6-3）得油滴的半径为

$$r = \sqrt{\frac{9\eta v}{2\rho g}} \tag{6-4}$$

由于油滴的半径小到 10^{-6}m，其数值与空气分子的平均自由程接近。相对于如此小的油滴而言，空气介质不能再认为是连续均匀的，必须对空气的黏度系数进行修正。此外考虑到空气分子的平均自由程和大气压强 p 成正比等因素，斯托克斯定律修正为

$$f_r = \frac{6\pi r \eta v}{1 + \dfrac{b}{pr}} \tag{6-5}$$

式中：b 为修正常数，p 为大气压强。这时油滴半径

$$r = \sqrt{\frac{9\eta v}{2\rho g\left(1 + \dfrac{b}{pr}\right)}} \tag{6-6}$$

上式根号中还包括油滴的半径 r，但因为是处于修正项中，不需要十分精确，故它仍可用式（6-4）计算。将式（6-6）代入式（6-3）得

$$m = \frac{4}{3}\pi \left[\frac{9\eta v}{2\rho g}\frac{1}{\left(1 + \dfrac{b}{pr}\right)}\right]^{\frac{3}{2}} \rho \tag{6-7}$$

对于油滴匀速下降的速度 v，可用下法测出。当两极板间的电压 $U=0$ 时，设油滴匀速下降距离 l 时，时间为 t，则

$$v = \frac{l}{t} \tag{6-8}$$

将式（6-8）代入式（6-7），式（6-7）代入式（6-1），得

$$q = \frac{18\pi}{\sqrt{2\rho g}}\left[\frac{\eta l}{t\left(1 + \dfrac{b}{pr}\right)}\right]^{\frac{3}{2}} \frac{d}{U} \tag{6-9}$$

实验发现，对于同一油滴，如果改变它所带的电量，则能够使油滴达到平衡的电压必须是某些特定的值 U_n。研究这些电压变化的规律，可以发现，它们都满足下列方程

$$q = ne = mg\frac{d}{U_n}$$

式中：$n = \pm 1, \pm 2, \cdots$，而 e 则是一个不变的值。对于不同的油滴，也发现有同样的规律，而且 e 的值是共同的常数，这就表明了电荷的不连续性，并存在着最小的电荷单位，即电子的电荷值 e。这样，由式（6-9）知

$$ne = \frac{18\pi}{\sqrt{2\rho g}}\left[\frac{\eta l}{t\left(1 + \dfrac{b}{pr}\right)}\right]^{\frac{3}{2}} \frac{d}{U} \tag{6-10}$$

式（6-10）就是本实验的理论公式。

结合本实验给定的条件，油的密度 $\rho = 0.981 \times 10^3$ kg/m³，重力加速度 $g = 9.79$ m/s²，

空气黏度系数 $\eta=1.83\times10^{-5}\,\mathrm{Pa\cdot s}$，修正常数 $b=8.22\times10^{-3}\,\mathrm{m\cdot Pa}$，大气压强 $P=1.013\times10^5\,\mathrm{Pa}$，两极板间距离 $d=5.00\times10^{-3}\,\mathrm{m}$。将上述各有关量代入式（6-10）中有

$$ne=\frac{1.14\times10^{-14}}{\left[t\left(1+0.02\sqrt{t}\right)\right]^{\frac{3}{2}}}\frac{l}{U_n} \tag{6-11}$$

式（6-11）即为平衡测量法实验测量、验证公式。

二、OM99CCD 密立根油滴仪

仪器主要由油滴盒、CCD 电视显微镜、电路箱、监视器等组成。

1. 油滴盒

如图 6-2 所示，油滴盒是由两块精磨的圆形铝板，中间垫有 5mm 的胶木圆环组成，当上下电极板间加上直流电压时，在两极板间相当大的范围内为均匀电场。圆形铝板直径

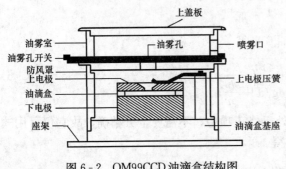

图 6-2　OM99CCD 油滴盒结构图

45mm，上下电极板间距 $d=5.00\,\mathrm{mm}$，在上电极板中央开有一个 $\Phi=0.4\,\mathrm{mm}$ 的进油小孔，其上方有一个可以左右拨动的压簧，将压簧拨向最边位置，就可取出上极板。胶木圆环上开有进光孔、观察孔，两者夹角为 $150°\sim160°$，分别利用带聚光的半导体发光器件照明以及 CCD 电视显微镜观测。整个油滴盒装在有机玻璃防风罩中，以防周围空气流动

时对油滴的影响。防风罩上部是油雾室，室底中心有一个落油孔及一个档片，用来开关落油孔。油滴用喷雾器从喷雾口喷入，并经油雾孔落入油滴盒中。

2. 电路箱

电路箱面板结构见图 6-3，底部装有三个调平手轮，箱内装有高压产生、测量显示等电路，提供三种电源。

1）2.5V 直流电源，供带聚光的半导体发光器件照明用。

2）0~700V 直流平衡电源。

3）200~300V 的提升电压。

直流平衡电源加在油滴盒的平行电极板上，大小连续调节且数值可以从显示屏上读出来。该直流平衡电压由开关 K_1、K_2 控制，K_1 控制上下极板电压的极性，K_2 控制极板上电压的大小。

当 K_1 开关拨在"+"位置，下极板为正电位，能达到平衡的油滴带正电荷；当 K_1 开关拨在"-"位置，下极板为负电位，能达到平衡的油滴带负电荷。

当 K_2 开关拨在中间"平衡"档位置，可用电位器调节平衡电压大小；打向"0V"档时，极板上电压为 0V。

当 K_2 开关拨在"提升"档位置时，自动在平衡电压的基础上增加 200~300V 的提升电压。由于该电压只起一个移动已经平衡的油滴在两块平行极板间的上下位置的作用，并不需要知道电压的大小，因此没有读数。

3. CCD 电视显微镜

CCD 电视显微镜的 CCD 摄像头与显微镜整体设计，通过胶木圆环上的观察孔借助与之

相连的监视器观察和测量平行板间油滴的运动。监视器垂直方向共分八格，每格相当于视场中的 0.25mm，八格相当于 2.00mm；如图 6-4。

4. 计时装置

计时器的最小显示为 0.01s，清 0 时刻仅占用 1μs。由于空气阻力的存在，当去掉平衡电压时，油滴立即经变速运动进入匀速运动；而当运动的油滴突然加上原平衡电压时，会立即静止下来。这是由于变速运动时间非常短，远小于 0.01s。

为了提高测量精度，实验中可设置将 K_2 的"平衡"、"0V"档与计时器的"计时/停"联动，这样，当 K_2 由"平衡"打向"0V"，油滴开始匀速下落的同时开始清 0 与计时，油滴下落到预定距离时，迅速将 K_2 由"0V"档打向"平衡"档，油滴停止下落的同时停止计时。当然根据不同的要求，也可关闭联动开关，此时，计时器采用"计时/停"方式，即按一下开关，清 0 的同时立即开始计数，再按一下，停止计数。

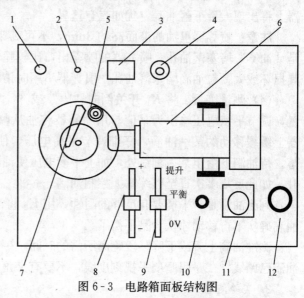

图 6-3　电路箱面板结构图

1—电源线；2—工作指示灯；3—电路箱工作电源开关；
4—视频电缆；5—调水平泡；6—显微镜；7—上
电极压簧；8—K_1 控制上极板电压的极性；
9—K_2 控制提升电压、平衡电压、0V；
10—联动控制；11—K_3 计时/停；
12—平衡电压大小调节电位器

【实验内容与步骤】

1. 仪器调节

（1）调节调平螺丝，使水平气泡到中央，这时平行极板处于水平位置，电场方向和重力平行。

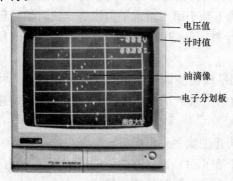

——电压值
——计时值

——油滴像
——电子分划板

图 6-4　监视器界面

注意： 由于底座空间较小，调水平手轮时应将手心向上，用中指和无名指夹住手轮调节较为方便。

（2）仪器开机。打开监视器和油滴仪的电源，监视器上出现"OM99CCD 微机密立根油滴仪"字样，5s 后自动进入测量状态，显示出标准分划板刻度线等参数。开机后，按一下"计时/停"按钮即可直接进入测量状态。

监视器正面下部有一小盒，压一下盒盖就可打开，内有 4 个调节旋钮，从右至左依次是对比度调节旋钮、亮度调节旋钮、帧同步调节旋钮（用于垂直锁定）和行同步调节旋钮（用于水平锁定）。如开机后屏幕上的字很乱或字重叠，先关掉油滴仪的电源，过一会再开机即可。

注意： 开机时，先开监视器电源，再开油滴仪电源；关机时，先关油滴仪电源，再关监视器电源。

（3）喷雾器的使用。竖拿已有少许油的喷雾器，用力挤压气囊使油从油雾室旁喷雾口外1～2mm喷入。稍等片刻待油滴落入油滴盒内，前后微调CCD电视显微镜调焦手轮，监视器上将出现大量下落油滴，犹如夜空繁星。

注意：喷雾器里油的液面高约3mm，不可高于喷管上口，否则会喷出很多"油"而不是"油雾"堵塞落油孔；喷雾器的喷雾出口比较脆弱，喷油时不要伸入油雾室内喷油，防止其损坏或大颗粒油滴堵塞落油孔；喷雾器不用时请将喷雾器放在纸杯里，防止油泄漏。

（4）测量练习。将 K_1 开关倒向"＋"或"－"一侧，K_2 开关拨在中间"平衡"档位置，调节平衡电压输出为某值，用喷雾器将油从喷雾口外1～2mm喷入，用眼睛盯住监视器上缓缓移动的某一油滴，仔细调节平衡电压，使油滴静止不动。去掉平衡电压，油滴下落。待油滴下落至某一刻线处，加上平衡电压使油滴静止，然后再加上提升电压，使油滴上升。如此反复多次直至熟练掌握控制油滴。

判断油滴是否平衡要有足够的耐性，用 K_2 将油滴移至某条刻度线上，经一段时间观察油滴确实不再移动才认为是平衡了。

测准油滴上升或下降某段距离所需的时间，一是要统一油滴到达刻度线什么位置才认为油滴已踏线，二是眼睛要平视刻度线，不要有夹角。

2. 实验测量

（1）选择宜于测量的油滴。用于测量的油滴，体积既不能太大，也不能太小。在一定的电压下，太大则必须带很多的电荷才能保持平衡，且运动速度很快，不易测量；太小则由于热扰动和布朗运动的影响，使结果涨落很大。大量的测量实验表明：选择油滴时，一般选取平衡电压在200～300V，匀速下落1.50mm所用时间在10～20s的油滴为好。

实验开始测量选择油滴时，可先将 K_1 开关倒向"＋"或"－"、K_2 置"平衡"档，平衡电压为200～300V（预先设置电压可起到筛选油滴的作用）。喷油并稍等片刻后，注意监视器上油滴直径在0.5～1mm、缓慢运动、较为清晰明亮的油滴，微调平衡电压使其静止。将 K_2 置"0V"档，观察油滴下落大概的速度，从中选取测量对象。

（2）实验测量。若 K_2 与计时没有联动，用提升电压将已选好的待测平衡油滴调整到第一条水平刻线处，去掉提升电压、平衡电压，待油滴下落至第二条水平刻线处（此时油滴已做匀速运动）开始计时，至倒数第二条水平线终止计时，此即油滴匀速下落 $l=1.50$mm 所用时间。

若 K_2 与计时联动，用提升电压将已选好的待测平衡油滴调整到第二条水平刻线处，将 K_2 置"0V"档，油滴下落的同时开始计时，至倒数第二条水平线终止计时，此即油滴匀速下落 $l=1.50$mm 所用时间。

注意：终止计时的同时，及时加上平衡电压，防止油滴丢失影响多次测量。

（3）对同一油滴重复测量4次，列表记录数据于表6-1，以各有关量的平均值代入相应公式，分别计算电子电量实验测量结果最佳值，并与电子电量公认值比较。

重复测量时，考虑到油滴的挥发及其他因素导致平衡电压的变化，每一次重复测量时，需重新调整平衡电压。

（4）分别对4个不同带电量的油滴按上述要求进行4次重复测量，列表记录数据，求出各油滴所带电子电量的平均值，并验证物体带电的不连续性。

（5）用作图法求基本电荷 e。由于电荷的量子化特性，有 $q_i=n_ie$，n_i 为整数。以 q 为纵轴，n 为横轴作图，求出直线斜率即为基本电荷 e，并与 $e_{公认值}$ 比较求百分误差。

　　计算方法：分别计算每颗油滴所带的电荷 q_i，再用 q_i 除以 $e_{公认值} = 1.602 \times 10^{-19}$，得 n_i（n_i 按 4 舍 6 入 5 凑偶取整数），在坐标纸上作出 $q-n$ 的曲线图，再从 $q-n$ 线上取两点求出斜率。

　　（6）实验完毕后，断电，用实验室准备的布或纸将油雾室及上下极板擦拭干净，整理好仪器再离开实验室。

表 6-1　　　　　　　　　　　测量数据填入下面的数据表格

油滴	次数	$U(V)$	$t(s)$	$q\ (\times 10^{-19} C)$	n	$e(\times 10^{-19} C)$	相对误差 E（%）
第一油滴	1						
	2						
	3						
	4						
	平　均　值						
第二油滴	1						
	2						
	3						
	4						
	平　均　值						
第三油滴	1						
	2						
	3						
	4						
	平　均　值						
第四油滴	1						
	2						
	3						
	4						
	平　均　值						

思　考　题

　　（1）对实验结果造成影响的主要因素有哪些？

　　（2）如何判断油滴盒内两平行极板是否水平？不水平对实验有何影响？

　　（3）CCD 成像系统观测油滴比直接从显微镜中观测有何优点？

【附录：动态测量法（选作）】

更精确和更完善的测量 e 值的方法不是上文介绍的静态平衡法，而是密立根研究改进后的动态测量法。方法的基本思想是：挑选一个由喷雾时的摩擦已带有较多电荷的油滴，然后加上方向合适的电场，油滴就会被迫向上极板运动，当油滴在碰上上极板之前，取消二极板之间的电场，让油滴依重力下降，待其快接近下极板时，再加上电场，使油滴作反方向的运动。这样可控制油滴在两极板间上下来回地运动。借助 X 射线或放射性物质使极板间气体（空气）电离，则油滴将在往复运动中（主要是重力下落时）擒住空气中的正负离子而改变其电荷量，这可由油滴上升（在电场作用下）速度的变化看出来。由这些速度的不连续变化，通过对数据的整理就可发现离子上面的电荷是最小电荷的值，或是这个值的整数倍。用这种方法不仅可以测出电子的电荷 e 值，而且令人信服地说明电荷的不连续性，此外还引导出一些极为重要的结论。例如，可以证明传导体和绝缘体上的静电荷、摩擦电荷和离子电荷都是由基本电荷 e 组成的。

1. 动态测量法实验原理

一个质量为 m，带电量为 q 的油滴处在两块平行极板之间，在平行极板未加电压时，油滴受重力作用而加速下降，由于空气阻力的作用，下降一段距离后，油滴将作匀速运动，速度为 v_g，这时重力与阻力平衡（空气浮力忽略不计）。根据斯托克斯定律，黏滞阻力为

$$f_r = 6\pi r\eta v_g = mg \tag{6-12}$$

当在平行极板上加电压 U 时，油滴处在场强为 $E=U/d$ 的静电场中，设电场力 qE 与重力相反，油滴受电场力加速上升，由于空气阻力作用，上升一段距离后，油滴所受的空气阻力、重力与电场力达到平衡（空气浮力忽略不计），则油滴将以匀速上升，此时速度为 v_e，则有

$$6\pi r\eta v_e = qE - mg \tag{6-13}$$

由式（6-12）和式（6-13）可解出

$$q = mg\frac{d}{U}\left(\frac{v_g+v_e}{v_g}\right) \tag{6-14}$$

实验时取油滴匀速下降和匀速上升的距离相等，都为 l，测出油滴匀速下降的时间 t_g，匀速上升的时间 t_e，则

$$v_g = \frac{l}{t_g};\ v_e = \frac{l}{t_e} \tag{6-15}$$

将式（6-15）和式（6-7）代入式（6-14），可得

$$q = \frac{18\pi}{\sqrt{2\rho g}}\left[\frac{\eta l}{\left(1+\dfrac{b}{pr}\right)}\right]^{\frac{3}{2}} \frac{d}{U}\left(\frac{l}{t_e}+\frac{l}{t_g}\right)\left(\frac{l}{t_g}\right)^{\frac{1}{2}}$$

同样，结合本实验所给条件，油滴带电量

$$q = ne = \frac{1.14\times10^{-14}}{U_n}\left(\frac{l}{t_e}+\frac{l}{t_g}\right)\left(\frac{l}{t_g}\right)^{\frac{1}{2}} \tag{6-16}$$

式（6-16）即为动态测量法实验测量和验证公式。

2. 动态测量法实验内容

将 K_2 与计时联动断开，分别测出加电压时油滴上升和不加电压时油滴下落 $l=1.50\text{mm}$ 所用时间，自拟表格记录实验数据，求出各油滴所带电子电量的平均值，并验证物体带电的不连续性。

3. 喷雾器使用说明

喷雾器结构如图 6-5 所示。

（1）用滴管从油瓶里吸取油，由灌油处滴入喷雾器里，不要太多，油的液面 3～5mm 高已足够，千万不可高于喷管上口。

（2）喷雾器的喷雾出口比较脆弱，一般将其置于油滴仪的油雾杯圆孔外 1～2mm 即可，不必伸入油雾杯内喷油。

（3）如果喷雾器里还有剩余的油，不用时将请喷雾器立置（例如放在杯子里），否则油会泄漏至实验台上。

（4）每学期结束后，将喷雾器里剩余的油倒出，空捏几次，以清空喷雾器。

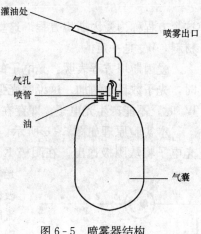

图 6-5　喷雾器结构

实验 25　普朗克常数测定

1887 年赫兹发现紫外线照射在火花缝隙的电极上有助于放电。1888 年以后，哈耳瓦克斯、斯托列托夫、勒那德等人对光电效应作了长时间的研究，并总结了光电效应的现象。但这些现象都无法用当时的经典理论加以解释。1905 年，爱因斯坦根据普朗克的黑体辐射量子假说大胆提出了"光子"概念，成功地解释了光电效应，建立了著名的爱因斯坦方程，使人们对光的本质认识有了一个新的飞跃，推动了量子理论的发展。此后，密立根立即对光电效应开展全面详细的实验研究，证实爱因斯坦方程的正确性，并精确测出了普朗克常数。爱因斯坦和密立根都因光电效应等方面的杰出贡献，分别于 1921 年和 1923 年获得诺贝尔奖。

普朗克常数联系着微观世界普遍存在的波粒二象性和能量交换量子化的规律，在近代物理学中有着重要的地位。利用光电效应实验测量普朗克常量，有助于学生理解光的量子性和更好地认识 h 这个普适常数。

【实验目的】

（1）通过实验深刻理解爱因斯坦的光电子理论，了解光电效应的基本规律。

（2）掌握用光电管进行光电效应研究的方法。

（3）学习对光电管伏安特性曲线的处理方法，并用以测定普朗克常数。

【实验仪器】

高压汞灯、滤色片、光电管、微电流放大器（含电源）。

【实验原理】

爱因斯坦从他提出的"光量子"概念出发，认为光并不是以连续分布的形式把能量传播到空间，而是以光量子的形式一份一份地向外辐射。对于频率为 ν 的光波，每个光子的能量为 $h\nu$，其中，$h=6.626\,1\times10^{-34}$ J·S，称为普朗克常数。

当频率为 ν 的光照射金属时，具有能量 $h\nu$ 的一个光子和金属中的一个电子碰撞，光子把全部能量传递给电子。电子获得的能量一部分用来克服金属表面对它的束缚,剩余的能量就成为逸出金属表面后光电子的动能。显然,根据能量守恒有

$$E_k = h\nu - W_s \qquad (6-17)$$

这个方程称为爱因斯坦方程。这里 W_s 为逸出功,是金属材料的固有属性。对于给定的金属材料,W_s 是一定值。

爱因斯坦方程表明:光电子的初动能与入射光频率之间呈线性关系。入射光的强度增加时,光子数目也增加。这说明光强只影响光电子所形成的光电流的大小。当光子能量 $h\nu <$ W_s 时,不能产生光电子。即存在一个产生光电流的截止频率 ν_0($\nu_0 = W_s/h$)。

本实验原理如图 6-6 所示。一束频率为 ν 的单色光照射在真空光电管的阴极 K 上,光电子将从阴极逸出。在阴极 K 和阳极 A 之间外加一个反向电压 V_{KA}(A 接负极),它对

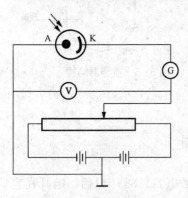

图 6-6　实验电路图

光电子运动起减速作用。随着反向电压 V_{KA} 的增大,到达阳极的光电子相应减少,光电流减少。当 $V_{KA} = U_s$ 时,光电流降为零。此时光电子的初动能全部用于克服反向电场作用。即

$$eU_s = E_k \qquad (6-18)$$

这时的反向电压 U_s 叫截止电压。入射光频率不同时,截止电压也不同。将式(6-18)代入式(6-17)得

$$U_s = \frac{h}{e}(\nu - \nu_0) \qquad (6-19)$$

式中:h,e 都是常量;对同一光电管 ν_0 也是常量。实验中测量不同频率下的 U_s,做出 U_s-ν 曲线,如图 6-7 所示。在式(6-19)得到满足的条件下,这是一条直线。若电子电量 e 为已知,由斜率 $k = h/e$ 可以求出普朗克常数 h,由直线在 U_s 轴上的截距可以求出逸出功 W_s,由直线在 ν 轴上的截距可以求出截止频率 ν_0,见图 6-7。

在实验中测得的伏安特性曲线与理想的有所不同,这是因为:

(1)光电管的阴极采用逸出电位低的碱金属材料制成,这种材料即使在高真空也有易氧化的趋向,使阴极表面各处的逸出电势不尽相等。同时逸出具有最大动能的光电子数目大为减少。随着反向电压的增高,光电流不是陡然截止,而是较快降低后平缓地趋近零点。

(2)阳极是用逸出电势较高的铂、钨等材料做成。本来只有远紫外线照射才能逸出光电子。但在使用过程中常会沉积上阴极材料,当阳极受到部分漫反射光照射时也会发生光电子。因为施加在光电管上的外电场对于这些光电子来说正好是个加速场,使得发射的光电子由阳极飞向阴极,构成反向电流。

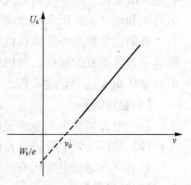

图 6-7　光电效应 U_s-ν 曲线

(3)暗盒中的光电管即使没有光照射,在外加电压下也会有微弱电流流通,称作暗电流。其主要原因是极间绝缘电阻漏电(包括管座以及玻璃壳内外表面的漏电)阴极在常温下的热电子辐射等。暗电流与外加电压基本上呈线性关系。

由于以上原因，实测曲线上每一点的电流是阴极光电子发射电流、阳极反向光电子电流及暗电流三者之和。理想光电管的伏安特性曲线如图 6 - 8 的虚线所示，实际测量曲线如图中的实线表示。

光电效应实验仪原理见图 6 - 9。常见的 GDh-1 型光电管阴极为 Ag-O-K 化合物，最高灵敏度波长为 410 ± 10nm。为避免杂散光和外界电磁场的影响，光电管装在留有窗口的暗盒内。

实验光源为高压汞灯，与滤色片配合使用，可以提供 356.6，404.7，435.8，546.1，577.0nm 五种波长的单色光。

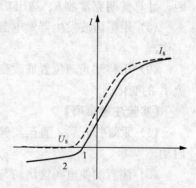

图 6 - 8　光电管的伏安特性曲线

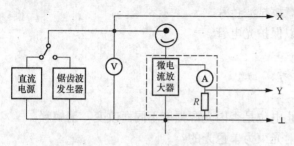

图 6 - 9　光电效应实验仪原理图

由于光电流强度非常微弱，一般需要经过微电流放大器放大后才能读出。微电流放大器的测量范围 $10^{-8} \sim 10^{-13}$ A，共分六档。光电管的极间电压由直流电源提供，电源可以从负到正在一定范围调节。

实验时可以由电压表和电流表逐点读数，并根据测量数据作图。也可以由锯齿波发生器产生随时间连续增大的电压加在光电管上，这时光电流也是连续变化的。将电流、电压量分别接在 X-Y 记录仪的 Y 端和 X 输入端（或计算机 A/D 转换器的输入端），就能自动画出光电管的伏安特性曲线。

由于暗电流和阳极电流的存在，准确地测量截止电压是困难的。一般采用下述两种方法进行近似处理。

（1）若在截止电压点附近阴极电流上升很快，则实测曲线与横轴的交点（图 6 - 8 中的"1"点）非常接近于 U_s 点。以此点代替 U_s 点，就是"交点法"。

（2）若测量的反向电流饱和很快，则反向电流由斜率很小的斜线开始偏离线性的"抬头点"（图 6 - 8 中的"2"点）电压值与 U_s 点电压非常接近，可以用"抬头点"电压值代替 U_s 点电压。

【实验内容】

（1）按要求布置好仪器，打开微电流放大器的电源预热 20min。

（2）罩好暗盒窗上的遮光罩，测量暗电流随电压的变化。

（3）选择好某一波长的入射光，由 -3V 开始增加电压进行粗测。注意观察电流变化较大时对应的电压区间，细测时在此区间应内多取一些测量点，以减小描绘曲线时的误差。

（4）在以上基础上精确测量 I 随 U 变化的数据。

（5）更换滤色片，选择其他波长，重复第 2 项和第 3 项实验内容。

（6）做各波长 I-U 曲线，用"抬头点"确定 U_s 点。

（7）做 U_s-ν 曲线，验证爱因斯坦公式。用作图法或最小二乘法求斜率并外推直线求截距，计算普朗克常数 h、逸出功 W_s 和截止频率 ν_0。

(8) 用锯齿波发生器做电源，由 X-Y 记录仪（或计算机）绘图，进行第 5 项和第 6 项工作。

(9) 用移动光源位置或改变窗口大小的方法改变入射光的强度，观测 W_s、ν_0 和饱和电流 I_s 的变化。

【实验注意事项】

(1) 汞灯打开后，直至实验全部完成后再关闭。一旦中途关闭电源，至少等 5 分钟后再启动。

(2) 注意勿使电源输出端与地短路，以免烧毁电源。

(3) 实验过程中不要改变光源与光电管之间的距离（第 9 项内容除外），以免改变入射光的强度。

(4) 注意保持滤色片的清洁，但不要随意擦拭滤色片。

(5) 实验后用遮光罩罩住光电管暗盒，以保护光电管。

思 考 题

(1) 光电流是否随光源的强度变化？截止电位是否因光源强度不同而改变，请解释。

(2) 本实验是如何满足照到光电管的入射光束为单色光的？

(3) 在实验过程中若改变了光源与光电管之间距离，会产生什么影响？

(4) 光电管的阴极和阳极之间存在接触电位差，试分析这对本实验结果有无影响？

(5) 光电管的阳极、阴极材料选用应考虑那些因素？

(6) 请用学过的知识设计一实验方案，测量饱和光电流随光强度的变化。

实验 26　夫兰克—赫兹实验

众所周知，近代物理的标志是量子理论的建立，而量子理论的实验基础是原子光谱和各类碰撞研究。

1913 年，丹麦物理学家玻尔（N. Bohr）在卢瑟福原子核模型的基础上，结合普朗克的量子理论，成功地解释了原子的稳定性和原子的线状光谱理论，玻尔原子结构理论发表的第二年，即 1914 年，夫兰克（J. Frank）和赫兹（G. Hertz）用慢电子与稀薄气体原子碰撞的方法，使原子从低能级激发到较高能级，通过测量电子和原子碰撞时交换某一定值的能量，直接证明了原子内部量子化能级的存在。同时，也证明了原子发生跃迁时吸收和发射的能量是完全确定的、不连续的，给玻尔的原子理论提供了直接的而且是独立于光谱研究方法的实验证据。由于此项卓越的成就，他们获得了 1925 年的诺贝尔物理学奖。

【实验目的】

(1) 通过测定氩原子的第一激发电位，证明原子能级的存在。

(2) 分析温度、灯丝电流等因素对 F-H 实验曲线的影响。

(3) 了解计算机实时测控系统的一般原理和使用方法。

【实验仪器与用具】

XD-FHZ 型夫兰克赫兹仪、示波器。

【实验原理】

根据玻尔理论，原子只能较长久地停留在一些稳定状态（即定态），其中每一状态对应于一定的能量值，各定态的能量是分立的，原子只能吸收或辐射相当于两定态间能量差的能量。如果处于基态的原子要发生状态改变，所具备的能量不能少于原子从基态跃迁到第一激发态时所需要的能量。夫兰克—赫兹实验通过具有一定能量的电子与原子碰撞，进行能量交换而实现原子从基态到高能态的跃迁。

设氩原子的基态能量为 E_1，第一激发态的能量为 E_2，初速为零的电子在电位差为 V_0 的加速电场的作用下，获得能量为 eV_0，具有这种能量的电子与氩原子发生碰撞，当电子能量 $eV_0 < E_2 - E_1$ 时，电子与氩原子只能发生弹性碰撞，由于电子质量比氩原子质量小得多，电子能量损失很少。如果 $eV_0 \geq E_2 - E_1 = \Delta E$，则电子与氩原子会产生非弹性碰撞。氩原子从电子中取得能量 ΔE，而由基态跃迁到第一激发态，$eV_0 = \Delta E$。相应的电位差 V_0 即为氩原子的第一激发电位。

夫兰克—赫兹实验原理如图 6-10 所示。

在充氩的夫兰克—赫兹管中，电子由热阴极发出，阴极 K 和栅极 G 之间的加速电压 V_{GK} 使电子加速。在板极 A 和栅极 G 之间加有减速电压 V_{AG}，管内电位分布如图 6-11 所示，当电子通过 KG 空间进入 GA 空间时，如果能量大于 eV_{AG} 就能到达板极形成板流。电子在 KG 空间与氩原子发生了非弹性碰撞后，电子本身剩余的能量小于 eV_{AG}，则电子不能到达板极，板极电流将会随栅极电压增加而减少。实验时使 V_{GK} 逐渐增加，仔细观察板极电压的变化我们将观察到如图 6-12 所示的 I_A—V_{GK} 曲线。

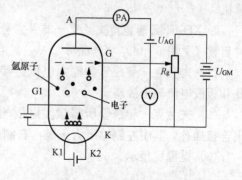

图 6-10　夫兰克—赫兹实验原理图

随着 V_{GK} 的增加，电子能量增加，当电子与氩原子碰撞后还留下足够的能量，可以克服 GA 空间的减速场而到达板极 A 时，板极电流又开始上升。如果电子在 KG 空间得到的能量 $eV_0 = 2\Delta E$ 时，电子在 KG 空间会因二次弹性碰撞而失去能量，而造成第二次板极电流下降。

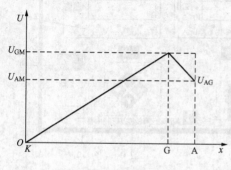

图 6-11　夫兰克—赫兹管管内电位分布

在 V_{GK} 较高的情况下，电子在跑向栅极的路程中，将与氩原子发生多次非弹性碰撞。只要 $V_{GK} = nV_0$（$n=1$，2，…），就发生这种碰撞。在 I_A—V_{GK} 曲线上将出现多次下降。对于氩，曲线上相邻两峰（或谷）对应的 V_{GK} 之差，即为原子的第一激发电位。

如果氩原子从第一激发态又跃迁到基态，这就应当有相同的能量以光的形式放出，其波长可以计算出来：$h\upsilon = eV_0$。实验中确实能观察到这些波长的谱线。

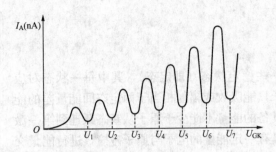

图 6-12 夫兰克-赫兹管的 I_A—V_{GK} 曲线

夫兰克—赫兹管的灯丝电压、第一栅极电压、拒斥电压、第二栅极电压等由程控直流稳压电源提供，即可由实验仪面板手动设定，也可由计算机控制。

程控直流微电流表测量板极电流，测量范围为 1uA～1mA，共有四档，测量数据可从实验仪面板读出，同时可以自动传送给计算机。

2. XD-FHZ 智能型夫兰克—赫兹实验仪前面板（见图 6-14）功能说明

（1）夫兰克—赫兹管各输入电压连接插孔和板极电流输出插座。

（2）夫兰克—赫兹管所需激励电压的输出连接插孔，其中左侧输出为正极，右侧为负极。

（3）是温度显示。

【仪器说明】

1. XD-FHZ 型夫兰克—赫兹实验仪简介

一般的夫兰克—赫兹管是在圆柱状玻璃管壳中沿径向或轴向依次安装加热灯丝、阴极 K、网状栅极 G 及板极 A，有的在阴极 K 和栅极 G 之间还安装有第一阳极 G1。将管内抽取至高真空后，充入高纯氩或其他元素。

XD-FHZ 智能夫兰克—赫兹实验仪基本结构如图 6-13 所示。

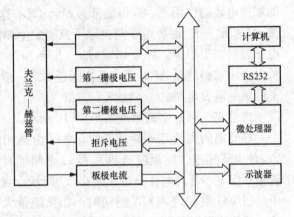

图 6-13 XD-FHZ 智能夫兰克—赫兹实验仪结构示意图

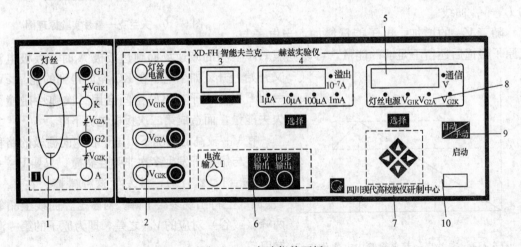

图 6-14 实验仪前面板

（4）是测试电流指示区：四位七段数码管指示电流值；用一个［选择］键，选择不同的电流量程挡。按一次［选择］键，变换电流量程挡一次，设有指示灯指示当前电流量程挡位，同时对应电流指示的小数点位置随之改变，表明量程已变换。

（5）是测试电压指示区：四位七段数码管指示当前选择电压源的电压值；用一个"选择"键，选择不同的电压源。按一次"选择"键，变换电压源一次，设有选择指示灯指示当前选择的电压源，同时对应的电压源指示灯随之点亮，表明电压源变换选择已完成，可对选择的电压源进行电压设定和修改。

（6）是测试信号输入输出区：电流输入插座输入夫兰克—赫兹管板极电流；信号输出插座输出被放大后的夫兰克—赫兹管板极电流 $V_{p-p}\leqslant 4V$；同步输出插座输出正脉冲同步信号。

（7）是设置电压值按键区（见图 6 - 15），用于改变当前电压源电压设定值和自动测试完成后，设置查询电压点。

按下左/右键，循环移动当前电压值的设置位，选取的位闪烁，提示目前在设置的电压位置。按下增/减键，电压值在当前设置位递增/递减一个增量单位。

图 6 - 15　设置电压按键区

注意：

1）灯丝电压 V_F、V_{G1K}、V_{G2A} 的电压值的最小变化值是 0.1V；电压源 V_{G2K} 的电压值的最小变化值是 0.5V，自动测试查询时是 0.2V。

2）如果当前电压值加上一个单位电压值后的和值超过了允许输出的最大电压值，再按下↑键，电压值只能设置为该电压的最大允许电压值。

3）如果当前电压值减去一个单位电压值后的差值小于零，再按下↓键，电压值只能设置为零。

（8）是工作状态指示键：左边红灯亮，表示自动扫描；左边绿灯亮，表示手动扫描。

（9）启动键：通信指示灯指示实验仪与计算机的通信状态；启动按键与工作方式按键共同完成多种操作，见相关详细说明。

（10）电源开关。

【实验内容】

1. 调试仪器并观察 I_A-U_{G2K} 曲线

（1）按照图 6 - 16 中所示连接线路，选择自动工作状态（红灯亮），用区 4 选择键设定

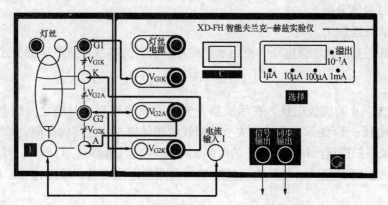

图 6 - 16　XD-FHZ 智能夫兰克—赫兹实验仪连线到示波器

适当电流挡（一般设 10uA 或 100uA 挡），利用区 5 选择灯丝电压，利用区 7 按键设定灯丝电压为 2V，预热两分钟。需设定的电压源有：灯丝电压 V_F、V_{G1K}、V_{G2A}，此时设置的 V_{G2K} 电压值即是扫描终止电压。此时 V_{G2K} 的电压值的最小变化值是 0.25V。

（2）将区〈6〉的"信号输出"和"同步输出"分别连接到示波器的信号通道和外同步通道，调节好示波器的同步状态和显示幅度，通过示波器观察自动测试过程。

（3）在自动测试过程中，面板上除"手动/自动"按键外的所有按键都被屏蔽禁止。当按下"手动/自动"键，手动测试指示灯亮，实验仪就中断了自动测试过程，回复到手动状态。自动测试过程正常结束后，实验仪进入数据查询工作状态。改变电压源 V_{G2K} 的指示值，就可查阅到在本次测试过程中，电压源 V_{G2K} 的扫描电压值为当前显示值时，对应的 F-H 管板极电流值的大小，该数值显示于区〈4〉的电流指示表上。

2. 测绘 $I_A - U_{G2K}$ 曲线

（1）选择手动工作状态（绿灯亮），手动测试时 V_F、V_{G1K}、V_{G2A} 及电流挡位等状态设置的操作过程；F-H 管的连线操作过程及示波器的连接与自动测试操作过程一样。

（2）改变电压源 U_{G2K} 的电压值（此时 V_{G2K} 的电压值最小变化值是 0.5V），观察电流值 I_A 示数，寻找 I_A 峰值和谷值，从出现第一个 I_A 峰值开始，记录每次 I_A 出现峰值和谷值时相应的 I_A 与 V_{G2K} 值，将数据填入数据表格中。

（3）用上述测量数据作 $I_A - U_{G2K}$ 曲线，相邻峰值和谷值的间隔即为氩原子的第一激发电位实验值。用逐差法求出该实验值（按峰值和谷值两种情况分别求得）。

（4）氩原子的第一激发电位标准值为 11.8V，将实验值与标准值比较，并计算误差。

【数据记录与处理】

1. 数据记录

表 6-2　　　　　　数据记录表　$V_F=$ _____ ; $V_{G1K}=$ _____ ; $V_{G2A}=$ _____ ;

N	1	2	3	4	5	6	7	8	9	10
U_{G2K}										
I_f										

2. 数据处理

（1）逐差法处理数据。

（2）作图法处理数据。

（3）计算弗兰克曲线能级电压。使用示波器计算夫兰克曲线能级电压的公式为

$$V_{P-P} = \frac{Ts}{3.617} \times \Delta V$$

式中：V_{P-P} 为夫兰克的能级电压，在示波器上夫兰克曲线相邻峰与峰之间的电压，此电压叫夫兰克能级电压；Ts 为示波器读出夫兰克曲线的相邻峰与峰之间的时间，单位使用 μs 表示；3.617 为仪器扫描读出每一个地址的时间、单位为 μs（微秒）；$T_s/3.167$ 为夫兰克曲线（相邻峰与峰）之间的地址数；ΔV 为测量时 V_{G2K} 每步的电压增量，单位为 V，自动测量 ΔV 固定为 0.2V。

例如：示波器读出的相邻峰峰之间的时间 $Ts = 204.36\mu s$，ΔV 选自动 0.2V 的电压增量，根据公式有

$$V_{\text{P-P}} = \frac{204.36}{3.617} \times 0.2 = 11.299$$

即从示波器读出并计算出夫兰克曲线的能级电压为 11.299 9V。

【注意事项】

(1) 线路连好后检查无误，方可开启电源。

(2) 各参考电压一定要在实验仪器给定的数据范围之内，否则将造成管子的老化或激穿。电流量程：$1\mu A$ 或 $10\mu A$ 挡；灯丝电源电压：$3\sim4.5V$；V_{G1K} 电压：$1\sim3V$；V_{G2A} 电压：$5\sim7V$；V_{G2K} 电压：$\leqslant80.0V$。

(3) 调节灯丝电压 V_F 时，电流 I_A 在两分钟后达到稳定，才能读数测量。

思　考　题

(1) I_A-U_{G2K} 曲线是如何形成的？

(2) I_A-U_{G2K} 曲线中的第一个峰值对应的横坐标电压值，是否就是氩原子的第一激发电压？请说明原因。

实验 27　全　息　照　相

【实验目的】

(1) 了解全息照相的基本原理以及全息照相的主要特点。

(2) 学习全息照相方法及底片冲洗方法。

(3) 观察全息照片的物像再现。

【实验仪器】

He—Ne 激光器、全息实验台、全息底片（感光板）、光束升降器、连续分光镜、全反镜、扩束镜、白屏、载物台、被摄物体、调节支架、秒表、照相冲洗设备等。

【实验原理】

1. 光波的信息

在任何物体表面上所发出的光波，可以看成是由其表面上各物点所发出球面光波的总和，其表达式为

$$Y = \sum_{i=1}^{n} A_i \cos\left(\omega t + \varphi_t - \frac{2\pi x_i}{\lambda}\right)$$
$$= A\cos\left(\omega t + \varphi - \frac{2\pi x}{\lambda}\right)$$

式中：振幅 A 和位相 $\left(\omega t + \varphi - \dfrac{2\pi x}{\lambda}\right)$ 为此光波的两个主要特征，又称为信息。当实验中用单色光作光源时，位相信息中反映光的颜色特征的 ω（或 λ）可不予讨论。通常感光乳胶的感光特性，其频率响应远跟不上光波的频率（10^{14} Hz 以上），感光的程度仅与总曝光量有关，它只能反映光波的振幅分布。所以，在普通照相技术中记录的物像，只反映被摄面上各点光波振幅信息的分布，而不反映位相的信息，因而也不能反映被摄物表面凹凸及远近的差别，因此无立体感。

全息照相在记录被摄物表面光波（称为物光波）振幅信息的同时，也记录了位相的信息，因而它具有立体感。

2. 全息照相的记录原理——物光和参考光在感光板上的干涉

光的干涉理论分析指出，干涉图像中亮条纹和暗条纹之间亮暗程度的差异（反差），主要取决于参与干涉的两束光波的强度（振幅的平方），而干涉条纹的疏密程度则取决于这两束光位相的差别（光程差）。全息照相就是采用干涉方法，以干涉条纹的形式记录物光波的全部信息。

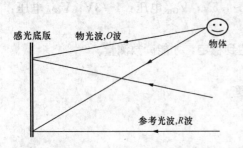

图 6-17   全息照相光路示意图

由于利用光的干涉进行全息记录，就要求光源满足相干条件。一般使用相干性极好的激光作光源。拍摄全息照相的光路如图 6-17 所示。

用激光光源照射物体，物体因漫反射而发出物光波。波场上每一点的振幅和位相都是空间坐标的函数。我们用 O 表示物光波每一点的复振幅与位相。用同一激光光源经分光板分出的另一部分光直接照射到底板上，这个光波称为参考光波，它的振幅和位相也是空间坐标的函数，其复振幅和位相用 R 表示，参考光通常为平面或球面波。这样在记录信息的底板上的总光场是物光与参考光的叠加。

按照图 6-17 曝光后的全息干板，经过显影、定影、水洗和晾干后就成了一张全息照片。全息照片是由物体所发生的复杂的物光和参考光相互干涉的结果。一个物点的物光形成一组干涉条纹。不同物点对应的干涉条纹的疏密、走向和反差等分布均不相同，形成干涉图的外貌是均匀颗粒状的背影上叠加不规则的、断续的细条

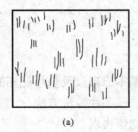 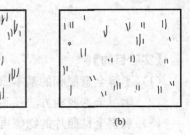

(a)   (b)

图 6-18   全息图的显微图像（从左至右、放大倍数依次增加）
(a) 低倍数；(b) 高倍数

光栅似的结构。图6-18是用高倍显微镜观察全息图时得到的放大图像。

3. 全息照相的再现原理——再现光束被全息图衍射

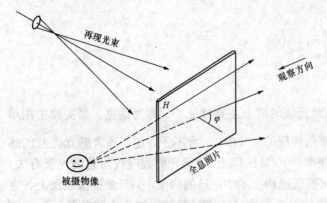

图 6-19   全息照片的再现观察方式

全息照相在感光板上记录的不是被摄物的直观形象，而是复杂的干涉条纹，故在观察时必须采用一定的再现手段。再现观察时的光路如图 6-19 所示。用一束被扩大的激光（称为再现光），从特定方向射向全息照片，对于再现光束来说，全息照片相当于一块透过率不均匀的障碍物，再现光经过它时会发生衍射。观察者透过全息照片，向被摄物的方向看，就可看到逼真的立

体形象。若改变全息照片相对于激光束的方位，或改变观察方向，看到的被摄物的形象将有所改变，甚至看不到。全息照片在再现激光束照射下，再现出物光波的现象和光栅衍射类似，每一族干涉条纹好比一幅复杂的光栅，再现出来的物光波就是由这些无数组光栅的衍射光波叠加而成的。为了比较，先观察光栅衍射的情况。

设波长为 λ 的平行光垂直投射在光栅常数为 d 的光栅上，其衍射角满足光栅方程

$$d\sin\phi_k = k\lambda$$

其中，$k = 0$，± 1，± 2，$\cdots$。

入射光是平行光时，各级衍射光也是平行光，衍射图像是一组规则的图像，如图 6 - 20 （a）所示。

图 6 - 20 （b）所示的是再现光对全息照片的衍射现象。只要再现光与参考光完全一致，则 +1 级衍射光是发散光。在原物点处成一虚像，与原物完全相像，称为真像；−1 级衍射光是会聚光，会聚点在与原物点对称的位置上，是一个实像，但凹凸情况与原物相反，称为赝像。

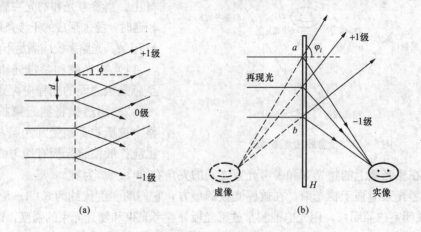

图 6 - 20　入射光是平行光与再现光的衍射现象

（a）入射光是平行光；（b）再现光的衍射现象

4. 全息照片的特点

（1）全息照片所再现的物体形象是与原物惟妙惟肖的三维立体形象，具有明显的视差特性。

（2）全息照片具有可分割的特性，即它一旦被敲碎（或被掩盖，或被玷污了一部分），任一片仍能完整地再现出被摄物体的形象。

（3）全息照片再现的被摄物像的亮度可调，由于再现光波是照明光波的一部分，故照明光越强，再现物像就越亮。

（4）同一张全息感光板可进行多次重复曝光记录，一般在每次拍摄曝光前稍微改变全息感光板的方位（如转动一个小角度），或改变参考光束的入射方向，或改变物体在空间的位置，就可在同一感光板上重叠记录，并能互不干扰地再现各个不同的图像。若物体在外力作用下产生微小的位移或形变，并在变化前后重复曝光，则再现时物光波将形成物体形态变化特征的干涉条纹。这就是全息干涉计量的基础。

（5）全息图无正负片之分。因为它记录的是干涉条纹而不是记录的原物形象，再现是靠衍射。如有必要复制时，可将制作好的全息图与未曝光的全息干板药面相对，用扩束后的激

光作光源，紧压曝光。复制片具有母片一样的再现观察效果。

（6）全息图的再现像可放大和缩小。当再现照明光波波长不同时，或波阵面大小不同时，再现像就会放大或缩小。

【实验内容】

1. 全息照相

（1）设计光路系统，如图 6-21 所示。打开激光光源预热。在图中，激光束经过分光板后

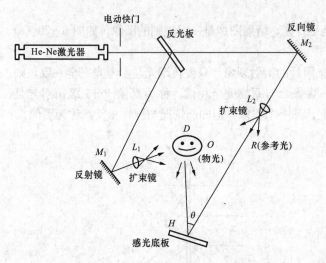

图 6-21 全息照相光路系统

分成两束光：一束经 M_1 反射再被透镜 L_1 扩束后均匀地照射在被摄物 D 的整个表面上，并使拍摄物表面漫反射的光波（物光）能射到感光板 H 上；另一束光（称为参考光）经反射镜 M_2 和扩束镜 L_2 后，直接投射到感光板 H 上。当参考光和物光在感光板 H 上相遇时，叠加形成的干涉条纹被感光板 H 记录。光路系统应满足下列条件。

1) 物光束和参考光束由分光板至感光板之间的光程应大致相等。

2) 用透镜将物光束扩展到保证整个被摄物都能受到光照，参考光束也应扩展使感光板有均匀的光照。

3) 照在感光板上的物光束和参考光束之间的夹角在 $30°\sim50°$ 为宜。

4) 参考光束应强于物光束，在放感光板的地方，它们的强度比约为 $3:1\sim5:1$ 为宜。

（2）关闭室内照明灯，用光电池测量放感光板处参考光束和物光光束的强度，以检验发光强度比是否符合要求。根据总发光强度确定曝光时间。曝光时间应该控制在 $20\sim60s$ 之间。

（3）上快门，调好曝光定时器的曝光时间，装感光板，使乳胶面向着入射光，静置几分钟使防振台不振动后曝光。在曝光过程中绝对不要触及防振台并保持室内安静。

（4）显影和定影。显影液用 D-19 显影液，温度为 $(20\pm0.5)℃$，显影时间约为 2min（以感光板上出现灰色条纹为宜）。从显影液中取出感光板后用自来水冲洗。然后放在定影液中定影 $2\sim4min$，水洗 $2\sim3min$ 即可观察物像再现。

全息照片所记录的是物光和参考光之间的干涉条纹。这些条纹很细，在照相过程中，极小的振动和位移都会引起干涉条纹的模糊，甚至使干涉条纹不能记录下来。为此，在照相过程中，光源、光路中各光学元件、被摄物体和感光底板都必须放在一个防振台上，使外界各种微小振动不致干扰条纹的记录。

全息照片上的干涉条纹很细密，每毫米将有上千条。普通照片底片由于银化合物的颗粒较粗，每毫米只能记录几十到几百条条纹，不能用来记录全息照相中的干涉条纹。全息照相必须用特制的高分辨率的感光底板。

2. 观察全息照片的再现物像

（1）判别所拍全息照片的乳胶面（即感光药膜面），仔细观察其上所记录的干涉图样。

（2）观察再现的虚像。如图 6-22 布置光路。

将全息照片 H 放到光束截面被放大的激光束中，注意感光药膜应向着再现光束，再现光束的扩束镜 L_2 的位置和方向（α 和 θ）最好与拍摄时一致。观察的角度由全息照片的尺寸和被摄物的距离决定。按图 6-22 中的箭头方向观察，就可观察到再现虚像。观察再现虚像出现的位置、亮度，判别能看到再现虚像的视角范围（即立体角 ω 大小）和观察者距全息照片的距离与全息照片尺寸的关系。

（3）观察再现实像。通常采用图 6-23 所示的光路，用未扩束激光直接射到全息照片的玻璃片基面（反面）上，选取适当的夹角 α，再用毛玻璃漫射观察屏 S 来接收再现实像。应当注意，再现入射光束的入射光不同时，再现实像的视差效应和清晰程度不同；当观察屏 S 与全息照片距离不同时，屏上所截得像的大小和清晰程度也不相同。只有像质量最佳的位置才是实像位置。

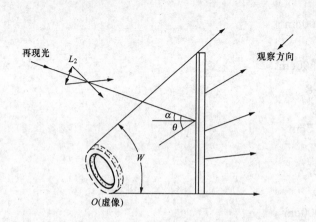

图 6-22　观察再现虚像的光路图

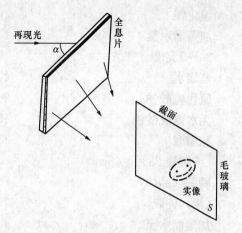

图 6-23　观察再现实像的光路图

【注意事项】

（1）保持各光学元件清洁，否则将影响全息图的质量。如果光学面被玷污或有灰尘，应按实验室规定的方法去处理，不能用手、手帕或纸片擦拭。

（2）曝光过程中切勿触及全息实验台，人员也不宜随意走动，以免引起振动，影响全息图质量。

（3）绝对不能用眼睛直视未扩的激光，以免造成视网膜永久损伤（但经过透镜扩束后的激光束除外）。

（4）全息照片及观察屏均为玻璃片基，易碎，使用时应小心轻放，以免损坏。

思　考　题

（1）为什么要求光路中物光和参考光的光程尽量相等？

（2）在观察全息照片的虚像时，你能否尝试用手去触及再现景物？当手移近或远离再现景物时，你能据此来判断像的位置、大小及深度吗？

（3）如果你照的全息照片观察不到物像再现的虚像或实像时，试分析其原因。什么因素影响全息照片的图像质量？

（4）当你的全息底片不慎打碎后，用碎片能够观察到物体的整个像吗？为什么？

（5）归纳全息照相与普通照相有什么不同。

【附录1】

全息照相的显影液和定影液如下。

1. D-19 显影液配方

蒸馏水	约 500cm³
米吐尔	2g
无水亚硫酸钠	90g
对苯二酚	8g
无水碳酸钠	48g
溴化钾	5g
加蒸馏水至	1 000cm³

2. F-5 定影液配方

蒸馏水	约 500cm³
硫代硫酸钠	240g
无水亚硫酸钠	15g
冰醋酸	13.5cm³
（或醋酸 28%	48cm³）
硼酸（晶体）	7.5g
（铝）钾矾	15g
加蒸馏水至	1 000cm³

【附录2　全息照相技术简介】

普通照相是立体景物的平面记录。在一张风景照片上，近处的垂柳、远处的高山、天空中的白云等景物都被记录在一张平面相片上。你只能凭借经验和想象来确定它们的远近位置。在照片上近处的垂柳必然会遮掉后面远处高山的一部分。尽管你改变眼睛的观察方向，也绝不可能看到被遮挡的那部分。从这个意义上讲，普通照相并没有放映出景物的实际状况。人们渴望看到对实际景物完全、真实、立体的记录。全息照相技术使人们获得了打开完全、真实、立体记录实际景物大门的钥匙。

全息照相的思想，最早是加柏于 1948 年提出来的。从那时起直到 20 世纪 50 年代末，全息照相都是用水银灯作为光源的，由于水银灯光源的相干性太差，因此这十多年中，全息照相技术进展非常缓慢，离实际应用还有很大差距。1960 年，一种高相干度的光源——激光诞生了，应用激光可以很容易地拍摄到全息图像，并能够很容易地进行全息图像的再现。激光的出现使全息照相技术向实际应用迈出了关键的一步。现在，全息照相技术已经在立体成像、干涉计量检测、信息存储等应用领域获得巨大进展。但是，目前在全息照相技术中还存在着问题：①由于应用激光再现全息图像，导致全息图像失去了色调信息；②由于激光的高相干性，要求全息拍摄过程中各个光学元件、光源和记录底片的相对位置严格保持不变，这在实际使用中还是不方便的。为了解决上述这两个问题，科学家们现在正在研究开发用激光记录、且用白光再现的全息图像技术；以及用白光记录、白光再现的全息图像技术。在 21 世纪全息技术将最终走出实验室，进入人们的生活当中。

实验 28　稳态法测量不良导体的导热系数

导热系数是表征物质热传导性质的物理量。材料结构的变化与所含杂质的不同对材料导热系数数值都有明显的影响，因此材料的导热系数常常需要由实验去具体测定。

测量导热系数的实验方法一般分为稳态法和动态法两类。在稳态法中，先利用热源对样品加热，样品内部的温差使热量从高温向低温传导，样品内部各点的温度将随加热快慢和传热快慢的影响而变动；当适当控制实验条件和实验参数使加热和传热的过程达到平衡状态，则待测样品内部可能形成稳定的温度分布，根据这一温度分布就可以计算出导热系数。而在动态法中，最终在样品内部所形成的温度分布是随时间变化的，如呈周期性的变化，变化的周期和幅度亦受实验条件和加热快慢的影响，与导热系数的大小有关。

本实验应用稳态法测量不良导体（橡皮样品）的导热系数，学习用物体散热速率求传导速率的实验方法。

【实验目的】
（1）用稳态法测量不良导应体（橡皮样品）的导热系数。
（2）学习用物体散热速率求传导速率的实验方法。
（3）学习用作图法求冷却速率。

【实验仪器】
YBF-3 导热系数测试仪一台、冰点补偿装置一台、测试样品（硬铝、硅橡胶、胶木板）一组、塞尺一把。

【实验原理】
1898 年 C. H. Lees 首先使用平板法测量不良导体的导热系数，这就是稳态法。实验中，样品制成平板状，其上端面与一个稳定的均匀发热体充分接触，下端面与一均匀散热体相接触。由于平板样品的侧面积比平板面积小很多，可以认为热量只沿着上下方向垂直传递，横向由则侧面散去的热量可以忽略不计，即可以认为，样品内只有在垂直样品平面的方向上有温度梯度，在同一平面内，各处的温度相同。

设稳态时，样品的上下平面温度分别为 θ_1，θ_2，根据傅立叶传导方程，在 Δt 时间内通过样品的热量 ΔQ 为

$$\frac{\Delta Q}{\Delta t} = \lambda \frac{\theta_1 - \theta_2}{h_B} S \tag{6-20}$$

式中：λ 为样品的导热系数；h_B 为样品的厚度；S 为样品的平面面积。实验中样品为圆盘状，设圆盘样品的直径为 D_B，则由式（6-20）得

$$\frac{\Delta Q}{\Delta t} = \lambda \frac{\theta_1 - \theta_2}{4 h_B} \pi D_B^2 \tag{6-21}$$

实验装置如图 6-24 所示，固定于底座的三个支架上，支撑着一个铜散热盘 P，散热盘 P 可以借助底座内的风扇，达到稳定有效的散热。散热盘上安放面积相同的圆盘样品 B，样品 B 上放置一个圆盘状加热盘 C，其面积也与样品 B 的面积相同，加热盘 C 是由单片机控制的自适应电加热，可以设定加热盘的温度。

当传热达到稳定状态时，样品上下表面的 θ_1 和 θ_2 不变，这时可以认为加热盘 C 通过样

品传递的热流量与散热盘 P 向周围环境散热量相等。因此可以通过散热盘 P 在稳定温度 θ_2 时的散热速率来求出热流量 $\dfrac{\Delta Q}{\Delta t}$。

实验时，当测得稳态时的样品上下表面 θ_1 和 θ_2 后，将样品 B 抽去，让加热盘 C 与散热盘 P 接触，当散热盘的温度上升到高于稳态时的 θ_2 值 $10℃$ 或者 $10℃$ 以上后，移开加热盘，

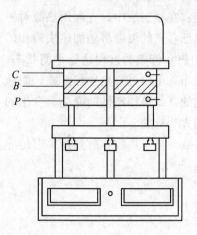

C
B
P

让散热盘冷却，记录散热盘温度 θ 随时间 t 的下降情况，求出散热盘在 θ_2 时的冷却速率 $\dfrac{\Delta \theta}{\Delta t}\Big|_{\theta=\theta_2}$，则散热盘 P 在 θ_2 时的散热速率为

$$\frac{\Delta Q}{\Delta t} = mC\frac{\Delta \theta}{\Delta t}\Big|_{\theta=\theta_2} \qquad (6\text{-}22)$$

式中：m 为散热盘 P 的质量；C 为其比热容。

在达到稳态的过程中，P 盘的上表面并未暴露在空气中，而物体的冷却速率与它的散热表面积成正比，为此，稳态时铜盘 P 的散热速率的表达式应作面积修正

$$\frac{\Delta Q}{\Delta t} = mc\frac{\Delta \theta}{\Delta t}\Big|_{\theta=\theta_2}\frac{(\pi R_P^2 + 2\pi R_P h_P)}{(2\pi R_P^2 + 2\pi R_P h_P)} \qquad (6\text{-}23)$$

图 6-24　实验装置图

式中：R_P 为散热盘 P 的半径；h_P 为其厚度。

由式（6-21）和式（6-23）可得

$$\lambda \frac{\theta_1 - \theta_2}{4h_B}\pi D_B^2 = mc\frac{\Delta \theta}{\Delta t}\Big|_{\theta=\theta_2}\frac{(\pi R_P^2 + 2\pi R_P h_P)}{(2\pi R_P^2 + 2\pi R_P h_P)} \qquad (6\text{-}24)$$

所以样品的导热系数 λ 为

$$\lambda = mc\frac{\Delta \theta}{\Delta t}\Big|_{\theta=\theta_2}\frac{(R_P + 2h_P)}{(2R_P + 2h_P)}\frac{4h_B}{(\theta_1 - \theta_2)}\frac{1}{\pi D_B^2} \qquad (6\text{-}25)$$

【实验内容】

（1）取下固定螺丝，将橡皮样品放在加热盘与散热盘中间，橡皮样品要求与加热盘、散热盘完全对准；要求上下绝热薄板对准加热和散热盘。调节底部的三个微调螺丝，使样品与加热盘、散热盘接触良好，但注意不宜过紧或过松。

（2）加热盘 C 侧面和散热盘 P 侧面，都有供安插热电偶的小孔，安放时此二小孔都应与冰点补偿器在同一侧，以免线路错乱。热电偶插入小孔时，要抹上些硅脂，并插到洞孔底部，保证接触良好，从铜板上引出的热电偶其冷端接至冰点补偿器的信号输入端，经冰点补偿后由冰点补偿器的信号输出端接到导热系数测定仪的信号输入端。

（3）加热温度的设定。

1）按一下温控器面板上设定键（S），此时设定值（SV）后一位数码管开始闪烁。

2）根据实验所需温度的大小，再按设定键（S）左右移动到所需设定的位置，然后通过加数键（▲）、减数键（▼）来设定好所需的加热温度。

3）设定好加热温度后，等待 8s 后返回至正常显示状态。

（4）根据稳态法的原理，必须得到稳定的温度分布，这就需要较长的时间等待。手动控温测量导热系数时，控制方式开关打到"手动"。将手动选择开关打到"高"档，根据目标温度的高低，加热一定时间后再打至"低"档。根据温度的变化情况要手动去控制"高"档

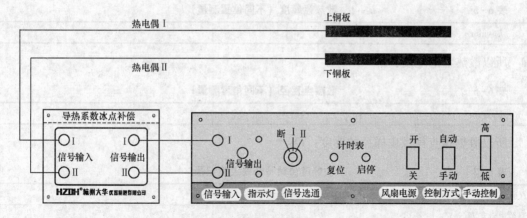

图 6-25　连线图

或"低"档加热。然后，每隔 5min 读一下温度示值（具体时间因被测物和温度而异），如在一段时间内样品上、下表面温度 θ_1 和 θ_2（实为热电偶输出电动势不变）示值都不变，即可认为已达到稳定状态。

自动 PID 控温测量时，控制方式开关打到"自动"，手动选择开关打到中间一档，PID 控温表将会使发热盘的温度自动达到设定值。每隔 5min 读一下温度示值，待在 10min 或更长的时间内加热盘和散热盘的温度值 θ_1 和 θ_2 基本不变（实为热电偶输出电动势不变），可以认为已经达到稳定状态了。

（5）记录稳态时 θ_1 和 θ_2 值（实为热电偶输出电动势）后，移去样品，继续对下铜板加热，当下铜盘温度比 θ_2 高出 10℃ 左右时，移去加热盘 C，让下铜盘所有表面均暴露于空气中，使下铜板自然冷却。每隔 30s 读一次下铜盘的温度示值（实为热电偶输出电动势）并记录，直至温度下降到 θ_2 以下约 10℃。作铜板的 $\theta-t$ 冷却速率曲线（选取邻近的 θ_2 测量数据来求出冷却速率）。

（6）根据式（6-25）计算样品的导热系数 λ。

（7）本实验选用铜—康铜热电偶测温度，温差 100℃ 时，其温差电动势约 4.0mV，故应配用量程 0～20mV，并能读到 0.01mV 的数字电压表（数字电压表前端采用自稳零放大器，故无须调零）。由于热电偶冷端温度为 0℃，对一定材料的热电偶而言，当温度变化范围不大时，其温差电动势（mV）与待测温度（0℃）的比值是一个常数。由此，在用式（6-25）计算时，可以直接以电动势值代表温度值。

【数据表格】

样品：橡皮；　　　　　　　　　　　　室温：　　℃

散热盘比热容（紫铜）：$C=385\mathrm{J}/(\mathrm{kg \cdot K})$；散热盘质量：$m=891.42\mathrm{g}$；

表 6-3　　　　　　　　　　　　橡皮样品厚度（不同位置测量）

H_B(mm)						

所以橡皮样品厚度：$H_B=$　　。

表 6-4　　　　　　　　　　　　橡皮样品直径（不同角度测量）

D_B(mm)						

所以橡皮样品的直径：$D_B=$　　。

表6-5 散热盘厚度（不同位置测量）

h_P(mm)						

所以散热盘的厚度：$h_P=$　　　。

表6-6 散热盘直径（不同角度测量）

D_P(mm)						

所以散热盘直径橡皮样品的厚度：$D_P=$　　　。

表6-7 散热盘自然冷却时温度记录

t(s)						
温差电动势 U(mV)						
θ(℃)						

取临近 θ_2 温度的测量数据求出冷却速率 $\left.\dfrac{\Delta\theta}{\Delta t}\right|_{\theta=\theta_2}$，再将以上数据代入式（6-25）计算 λ 值。

【注意事项】

（1）为了准确测定加热盘和散热盘的温度，实验中应该在两个传感器上涂些导热硅脂或者硅油，以使传感器和加热盘、散热盘充分接触；另外，加热橡皮样品的时候，为达到稳定的传热，调节底部的三个微调螺丝，使样品与加热盘、散热盘紧密接触。注意中间不要有空气隙，也不要将螺丝旋太紧，以影响样品的厚度。

（2）导热系数测定仪铜盘下方的风扇做强迫对流换热用，减小样品侧面与底面的放热比，增加样品内部的温度梯度，从而减小实验误差，所以实验过程中，风扇一定要打开。

思　考　题

（1）应用稳态法是否可以测量良导体的导热系数？如可以，对实验样品有什么要求？实验方法与测不良导体有什么区别？

（2）试问以铜盘 C 的散热率作为材料的传热率其物理根据和意义又何在？

表6-8 铜—康铜热电偶分度表

温度(℃)	热电势（mV）									
	0	1	2	3	4	5	6	7	8	9
10	0.391	0.430	0.470	0.510	0.549	0.589	0.629	0.669	0.709	0.749
20	0.789	0.830	0.870	0.911	0.951	0.992	1.032	1.073	1.114	1.155
30	1.196	1.237	1.279	1.320	1.361	1.403	1.444	1.486	1.528	1.569
40	1.611	1.653	1.695	1.738	1.780	1.882	1.865	1.907	1.950	1.992
50	2.035	2.078	2.121	2.164	2.207	2.250	2.294	2.337	2.380	2.424
60	2.467	2.511	2.555	2.599	2.643	2.687	2.731	2.775	2.819	2.864

续表

温度(℃)	热电势（mV）									
	0	1	2	3	4	5	6	7	8	9
70	2.908	2.953	2.997	3.042	3.087	30 131	3.176	3.221	3.266	2.312
80	3.357	3.402	3.447	3.493	3.538	3.584	3.630	3.676	3.721	3.767
90	3.813	3.859	3.906	3.952	3.998	4.044	4.091	4.137	4.184	4.231
100	4.277	4.324	4.371	4.418	4.465	4.512	4.559	4.607	4.654	4.701

实验 29 磁性材料基本特性的研究

磁性材料应用广泛，从常用的永久磁铁、变压器铁心到录音、录像、计算机存储用的磁带、磁盘等都采用磁性材料。通过实验研究这些性质不仅能掌握用示波器观察磁滞回线以及基本磁化曲线的基本测绘方法及材料参数的测量方法，而且能从理论和实际应用上加深对材料磁特性的认识。

【实验目的】

（1）测绘样品的磁滞回线，认识铁磁物质的磁化规律。

（2）测定样品的基本磁化曲线，作 $\mu - H$ 曲线。

（3）测定样品的 H_C、B_r、B_m（$H_m B_m$）等参数。

（4）用感应法测定磁性材料的 $\varepsilon_{eff(B)} - T$ 曲线，并求出其居里温度。

【实验仪器】

磁滞回线测试仪、双踪示波器、居里点实验仪。

【实验原理】

1. 磁滞回线以及基本磁化曲线

铁磁物质是一种性能特异，用途广泛的材料。铁、钴、镍及其众多合金以及含铁的氧化物（铁氧体）均属铁磁物质。其特征是在外磁场作用下能被强烈磁化，故磁导率 μ 很高。另一特征是磁滞，即磁化场作用停止后，铁磁质仍保留磁化状态，图 6-26 为铁磁物质的磁感应强度 B 与磁化场强度 H 之间的关系曲线。

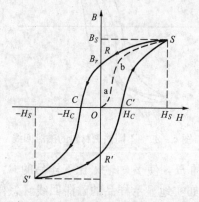

图 6-26 铁磁物质起始磁化曲线和磁滞回线

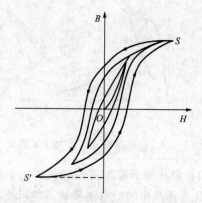

图 6-27 同一铁磁材料的一簇磁滞回线

图 6-26 中的原点 O 表示磁化之前铁磁物质处于磁中性状态，即 $B=H=0$，当磁场 H 从零开始增加时，磁感应强度 B 随之缓慢上升，如线段 oa 所示，继之 B 随 H 迅速增长，如 ab 所示，其后 B 的增长又趋缓慢，并当 H 增至 H_S 时，B 到达饱和值 B_S，$oabs$ 称为起始磁化曲线。图 6-26 表明，当磁场从 H_S 逐渐减小至零，磁感应强度 B 并不沿起始磁化曲线恢复到"O"点，而是沿另一条新的曲线 SR 下降，比较线段 OS 和 SR 可知，H 减小 B 相应也减小，但 B 的变化滞后于 H 的变化，这现象称为磁滞，磁滞的明显特征是当 $H=0$ 时，B 不为零，而保留剩磁 B_r。

当磁场反向从 O 逐渐变至 $-H_C$ 时，磁感应强度 B 消失，说明要消除剩磁，必须施加反向磁场，H_C 称为矫顽力，它的大小反映铁磁材料保持剩磁状态的能力，线段 RC 称为退磁曲线。

图 6-26 还表明，当磁场按 $H_S \to 0 \to -H_C \to -H_S \to 0 \to H_C \to H_S$ 次序变化，相应的磁感应强度 B 则沿闭合曲线 $SRCS'R'C'S$ 变化，这闭合曲线称为磁滞回线。所以，当铁磁材料处于交变磁场中时（如变压器中的铁心），将沿磁滞回线反复被磁化→去磁→反向磁化→反向去磁。在此过程中要消耗额外的能量，并以热的形式从铁磁材料中释放，这种损耗称为磁滞损耗。可以证明，磁滞损耗与磁滞回线所围面积成正比。

应该说明，当初始态为 $H=0$，$B=0$ 的铁磁材料，在交变磁场强度由弱到强依次进行磁化，可以得到面积由小到大向外扩张的一簇磁滞回线，如图 6-27 所示。这些磁滞回线顶点的连线称为铁磁材料的基本磁化曲线，由此可近似确定其磁导率 $\mu = \dfrac{B}{H}$，因 B 与 H 非线性，故铁磁材料的 μ 不是常数而是随 H 而变化，如图 6-28 所示。铁磁材料的相对磁导率可高达数千乃至数万，这一特点是它用途广泛的主要原因之一。

可以说磁化曲线和磁滞回线是铁磁材料分类和选用的主要依据，图 6-29 为常见的两种典型的磁滞回线，其中软磁材料的磁滞回线狭长、矫顽力、剩磁和磁滞损耗均较小，是制造变压器、电机和交流磁铁的主要材料。而硬磁材料的磁滞回线较宽、矫顽力大、剩磁强，非常适合于用来制造永磁体。观察和测量磁滞回线和基本磁化曲线的线路如图 6-30 所示。

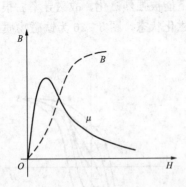

图 6-28　铁磁材料 μ 与 H 的关系曲线

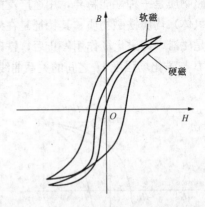

图 6-29　不同铁磁材料的磁滞回线

只要设法使示波器 X 轴输入正比于被测样品中的 H，使 Y 轴输入比于样品的 B，保持 H 和 B 为样品中的原有关系就可在示波器荧光屏上如实地显示样品的磁滞回线。怎样才能使示波器的 X 轴输入正比于 H，Y 轴输入正比于 B 呢？图 6-30 为测试磁滞回线的原理图。

L 为被测样品的平均长度（虚线框），N_1、N_2 分别为原、副边匝数，R_1、R_2 为电阻，C 为电容。

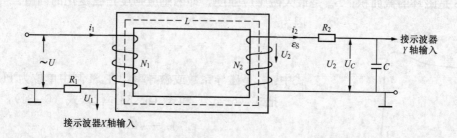

图 6 - 30　示波器显示样品磁滞回线的实验电路原理图

本实验研究的是闭合状的铁磁圆环样品，铁磁样品平均磁路为 L，励磁线圈的匝数为 N_1，若励磁电流为 i_1 时，在样品内根据安培环路定律，有

$$HL = N_1 i_1 \tag{6-26}$$

则示波器 X 轴偏转板输入电压为

$$U_1 = R_1 i_1 = \frac{R_1 L}{N_1} H \tag{6-27}$$

式中：R_1、L、N_1 均为常数，这表明 X 轴输入电压的大小 U_{R_1} 与磁场强度 H 成正比。

设样品的截面积为 S，根据电磁感应定律，在匝数为 N_2 的次级线圈中，感应电动势为

$$\varepsilon_2 = -N_2 S \frac{\mathrm{d}B}{\mathrm{d}t} \tag{6-28}$$

在 R_2、C 所构成的回路中适当的选取 R_2、C 值使得 $R_2 \gg 1/\omega C$，则

$$\varepsilon_2 = R_2 i_2 \tag{6-29}$$

将 $i = \dfrac{\mathrm{d}q}{\mathrm{d}t} = C \dfrac{\mathrm{d}u_c}{\mathrm{d}t}$ 代入式（6-29），并利用式（6-28）可得

$$U_C = -\frac{N_2 S}{R_2 C} B \tag{6-30}$$

这表明 Y 轴输入电压的大小 U_c 与磁磁感应强度 B 成正比。

故只要将 U_1、U_c 分别接到示波器的 X 轴与 Y 轴输入，则在荧光屏上扫描出来的图形就能如实反映被测样品的磁滞回线。依次改变 U_1（从零递增）值，便可得到一组磁滞回线，各条磁滞回线顶点的连线便是基本磁化曲线。同时可测定样品的饱和磁感应强度 B_S、剩磁 B_r、矫顽力 H_c 以及磁导率 μ 等参数。

2. 测量居里温度

磁导率 μ 不仅是磁场 H 的函数，还是温度的函数（见图 6-31），从图 6-31 中可看到当温度升高到某个值时，铁磁质由铁磁状态转变成顺磁状态，在曲线上变化率最大的点所对应的温度就是居里温度 T_C。

（1）感应法测定居里温度。在磁环上分别绕线圈 A，B，并在 A 线圈上通激励电流，则 B 线圈上感应电动势的有效值为

$$\varepsilon_{eff(B)} = \sqrt{2} \pi f N \Phi_m \tag{6-31}$$

式中：f 为频率；N 为线圈的匝数；Φ_m 为最大磁通。

Φ_m 为

$$\Phi_m = B_m S \tag{6-32}$$

式中：S 是磁环的截面积；B_m 是最大磁感应强度，即磁感应强度正弦变化的幅值。

因为

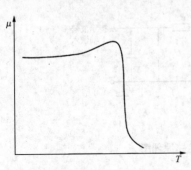

图 6-31 μ-T 曲线

$$H = \frac{B}{\mu} \tag{6-33}$$

式中：μ 是磁导系数或磁导率，在 SI 制中单位为 H/m。

把式（6-32）和式（6-33）代入式（6-31），得

$$\varepsilon_{eff(B)} = \sqrt{2}\pi f N S \mu H_m \tag{6-34}$$

H_m 是磁场强度的幅值，当激励电流稳定成正弦变化，则 H_m 稳定，即得

$$\varepsilon_{eff(B)} \propto \mu$$

即当 $\mu=0$ 时，感应电动势 $\varepsilon_{eff(B)}=0$，此时温度 T_C 称居里点。

显然，我们完全可用测出的 $\varepsilon_{eff(B)}$－T 曲线来确定温度 T_C。具体说，在 $\varepsilon_{eff(B)}$－T 曲线斜率最大处作其切线，并与横坐标轴相交的一点即为温度 T_C。如图 6-32 所示，这是因为在居里点时，铁磁材料的磁性才发生突变，所以要在斜率最大处作切线。又因为在居里点以上时，铁磁性已转化为顺磁性。因本实验交变磁场较弱，所以对顺磁性物质引起的磁化是很弱的，但是有一个很小的值，故 $\varepsilon_{eff(B)}$－T 曲线不能与横坐标相交。

（2）观察法测定居里温度。如图 6-31 所示，式（6-28）可转化为

$$B = \frac{1}{N_2 S}\int \varepsilon_s \, \mathrm{d}t \tag{6-35}$$

所以，当样品被加热到一定温度时，铁磁物质将转化为顺磁物质，示波器上磁滞回线消失，铁磁物质这一转变温度称为居里点。

【实验装置】

1. 磁滞回线测量仪

观察和测量磁性材料的磁滞回线和基本磁化曲线的线路如图 6-33 所示，图中变压器、电阻 R_1、被测样品、电容器 C_2 等均已安装在实验仪中。实验时，只需连接好相应的导线，X（H）接至示波器 X 轴输入，Y（B）接至示波器 Y 轴输入。

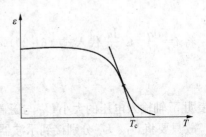

图 6-32 感应电动势随温度变化曲线

2. 居里点测试仪

居里点测试仪原理如图 6-34 所示。

【实验内容】

（1）连接电路：选择样品 1 按实验仪上所给的电路图连接线路，并令 $R_1=2.5\Omega$，"U 选择" 置于 0 位置。U_H 和 U_B（即 U_1 和 U_2）分别接示波器的 "X 输入" 和 "Y 输入"。

（2）样品退磁：如图 6-35 所示，开启实验仪电源，对试样进行退磁，即顺时针方向转动 "U 选择" 旋钮，令 U 从 0 增到 3V，然后逆时针方向转动旋钮，将 U 从最大值降为 0V，其目的是消除剩磁，确保样品处于磁中性状态，即 $B=H=0$。

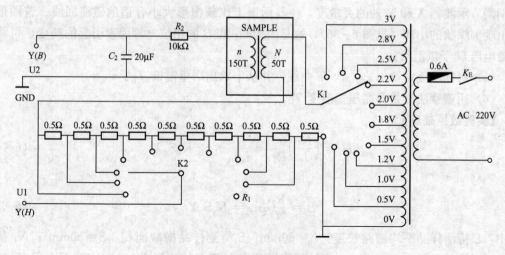

图 6-33　磁滞回线测量仪电路图

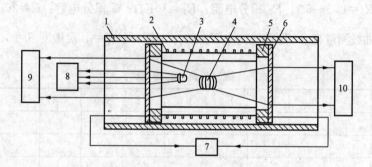

图 6-34　居里点测试仪原理图

1—耐高温绝缘玻璃管；2—加热电炉丝；3—集成温度传感器；4—铁氧铁
（被测样品）；5—固定架；6—印刷板；7—提供加热电流的电源部分；
8—测温显示部分；9—激励电源；10—感应电流测量部分

（3）观察基本磁化曲线，按步骤 2 对样品进行退磁，从 $U=0$ 开始，逐挡提高励磁电压，将在显示屏上得到面积由小到大一个套一个的一簇磁滞回线。这些磁滞回线顶点的连线就是样品的基本磁化曲线，如图 6-35 所示。

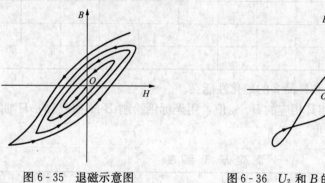

图 6-35　退磁示意图　　　　　　图 6-36　U_2 和 B 的相位差因素引起的畸变

（4）观察磁滞回线：开启示波器电源，令光点位于坐标原点（0，0）令 $U=2.2\text{V}$，并分别调节示波器 X 和 Y 轴的灵敏度,使显示屏上出现图形大小合适的磁滞回线。若图形顶部出现编织状的小环(见图 6-36),这是因为 U_2 和 B 的相位差等因素引起的畸变,可降低励磁电压 U 予以消除。

(5)对样品逐点测出 $\varepsilon_{eff(B)}-T$ 曲线,并从中求出居里温度 T_C。

(6)用观察法测量样品居里温度 T_C。

【实验数据处理】

$$H = \left(\frac{N_1}{L}\right)\frac{u_1}{R_1} = \frac{N_1}{LR_1}u_1 = K_x S_x X \tag{6-36}$$

$$B = \frac{R_2 C}{N_2 S}u_c = K_y S_y Y \tag{6-37}$$

式中:L 待测样品平均磁路长度:$L=60mm$;S 待测样品横截面积:$S=80mm^2$;N_1 待测样品励磁绕组匝数:$N_1=50$ 匝;N_2 待测样品 B 的测量绕组匝数:$N_2=150$ 匝;R_1 励磁电流取样电阻:$R_1=0.5\sim5\Omega$;R_2 积分电阻:$R_2=10K\Omega$;C 积分电容:$C=20\mu f$。

(1)磁化曲线测量与 $\mu-H$ 曲线。令 $K_x=\dfrac{N_1}{LR_1}$,$K_y=\dfrac{R_2 C}{N_2 S}$,灵敏度 $S_x=$,灵敏度 $S_y=$。

表 6-9   磁 化 曲 线 测 量

$U(V)$	0.5	0.8	1.0	1.2	1.5	1.8	2.0	2.2	2.5	2.8	3.0
$X(cm)$											
$Y(cm)$											
$H(A/m)$											
$B(T)$											
$\mu=B/H$ (H/m)											

(2)磁滞回线。令 $U=3.0V$,$R_1=2.5\Omega$,$H_C=$,$B_r=$,$B_m=$,$K_x=$,$K_y=$,$S_x=$,$S_y=$。

表 6-10   测 量 磁 滞 回 线

$X(cm)$									
$Y(cm)$									
$H(A/m)$									
$B(T)$									

(3)观察、比较样品 1 和样品 2 的磁化性能。

(4)取 1 及 2 中的 H 和其相应的 B、μ 值,用坐标纸绘制 B-H 曲线和 μ-H 曲线。

(5)感应法测定居里温度。

表 6-11   测 定 居 里 温 度

$T(℃)$									
$U(mV)$									

（6）作图求出居里温度 T_C。

（7）用观察法测量样品居里温度 $T_C=$　。

【实验注意事项】

（1）用示波器观察测量时选择合适灵敏度，为了保证示波器的量程是准确的，必须使量程微调旋钮处于校正位置。只有这样，才能根据示波器的格数、选择的灵敏度（量程），代入公式计算 H 和 B 值。

（2）测量居里点时温度升高 80℃ 以上时，谨防烫伤。

思 考 题

（1）将 U_1 接至示波器的 X 轴入端，将 U_2 接至示波器的 Y 输入端，为什么能用电学量 U 来测量 H 和 B？

（2）测出的 $\varepsilon_{eff(B)}$-T 曲线，为什么与横坐标没有交点？

实验 30　太阳电池伏-安特性的测量

太阳电池（Solar Cells），也称为光伏电池，是将太阳光辐射能直接转换为电能的器件。由这种器件封装成太阳电池组件，再按需要将一块以上的组件组合成一定功率的太阳电池方阵，经与储能装置、测量控制装置及直流—交流变换装置等相配套，即构成太阳电池发电系统，也称之为光伏发电系统。它具有不消耗常规能源、无转动部件、寿命长、维护简单、使用方便、功率大小可任意组合、无噪声、无污染等优点。世界上第一块实用型半导体太阳电池是美国贝尔实验室于 1954 年研制的。经过人们 40 多年的努力，太阳电池的研究、开发与产业化已取得巨大进步。目前，太阳电池已成为空间卫星的基本电源和地面无电、少电地区及某些特殊领域（通信设备、气象台站、航标灯等）的重要电源。随着太阳电池制造成本的不断降低，太阳能光伏发电将逐步地部分替代常规发电。近年来，在美国和日本等发达国家，太阳能光伏发电已进入城市电网。从地球上化石燃料资源的渐趋耗竭和大量使用化石燃料必将使人类生态环境污染日趋严重的战略观点出发，世界各国特别是发达国家对于太阳能光伏发电技术十分重视，将其摆在可再生能源开发利用的首位。因此，太阳能光伏发电有望成为 21 世纪的重要新能源。有专家预言，在 21 世纪中叶，太阳能光伏发电将占世界总发电量的 15%～20%，成为人类的基础能源之一，在世界能源构成中占有一定的地位。通过这一实验了解太阳电池伏—安特性和光照特性。

【实验目的】

（1）了解太阳电池的工作原理及其应用。

（2）测量太阳电池的伏—安特性曲线。

【实验原理】

1. 太阳电池的结构

以晶体硅太阳电池为例，其结构示意图如图 6 - 37 所示，晶体硅太阳电池以硅半导体材料制成大面积 pn 结进行工作。一般采用 n^+/p 同质结的结构，即在约 10cm×10cm 面积的 p 型硅片（厚度约 500μm）上用扩散法制作同一层很薄（厚度约 0.3μm）的经过重掺杂的 n

型层，然后在 n 型层上面制作金属栅线，作为正面接触电极。在整个背面也制作金属膜，作为背面欧姆接触电极，这样就形成了晶体硅太阳电池。为了减少光的反射损失，一般在整个表面上再覆盖一层减反射膜。

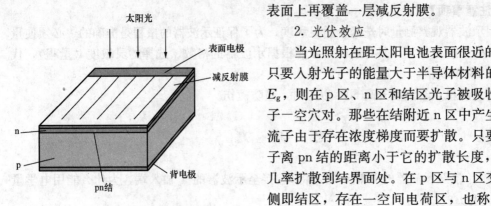

图 6-37　晶体硅太阳电池的结构示意图

2. 光伏效应

当光照射在距太阳电池表面很近的 pn 结时，只要入射光子的能量大于半导体材料的禁带宽度 E_g，则在 p 区、n 区和结区光子被吸收会产生电子—空穴对。那些在结附近 n 区中产生的少数载流子由于存在浓度梯度而要扩散。只要少数载流子离 pn 结的距离小于它的扩散长度，总有一定几率扩散到结界面处。在 p 区与 n 区交界面的两侧即结区，存在一空间电荷区，也称为耗尽区。在耗尽区中，正负电荷间形成一电场，电场方向由 n 区指向 p 区，这个电场称为内建电场。这些扩散到结界面处的少数载流子（空穴）在内建电场的作用下被拉向 p 区。同样，如果在结附近 p 区中产生的少数载流子（电子）扩散到结界面处，也会被内建电场迅速被拉向 n 区。结区内产生的电子—空穴对在内建电场的作用下分别移向 n 区和 p 区。如果外电路处于开路状态，那么这些光生电子和空穴积累在 pn 结附近，使 p 区获得附加正电荷，n 区获得附加负电荷，这样在 pn 结上产生一个光生电动势。这一现象称为光伏效应（Photovoltaic Effect，缩写为 PE）。

3. 太阳电池的表征参数

太阳电池的工作原理是基于光伏效应。当光照射太阳电池时，将产生一个由 n 区到 p 区的光生电池 I_{ph}。同时，由于 pn 结二极管的特性，存在正向二极管电流 I_D，此电流方向从 p 区到 n 区，与光生电流相反。因此，实际获得的电流 I 为

$$I = I_{ph} - I_D = I_{ph} - I_0\left[\exp\left(\frac{qV_D}{nk_BT} - 1\right)\right] \tag{6-38}$$

式中：V_D 为结电压；I_0 为二极管的反向饱和电流；I_{ph} 为与入射光的强度成正比的光生电流，其比例系数是由太阳电池的结构和材料的特性决定的；n 称为理想系数（n 值），是表示 pn 结特性的参数，通常在 1～2 之间；q 为电子电荷；k_B 为波尔茨曼常数；T 为温度。

如果忽略太阳电池的串联电阻 R_s，V_D 即为太阳电池的端电压 V，则式（6-38）可写为

$$I = I_{ph} - I_0\left[\exp\left(\frac{qV}{nk_BT}\right) - 1\right] \tag{6-39}$$

当太阳电池的输出端短路时，即 $V=0$（$V_D\approx0$），由式（6-39）可得到短路电流为

$$I_{sc} = I_{ph} \tag{6-40}$$

即太阳电池的短路电流等于光生电流，与入射光的强度成正比。当太阳电池的输出端开路时，$I=0$，由式（6-39）和式（6-40）可得到开路电压为

$$V_{oc} = \frac{nk_BT}{q}\ln\left(\frac{I_{sc}}{I_0} + 1\right) \tag{6-41}$$

当太阳电池接上负载 R 时，所得的负载伏-安特性曲线如图 6-38 所示，负载 R 可以从零到无穷大。当负载 R_m 使太阳电池的功率输出为最大时，它对应的最大功率 P_m 为

$$P_{\mathrm{m}} = I_{\mathrm{m}} V_{\mathrm{m}} \tag{6-42}$$

式中：I_{m} 和 V_{m} 分别为最佳工作电流和最佳工作电压。将 V_{oc} 与 I_{sc} 的乘积与最大功率 P_{m} 之比定义为填充因子 FF，则

$$FF = \frac{P_{\mathrm{m}}}{V_{\mathrm{oc}} I_{\mathrm{sc}}} = \frac{V_{\mathrm{m}} I_{\mathrm{m}}}{V_{\mathrm{oc}} I_{\mathrm{sc}}} \tag{6-43}$$

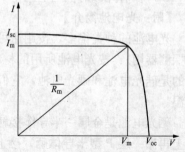

FF 为太阳电池的重要表征参数，FF 愈大则输出的功率愈高。FF 取决于入射光强、材料的禁带宽度、理想系数、串联电阻和并联电阻等。

太阳电池的转换效率 η 定义为太阳电池的最大输出功率与照射到太阳电池的总辐射能 P_{in} 之比，即

$$\eta = \frac{P_{\mathrm{m}}}{P_{\mathrm{in}}} 100\% \tag{6-44}$$

图 6-38　太阳电池的伏—安特性曲线

4. 太阳电池的等效电路

太阳电池可用 pn 结二极管 VD、恒流源 I_{ph}、太阳电池的电极等引起的串联电阻 R_{s} 和相当于 pn 结泄漏电流的并联电阻 R_{sh} 组成的电路来表示，如图 6-39 所示，该电路为太阳电池的等效电路，由等效电路图可以得出太阳电池两端的电流和电压的关系为

$$I = I_{\mathrm{ph}} - I_0 \left\{ \exp\left[\frac{q(V + R_{\mathrm{s}} I)}{n k_{\mathrm{B}} T} \right] - 1 \right\} - \frac{V + R_{\mathrm{s}} I}{R_{\mathrm{sh}}} \tag{6-45}$$

为了使太阳电池输出更大的功率，必须尽量减小串联电阻 R_{s}，增大并联电阻 R_{sh}。

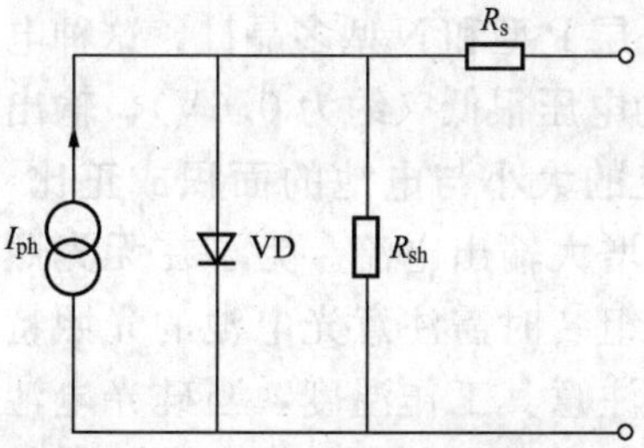

图 6-39　太阳电池的等效电路

【实验仪器】

太阳能光伏组件，功率为 5 瓦；辐射光源，300 瓦卤钨灯；数字万用表，2 个；可变电阻 2 个，接线板。

【实验内容】

（1）将太阳能光伏组件、数字万用表和负载电阻通过接线板连接成回路，改变负载电阻 R，测量流经负载的电流 I 和负载上的电压 V，即可得到该光伏组件的伏—安特性曲线，测量过程中辐射光源与光伏组件的距离要保持不变，以保证整个测量过程是在相同光照强度下进行的。

（2）分别测量以下几种条件下光伏组件的伏—安特性曲线。

1）辐射光源与光伏组件的距离为 60cm。

2）辐射光源与光伏组件的距离为 80cm。

3）辐射光源与光伏组件的距离为 80cm，将两组光伏组件串联。

4）辐射光源与光伏组件的距离为 80cm，将两组光伏组件并联。

（3）用坐标纸或计算机绘图软件画出不同条件下：光伏组件的伏—安特性曲线；光伏组件的输出功率 P 随负载电压 V 的变化。确定不同条件下光伏组件的短路电流 I_{sc}，开路电压 V_{oc}，最大功率 P_{m}，最佳工作电流 I_{m}，工作电压 V_{m} 及负载电阻 R_{m}，填充因子 FF，并将这些实验数据列在一表格内进行比较。

【注意事项】

（1）辐射光源的温度较高，应避免与灯罩接触。

（2）辐射光源的供电电压为 220V，应小心以免触电。

【附：光电池简介】

光电池的种类很多，按用途可分为太阳能电池和测量光电池（将光信号转换为电信号作光探测器用）；按光电池所用的材料可分为硅、硒、锗、硫化镉和砷化镓等。其中，用途最广的是硅光电池和硒光电池，它们寿命长、性能稳定、光谱响应范围宽、频率特性好且能耐高温。

硒光电池是金属—半导体接触型。它以铁或铅作基板，上面镀一层镍（防止杂质扩散），镍上再涂一层 P 型半导体硒，硒上又涂一层半透明导电薄膜（金或氧化镉），并在薄膜四周包有环形金属层集电极。在这种电池中硒层是 P 型半导体，半透明导电薄膜相当 N 型半导体，在这两层间形成势垒（阻挡层），原理与 PN 结类似。金属基板相当于电池的正极，集电极为负极，由于硒光电池的价格较低廉，因而被广泛使用。

硅光电池又可分为单晶硅光电池和多晶硅光电池。它们的转换效率都较高，性能稳定，应用十分广泛。单晶硅光电池有两种系列：2DR 型是以 P 型硅为基底，在基底上掺 5 价元素磷构成 PIN 结；2CR 型是以 N 型硅为基底在基底上掺 3 价元素硼构成 PN 结。再经过加工，引出电极，构成光电池。

多晶硅光电池采用价格便宜的多晶硅为材料，它不受晶体大小的限制，可制成大面积的光电池，因此，它是很有发展前途的太阳能电池。这种电池的结构是在金属基极上镀一层 SiO_2 和 Al 的保护层防止杂质扩散，在上面再分别涂一层 P 型和 N 型多晶硅，这种电池可以做得很薄，10～20mm 厚。一般单片太阳能光电池的电压很低（约为 0.6V），输出电流很小，常把很多片光电池组装作为电源使用。光电流的大小与电池的面积成正比，因此，组装电池时，可串联以提高输出电压，也可并联以增大输出电流。为了在无光照射时仍能供电，常将光电池组与蓄电池组装在一起使用。组装时需注意光电池的光照特性、频率特性、光谱特性及其转换效率。使用光电池时需注意其工作温度，当硅光电池的温度超过 200℃，硒光电池的温度超过 50℃时，它们的晶格就要受到破坏，导致器件损坏。

实验 31   温度传感器特性的研究

"温度"是一个重要的热学物理量，它不仅和我们的生活环境密切相关，在科研及生产过程中，温度的变化对实验及生产的结果也是至关重要的，所以温度传感器的应用更是十分广泛的。

【实验目的】

（1）学习用恒电流法和直流电桥法测量热电阻。

（2）测量铂电阻和热敏电阻温度传感器的温度特性。

（3）测量电压型、电流型和 PN 结温度传感器的温度特性。

【实验仪器】

FB812 型温度传感器温度特性实验仪 1 台。

【实验原理】

温度传感器是利用一些金属、半导体等材料与温度相关的特性制成的。常用的温度传感器的类型、测温范围和特点见表 6 - 12。本实验将通过测量几种常用的温度传感器的特征物理量随温度的变化，来了解这些温度传感器的工作原理。

表 6 - 12　　　　　　　　　　　　　常用的温度传感器的类型和特点

类型	传感器	测温范围（℃）	特点
热电阻	铂电阻	−200～650	准确度高、测量范围大
	铜电阻	−50～150	
	镍电阻	−60～180	
	半导体热敏电阻	−50～150	电阻率大、温度系数大、线性差、一致性差
热电偶	铂铑—铂（S）	0～1 300	用于高温测量、低温测量两大类、必须有恒温参考点（如冰点）
	铂铑—铂铑（B）	0～1 600	
	镍铬—镍硅（K）	0～1 000	
	镍铬—康铜（E）	−20～750	
	铁—康铜（J）	−40～600	
其他	PN 结温度传感器	−50～150	体积小、灵敏度高、线性好、一致性差
	IC 温度传感器	−50～150	线性度好、一致性好

1. 直流电桥法测量热电阻

直流单臂电桥（惠斯登电桥）的电路如图 6 - 40 所示，把四个电阻 R_1，R_2，R_3，R_t 连成一个四边形回路 $ABCD$，每条边称作电桥的一个"桥臂"在四边形的一组对角接点 A，C 之间连入直接电源 E，在另一组对角接点 B，D 之间连入检流计，B，D 两点的对角线形成一条"桥路"，它的作用是将桥路两个端点电位进行比较，当 B，D 两点电位相等时，桥路中无电流通过，检流计示值为零，电桥达到平衡。指示器指零，有 $U_{AB}=U_{AD}$，$U_{BC}=U_{DC}$，电桥平衡，电流 $I_g=0$，流过电阻 R_1，R_3 的电流相等，即 $I_1=I_3$，同理 $I_2=I_{Rt}$，因此

$$\frac{R_1}{R_2}=\frac{R_3}{R_t}\Rightarrow R_t=\frac{R_2}{R_1}R_3 \qquad (6-46)$$

若 $R_1=R_2$，则有 $R_t=R_3$。

2. 恒电流法测量热电阻

恒电流法测量热电阻，电路如图 6 - 41 所示，电源采用恒流源，R_1 为已知数值的固定电阻，R_t 为热电阻。U_{R_1} 为 R_1

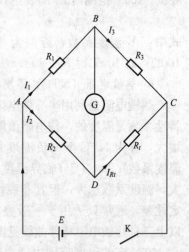

图 6 - 40　单臂电桥原理图

上的电压，U_{R_t} 为 R_t 上的电压，U_{R_1} 用于监测电路的电流，当电路电流恒定时则只要测出热电阻两端电压 U_{R_t}，即可知道被测热电阻的阻值。当电路电流为 I_0，温度为 t 时，热电阻 R_t 为

$$R_t=\frac{U_{R_t}}{I_O}=\frac{R_1U_{R_t}}{U_{R1}} \qquad (6-47)$$

3. Pt100 铂电阻温度传感器

Pt100 铂电阻是一种利用铂金属导体电阻随温度变化的特性制成的温度传感器。铂的物

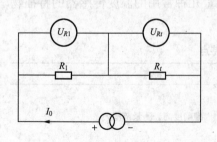

理性质、化学性质都非常稳定，抗氧化能力强，复制性好，容易批量生产，而且电阻率较高。因此铂电阻大多用于工业检测中的精密测温和作为温度标准。显著的缺点是高质量的铂电阻价格十分昂贵，并且温度系数偏小，由于其对磁场的敏感性，所以会受电磁场的干扰。按 IEC 标准，铂电阻的测温度范围为－200～650℃。当 $R_0 = 100\Omega$ 时，称为 Pt10 铂电阻，$R_0 = 10\Omega$ 时，称为 Pt10 铂电阻。铂电阻的阻值与温度之间的关系，当温

图 6-41　恒电流法测量热电阻的电路

度 $t = -200 \sim 0℃$ 之间时，其关系式为

$$R_t = R_0 [1 + At + Bt^2 + C(t - 100℃)t^3]$$

$$(6 - 47)$$

当温度在 $t = 0 \sim 650℃$ 之间时关系式为

$$R_t = R_0 (1 + At + Bt^2) \tag{6 - 48}$$

式中：R_t，R_0 分别为铂电阻在温度 $t℃$，$0℃$ 时的电阻值，A，B，C 为温度系数，对于常用的工业铂电阻

$$A = 3.908\ 02 \times 10^{-3} (℃)^{-1}$$

$$B = -5.801\ 95 \times 10^{-7} (℃)^{-1}$$

$$C = -4.273\ 50 \times 10^{-12} (℃)^{-1}$$

在 0～100℃ 范围内 R_t 的表达式可近似线性为

$$R_t = R_0 (1 + A_1 t) \tag{6 - 49}$$

式中：A_1 温度系数，近似为 3.85×10^{-3} $(℃)^{-1}$。Pt100 铂电阻的阻值，其 0℃ 时，$R_t = 100\Omega$；而 100℃ 时 $R_t = 138.5\Omega$。

4. 热敏电阻（NTC）温度传感器

热敏电阻是利用半导体电阻阻值随温度变化的特性来测量温度的，按电阻值随温度升高而减小或增大，分为 NTC 型（负温度系数）、PTC 型（正温度系数）和 CTC（临界温度）。热敏电阻阻值越大，温度系数越大，但其非线性大，置换性差，稳定性差，通常只适用于一般要求不高的温度测量。以上三种热敏电阻特性曲线见图6-42。

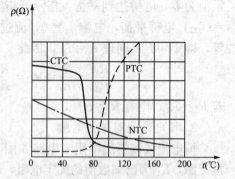

图 6-42　三种热敏电阻的温度特性曲线

在一定的温度范围内（小于 450℃）热敏电阻的电阻 R_t 与温度 T 之间有如下关系

$$R_t = R_0 e^{B \left(\frac{1}{T} - \frac{1}{T_0} \right)} \tag{6 - 50}$$

式中：R_t，R_0 是温度为 T（K），T_0（K）时的电阻值（K 为热力学温度单位开）；B 是热敏电阻材料常数，一般情况下 B 为 2 000～6 000K。

对一定的热敏电阻而言，B 为常数，对上式两边取对数，则有

$$\ln R_T = B\left(\frac{1}{T} - \frac{1}{T_0}\right) + \ln R_0 \tag{6-51}$$

由式（6-51）可见，$\ln R_T$ 与 $1/T$ 呈线性关系，作 $\ln R_T - (1/T)$ 曲线，用直线拟合，由斜率可求出常数 B。

【实验内容】

1. 用直流电桥法测量 Pt100 测量铂电阻的温度特性

按图 6-40 接线。控温传感器 Pt100 铂电阻（A 级）已经装在加热干井炉中与其他井孔离中心相同半径的位置，保证其测量温度与待测元件实际温度相同。加热选择在空挡为不加热，只有在 Ⅰ、Ⅱ 挡才加热。待测试的 Pt100 铂电阻插入四个井孔的任何一井，从室温起开始测试，然后开启加热器，每隔 10℃ 控温系统设置一次，控温稳定 2min 后，调整电阻箱 R_3 使输出电压为零，电桥平衡，则按式（6-45）测量、计算待测 Pt100 铂电阻的阻值（R_1，R_2 为精度千分之一的精密电阻，R_3 为五盘十进精密电阻箱），填入表 6-13 中。

表 6-13　　　　　　　　　　Pt100 温度特性测试数据

序号	1	2	3	4	5	6	7	8	9
$t(℃)$	室温	30	40	50	60	70	80	90	100
$R_x(\Omega)$									
$R_t(\Omega)$									

在 0～100℃ 范围内 R_t 的表达式可近似线性为 $R_t = R_0(1 + A_1 t)$。

作 Pt100 温度特性曲线，求温度系数 $A_1 =$ _____。

2. 用恒电流法测量 NTC 热敏电阻的温度特性

按图 6-41 接线。监测 R_1 上电流是否为 1mA（$U_1 = 1.00$V，$R_1 = 1.000$KΩ）。待测试的 MF53-1 热敏电阻温度传感器插入一井，从室温起开始测试，然后开启加热器，每隔 10℃ 控温系统设置一次，控温稳定 2min 后测试 MF53-1 热敏电阻两端的电压值，记录到表 6-14 中［按式（6-46）再换算成电阻值］。

表 6-14　　　　　　　　　　MF53-1 热敏电阻温度特性测试数据

序号	1	2	3	4	5	6	7	8	9
$t(℃)$	室温	30	40	50	60	70	80	90	100
$U_{R_t}(V)$									
$R_t(\Omega)$									

对一定的热敏电阻而言，B 为常数，由式（6-51）可见，$\ln R_T$ 与 $1/T$ 呈线性关系，作 $\ln R_T - (1/T)$ 曲线，由斜率求出常数 B。

【注意事项】

（1）温控仪温度稳定地达到设定值所需要的时间较长，一般需要 15～20min，务必耐心等待。

（2）为节省时间，请同学们合理安排实验步骤。建议同时进行多种传感器的实验，只要用数字电压表分别测量待测传感器输出即可。

【附录 1 FB812 仪器面板图】

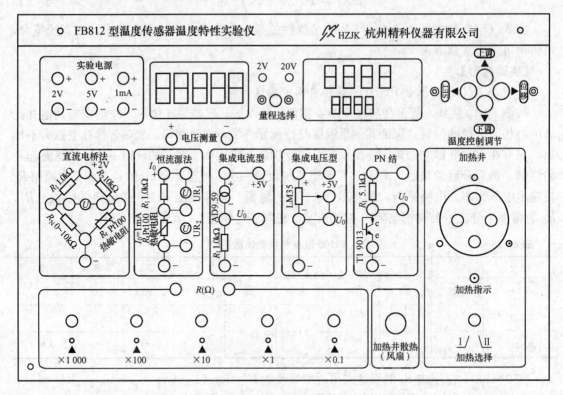

图 6-43　FB812 型温度传感器温度特性实验仪面板图

【附录 2 PID 智能温度控制器使用说明】

该控制器是一种高性能、可靠性好的智能型温控仪表，广泛使用于机械化工、陶瓷、轻工、冶金、热处理等行业的温度、流量、压力、液位自动控制系统。控制器面板布置图如图6-43 所示。例如需要设置加热温度为 30℃，具体操作步骤如下。

（1）先按设定键 SET（◀）0.5s，进入温度设置（注：若按住设定键时间长达 5s，将出现进入第二设定区符号，这时只要停止操作 5s，仪器会自动恢复温控状态）。

（2）按位移键（▶），选择需要调整的位数，数字闪烁的位数即是可以进行调整的位数。

（3）按上调键（▲）或下调键（▼）确定这一位数值，按此办法，直到各位数值满足设定温度。

（4）再按设定键 SET（◀）1 次，设定工作完成。如需要改变温度设置，只要重复以上步骤即可。

【附录 3 选做内容】

【实验原理】

1. 电压型集成温度传感器（LM35）

LM35 温度传感器，标准 T_0-92 工业封装，其准确度一般为 ±0.5℃。（有几种级别）由于其输出为电压，且线性极好，故只要配上电压源，数字式电压表就可以构成一个精密数字式测温系统。内部的激光校准保证了极高的准确度及一致性，且无须校准。输出电压的温度系数 $K_V=10.0$ mV/℃，利用下式可计算出被测温度 t（℃）

$$U_0 = K_V t = (10 \text{mV}/℃)t$$

即

$$t(℃) = U_0/10\text{mV}$$

LM35 温度传感器的电路符号见图 6-44，V_O 为输出端。

实验测量时只要直接测量其输出端电压 V_O，即可知待测量的温度。

2. 电流型集成温度传感器（AD590）

AD590 是一种电流型集成电路温度传感器。其输出电流大小与温度成正比。它的线性度极好，AD590 温度传感器的温度适用范围为 $-55\sim150℃$，灵敏度为 $1\mu A/K$。它具有高准确度、动态电阻大、响应速度快、线性好、使用方便等特点。AD590是一个二端器件，电路符号如图 6-45 所示。

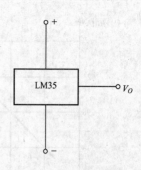

图 6-44　LM35 电路符号

AD590 等效于一个高阻抗的恒流源，其输出阻抗 $>10\text{M}\Omega$，能大大减小因电源电压变动而产生的测量误差。

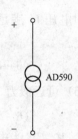

图 6-45　AD590
电路符号

AD590 的工作电压为 $+4\sim+30\text{V}$，测温范围是 $-55\sim150℃$。对应于热力学温度 T，每变化 1K，输出电流变化 $1\mu A$。其输出电流 I_0（μA）与热力学温度 T（K）严格成正比。其电流灵敏度表达式为

$$\frac{I}{T} = \frac{3k}{eR}\ln 8 \tag{6-52}$$

式中：k，e 分别为波尔兹曼常数和电子电量；R 是内部集成化电阻。将 $k/e=0.086\ 2\text{mV}/K$，$R=538\Omega$ 代入式（6-53）中得到

$$\frac{I}{T} = 1.000\mu A/K \tag{6-53}$$

在 $T=0$（K）时，其输出为 $273.15\mu A$（AD590 有几种级别，一般准确度差异在 $\pm3\sim5\mu A$）。因此，AD590 的输出电流 I_0 的微安数就代表着被测温度的热力学温度值（K）。

AD590 的电流—温度（$I-T$）特性曲线如图 6-46 所示。其输出电流表达式为

$$I = AT + B \tag{6-54}$$

式中：A 为灵敏度；B 为 0K 时输出电流。如需显示摄氏温标（℃）则要加温标转换电路，其关系式为

$$t = T + 273.15 \tag{6-55}$$

AD590 温度传感器其准确度在整个测温范围内 $\leqslant\pm0.5℃$，线性极好。利用 AD590 的上述特性，在最简单的应用中，用一个电源，一个电阻，一个数字式电压表即可用于温度的测量。由于 AD590 以热力学温度 K 定标，在摄氏温标应用中，应该进行 K→℃ 的转换。实验测量电路如图 6-47 所示。

3. PN 结温度传感器

PN 结温度传感器是利用半导体 PN 结的结电压对温度依赖性，实现对温度检测的。实验证明在一定的电流通过情况下，PN 结的正向电压与温度之间有良好的线性关系。通常将硅三极管 b，c 极短路，用 b，e 极之间的 PN 结作为温度传感器测量温度。硅三极管基极和

发射极间正向导通电压 V_{be} 一般约为 600mV（25℃），且与温度成反比。线性良好，温度系数约为 -2.3mV（℃），测温精度较高，测温范围可达 $-50\sim150$℃。缺点是一致性差，所以互换性差。

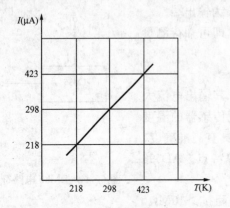

图 6-46　AD590 电流温度特性曲线

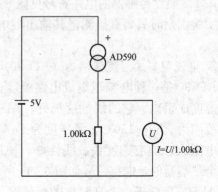

图 6-47　AD590 实验测量电路

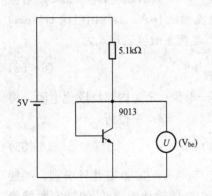

图 6-48　PN 结测温实验电路

通常 PN 结组成二极管的电流 I 和电压 U 满足式（6-56）

$$I = I_S(e^{\frac{qu}{KT}} - 1) \qquad (6-56)$$

在常温条件下，且 $e^{\frac{qu}{KT}} \gg 1$ 时，式（6-56）可近似为

$$I = I_S e^{\frac{qu}{KT}} \qquad (6-57)$$

式（6-56）、式（6-57）中：$q = 1.602 \times 10^{-10}\text{C}$ 为电子电量；$k = 1.381 \times 10^{-23}\text{J/K}$ 为玻尔兹曼常数；T 为热力学温度；I_S 为反向饱和电流。

当正向电流保持恒定条件下，PN 结的正向电压 U 和温度 t 近似满足下列线性关系

$$U = Kt = U_{g0} \qquad (6-58)$$

式中：U_{g0} 为半导体材料参数；K 为 PN 结的结电压温度系数。实验测量如图 6-48 所示。

【实验内容】

1. 电压型集成温度传感器（LM35）温度特性的测试

按图接线。从环境温度起测量，然后开启加热器，每隔 10℃ 控温系统设置一次，控温后，恒定 2min 测试传感器（LM35）的输出电压（见表 6-15）。

表 6-15　　　　　　　　　　　　　**LM35 温度特性测试数据**

序号	1	2	3	4	5	6	7	8	9
t(℃)	室温	30	40	50	60	70	80	90	100
U_0(V)									

作出 U_0 与 t 关系曲线，由斜率求出灵敏度 $K_V = $ 　　　 mV/℃。

2. 电流型集成温度传感器（AD590）温度特性的测试

（1）按图接线。并将温度设置为 25℃（25℃ 位置进行 PID 自适应调整，保证达 25℃±

0.1℃的控温精度）。温度传感器 AD590 插入干井炉孔中，升温至 25℃。温度恒定后测试 1KΩ 电阻（精密电阻）上的电压是否为 298.15mV（上述实验，环境温度必须低于 25℃，AD590 输出电流定标温度为 25℃，输出电流为 298.15μA。0℃时则为 273.15μA）。

（2）将干井炉温度设置从最低室温起测量，每隔 10℃控温系统设置一次，每次待温度稳定 2min 后，测试 1KΩ 电阻上电压（再换算成电流值），填入表 6-16 中。

表 6-16   **AD590 温度特性测试数据**

序号	1	2	3	4	5	6	7	8	9
t（℃）	室温	30	40	50	60	70	80	90	100
U（V）									
I（μA）									

I 为从 1.000KΩ 电阻上测得电压换算所得（$I=U/R$），作 I-T 曲线，由斜率求出灵敏度 $A=$ _____ μA/K。

3. PN 结温度传感器温度特性的测试

按图接线。PN 结温度传感器插入干井炉一个井内。从室温开始测量，然后开启加热器，每隔 10℃控温系统设置温度并进行 PN 结正向导通电压 U_{be} 的测量，得到结果添入如表 6-17 中。

表 6-17   **PN 结温度特性测试数据**

序号	1	2	3	4	5	6	7	8	9
t（℃）	室温	30	40	50	60	70	80	90	100
U_{be}（V）									

作 U_{be}（V）$-t$（℃）曲线，求 PN 结的结电压温度系数 K。

实验 32   简易万用表的设计与校准

万用电表具有一表多用、使用方便、结构紧凑、价格较低等优点，深受人们的欢迎，有着广泛的应用。通过设计和组装简易万用电表，可以加深了解它的结构和工作原理，巩固和扩展电表改装的知识，不仅能正确合理的使用它，还能自己动手维修保养它，从而锻炼和提高实际动手能力。

【任务和要求】

（1）将一量程为 1mA 的表头改装成一只能测直接电流、直流电压和电阻的多功能简易万用电表。

（2）测量所给表头的内阻 R_g。

（3）设计组装电路，画出改装成 5mA、10mA 电流表。1V、10V 电压表及欧姆表在一起的电路图。

（4）计算所要用的各分流、分压等电阻值的大小。

（5）根据自己的设计，选用器材，组装成万用电表。

（6）作出 10mA 和 10V 两挡的校正曲线，定出准确度等级。

（7）设计并绘制欧姆表的标度尺。

【仪器和用具】

量程为 1mA 的表头、组装用实验板、各种阻值的单体电阻、标准毫安表、标准伏特表、电阻箱、干电池、滑线变组器、导线、电烙铁等。

【提示】

（1）多量程电流表中分流电阻的接法至少有两种，开路置换式［见图 6 - 49（a）］和闭路抽头式［图 6 - 49（b）］。如采用闭路抽头式分流电路，从图 6 - 49（b）知，I_1 挡时 $R_f = R_1 + R_2 + R_3 + R_4$，$R'_g = R_g$；而在 I_2 挡时 $R_f = R_2 + R_3 + R_4$，$R'_g = R_g + R_4$；各量程挡 R_f 及 R'_g 均为可同理处理。

（2）由于万用电表各挡共用一只表头，因此设计电压表时，应以改装后的电流表为等效表头来进行设计，如图 6 - 50 所示。

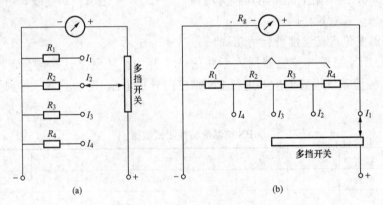

图 6 - 49　电流表分流电阻的接法

（3）欧姆表的原理如图 6 - 51 所示，也应以等效表头为依据进行设计。图中 E 为内接电源（干电池），R_i 为限流电阻，R_0 为调"零"电位器，R_x 为被测电阻，R_g 为等效表头内阻，I'_g 为等效表头量程。

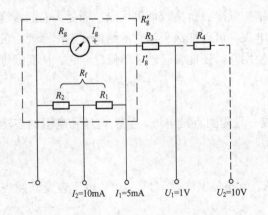

图 6 - 50　电压表分压电阻的接法

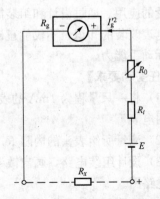

图 6 - 51　欧姆表原理电路图

欧姆表使用前先要调"零"点，即将 a、b 两点短路（相当于 $R_x=0$），调节 R_0 的阻值，使表头指针正好偏转到满度。这时回路中的电流即为等效表头的量程 I_g'，所以

$$I_g' = \frac{E}{R_g' + R_0 + R_i}$$

可见欧姆表的零点是在表头标度尺的满刻度处，与电流表和电压表的零点正好相反。

当 a、b 端接入被测电阻 R_x 后，电路中的电流为

$$I = \frac{E}{R_g' + R_0 + R_i + R_x}$$

可见当电池端电压 E 保持不变时，被测电阻 R_x 和电流值有一一对应的关系。即接入不同的电阻 R_x，表头指针就会有不同的偏转读数，R_x 越大，电流 I 就越小，当 R_x 为无限大时，即 a、b 开路，$I=0$，指针在原来的零位不动。所以标度尺为反向刻度，且刻度是不均匀的，R_x 越大刻度越密。

欧姆表在使用过程中电池的端电压会降低，而 R_g'、R_i 为常量，故要求 R_0 要随 E 的变化而改变，以满足调"零"的要求。

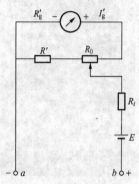

当被测电阻 R_x 等于欧姆表的总内阻时，$I=\dfrac{I_{\max}}{2}$，指针将指在表盘的中心位置，这个总内阻称为欧姆表的中偏电阻，它是欧姆表的量程标志。这一点不同于电流表和电压表，因为欧姆表两端分别表示 ∞ 和 0。所以测量电阻时，被测电阻在中偏电阻附近，测量误差较小。多量程欧姆表具有多个相应的中偏电阻。欧姆表以基准挡（×1 挡）来标定表盘，它的中偏电阻一般取 12、24、25Ω 等。

上述串联调零电路并不实用，因为 E 的降低通过 R_0 虽可以调零，但中偏电阻发生了变化，原来的读数刻度就不准了。因此，实用的欧姆表用的是分流式（并联式）调零电路，如图 6-52 所示，如何设计及其工作原理请自己思考。

图 6-52　分流式欧姆表调零电路

思　考　题

（1）什么是等效表头？其量程是多少？内阻有多大？

（2）如何正确使用万用电表？

（3）什么是欧姆表的中偏电阻？怎样扩大欧姆表的量程？

第7章　计算机仿真实验

一、计算机仿真实验的基本概念

计算机仿真实验是利用软件来设计仿真仪器并建立仿真实验室的，它供学生在仿真环境中使用、操作仿真仪器以仿真真实的实验过程。它利用计算机技术把实验设备、教学内容与要求、教师指导、仪器使用等有机地融合为一体，开创了物理实验教学的新模式，使实验教学的内涵在时间和空间上得到延伸。中国科学技术大学研制的《大学物理仿真实验》（见图7-1）就是一个具有代表性、创新性的物理仿真实验教学软件。

图7-1　《大学物理仿真实验》界面

该软件具有以下几个主要特点。

（1）强调了对实验环境的仿真，使未做过实验的学生能够通过仿真实验对真实实验从局部到整体建立起直观感性的认识。

（2）仿真仪器实现了模块化，学生可对仪器进行选择和组合，从而用不同方法和路径完成同一实验目标，培养了实验设计与思考的能力。

（3）解剖了实验的教学过程，培养了学生在理解、思考的基础上进行实验操作的习惯，克服了实际实验中出现的盲目操作的现象，提高了实验教学的效率和质量。

（4）对与实验相关的历史背景、意义及应用进行了扩展，营造了多样化的实验环境。

二、计算机仿真实验的操作方法

仿真实验采用窗口式的图形化界面，由仿真实验主界面进入仿真实验平台后，首先显示相应实验的主界面——实验室场景，包括实验台、实验仪器和主菜单。

主菜单一般为弹出式，隐藏在主窗口里，在实验室场景中任一位置单击鼠标右键即可显示。菜单项一般包括：实验背景知识、实验原理及实验演示、实验内容、实验步骤、开始实验、退出实验等内容。

在仿真实验中所有操作都通过鼠标来完成。

1. 开始仿真实验

用鼠标单击所选实验界面，显示相应实验的仿真实验场景，此时系统即处于"开始实验"状态。

2. 选择操作对象

这时的操作对象指仿真实验室中的仪器图标、仪器按钮、开关、旋钮、连续线等。鼠标点击这些操作对象后，即激活了这些对象，系统会给出下列提示形式中的一种：

（1）鼠标指针提示：鼠标指针光标由箭头变为其他形状（如手形）。

（2）光标跟随提示：鼠标指针光标出现一个黄色的提示框，提示对象名称或如何操作。

(3) 状态条提示：状态条一般位于屏幕下方，提示对象名称或如何操作。

(4) 语言提示：朗读提示框或状态条内的文字说明。

(5) 颜色提示：对象的颜色变为高亮度，显得突出而醒目。

3. 进行仿真实验操作

(1) 移动对象。如果选中的对象可以移动，就用鼠标拖动选中的对象。

(2) 按钮、开关、旋钮的操作。

按钮：选定按钮，单击鼠标即可。

开关：选定开关，单击鼠标即可。

旋钮：选定旋钮，单击鼠标左键，旋钮逆时针旋转；单击鼠标右键，旋钮顺时针旋转。

(3) 连接电路。

连接两个接线柱：选定一个接线柱，按住鼠标左键不放拖动，一根直导线即从接线柱引出，将导线末端拖至另一个接线柱释放鼠标，就完成两接线柱的连接。

删除两个接线柱的连接；将两个接线柱重新连接一次。

实验 33　气垫上的直线运动

【实验目的】

(1) 熟悉气垫导轨原理和使用方法。

(2) 学习在气垫导轨上测量速度和加速度的方法。

【实验简介】

气垫技术是 20 世纪 60 年代发展起来的新技术，现已在交通、机械等领域得到广泛应用，利用这项技术制成的气垫车、气垫船、气垫陀螺、空气轴承以及气垫传输等，在减少机械磨损，延长使用寿命，提高机械效率，节约能源等方面起到了很好的作用。

实验中使用的气垫导轨，是将压缩空气从小孔中喷出气流，在滑块和气轨间形成薄薄的空气层，称为气垫。这气垫层的厚度与气流量有关，气流量与气垫层高度的立方成正比，因此增加气流量，气垫层增厚，滑块阻尼系数减小，但气流量也不可太大，一般使气垫厚度保持在 $10\sim100\mu m$ 即可。由于气垫层的存在，可以使滑块在导轨上做近似无摩擦的运动。

【主窗口】

(1) 在主界面上选择"气垫上的直线运动"图标并单击，即可进入本实验，看到实验台和仪器图标。用鼠标在实验台面上四处游动，当鼠标指向仪器图标时，鼠标指处会显示相应的仪器信息。

(2) 在实验台面上单击鼠标右键，弹出主菜单。鼠标左键单击相应的菜单，则进入相应的实验。参见图 7-2。

(3) 选择主菜单的"实验简介"并用左键单击，可以打开实验介绍文档。单击"返回"按钮，则返回主窗口。

(4) 选择主菜单的"实验原理"并用左键单击，可以打开类似于实验介绍的实验原理文档。单击"返回"按钮，则返回主窗口。

(5) 选择主菜单的"实验内容"并用左键单击，打开类似于实验介绍的实验内容文档。单击"返回"按钮，则返回主窗口。

（6）在主菜单上选择"退出实验"项，则全部结束本次气垫上的直线运动实验。

气垫上的直线运动

实验简介
实验原理
实验内容
开始实验
退　出

图 7 - 2

【实验原理】

选择"实验原理"菜单，显示实验原理文档，点击右下角箭头翻页。请仔细阅读实验原理文档。

【实验内容】

1. 气垫导轨的调平

（1）在主菜单上选择"开始实验"项，左键单击，则进入该实验台面（见图 7 - 3）。

（2）在实验台面上单击鼠标右键，弹出菜单，分别有"气轨调整"、"验证牛顿第二定律"、"测量加速度"、"退出"等项，进入的方法都是用鼠标左键单击相应的菜单项。退出的方法是单击按钮"退出"或者单击系统条上的
"⊠"标记。

（3）单击界面左上方📖则产生如下画面
（见图 7 - 4）：

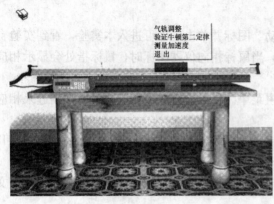

气轨调整
验证牛顿第二定律
测量加速度
退　出

图 7 - 3

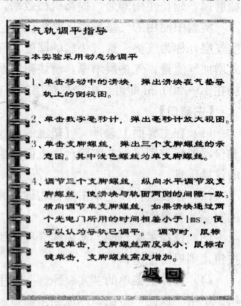

气轨调平指导

本实验采用动态法调平

1、单击移动中的滑块，弹出滑块在气垫导轨上的侧视图。

2、单击数字电秒计，弹出电秒计放大视图。

3、单击支脚螺丝，弹出三个支脚螺丝的示意图。其中浅色螺丝为单支脚螺丝。

4、调节三个支脚螺丝，纵向水平调节双支脚螺丝，使滑块与轨道两侧的间隙一致，横向调节单支脚螺丝，如果滑块通过两个光电门所用的时间相差小于 1ms，便可以认为导轨已调平。调节时，鼠标左键单击，支脚螺丝高度减小；鼠标右键单击，支脚螺丝高度增加。

退回

图 7 - 4

（4）单击滑块、数字毫秒计和支脚螺丝，分别弹出放大视图（见图7-5）。具体操作如下：调节三个支脚螺丝，观察滑块视图，使滑块与轨面两侧的间隙一致。观察毫秒计，并同时调节支脚螺丝，直到滑块通过两个光电门所用的时间差小于1ms。

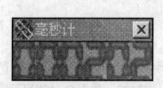

图7-5

2. 验证牛顿第二定律

（1）在实验菜单上选择"验证牛顿第二定律"，进入实验界面（见图7-6）：分别单击托盘、数字毫秒计和砝码盒，会分别弹出放大视图。

（2）单击界面左上方🥄则产生如图7-7所示的画面。

（3）单击界面左上方🔲则产生如图7-8的画面。

图7-6

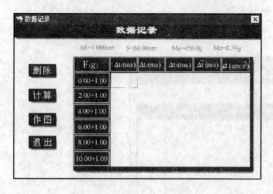

图7-8

图7-7

（4）单击砝码盒中的砝码，自动添加砝码到托盘中；单击托盘中的砝码，自动添加砝码到砝码盒中。将滑块拖动到离光电门60cm处，拖动过程中滑块右边会出现滑块距光电门的距离。放开鼠标，滑块在托盘的重力作用下滑动，经过光电门的时候，数据会自动记录到数据记录表中。若有错误数据，选中该数据后按"删除"。根据实验内容加减砝码，重复实验。数据记录完后，按"计算"键，计算相应的数据，再按"作图"，程序根据最小二乘法拟合直线。

3. 测量加速度

（1）在实验菜单上选择"测量加速度"，进入实验界面（见图 7 - 9）。单击数字毫秒计会弹出放大视图。

（2）单击界面左上方 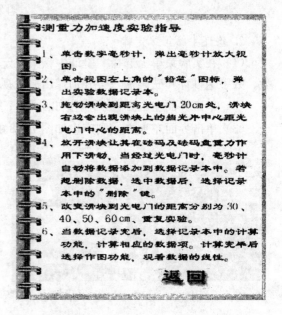 则产生如图 7 - 10 的画面。

（3）单击界面左上方 则产生如图 7 - 11 的画面。

（4）将滑块拖动到离光电门 20cm 处，拖动过程中滑块右边会出现滑块距光电门的距离。放开鼠标，滑块在托盘的重力作用下滑动，经过光电门的时候，数据会自动记录到数据记录表中。若有错误数据，选中该数据后按"删除"。根据实验内容改变滑块距光电门的距离，重复实验。数据记录完后，按"计算"键，计算相应的数据，再按"作图"，程序根据最小二乘法拟合直线。

（5）选择"退出"菜单，退出实验界面。

图 7 - 9

图 7 - 10

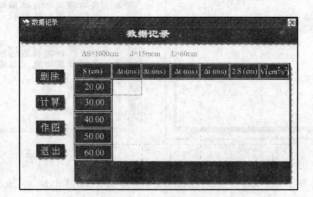

图 7 - 11

实验 34　碰撞和动量守恒

动量守恒定律和能量守恒定律在物理学中占有非常重要的地位。力学中的运动定理和守恒定律最初是从牛顿定律导出来的，在现代物理学所研究的领域中存在很多牛顿定律不适用的情况，例如，高速运动物体或微观领域中粒子的运动规律和相互作用等，但是能量守恒定律仍然有效。因此，能量守恒定律成为比牛顿定律更为普遍适用的定律。

本实验的目的是利用气垫导轨研究一维碰撞的三种情况，验证动量守恒和能量守恒定律。定量研究动量损失和能量损失在工程技术中有重要意义。同时通过实验还可提高误差分析的能力。

【实验目的】

（1）验证动量守恒和能量守恒定律；

（2）定量研究动量损失和能量损失，通过实验提高误差分析的能力。

【主窗口】

在系统主界面上单击"碰撞和动量守恒"，即可进入本仿真实验平台，显示平台主窗口——实验室场景。场景里有实验台和实验仪器（见图 7 - 12）。用鼠标在实验室场景里四处移动，当鼠标指向实验仪器时，会显示相应的仪器介绍信息。

【主菜单】

（1）在主窗口上单击鼠标右键，弹出主菜单，其中"实验简介"有下一级菜单，如图 7 - 13 所示。

（2）在主窗口上单击鼠标右键，弹出主菜单，其中"实验原理"有下一级菜单，如图 7 - 14、图 7 - 15、图 7 - 16 所示。

（3）在主窗口上单击鼠标右键，弹出主菜单，其中"实验内容"有下一级菜单，如图 7 - 17、图 7 - 18 所示。

（4）在主窗口上单击鼠标右键，弹出主菜单，其中"开始实验"有下一级菜单，如图 7 - 19 所示。

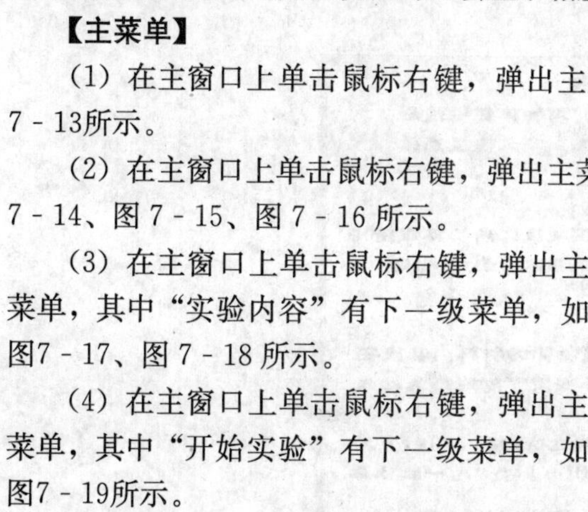

图 7 - 12

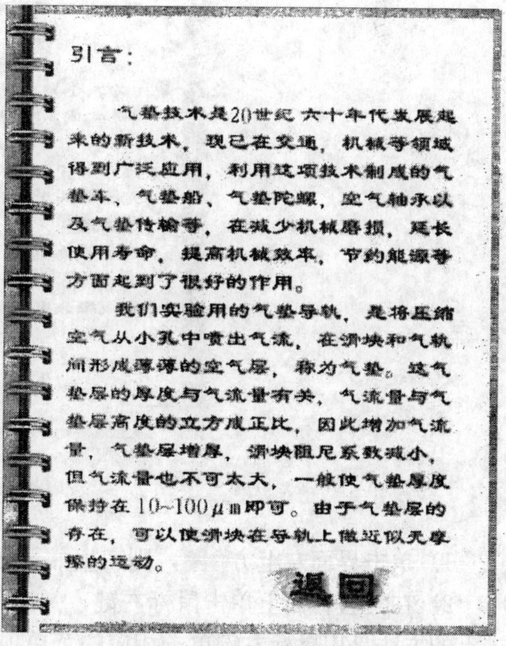

图 7 - 13

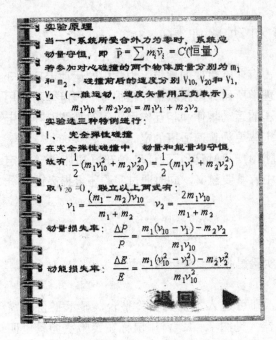

图 7 - 14

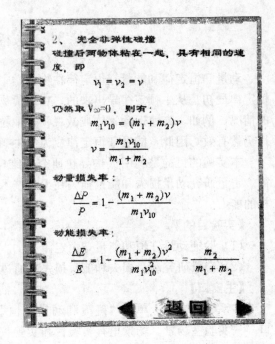

图 7 - 15

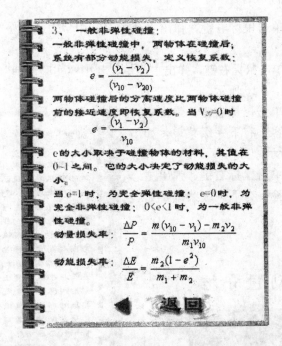

图 7 - 16

1）单击界面左上方 ，则产生如下画面，如图 7 - 20 所示。

2）在实验台面上单击鼠标右键，弹出菜单，分列有"碰撞与动量守恒"，"退出"等项，进入的方法是用鼠标左键单击相应的菜单项。

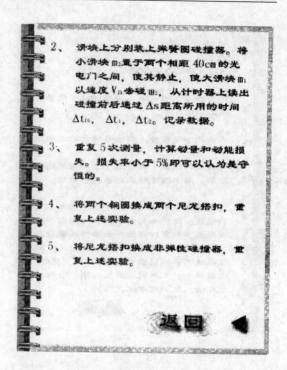

实验内容

1、气垫导轨调平及数字毫秒计的使用

气垫导轨调平：打开气源，放上滑块，观测滑块与轨面两侧的间隙，纵向水平调节双支脚螺丝，横向水平调节单支脚，直到滑块在任何位置均保持不动，或做极缓的来回滑动为止。动态法调平，滑块上装挡光片，让滑块以缓的初速 V_0 先后通过两个相距60cm光电门，如果滑块通过两个光电门所用的时间相差小于1ms，便可以认为导轨已调平。

数字毫秒计的使用：使用 U 形挡光片，计时方式选择 B 档，记的是一个光电管被挡到第二个光电管被挡的时间间隔或一个光电管两次被挡的时间间隔。即经过 Δs 距离所用时间 Δt。复零方式有手动和自动两档可选。置于自动时，数码管显示经一段时间后，会自动复零。延时时间从0.1~3秒连续可调。

2、滑块上分别装上弹簧圈碰撞器。将小滑块 m_2 置于两个相距40cm的光电门之间，使其静止，使大滑块 m_1 以速度 V_0 去碰，从计时器上读出碰撞前后通过 Δs 距离所用的时间 Δt_{10}、Δt_1、Δt_{20}，记录数据。

3、重复5次测量，计算动量和动能损失。损失率小于5%即可以认为是守恒的。

4、将两个铜圈换成两个尼龙搭扣，重复上述实验。

5、将尼龙搭扣换成非弹性碰撞器，重复上述实验。

图7-17　　　　　　　　　　　图7-18

图7-19

3）在实验台面上单击鼠标右键，弹出菜单，分列有"气轨调整

　　　　　　　　实验状态 → 完全弹性碰撞

　　　　　　　　退出　　　　　一般非弹性碰撞

　　　　　　　　　　　　　　　完全非弹性碰撞"，

如图7-21所示。

4）单击界面左上方 ，则产生如图7-22的画面。

5）单击界面左上方 ，则产生如图7-23的画面。

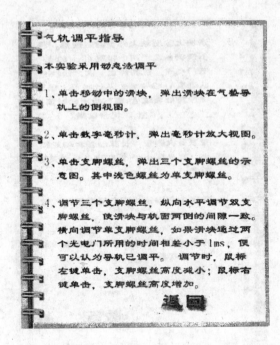

图 7 - 20　　　　　　　　　　　　　　　　　　　图 7 - 21

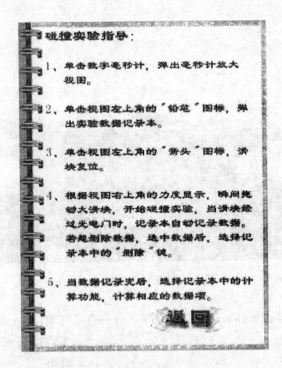

图 7 - 22

（5）返回。实验完成之后，可以选择主菜单中的"返回"一项，退出实验平台。

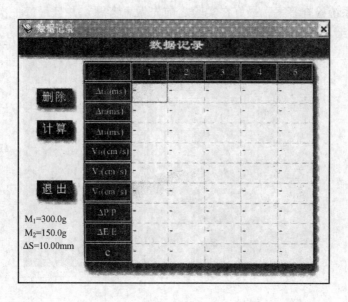

图 7 - 23

实验 35 真 空 实 验

【实验目的】

掌握低真空获得和测量的方法。

【实验简介】

自 1643 年托里拆里（EoTorricelli）做了著名的有关大气压力实验、发现真空现象以来，300 多年中真空技术已发展成为一门独立的前沿学科。随着表面科学、空间科学、高能粒子加速器、微电子学、冶金工业及材料科学等学科领域尖端的突飞猛进、迅速发展，真空技术在近代尖端技术中的地位越来越重要。

真空实验的目的是了解真空如何获得及测量真空，学习有关真空技术的物理概念，掌握一些真空技术中基本物理量的测量，了解真空状态下的一些常见物理现象及其定量研究，并对真空技术在近代尖端科技领域中的应用有一定的认识。

【主窗口】

在系统主界面上选择"低真空实验"并单击，即可进入本仿真实验平台，显示平台主窗口——实验室场景。场景里是实验台和实验仪器，用鼠标在实验室内四外移动，当鼠标指向仪器时，仪器发光，同时鼠标指针处会显示相应的提示信息（见图 7 - 24）。

【主菜单】

在实验室台面上以鼠标右键单击，弹出主菜单。主菜单下还有子菜单（见图 7 - 25）。鼠标左键单击相应的主菜单或子菜单，则进入相应的实验部分。

实验应按照主菜单的条目顺序进行。

预习思考题

单击"预习思考题"子菜单，显示预习思考题窗口（见图 7 - 26）。做完所有题目后按

"完成"按钮，系统检查答案。最好在实验之前先做思考题，并且最好一次通过，因为失败的次数会影响成绩，以防止学生通过穷举的办法避开实际问题。

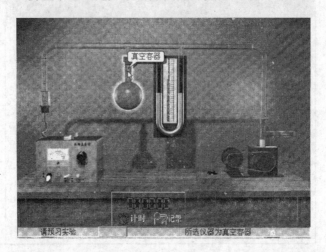

图 7 - 24

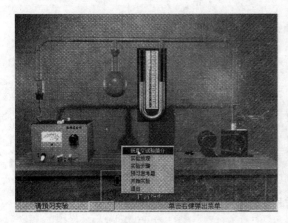

图 7 - 25

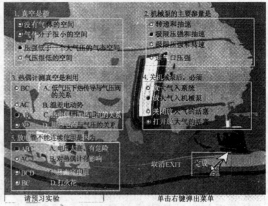

图 7 - 26

【实验原理】

在主菜单中选择"实验原理"项，打开实验原理文档，请仔细阅读。

【实验仪器】

计算机。

【实验内容】

（1）真空的获得；

（2）真空的测量；

（3）真空的检漏。

【开始实验】

单击子菜单"进行实验"。

基本操作方法：

（1）旋钮的操作方法：所有的旋钮，其操作方法是一致的，即：用鼠标右键单击，则旋钮顺时针旋转；用鼠标左键单击，则旋钮逆时针旋转（见图 7‑27）。

图 7‑28

（2）拨动开关的操作方法：用鼠标左键单击开关的上部，即把开关向上拨，用鼠标左键单击开关的下部，则把开关向下拨。同样活塞以及横向拨动开关的操作也很类似，只需在其上单击鼠标左键即可（见图 7‑28）。

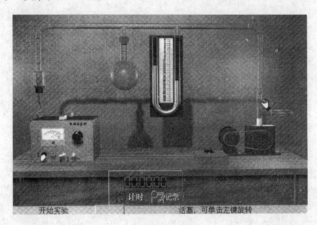

图 7‑28

当鼠标变成手形时都是可以单击调节的。因此对于打开、关闭电源开关以及进入调节电流状态的方法就不再一一叙述了。

（3）在观察火花检漏仪检查辉光放电现象时，直接将鼠标移到上方玻璃管处，此时鼠标变成检漏仪状（见图 7‑29），单击即可弹出放大的玻璃管窗口（见图 7‑30），点击"确定"按钮即可关闭。在操作时尽量多观察，即多次用检漏仪观察颜色变化（与成绩相关）。

（4）注意，当 U 形计两端接近等高时，确定此时的热偶计是打开的，打开的方法很简单，只需单击热偶真空计即可。

（5）当实验做好时，会有浮动字串告诉你已经做好了，此时方可关闭热偶计，停止秒表，结束实验前，注意关闭电源和活塞的操作顺序。

图 7 - 29

图 7 - 30

附　　录

附录 A　基本物理常量（1986 年国际推荐值）

量	符号	数值	单位	不确定度（ppm）
真空中光速	c_0	299 792 458	m/s	（准确值）
真空磁导率	μ_0	12.566 370 614…	10^{-7}H/m	（准确值）
真空电容率，$1/\mu_0 c_0^2$	ε_0	8.854 187 817…	10^{-12}F/m	（准确值）
引力常量	G	6.672 59（85）	10^{-11}N・m^2/kg^2	128
普朗克常量	h	6.626 075 5（40）	10^{-34}J・s	0.60
元电荷	e	1.602 177 33（49）	10^{-19}C	0.30
玻尔磁子	μ_B	9.274 015 4（31）	10^{-24}A・m^2	0.34
里德伯常量	R_{ac}	10 973 731.534（13）	m^{-1}	0.001 2
玻尔半径	a_0	0.529 177 249（24）	10^{-10}m	0.045
电子［静］质量	m_e	0.910 938 97（54）	10^{-30}kg	0.59
电子荷质比	$-e/m_e$	$-1.758\ 819\ 62$（53）	10^{11}C/kg	0.30
［经典］电子半径	r_e	2.817 940 92（38）	10^{-15}m	0.13
质子［静］质量	m_p	1.672 623 1（10）	10^{-27}kg	0.59
中子［静］质量	m_n	1.674 928 6（10）	10^{-27}kg	0.59
阿伏伽德罗常数	N_A，L	6.022 136 7（36）	10^{23}mol^{-1}	0.59
原子质量常数 $1mv=\frac{1}{12}m$（^{12}c）	m_u	1.660 540 2（10）	10^{-27}kg	0.59
摩尔气体常数	R	8.314 510（70）	J/（mol・K）	8.4
玻耳兹曼常数，R/N_A	k	1.380 658（12）	10^{-23}J/K	8.4
摩尔体积（理想气体在 273.15K，$P_n=101\ 325$Pa 时）	V_m	22.414 10（19）	L/mol	8.4

附录 B　常 用 物 质 的 密 度

物质	密度（kg/m^3）	物质	密度（kg/m^3）
铝	2.699×10^3	水银	13.55×10^3
铜	8.960×10^3	蓖麻油	0.957×10^3
铁	7.874×10^3	石蜡	0.89×10^3
水	1.000×10^3		

附录 C 标准大气压下不同温度时水的密度

温度 t（℃）	密度 ρ （kg·m^{-3}）	温度 t（℃）	密度 ρ （kg·m^{-3}）	温度 t（℃）	密度 ρ （kg·m^{-3}）	温度 t（℃）	密度 ρ （kg·m^{-3}）
0	999.87	13.0	999.40	26.0	996.81	39.0	992.62
1.0	999.93	14.0	999.27	27.0	996.54	40.0	992.24
2.0	999.97	15.0	999.13	28.0	996.26	41.0	991.86
3.0	999.99	16.0	998.97	29.0	995.97	42.0	991.47
4.0	1000.0	17.0	998.90	30.0	995.68		
5.0	999.99	18.0	998.62	31.0	995.37	50.0	988.04
6.0	999.97	19.0	998.43	32.0	995.05	60.0	983.21
7.0	999.93	20.0	998.02	33.0	994.72	70.0	977.78
8.0	999.88	21.0	998.02	34.0	994.40	80.0	971.80
9.0	999.81	22.0	997.77	35.0	994.06	90.0	965.31
10.0	999.73	23.0	997.57	36.0	993.71	100.0	958.35
11.0	999.63	24.0	997.33	37.0	993.36		
12.0	999.52	25.0	997.07	38.0	992.99		

附录 D 在 20℃时金属的弹性模量

金属	弹性模量 E（×10^{11}N·m^{-2}）
铝	0.69—0.70
铁	1.86—2.06
铜	1.03—1.27
合金钢	2.06—2.16

注 弹性模量值与材料的结构、化学成分及其加工方法关系密切。实际材料可能与表中所列数值不尽相同。

附录 E 蓖麻油的（动力）黏度 η

温度（℃）	η（Pa·s）	温度（℃）	η（Pa·s）	温度（℃）	η（Pa·s）
5	3.760	20	0.950	35	0.312
10	2.418	25	0.621	40	0.231
15	1.514	30	0.451	100	0.169

附录 F 在 20℃时与空气接触的液体表面张力

液体	γ（×10^{-3}N·m^{-1}）	液体	γ（×10^{-3}N·m^{-1}）
石油	30	甘油	63

液体	γ ($\times 10^{-3}$N·m^{-1})	液体	γ ($\times 10^{-3}$N·m^{-1})
煤油	24	水银	51.3
水	72.75	甲醇	22.6
肥皂溶液	40	乙醇	22.0
蓖麻油	36.4		

附录 G　海平面上不同纬度处的重力加速度

纬度 φ(°)	g(m/s^2)	纬度 φ(°)	g(m/s^2)
0	9.780 49	60	9.819 24
5	9.780 88	65	9.822 94
10	9.782 04	70	9.826 14
15	9.783 94	75	9.828 73
20	9.786 52	80	9.830 65
25	9.789 69	85	9.831 82
30	9.793 38	90	9.832 21
35	9.797 46	西安 34°16′	计算值 9.796 84
40	9.801 80		测量值 9.796 5
45	9.806 29	北京 39°56′	9.801 22
50	9.810 79	上海 31°12′	9.794 36
55	9.815 15	杭州 30°16′	9.793 60

注　地球任意地方重力加速度的计算公式为：$g = 9.780\ 49\ (1 + 0.005\ 288\sin^2\varphi - 0.000\ 006\sin^2 2\varphi)$ m/s^2。

附录 H　物质中的声速

物质		声速（m/s）
氧气	0℃（标准状态）	317.2
干燥空气	0℃	331.45
	10℃	337.46
	20℃	343.37
	30℃	349.18
	40℃	354.89
氮气	0℃	337
水	20℃	1 482.9
	铜	3 750
不锈钢		5 000

注　固体中的声速为沿棒传播的纵波速度。

附录 I　物质的比热容

物质	温度（℃）	比热容（J/kg·K）	物质	温度（℃）	比热容（J/kg·K）
铜	20	385	钢	20	447
铁	20	481	石蜡	0～20	2.91×10^3
铝	20	896	蓖麻油	20	2.00×10^3
黄铜	0	370			
	20	384			

附录 J　一些金属和合金的电阻率及其温度系数

金属或合金	电阻率 $\rho/(10^{-6}\Omega \cdot cm)$	温度系数 $\alpha/(10^{-5}/℃)$
铜	1.55（0℃）	433
铝	2.50（0℃）	460
铁	8.70（0℃）	651
黄铜	8.00（18～20℃）	100
康铜	47～51（18～20℃）	$-4.0 \sim +1.0$

注　金属电阻率与温度的关系 $\rho_{t_2} = \rho_{t_1}[1+\alpha(t_2-t_1)]$。

电阻率与金属和合金中的杂质有关，表中列出的是单值金属电阻率和合金电阻率的平均值。

附录 K　物质的折射率（相对空气）

1. 某些气体的折射率

气体	分子式	折射率 n	气体	分子式	折射率 n
水蒸气	H_2O	1.000 255	氮	N_2	1.000 298
氧	O_2	1.000 271	二氧化碳	CO_2	1.000 451
氩	Ar	1.000 281	空气	—	1.000 292

注　表中给出的数据系在标准状况下，气体对波长约等于 $0.589\ 3\mu m$ 的 D 线（纳黄光）的折射率。

2. 某些液体的折射率

液体	$t/℃$	折射率 n	液体	$t/℃$	折射率 n
甲醇	20	1.329 2	甘油	20	1.474
水	20	1.333 0	苯	20	1.501 1
乙醇	20	1.360 5			

注　表中给出的数据为液体对波长约等于 $0.589\ 3\mu m$ 的 D 线的折射率。

3. 某些固体的折射率

固体	折射率 n	固体	折射率 n
氯化钾	1.490 44	火石玻璃 F_8	1.605 5
钡冕玻璃	1.539 90	重冕玻璃	1.612 6
氯化钠	1.544 27	钡火石玻璃	1.625 90
重火石玻璃 ZF_1	1.647 5	ZF_6	1.755 0

注　表中数据为固体对 $\lambda_D = 0.589\ 3\mu m$ 的折射率。

参 考 文 献

[1] 孟祥省，李冬梅，姜琳主编. 大学普通物理实验. 北京：机械工业出版社，2004.

[2] 李恩普等. 大学物理实验. 北京：国防工业出版社，2004.

[3] 贾贵儒等. 大学物理实验教程. 北京：机械工业出版社，2005.

[4] 段长虹主编. 大学物理实验. 广州：华南理工大学出版社，2005.

[5] 侯宪春等. 大学物理实验. 哈尔滨：哈尔滨工业大学出版社，2005.

[6] 王瑞平等. 大学物理实验. 西安：陕西科学技术出版社，2003.

[7] 王银峰等. 大学物理实验. 北京：机械工业出版社，2005.

[8] 熊永红. 大学物理实验. 武汉：华中科技大学出版社，2004.

[9] 北京工商大学物理教研室. 大学物理实验. 北京：机械工业出版社，2007.

[10] 江影等. 普通物理实验. 哈尔滨：哈尔滨工业大学出版社，2002.

[11] 钱峰等. 大学物理实验. 北京：高教出版社，2005.

[12] 陆廷济等. 物理实验教程. 上海：同济大学出版社，2005.

[13] 陈庆东. 大学物理实验. 北京：机械工业出版社，2006.